D1750060

Von Clive Cussler
sind als Goldmann-Taschenbücher außerdem erschienen:

Der Todesflug der Cargo 03. Roman (6432)
Eisberg. Roman (3513)
Hebt die Titanic! Roman (3976)
Im Todesnebel. Roman (8497)
Tiefsee. Roman (8631)

CLIVE CUSSLER
DER TODES FLIEGER

Roman

Deutsche
Erstveröffentlichung

GOLDMANN VERLAG

Titel der Originalausgabe: The Mediterranean Caper
Originalverlag: Pyramid Communications, Inc., New York
Aus dem Amerikanischen von Tilman Göhler

Der Goldmann Verlag
ist ein Unternehmen der Verlagsgruppe Bertelsmann

Made in Germany · 3/88 · Jubiläumsausgabe
© der Originalausgabe 1973 bei Clive Cussler
© der deutschen Ausgabe 1978 beim Wilhelm Goldmann Verlag, München
Umschlagentwurf: Design Team München
Foto: Design Team München
Gesamtherstellung: Elsnerdruck, Berlin
Verlagsnummer: 3657
Lektorat: Putz/MV · Herstellung: Klaus D. Voigt
ISBN 3-442-63657-4

Prolog

Es war glühend heiß, und es war Sonntag. Der Fluglotse im Tower der Brady Air Force Base steckte sich eine Zigarette an, legte die Füße auf ein tragbares Air-condition-Gerät und wartete darauf, daß etwas geschähe.

Er langweilte sich entsetzlich, und das aus gutem Grund: An Sonntagen war der Flugverkehr gleich null. Nur die eine oder andere Militärmaschine durchflog an diesem Tag das Einsatzgebiet Mittelmeer – die politische Wetterlage war zur Zeit völlig stabil. Zwar landete oder startete hin und wieder ein Flugzeug, doch dabei handelte es sich gewöhnlich nur um die Zwischenlandung irgendeines VIPs, einer »very important person«, der hier kurz auftankte und dann weiter zu einer Konferenz irgendwo in Afrika oder Europa hetzte.

Zum zehnten Mal seit seinem Dienstantritt musterte der Lotse die große Wandtafel, auf der die Starts und Landungen verzeichnet standen. Starts fanden überhaupt keine mehr statt, und die nächste Landung war für 16 Uhr 30 angezeigt. Bis dahin waren es noch fünf Stunden.

Er war noch jung – Anfang zwanzig – und strafte die Behauptung Lügen, blonde Menschen würden kaum braun. Wo immer seine bloße Haut zutage trat, war sie von einem dunklen, nußfarbenen Braun, dicht mit wasserstoffblonden Härchen bedeckt. Die vier Streifen auf seinem Ärmel wiesen ihn als einen Staff Sergeant aus, und obwohl eine Hitze von fast 38 Grad herrschte, war unter den Achseln seiner Khaki-Uniform kein Schweißfleck zu entdecken. Er hatte seinen Kragen geöffnet und trug keine Krawatte; eine Erleichterung, die den Soldaten der Air Force normalerweise gestattet ist, wenn sie in heißen Gegenden stationiert sind.

Er beugte sich vor und verstellte die Kühlungsschlitze des Aircondition-Gerätes so, daß die kühle Luft seine Beine entlangströmte. Er lächelte befriedigt, als er den frischen Luftzug spürte. Dann verschränkte er die Hände hinter dem Kopf, lehnte sich gemütlich zurück und starrte gegen die Decke.

Minneapolis mit seinen Mädchen, die über die Nicollet Avenue spazierten, kam ihm wieder in den Sinn. Zum hundertsten Male zählte er die fünfundvierzig Tage nach, die er hier noch aushalten mußte, bevor er in die Staaten zurückversetzt wurde. Jeder Tag wurde feierlich in einem kleinen schwarzen Notizbuch abgehakt, das er stets in seiner Brusttasche bei sich trug.

Er gähnte vielleicht zum zwanzigsten Mal, griff zu einem Fernglas, das auf dem Fensterbrett lag, und betrachtete die Flugzeuge, die auf der schwarzen Asphaltrollbahn unter dem mächtigen Kontrollturm abgestellt waren.

Der Flugplatz lag auf der Insel Thasos im nördlichen Teil des Ägäischen Meeres. Thasos ist durch den fünfundzwanzig Kilometer breiten Golf von Kaballa vom griechisch-makedonischen Festland getrennt und besteht aus rund vierhundert Quadratkilometern Felsen, Wald und ein paar antiken Ruinen, die aus dem Jahr 1000 v. Chr. stammen.

Brady Field, wie der Luftwaffenstützpunkt allgemein genannt wurde, war aufgrund eines Vertrages zwischen den Vereinigten Staaten und der griechischen Regierung Ende der sechziger Jahre erbaut worden. Die hier stationierte Luftflotte bestand aus zehn F-105 Starfire Jets und zwei riesigen C-133 Cargomaster Truppentransportern, die wie ein Paar fetter Wale in der sengenden ägäischen Sonne gleißten.

Der Sergeant richtete das Fernglas auf die still daliegenden Militärmaschinen und suchte nach einem Lebenszeichen. Das Flugfeld war aber leer. Die Männer waren entweder in Panaghia, der nächstgelegenen Stadt, beim Biertrinken, oder sie aalten sich am Strand, oder sie machten in der klimatisierten Kaserne ein Nickerchen. Nur ein einsamer Militärpolizist, der den Haupteingang bewachte, und die Radarantenne, die sich unentwegt auf ihrem Kontrollturm drehte, erinnerten an Leben. Er hob das Fernglas höher und ließ seinen Blick über das azurblaue Meer schweifen. Es war ein strahlender, wolkenloser Tag, und das entfernte griechische Festland war bis in alle Einzelheiten zu erkennen. Er schwenkte den Feldstecher nach Osten und richtete ihn auf die dünne Linie am Horizont, wo das tiefe Blau des Wassers mit dem hellen Blau des Himmels zusammentraf. Er erblickte die vor Hitze flimmernden, schemenhaften Umrisse eines Schiffes, das dort draußen vor Anker lag. Er kniff die Augen zusammen und stellte den Feldstecher schärfer ein, um den Namen des Schiffes am Bug auszumachen. Nur mit Mühe konnte er die winzigen schwarzen Buchstaben entziffern: *First Attempt.*

Ein blöder Name! dachte er. Was er wohl bedeuten sollte? Er konnte noch andere Schriftzeichen auf dem Rumpf erkennen. In kräftigen schwarzen Strichen standen in der Mitte des Rumpfes die Buchstaben N-U-M-A senkrecht untereinander; die Abkürzung für »National Underwater Marine Agency«, wie er wußte.

Ein riesiger Kran stand auf dem Heck. Der Ausleger hing über dem Wasser, und man war gerade dabei, irgendeine große Kugel aus der Meerestiefe heraufzuholen. Der Sergeant konnte die Männer erkennen, die sich an dem Kran zu schaffen machten, und es bereitete ihm einige Genugtuung, daß auch Zivilisten an Sonntagen arbeiten mußten.

Plötzlich erklang in der Gegensprechanlage eine roboterhafte Stimme, die ihn aus seinen Betrachtungen riß.

»Hallo, Radarstation an Tower ... bitte melden!«

Der Sergeant legte den Feldstecher hin und drückte die Sprechtaste. »Hier spricht der Tower. Was ist los?«

»Ich habe ein Objekt erfaßt. Etwa fünfzehn Kilometer westlich.«

»Fünfzehn Kilometer westlich?« stieß der Sergeant hervor. »Das ist ja direkt über der Insel. Ihr Objekt befindet sich praktisch genau über uns.« Er drehte sich um und sah noch einmal auf die große Wandtafel, um sich zu vergewissern, daß nach dem Zeitplan tatsächlich keine Landung fällig war. »Das nächste Mal sagen Sie mir gefälligst früher Bescheid.«

»Ich verstehe überhaupt nicht, wo es hergekommen ist«, rechtfertigte sich die Stimme im Lautsprecher. »Während der letzten sechs Stunden war in einem Umkreis von hundertfünfzig Kilometern nichts zu sehen.«

»Dann halten Sie entweder Ihre Augen offen, oder Sie lassen Ihr verdammtes Gerät überprüfen«, bellte der Sergeant. Er ließ die Sprechtaste los und schnappte sich den Feldstecher. Dann stand er auf und suchte den westlichen Horizont ab.

Da war es – ein winziger schwarzer Punkt, der in einer Höhe von etwa dreißig Metern über den Hügeln hing. Das Flugzeug kam nur langsam näher, mit einer Geschwindigkeit von höchstens hundertvierzig Stundenkilometern. Eine Zeitlang schien es sogar bewegungslos in der Luft stillzustehen, und dann nahm es, fast schlagartig, feste Formen an. Die Tragflächen und der Rumpf waren jetzt durch den Feldstecher deutlich zu erkennen; so deutlich, daß ein Irrtum ausgeschlossen war. Dem Sergeant blieb vor Verblüffung der Mund offenstehen, als das knatternde Motorengeräusch eines alten, einsitzigen, noch richtig mit einem starr montierten Fahrwerk und Speichenrädern ausgestatteten Doppeldeckers die friedliche Stille über der Insel zerriß.

Von den vorstehenden Zylinderköpfen des Reihenmotors abgesehen, besaß die Maschine eine aerodynamische Form, die sich hinter der offenen Pilotenkanzel tropfenförmig verjüngte. Der große hölzerne Propeller peitschte wie die Flügel einer alten Windmühle die Luft und trieb das altertümliche Gefährt gemächlich voran. Die leinwandbespannten Tragflächen knatterten im Fahrtwind und besaßen die an den Seiten ausgebogene Hinterkante, die für die ersten Flugzeuge so charakteristisch war. Von der Fronthaube bis zum hinteren Höhenleitwerk war die ganze Maschine knallgelb angestrichen. Der Sergeant setzte den Feldstecher ab, als das Flugzeug jetzt unmittelbar neben dem Tower vorbeidröhnte. Deutlich konnte er das schwarze Eiserne Kreuz ausmachen, das Kennzeichen der Deutschen während der beiden Weltkriege.

Unter anderen Umständen hätte sich der Sergeant wahrscheinlich zu Boden geworfen, wäre ein Flugzeug in einer Entfernung von höchstens zwei Metern am Tower vorbeigerauscht. Doch dieses Gespensterflugzeug, das direkt aus dem dunstigen Himmel im Westen aufgetaucht zu sein schien, machte ihn fassungslos, und er blieb wie versteinert stehen. Die Maschine zog jetzt eine Schleife und kam dann frontal auf den Tower zugeflogen. Der Pilot winkte dem Sergeant übermütig aus seiner Kanzel zu. Er war dem Tower so nahe, daß der Sergeant seine Gesichtszüge unter dem zerschlissenen Lederhelm und der Fliegerbrille erkennen konnte. Die Spukgestalt grinste ihn an und tätschelte die Läufe der beiden Maschinengewehre, die auf der Motorhaube montiert waren.

Sollte das ein Witz sein? War der Pilot vielleicht irgendein verrückter Grieche, der sich einen Spaß mit ihm machen wollte? Wo kam er her? Diese Fragen schwirrten dem Sergeant noch durch den Kopf, als er plötzlich hinter dem Propeller zwei Mündungsfeuer aufblitzen sah. Die Fensterscheiben des Towers zersprangen, und die Scherben klirrten auf den Boden.

Plötzlich herrschte Krieg auf Brady Field. Der Doppeldecker umkurvte den Tower, setzte zum Sturzflug an und nahm die schnittigen Düsenjäger, die auf dem Rollfeld standen, unter Beschuß. Eine nach der anderen wurden die F-105 Starfires vom Kugelhagel bestrichen, und ihre dünne Aluminiumverkleidung wurde von den alten Neun-Millimeter-Geschossen durchsiebt. Drei von ihnen gingen lichterloh in Flammen auf, als ihre mit Kerosin randvoll gefüllten Tanks getroffen wurden, und verwandelten die Rollbahn in eine lodernde Teerpfütze. Wieder und wieder brauste das knallgelbe Gespenst über den Flugplatz und verschoß sein tödliches Blei. Als nächste explodierte eine der C-133 Cargomaster in einem dreißig Meter hohen Flammenmeer.

Der Sergeant lag im Tower auf dem Boden und schaute verwundert auf das blutige Rinnsal, das aus seiner Brust sickerte. Vorsichtig zog er das schwarze Notizbuch aus seiner Brusttasche und betrachtete überrascht und zugleich fasziniert das kleine, sauber gestanzte

Loch mitten auf dem Umschlag. Ein dunkler Schleier überschattete seine Augen. Ärgerlich schüttelte er ihn ab, kniete sich unter großen Anstrengungen auf und sah sich im Raum um.

Ein glitzernder Scherbenteppich bedeckte den Boden, das Funkgerät und die Möbel. Wie ein totes Tier aus Metall lag der Air Conditioner mitten im Raum; die Beine ragten starr in die Höhe, und aus ein paar Schußlöchern tröpfelte die Kühlflüssigkeit. Der Sergeant starrte, noch immer ganz benommen, das Funkgerät an. Wie durch ein Wunder war diesem nichts geschehen. Unter großen Schmerzen kroch er auf den Apparat zu, wobei er sich Hände und Knie an den Glasscherben aufschnitt. Er ergriff das Mikrophon und umklammerte es fest. Blut tropfte auf den schwarzen Plastikgriff.

Nur mühsam formten sich seine Gedanken. Wie lauten die Vorschriften? fragte er sich. Was sagt man in so einem Fall? *Sag irgendwas*, fuhr es ihm durch den Kopf, *sag irgendwas!*

»An alle, die mich hören können. MAY DAY! MAY DAY! Hier spricht Brady Field. Wir werden von einem unbekannten Flugzeug angegriffen. Es handelt sich nicht um ein Manöver. Ich wiederhole: Brady Field wird angegriffen . . .«

1. Kapitel

Major Dirk Pitt rückte die Kopfhörer auf seinem dichten schwarzen Haar zurecht und drehte langsam den Abstimmknopf, um den Empfang schärfer einzustellen. Er hörte eine Zeitlang aufmerksam zu. In seinen dunklen, meergrünen Augen spiegelte sich Verwirrung wider. Sein tiefgebräuntes und von Wind und Wetter gegerbtes Gesicht drückte Ärger aus, und er runzelte die Stirn.

Nicht, daß die Worte, die aus dem Lautsprecher erklangen, unverständlich gewesen wären. Sie waren sogar sehr deutlich zu verstehen. Aber er traute einfach seinen Ohren nicht. Er horchte noch einmal genau hin, ohne sich von dem Dröhnen beeinträchtigen zu lassen, das die Triebwerke der PBY *Catalina* von sich gaben. Die Stimme, die er vernahm, wurde immer schwächer, obwohl sie eigentlich hätte lauter werden müssen. Der Lautstärkeregler war bis zum Anschlag aufgedreht, und Brady Field war höchstens fünfzig Kilometer entfernt. Normalerweise hätte die Stimme des Fluglotsen Pitts Trommelfelle zerreißen müssen. Entweder geht dem Fluglotsen die Puste aus, oder er ist schwer verwundet, überlegte Pitt. Er dachte eine Minute lang nach, griff dann nach rechts und rüttelte die Gestalt wach, die im Copilotensitz den Schlaf des Gerechten schlief.

»Aufgewacht, Dornröschen!« Er sprach mit sanfter, leiser Stimme, die allerdings noch eindringlich genug war, um nicht im Flugzeuglärm unterzugehen.

Captain Al Giordino hob verschlafen den Kopf und gähnte hingebungsvoll. Wie sehr ihn der dreizehnstündige Dauerflug in dem alten vibrierenden PBY-Flugboot erschöpft hatte, ließ sich an seinen dunkel umschatteten Augen ablesen. Er reckte die Arme hoch, holte tief Luft und streckte sich. Dann richtete er sich auf, beugte sich nach vorn und starrte in die Ferne, die sich endlos vor dem Fenster des Cockpits ausbreitete.

»Haben wir schon die *First Attempt* erreicht?« fragte er und gähnte nochmals.

»Fast«, erwiderte Pitt. »Da vorn liegt Thasos.«

»Verflucht nochmal«, knurrte Giordino; dann grinste er. »Ich hätte doch noch gute zehn Minuten schlafen können. Warum hast du mich geweckt?«

»Ich habe einen Funkspruch vom Tower in Brady Field aufgefangen. Der Flughafen wird von einem unbekannten Flugzeug angegriffen.«

»Das meinst du doch nicht ihm Ernst?« entgegnete Giordino ungläubig. »Das ist doch ein Witz!«

»Ich glaube kaum. Die Stimme des Fluglotsen klang nicht so, als wollte er uns auf den Arm nehmen.« Pitt unterbrach sich und warf einen Blick auf die Wasseroberfläche, über der die PBY in einer

Höhe von nur fünfzehn Metern dahinraste. Pitt war die letzten dreihundert Kilometer so niedrig geflogen, aus Spaß, und um sich munter zu halten und seine Reaktionen zu trainieren.

»Möglicherweise stimmt es tatsächlich«, meinte Giordino nachdenklich und deutete durch die Scheibe. »Sieh mal da, im Osten der Insel!«

Beide Männer starrten angespannt zu der Insel hinüber, die rasch aus dem Wasser auftauchte. Unmittelbar hinter der Brandung erstreckte sich ein breiter sandiger Küstenstreifen, danach erhoben sich sanft geschwungene, dicht bewaldete Hügel. Die Farben flimmerten in der heißen Luft und bildeten einen lebhaften Gegensatz zu dem gleichförmigen Blau des Ägäischen Meeres. Im Osten von Thasos stieg eine riesige Rauchsäule in den windstillen Himmel auf, die oben in eine große, spiralförmige schwarze Wolke auslief. Die PBY näherte sich rasch der Insel, und schon konnte man die orangerot lodernden Flammen zu Füßen der Rauchsäule erkennen.

Pitt nahm das Mikrophon zur Hand und drückte die Sprechtaste.

»Hallo Brady Field! Hallo Brady Field! Hier spricht PBY 086. Bitte kommen.« Niemand antwortete. Pitt wiederholte den Ruf noch zweimal.

»Keine Antwort?« wollte Giordino wissen.

»Nichts«, erwiderte Pitt.

»Du hast gesagt, es war *ein* unbekanntes Flugzeug. Nur ein einziges?«

»Genau, das hat der Tower gemeldet, bevor er sich in nichts aufgelöst hat.«

»Das ergibt doch keinen Sinn. Ein einzelnes Flugzeug greift doch keinen Luftwaffenstützpunkt der Vereinigten Staaten an.«

»Wer weiß?« entgegnete Pitt und zog die Steuersäule leicht zu sich heran. »Vielleicht handelt es sich um irgendeinen wütenden griechischen Bauern, der es satt hat, daß unsere Düsenjäger fortwährend seine Ziegen erschrecken. Ein Großangriff kann es jedenfalls nicht sein, sonst hätte uns Washington zweifellos schon verständigt. Wir müssen abwarten, bis wir mehr wissen.«

Er rieb sich die Augen und kniff sie ein paarmal zusammen, um seine Schläfrigkeit zu vertreiben.

»Mach dich fertig. Ich ziehe kurz hoch, schwenke über den Hügeln ein und gehe dann mit der Sonne im Rücken irgendwo nieder. Wir wollen uns die Sache mal aus der Nähe ansehen.«

»In Gottes Namen.« Giordino zog die Augenbrauen zusammen und grinste Pitt verbissen an. »Wenn das da unten ein mit Raketen bestückter Kampfbomber ist, haben wir mit unserer alten Klapperkiste kaum eine Chance.«

»Keine Angst«, lachte Pitt. »Alles, was ich im Leben erreichen möchte, ist, so lange wie möglich gesund und munter zu bleiben.« Er gab Gas und ließ die beiden Pratt and Whitney-Motoren aufheulen. Seine großen braunen Hände zogen die Steuersäule noch weiter nach hinten, und die Maschine hob ihre flache Nase der Sonne entgegen. Die *Catalina* stieg rasch, gewann in Sekunden an Höhe, schwenkte über den Hügeln ein und nahm Kurs auf die immer größer werdende Rauchwolke.

Plötzlich dröhnte eine Stimme in Pitts Kopfhörern. Der unerwartete Lärm ließ ihn beinahe taub werden, ehe er die Lautstärke zurückgedreht hatte. Es war dieselbe Stimme wie vorhin – nur lauter diesmal.

»Hier ist die Flugleitung von Brady Field. Wir werden angegriffen! Ich wiederhole, wir werden angegriffen! Bitte kommen ... Irgend jemand! Bitte kommen!« Die Stimme klang total hysterisch.

»Flugleitung Brady Field, hier spricht PBY 086. Ende«, meldete sich Pitt.

»Gott sei Dank; jemand, der Antwort gibt«, keuchte es in Pitts Kopfhörer.

»Ich habe schon vorher versucht, Sie zu erreichen. Aber Sie waren plötzlich verschwunden.«

»Ich bin beim ersten Angriff verwundet worden. Ich ... ich muß ohnmächtig geworden sein. Jetzt bin ich wieder in Ordnung.« Die Worte kamen abgerissen, waren aber klar zu verstehen.

»Wir befinden uns rund fünfzehn Kilometer westlich von Ihnen.

Höhe etwa zweitausend Meter.« Pitt sprach langsam und verzichtete darauf, seine Position ein zweitesmal durchzugeben. »Wie sieht es bei Ihnen aus?«

»Wir können uns nicht verteidigen. Unsere gesamten Einsatzkräfte sind am Boden zerstört worden. Die nächste Staffel Abfangjäger ist eintausend Kilometer von hier stationiert. Sie kommen auf jeden Fall zu spät. Können Sie etwas tun?«

Obwohl der andere ihn nicht sehen konnte, schüttelte Pitt unwillkürlich den Kopf. »Unmöglich, Brady Field. Meine Höchstgeschwindigkeit beträgt noch nicht einmal dreihundertfünfzig Stundenkilometer, und ich habe nur ein paar Gewehre an Bord. Es wäre reiner Irrsinn, Jagd auf einen Düsenbomber zu machen.«

»Bitte helfen Sie uns«, flehte die Stimme. »Unser Angreifer ist kein Düsenbomber, sondern ein uralter Doppeldecker aus dem Ersten Weltkrieg. Bitte helfen Sie uns.«

Pitt und Giordino sahen sich sprachlos an. Es dauerte eine Weile, bis sich Pitt wieder gefaßt hatte.

»Okay, Brady Field, wir spielen mit. Aber es wäre gut, wenn Sie die Sicherheitsbefeuerung Ihres Towers in Betrieb setzten. Sie könnten sonst zwei alte Mütterchen für den Rest ihres Lebens unglücklich machen, wenn wir, mein Copilot und ich, mit aller Kraft dagegenkrachen. Ende.« Pitt wandte sich Giordino zu und gab ihm mit unbewegter Miene seine Anweisungen; seine Stimme klang ruhig und zuversichtlich. »Geh nach hinten und mach die Ladeluke auf. Dann nimmst du dir einen der Karabiner und betätigst dich als Scharfschütze.«

»Ich kann einfach nicht glauben, was ich da gehört habe.« Giordino war noch immer wie vor den Kopf geschlagen.

Pitt schüttelte den Kopf. »Ich kann's auch noch nicht ganz fassen. Aber wir müssen den Jungs dort unten auf jeden Fall unter die Arme greifen. Also mach zu.«

»Ich mach ja schon«, murmelte Giordino. »Aber ich versteh' das Ganze trotzdem nicht.«

»Es hat keinen Sinn, sich jetzt darüber den Kopf zu zerbrechen, lieber Freund.« Pitt boxte Giordino sanft gegen den Arm und lächelte ihm kurz zu. »Viel Glück.«

»Das kannst du dir für dich selbst aufsparen. Die Geschichte kann dich genauso gut Kopf und Kragen kosten wie mich«, gab Giordino ernst zurück. Dann erhob er sich von seinem Sitz und machte sich auf den Weg in den Laderaum des Flugbootes. Dort nahm er den 30er Karabiner aus dem Waffenschrank und schob einen fünfzehnschüssigen Ladestreifen in das Magazin. Ein warmer Windstoß schlug ihm ins Gesicht, als er die Luke aufstieß. Er überprüfte das Gewehr, setzte sich hin und wartete, in Gedanken bei dem Mann, der das Flugboot steuerte.

Giordino kannte Pitt schon seit langem. Sie hatten bereits als Jungen miteinander gespielt, waren dann zusammen im selben Leichtathletikteam der High School gewesen und hatten dieselben Mädchen zu Freundinnen gehabt. Er kannte Pitt länger als irgend jemanden sonst. Der Major vereinigte sozusagen zwei Persönlichkeiten in sich, von denen die eine kaum etwas mit der anderen zu tun hatte. Da gab es den nüchtern berechnenden Pitt, der nur selten einen Fehler machte und dennoch fröhlich und unkompliziert war und sich leicht mit jedem anfreundete – zwei Eigenschaften, die nur selten in einem Menschen zusammentreffen. Und dann gab es den anderen Pitt, der oft niedergeschlagen war und sich manchmal stundenlang in der Einsamkeit verkroch, der abweisend und eigenbrötlerisch war, als ob er in einer wirklichkeitsfernen Traumwelt lebte. Es mußte einen Schlüssel geben, der die Tür zwischen den beiden Pitts öffnen konnte, doch Giordino hatte ihn bisher nicht gefunden. Er wußte nur, daß sich diese zwei Persönlichkeiten seit einem Jahr häufiger ablösten – seit Pitt auf Hawaii eine Frau verloren hatte, die er tief geliebt hatte.

Giordino fiel ein, wie sich Pitts Augen plötzlich verändert hatten, als er vorhin den Hilferuf aufgefangen hatte, wie ihr tiefes Grün zu glitzerndem Leben erwacht war. Giordino hatte noch nie solche Augen gesehen – bis auf ein einziges Mal. Als er sich jetzt daran erinnerte und einen Blick auf den fehlenden Finger an seiner rechten

Hand warf, überlief ihn ein leiser Schauer. Er zwang sich, mit seinen Gedanken wieder in die Gegenwart zurückzukehren, und entsicherte den Karabiner. Seltsam – aber jetzt fühlte er sich geborgen.

Vorn im Cockpit machte sich Pitt gerade für den Anflug auf Brady Field fertig. Die Konzentration und die Anspannung ließen seine Gesichtszüge noch männlicher als sonst erscheinen. Er war kein schöner Mann, und Frauen stieß er eher ab. Sie fühlten sich in seiner Gegenwart normalerweise eingeschüchtert. Irgendwie spürten sie, daß er nicht der Mann war, den man mit weiblicher List und Koketterie um den Finger wickeln konnte. Er genoß es zwar, wenn er in weiblicher Gesellschaft war, und hatte auch ein Gespür für ihre erotische Ausstrahlung; doch er verabscheute das Versteckspiel, die Schmeicheleien und unaufrichtigen Liebenswürdigkeiten, die nötig waren, um eine Durchschnittsfrau zu verführen. Nicht, daß er zu ungeschickt gewesen wäre, eine Frau ins Bett zu bekommen; im Gegenteil, er konnte genügend Erfolge auf diesem Gebiet vorweisen. Aber er mußte sich dazu immer erst einen Ruck geben. Er liebte die geradlinigen, offenen Frauen, doch gerade die waren selten.

Pitt schob die Steuersäule nach vorn, und die PBY senkte die Nase und setzte zu einem langgezogenen Gleitflug auf das Flammenmeer von Brady Field an. Auf dem schwarzen Höhenmesser glitt der Zeiger langsam zurück. Die fünfundzwanzig Jahre alte Maschine begann zu vibrieren, als er sie noch steiler nach unten zwang. Sie war nicht für so hohe Geschwindigkeiten angelegt. Man hatte sie für Aufklärungs- und Langstreckenflüge konstruiert. Sie war äußerst zuverlässig, doch damit waren ihre Qualitäten auch schon erschöpft.

Pitt hatte seinerzeit den Kauf des Flugbootes beantragt, als er von der Air Force zur National Underwater and Marine Agency übergewechselt war. Das war damals auf Bitten von dem Direktor der NUMA, Admiral James Sandecker, geschehen. Pitt hatte seinen Dienstgrad als Major behalten; offiziell rangierte er jedoch als Leiter des Sonderdezernats. Eine geregelte Bürozeit gab es nicht für ihn; er hatte nur die anfallenden Schreibarbeiten zu erledigen. Seine

Hauptaufgabe bestand darin, immer dann einzugreifen, wenn irgendein Projekt an Schwierigkeiten nicht wissenschaftlicher Natur zu scheitern drohte. Und gerade für solche Aufgaben eignete sich die PBY *Catalina* ideal. Sie war wie geschaffen für den Transport von Passagieren und Frachtgut, und man konnte mit ihr wassern. Das war das wichtigste; denn die meisten Unternehmungen der NUMA fanden auf offenem Meer statt.

Plötzlich sah Pitt einen Farbfleck vor der schwarzen Rauchwolke aufleuchten. Ein knallgelbes Flugzeug tauchte aus dem Rauch auf, zog eine enge Schleife, was auf eine gute Manövrierfähigkeit deutete, und verschwand wieder. Pitt nahm die Geschwindigkeit zurück. Das gelbe Flugzeug schoß auf der anderen Seite wieder aus der Rauchwolke heraus und nahm Brady Field erneut unter Beschuß.

»Das gibt's doch nicht«, rief Pitt unwillkürlich aus. »Eine *Albatros*!«

Die *Catalina* stieß, die Sonne im Rücken, auf die *Albatros* hinab. Der Pilot, ganz in sein grausames Geschäft vertieft, bemerkte sie nicht. Ein bitteres Lächeln überflog Pitts Züge. Schade, daß im Bug der PBY keine Maschinengewehre installiert waren, mit denen er das Feuer auf den Doppeldecker hätte eröffnen können. Er ließ das Flugboot über den linken Flügel abkippen, um in die für Giordino günstigste Schußposition zu kommen. Noch immer hatte ihr Gegner sie nicht entdeckt. Plötzlich bellte Giordinos Karabiner wiederholt auf.

Sie flogen direkt über dem Doppeldecker, als der Lederhelm endlich herumwirbelte. Pitt konnte deutlich erkennen, wie der Pilot in sprachlosem Entsetzen den Mund aufriß, als er das große Flugboot auf sich zustürzen sah – der Jäger war plötzlich der Gejagte. Doch er erholte sich rasch von seinem Schreck, und die *Albatros* wich in einem engen Bogen nach unten aus. Giordinos Salve hatte sie aber jedenfalls erwischt.

Der zweite Akt des erbitterten Kampfes begann. Die beiden ungleichen Gegner gingen erneut in Gefechtsstellung. Die PBY war zwar schneller, der *Albatros* an Manövrierfähigkeit jedoch weit unterlegen. Zudem besaß sie keine Maschinengewehre. Die *Albatros* ist nicht so bekannt wie ihr berühmtes Gegenstück, die *Fokker*. Doch sie war ein ausgezeichnetes Kampfflugzeug und bildete in den Jahren 1916–1918 das Rückgrat der deutschen Luftwaffe.

Der Pilot der *Albatros* hatte seine Maschine kurz über dem Boden abgefangen. Er wendete und nahm direkt Kurs auf das Cockpit der PBY. Pitt reagierte rasch und riß den Steuerknüppel bis zum Anschlag zurück. Er schickte ein Stoßgebet zum Himmel, daß die Schweißnähte zwischen den Tragflächen und dem Rumpf hielten, als das schwerfällige Flugboot ächzend zu einem Looping ansetzte. Er ließ alle Vorsicht, alle Flugregeln außer acht und konzentrierte sich ganz auf den tödlichen Zweikampf. Er meinte, das Metall reißen zu hören, als die PBY kreisförmig in den Himmel stieß. Auf dieses ungewöhnliche Ausweichmanöver war sein Gegner nicht gefaßt gewesen. Seine Maschinengewehrgarbe traf weit unter der PBY ins Leere.

Die *Albatros* zog nun in einem steilen Linksbogen ebenfalls nach oben und startete abermals einen Frontalangriff auf das Flugboot. Pitt sah, wie die Rauchspurgeschosse seines Gegners seine Windschutzscheibe um knappe drei Meter verfehlten. Ein Glück, daß der Bursche ein so lausiger Schütze ist! dachte er. Obwohl er ein ziemlich flaues Gefühl im Magen hatte, blieb Pitt unverändert auf Kollisionskurs. Erst im letzten Augenblick wich er aus. Giordino nutzte den kurzen Augenblick, in dem er die *Albatros* im Visier hatte. Der Lederhelm hatte allerdings geschickt reagiert und war bereits weggetaucht, als Giordino das Feuer eröffnete. Pitt verlor die senkrecht nach unten schießende *Albatros* einen Moment lang aus den Augen. Er zog in einer engen Kurve nach rechts und suchte den Himmel nach ihr ab. Zu spät. Er ahnte den Geschoßhagel, der das Flugboot traf, mehr, als daß er ihn bewußt wahrnahm. Er riß die Maschine wie wild nach unten. Ein trudelnder Sturzflug brachte ihn noch einmal in Sicherheit.

Der ungleiche Kampf ging weiter. Der Schauplatz verlagerte sich allmählich aufs offene Meer hinaus. Die Endrunde begann.

Pitt brach der Schweiß aus; in regelrechten Bächen rann er ihm über das Gesicht. Sein Gegner war mit allen Wassern gewaschen. Doch auch Pitt war ein Meister des Luftkampfes. Mit zäher Geduld, die er sich selbst nicht zugetraut hätte, wartete er auf den geeigneten Moment, um seinem Gegner den entscheidenden Schlag zu versetzen.

Der *Albatros* gelang es, sich in eine Position hinter und leicht über der *Catalina* zu manövrieren. Pitt behielt Richtung und Geschwindigkeit unverändert bei, und der Lederhelm, der schon den Sieg witterte, arbeitete sich bis auf fünfzig Meter an das hoch aufragende Heck des Flugbootes heran. Aber bevor noch die beiden Maschinengewehre losfeuern konnten, nahm Pitt das Gas weg und fuhr die Landeklappen aus, so daß das große Flugzeug wie ein Stein nach unten sackte. Der Pilot des Doppeldeckers wurde davon vollkommen überrascht. Er überflog die PBY, und zwar in so geringer Höhe, daß Giordino seine Salve direkt in den Motor der *Albatros* setzen konnte. Das altertümliche Flugzeug schwenkte vor dem Bug der PBY noch einmal ein. Pitt beobachtete mit der aufrichtigen Achtung, die ein kühner Mann dem ebenbürtigen Gegner entgegenbringt, wie der Pilot der *Albatros* seine Fliegerbrille hochschob und ihm einen kurzen Gruß zuwinkte. Dann war die gelbe Maschine vorbeigeflogen und verschwand in Richtung Westen über der Insel. Die lange schwarze Rauchfahne, die sie hinter sich herzog, war der sichtbare Beweis für Giordinos Schießkünste.

Die *Catalina* sackte immer tiefer ab, und ein paar zermürbende Sekunden lang hatte Pitt alle Hände voll zu tun, um das Flugzeug wieder unter Kontrolle zu bekommen. In einer langgezogenen Kurve begann er allmählich wieder zu steigen, bis er eine Höhe von eintausendfünfhundert Metern erreicht hatte. Er suchte die Insel und das Meer ab, doch der gelbe Doppeldecker blieb verschwunden.

Pitt war unbehaglich zumute. Irgendwie war ihm die gelbe *Albatros* bekannt vorgekommen. Er hatte das Gefühl, als wäre eine Spukgestalt aus alter, längst vergessener Zeit plötzlich wieder aufgetaucht. Doch so unvermittelt, wie es aufgetreten war, verschwand das unheimliche Gefühl auch wieder. Er seufzte tief auf, als seine Anspannung nachließ und ein Gefühl der Erleichterung sich in ihm breitmachte.

»Na, wann kriege ich meinen Verdienstorden?« fragte Giordino grinsend. Er stand in der Tür zum Cockpit. Aus einer schlimmen Kopfwunde lief ihm das Blut übers Gesicht. Der Kragen seines schreiend bunt geblümten Hemdes war bereits über und über rot.

»Ich spendiere dir lieber einen Drink, wenn wir gelandet sind«, erwiderte Pitt, ohne sich umzudrehen.

Giordino machte es sich auf dem Copilotensitz bequem. »Ich komme mir vor wie nach einer Achterbahnfahrt auf dem Long Beach Pike.«

Pitt mußte lachen. Er lehnte sich gemütlich zurück und sagte nichts. Endlich warf er Giordino einen Blick zu. Erschrocken kniff er die Augen zusammen. »Was ist denn mit dir passiert? Bist du getroffen?«

Giordino sah ihn spöttisch-besorgt an. »Wer hat dir denn eigentlich erzählt, daß man mit einer PBY einen Looping drehen kann?«

»Das war eine plötzliche Eingebung von mir«, erwiderte Pitt breit grinsend.

»Das nächste Mal warnst du deine Fluggäste vorher. Mich hat es wie einen Fußball im Laderaum herumgeschleudert.«

»Wo hast du dir denn den Kopf angehauen?« fragte Pitt neugierig.

»Willst du es unbedingt wissen?«

»Ja.«

Giordino war mit einemmal verlegen. »An der Klinke der Klotür.«

Pitt sah ihn entgeistert an, dann lachte er lauthals los. Giordino ließ sich von seiner Heiterkeit anstecken, und das Cockpit hallte von schallendem Gelächter wider. Es dauerte eine Weile, bis sie sich zu beruhigen vermochten und ihnen der Ernst der Situation bewußt wurde.

Zwar besaß Pitt noch einen klaren Kopf, doch allmählich verließen ihn seine Kräfte. Die Anstrengungen des stundenlangen Fluges und des nervenaufreibenden Luftkampfes schlugen in eine bleierne Müdigkeit um. Er stellte sich vor, wie wohltuend es wäre, unter einer kalten Dusche zu stehen, sich den Schweiß vom Körper zu spülen und danach frische Kleidung anzuziehen. Plötzlich erschien ihm das als die wichtigste Sache der Welt. Ihr eigentliches Ziel war die *First Attempt*, doch eine dunkle Ahnung ließ Pitt seine Absicht ändern.

»Statt gleich zur *First Attempt* zu fliegen und dort zu wassern, sollten wir lieber auf Brady Field zwischenlanden. Ich fürchte, wir haben ein paar böse Löcher im Rumpf.«

»Eine gute Idee«, pflichtete ihm Giordino bei. »Ich habe keine Lust zu schwimmen.«

Das große Flugboot setzte zur Landung an und ging hinter den Flugzeugtrümmern, die verstreut auf der Rollbahn herumlagen, nieder. Man hörte die Reifen aufjaulen, als das Fahrwerk hart auf dem glühend heißen Asphalt aufsetzte.

Pitt stellte die *Catalina* auf dem Vorfeld ab, so weit wie möglich von den lodernden Wracks entfernt. Er schaltete die Zündung aus, und die Umdrehungen der beiden Propeller wurden langsamer, bis sie silbern funkelnd in der Sonne stillstanden. Es herrschte völlige Stille. Er und Giordino saßen eine Zeitlang bewegungslos da, um die wohltuende Ruhe zu genießen.

Pitt ließ den Riegel seines Seitenfensters aufschnappen und sah gleichgültig zu, wie die Flughafenfeuerwehr gegen das Flammeninferno ankämpfte. Überall lagen Schläuche herum, und alle Männer rannten laut rufend durcheinander und vergrößerten so die allgemeine Verwirrung nur noch. Die F-105 waren bereits fast gelöscht, nur eine der beiden C-133 Cargomaster brannte noch lichterloh.

»Schau mal da hinüber«, sagte Giordino und deutete über das Vorfeld.

Pitt beugte sich über die Instrumententafel und starrte durch Giordinos Seitenfenster auf den blauen Kleinbus, der über die Rollbahn auf die PBY zugerast kam. Er war mit einigen Offizieren besetzt. Dem Bus folgten, wie eine rasende Hundemeute, dreißig oder vierzig jubelnde Rekruten.

»Na, das ist aber mal ein Empfang.« Pitt lächelte belustigt.

Giordino wischte sich mit einem Taschentuch über seine Kopfwunde. Als es sich mit Blut vollgesogen hatte, knüllte er es zusammen und warf es aus dem Fenster. Sein Blick glitt zur nahen Küste hinüber, und er starrte eine Zeitlang gedankenverloren aufs Meer. Schließlich wandte er sich zu Pitt um. »Ich nehme an, du weißt, daß wir verdammt viel Glück gehabt haben.«

»Ja, ich weiß«, erwiderte Pitt gleichmütig. »Ich war ein paarmal davon überzeugt, daß uns das Phantom gleich erwischen würde.«

»Ich möchte für mein Leben gern wissen, wer das eigentlich war und wozu die ganze Wahnsinnsaktion gut sein sollte.«

Man konnte sehen, wie es in Pitt arbeitete. »Vielleicht hilft es uns weiter, daß die *Albatros* gelb angestrichen war.«

Giordino sah seinen Freund fragend an. »Wieso? Hat denn die Farbe der alten Kiste etwas zu bedeuten?«

»Wenn du so brav die Geschichte der Luftfahrt studiert hättest wie ich«, frotzelte Pitt seinen Kameraden, »wüßtest du, daß die deutschen Piloten im Ersten Weltkrieg ihre Maschinen selbst angestrichen haben. Dabei verfielen sie manchmal auf die seltsamsten Muster.«

»Heb dir deine Geschichtsstunden für später auf«, brummte Giordino. »Ich will jetzt nichts weiter, als endlich aus diesem Käfig klettern, um den Drink zu kassieren, den du mir schuldest.« Er erhob sich von seinem Sitz und ging auf die Ausstiegsluke zu.

Der Kleinbus hielt mit kreischenden Bremsen neben der PBY. Alle vier Türen wurden aufgerissen, die Insassen stürzten johlend heraus und pochten wie verrückt gegen die Ausstiegsluke. Bald waren auch die Rekruten da, umringten das Flugzeug, ließen Pitt und Giordino hochleben und winkten ihnen im Cockpit zu.

Pitt blieb sitzen und winkte durch das Fenster zurück. Er war erschöpft und schlapp, doch in seinem Kopf arbeitete es immer noch.

Ein Name ging ihm nicht aus dem Sinn. »*Der mazedonische Falke*«, murmelte er vor sich hin.

Giordino, der schon in der Tür stand, drehte sich um. »Was hast du gesagt?«

»Oh, nichts, gar nichts.« Pitt seufzte tief. »Also los – ich spendiere dir jetzt deinen Drink.«

2. Kapitel

Als Pitt erwachte, war es dunkel. Er wußte nicht, wie lange er geschlafen hatte. War er nur kurz eingenickt, oder lag er schon seit ein paar Stunden im Bett? Eigentlich war es ihm gleichgültig. Die Federn des Feldbettes quietschten, als er sich umdrehte und nach einer bequemeren Lage suchte. Doch er konnte nicht wieder einschlafen. Woran das wohl liegen mochte? War das ständige Surren der Klimaanlage daran schuld? Doch er war es ja gewohnt, selbst bei dröhnendem Flugzeuglärm einzuschlafen. Auch die durchs Zimmer huschenden Schaben störten ihn nicht. Nein, es mußte an etwas anderem liegen. Plötzlich wurde es ihm klar: Es war sein Unterbewußtsein, das ihn wachhielt. Wie in einem nicht endenden Film spulten sich vor seinem inneren Auge die Ereignisse des Vortages immer von neuem ab.

Ein Bild stach besonders hervor. Es war ein Foto aus der Gemäldesammlung des *Imperial War Museum*. Pitt konnte sich deutlich daran erinnern: Ein deutscher Pilot stand neben einem Kampfflugzeug aus dem Ersten Weltkrieg. Er hatte seine Fliegermontur an, und seine rechte Hand ruhte auf dem Kopf eines riesengroßen Schäferhundes. Der Hund hechelte und sah mit einem ergebenen Blick zu seinem Herrn auf. Das Gesicht des Piloten wirkte sehr jungenhaft, und ohne den üblichen Schmiß und das Monokel fehlte ihm irgendwie das typisch preußische Aussehen. Trotzdem hatten sein selbstbewußtes Lächeln und die kerzengerade Haltung etwas Martialisches an sich.

Pitt konnte sich sogar an die Bildunterschrift erinnern: »*Der mazedonische Falke*.« Leutnant Kurt Heibert, Jagdstaffel 91, erzielte an der mazedonischen Front 32 Luftsiege über die Alliierten. Er war einer der erfolgreichsten Jagdflieger des Ersten Weltkriegs. Vermutlich am 15. Juli 1918 über dem Ägäischen Meer abgeschossen.«

Pitt lag eine Zeitlang da und starrte in die Dunkelheit. Mit dem Schlafen würde es wohl nichts mehr. Er setzte sich auf, stützte sich auf seinen Ellenbogen und tastete auf dem Nachttisch nach seiner Armbanduhr. Es war 4.09 Uhr. Er schwang die Beine aus dem Bett. Der Linoleumboden unter seinen Fußsohlen war angenehm kühl. Neben seiner Uhr lag eine Schachtel Zigaretten; er zündete sich eine an. Er machte einen tiefen Lungenzug, stand auf und reckte sich. Gequält verzog er sein Gesicht; der Rücken tat ihm von all dem Schulterklopfen, das er und Giordino über sich hatten ergehen lassen müssen, noch immer weh. Pitt mußte lächeln, als er an die überschwengliche Begeisterung dachte, mit der sie der ganze Flughafen gefeiert hatte.

Der Mond, der durch das Fenster schien, und die laue, klare Morgenluft verstärkten Pitts Unruhe. Er streifte seine Shorts ab und durchwühlte in dem fahlen Licht sein Gepäck. Endlich fand er seine Badehose. Er zog sie an, holte sich ein Handtuch aus dem Badezimmer und trat hinaus in die stille Nacht.

Die ganze Gegend war in helles Mondlicht getaucht. Sie wirkte geradezu gespenstisch, wie sie sich so still vor ihm ausbreitete. Der Himmel war mit Sternen übersät, und die Milchstraße zog sich wie ein breites weißes Band quer darüber.

Pitt ging zum Haupttor. Auf halbem Wege machte er halt und betrachtete die verlassen daliegende Rollbahn. Die Lichterreihe, die sie begrenzte, war an mehreren Stellen unterbrochen: Auch die Randbefeuerung hatte bei dem Überfall einiges abbekommen. Trotzdem, die Rollbahn war für eine Nachtlandung noch klar genug zu erkennen. Jenseits der Befeuerung konnte er die PBY ausmachen, die wie eine große, dicke Ente einsam am hinteren Ende des Vorfeldes stand. Die Geschosse, die sie während des Gefechtes getroffen hatten, hatten übrigens so gut wie keinen Schaden angerichtet. Der Wartungsdienst hatte versprochen, die Reparatur gleich am nächsten Morgen zu erledigen. In drei Tagen würde die Maschine wieder flugtauglich sein. Colonel James Lewis, der Kommandant des Flughafens, hatte sich wortreich dafür entschuldigt, daß es so lange dauern würde; aber seine Leute waren vor allem damit beschäftigt, die Starfires und die zwei Cargomaster wieder instand zu setzen. Giordino und Pitt sollten inzwischen auf Brady Field bleiben. Sie hatten das Rettungsboot der *First Attempt* zu ihrer Verfügung, um zwischen dem Schiff und der Insel hin und her zu pendeln. Das war ihnen nur recht; denn die Kabinen der *First Attempt* waren ohnehin überbelegt.

»Bißchen früh zum Baden. Meinen Sie nicht?«

Die Stimme riß Pitt aus seinen Gedanken, und er blieb erschrocken in dem gleißenden Licht eines Scheinwerfers stehen. Der Scheinwerfer war auf dem Dach des Wachhäuschens am Haupttor installiert, das auf einer Verkehrsinsel in der Mitte der Straße stand. Es war gerade groß genug, daß ein Mann darin sitzen konnte. Ein kleiner, stämmiger Militärpolizist kam heraus und musterte Pitt eingehend.

»Ich konnte nicht schlafen.« Kaum hatte er das gesagt, ärgerte sich Pitt auch schon, daß ihm nichts Witzigeres eingefallen war. Aber es ist ja, verdammt nochmal, wirklich die Wahrheit! dachte er.

»Kann ich Ihnen nicht verdenken«, sagte der MP. »Nach allem, was heute passiert ist, würde es mich ehrlich wundern, wenn jemand diese Nacht gut schlafen könnte.« Bei dem Gedanken an Schlaf mußte er gähnen.

»Es muß elend langweilig sein, hier die ganze Nacht herumzusitzen«, meinte Pitt.

»Da haben Sie recht«, erwiderte der Polizist. Er hakte die eine Hand mit dem Daumen in seinen Gürtel, während er die andere auf den 45er Colt legte, der an seiner Hüfte herunterbaumelte. »Wenn Sie hinaus wollen, müssen Sie Ihren Passierschein zeigen.«

»Tut mir leid, ich habe keinen.« Pitt hatte vergessen, Colonel Lewis um einen Passierschein zu bitten, mit dem er das Fluggelände verlassen und wieder betreten konnte.

Das Gesicht des MP wurde plötzlich ganz amtlich. »Dann müssen Sie leider zur Kaserne zurück und ihn holen.« Er schlug nach einem Nachtfalter, der an seinem Gesicht vorbei auf den Scheinwerfer zuflatterte.

»Das wäre reine Zeitverschwendung. Ich habe gar keinen Passierschein.« Pitt lächelte Mitleid heischend.

»Versuchen Sie nicht, mich auf den Arm zu nehmen, Kamerad. Niemand kommt hier ohne Passierschein rein oder raus.«

»Ich schon.«

»Und wie haben Sie das geschafft?«

»Ich bin hereingeflogen.«

Verdutzt sah ihn der Militärpolizist an. Auf seiner weißen Mütze ließ sich ein neuer Nachtfalter nieder. Er bemerkte ihn gar nicht. Dann endlich begriff er. »Sie sind der Pilot der *Catalina*!« platzte er heraus.

»Erraten.«

»Darf ich Ihnen gratulieren?« Der Polizist lächelte breit. »Das war ein Meisterstück. Ich habe noch nie jemanden so gut fliegen sehen.« Er hielt Pitt seine Pranke hin.

Pitt ergriff die ausgestreckte Hand und zuckte zusammen. Er hatte selbst einen kräftigen Händedruck, aber das war nichts gegen den des Wachtpostens.

»Danke. Aber ich wäre viel zufriedener gewesen, wenn mein Gegner abgestürzt wäre.«

»Der kann nicht mehr weit gekommen sein. Er hat ja schon aus allen Löchern gequalmt, als er über die Hügel das Weite gesucht hat.«

»Vielleicht ist er auf der anderen Seite der Insel abgestürzt?«

»Unmöglich. Der Colonel hat uns über die ganze Insel gejagt. Wir haben gesucht, bis es dunkel wurde, aber nicht das geringste gefunden.« Er sah mißmutig drein. »Was mir am meisten gestunken hat, war, daß wir zu spät zum Essenfassen zurückgekommen sind.«

Pitt grinste. »Er muß im Meer untergegangen sein. Oder er hat es bis zum Festland geschafft.«

Der Posten zuckte die Achseln. »Kann sein. Aber eins ist sicher: Auf Thasos ist er nicht. Mein Wort darauf.«

Pitt lachte. »Okay.« Er warf sich das Handtuch über die Schultern und zupfte an seiner Badehose. »Tja, es war nett, sich mit Ihnen zu unterhalten . . .«

»Airman Moody, Sir.«

»Ich bin Major Pitt.«

Der Polizist wurde blaß. »Oh, tut mir leid, Sir. Ich wußte nicht, daß Sie Offizier sind. Ich dachte, Sie wären so ein Zivilist von der NUMA. Ich lasse Sie diesmal passieren, Major, aber es wäre besser, wenn Sie sich einen Passierschein zulegten.«

»Ich werde mich gleich nach dem Frühstück darum kümmern.«

»Meine Ablösung kommt um acht. Wenn Sie bis dahin nicht zurück sind, informiere ich ihn, damit er Sie ohne Schwierigkeiten wieder durchläßt.«

»Vielen Dank, Moody. Vielleicht sehen wir uns später noch.« Pitt hob grüßend die Hand, drehte sich um und ging die enge Pflasterstraße zur Küste hinunter.

Nach etwa anderthalb Kilometern gelangte er an eine kleine Bucht. Sie lag etwas unterhalb der Straße und war ringsum von großen, rissigen Felsbrocken eingesäumt. Er ging den schmalen Pfad zum Sandstrand hinunter, ließ sein Handtuch fallen und stapfte in die Brandung. Die auslaufenden Wellen umspülten seine Füße. Es regte sich fast kein Hauch, und die See war ruhig. Das Mondlicht verwandelte das Meer in eine silbern spiegelnde Fläche, deren Glanz in der Ferne verdämmerte, bis er am Horizont mit dem Himmel verschmolz. Eine Zeitlang stand Pitt nur da und nahm die friedliche Stimmung in sich auf. Dann ging er langsam ins Wasser und schwamm hinaus.

So oft Pitt so allein im Meer schwamm, überkam ihn jedesmal ein eigenartiges Gefühl. Ihm war, als ob sein Körper auf einmal zu existieren aufhörte und er nur noch ein schwereloses, geisterhaftes Wesen sei. Seine Sinne nahmen die Umwelt nur noch undeutlich wahr, und alles, was er tat, war zu hören: Er lauschte in die Stille. In seinem Inneren fühlte er dann völlige Ruhe und Klarheit. Er dachte an nichts mehr; was ihn sonst bedrückte und beschäftigte, war vergessen; alles löste sich in der unendlichen Weite des Meeres auf.

Beinahe eine volle Stunde trieb er so im Wasser. Da schlug eine kleine Welle über sein Gesicht, und er verschluckte sich. Er mußte husten und merkte auf einmal wieder, wo er war. Langsam, und ohne sich anzustrengen, kraulte er zum Strand zurück. Als seine Hände den Boden berührten, ließ er sich das letzte Stück ans Ufer treiben. Er legte sich mit dem Oberkörper auf den Sand, ließ das Wasser um seine Beine plätschern und seine Haut umschmeicheln und nickte endlich ein.

Die Sterne verblaßten schon im fahlen Licht der Morgendämmerung, als er plötzlich aufschreckte. Er spürte, daß jemand in der Nähe war. Sofort war er hellwach. Er blieb reglos liegen und öffnete die Augen einen Spalt. Undeutlich konnte er über sich eine Gestalt ausmachen. Er kniff die Augen zusammen. Langsam nahm der Schatten Formen an. Es war eine Frau.

»Guten Morgen«, sagte er und setzte sich auf.

»Oh, mein Gott«, ächzte die Frau. Sie schlug die Hand vor den Mund, als wollte sie gleich losschreien.

Ihr Gesicht war in der Dunkelheit kaum zu erkennen, doch Pitt konnte sich vorstellen, wie entgeistert sie ihn anstarrte. »Entschuldigen Sie«, sagte er mit sanfter Stimme. »Ich wollte Sie nicht erschrekken.«

Die Hand sank langsam herab. Die Frau blieb reglos stehen und starrte ihn unverwandt an. Endlich fand sie ihre Sprache wieder. »Ich . . . ich dachte schon, Sie wären tot«, stammelte sie leise.

»Ich kann es Ihnen nachfühlen. Wenn ich über jemanden stolperte, der um diese Zeit in der Brandung schläft, würde ich das gleiche denken.«

»Sie haben mir einen ganz schönen Schrecken eingejagt, als Sie sich so einfach aufgesetzt und mit einemmal gesprochen haben.«

»Bitte entschuldigen Sie.« Plötzlich stutzte Pitt. Die Frau sprach Englisch! Und zwar ein reines Oxford-Englisch, mit einem ganz leichten deutschen Akzent. Er erhob sich. »Wenn ich mich vorstellen darf: Mein Name ist Dirk Pitt.«

»Ich heiße Teri«, erwiderte sie. »Ich kann Ihnen gar nicht sagen, wie froh ich bin, Sie gesund und munter zu sehen, Mr. Pitt.« Ihren Nachnamen hatte sie unterschlagen, aber Pitt war auch gar nicht so erpicht darauf, ihn zu erfahren.

»Sie können mir glauben, Teri, das Vergnügen ist ganz meinerseits.« Er deutete auf den Sand. »Wollen Sie mir nicht ein bißchen Gesellschaft leisten und der Sonne beim Aufgehen helfen?«

Sie lachte. »Danke, gern. Aber ob wir uns je wiedersehen dürfen? Nach allem, was ich von Ihnen gehört habe, könnten Sie irgendein Seeungeheuer sein. Kann ich Ihnen überhaupt trauen?« fragte sie mit einem spöttischen Unterton.

»Wenn ich ehrlich sein soll, nein. Fairerweise muß ich Sie vor mir warnen. Ich habe an diesem Platz hier schon über zweihundert unschuldige Jungfrauen verschlungen.« Pitts Humor mochte etwas dick aufgetragen sein. Doch das war die beste Methode, einer Frau auf den Zahn zu fühlen.

»Schade. Ich wäre zu gern die Nummer zweihunderteins gewesen. Aber ich bin leider keine unschuldige Jungfrau mehr.« Pitt sah das Weiß ihrer Zähne schimmern, als sie lächelnd fortfuhr: »Ich hoffe, Sie machen mir das nicht zum Vorwurf.«

»Aber nein. In dieser Sache bin ich nicht kleinlich. Aber ich muß Sie bitten, die Tatsache, daß Nummer zweihunderteins keine unbefleckte Unschuld mehr war, unbedingt geheimzuhalten. Denn würde das bekannt, wäre mein Ruf als Seeungeheuer dahin.«

Beide lachten, und sie ließ sich auf Pitts Handtuch nieder. Die Sonne stieg langsam aus dem Meer empor. Schon nach kurzer Zeit warf der orangefarbene Feuerball seine ersten goldenen Strahlen über die See. Pitt sah die Frau neben sich an und betrachtete sie in dem neuen Licht.

Er schätzte sie auf etwa dreißig. Sie trug einen ziemlich knapp sitzenden Bikini und konnte sich das auch durchaus leisten. Ihre Figur vereinte auf entzückende Weise einen kräftigen Körperbau und mädchenhafte Anmut; ihr Bauch war makellos glatt und der Busen von vollkommener Form, weder zu klein noch zu üppig. Ihre langen Beine waren gleichmäßig gebräunt, höchstens, daß sie etwas zu dünn waren. Doch Pitt beschloß, über dieses winzige Manko hinwegzusehen. Ihr Gesicht war von klassischem Schnitt. Pitt fühlte sich an die geheimnisvolle Schönheit einer griechischen Statue erinnert. Einzig eine Pockennarbe unter der rechten Schläfe störte das Ebenmaß ihrer Züge ein bißchen. Normalerweise blieb die Narbe unter ihrem schulterlangen, schwarzen Haar verborgen; doch sie hatte den Kopf zurückgeworfen, um den Sonnenaufgang zu beobachten, und so wurde der kleine Schönheitsfehler sichtbar.

Plötzlich wandte sie den Kopf. Sie hatte Pitts prüfende Blicke gespürt. »Sie wollten sich den Sonnenaufgang anschauen«, sagte sie mit einem leisen Lachen.

»Sonnenaufgänge habe ich genug gesehen. Aber das ist das erste Mal, daß ich Seite an Seite mit einer reizenden, griechischen Aphrodite zusammensitze.«

Ihre braunen Augen blitzten vergnügt auf.

»Sehr schmeichelhaft. Aber Aphrodite war die griechische Göttin der Schönheit und Liebe, und ich bin nur zur Hälfte Griechin.«

»Und die andere Hälfte?«

»Meine Mutter war Deutsche.«

»Und was machen Sie hier?«

»Ich bin zu Besuch bei meinem Onkel. Er lebt hier, ist aber auch ein Deutscher.«

»So genau will ich es gar nicht wissen. Leben Sie bei ihm?«

»Nein, ich sagte Ihnen ja, daß ich zu Besuch bin. Ich wurde zwar in Griechenland geboren, bin aber in England aufgewachsen und auch dort zur Schule gegangen. Mit achtzehn habe ich mich in einen Autohändler verliebt, der in seiner Freizeit Rennen fuhr, und habe ihn geheiratet.«

»Ich hätte nicht gedacht, daß Autohändler auch Rennen fahren.«

Sie überhörte seinen spöttischen Unterton. »Er ist leidenschaftlich gern gefahren, und er war sehr begabt«, setzte sie hinzu. »Er hat viele Rallyes und Bergrennen gewonnen.« Sie zuckte die Achseln und malte mit dem Finger kleine Kreise in den Sand. Ihre Stimme wurde auf einmal heiser. »Und dann hat es ihn eben eines Tages erwischt. Es regnete, er kam von der Fahrbahn ab und prallte frontal gegen einen Baum. Er war sofort tot.«

Pitt saß eine Weile schweigend da und sah sie von der Seite an. »Wie lang ist das her?« fragte er dann.

»Das war vor achteinhalb Jahren«, erwiderte sie leise.

Zorn stieg in Pitt auf. Was für eine Vergeudung, dachte er. Was für eine elende Vergeudung, wenn eine so hübsche Frau fast neun Jahre lang einem Mann nachtrauert. Je länger er darüber nachdachte, desto mehr wuchs seine Empörung. Er sah, wie ihr die Erinnerung an ihren Mann die Tränen in die Augen trieb. Das war kein Anblick für ihn. Er vergaß sich. Er beugte sich zu ihr hinüber und schlug ihr mit dem Handrücken hart ins Gesicht.

Entsetzt riß sie die Augen auf. Es dauerte eine Weile, bis sie den Schock verdaut hatte. »Warum schlagen Sie mich?« stieß sie endlich hervor.

»Weil Sie es nötig haben, dringend nötig«, fauchte er. »Es wundert mich, daß nicht schon längst jemand Sie übers Knie gelegt hat, um Ihnen dieses Gejammer auszutreiben. Ihr Mann ist also Rennen gefahren. Na und? Er ist tot und begraben, und davon, daß Sie jahrelang darüber heulen, wird er auch nicht wieder lebendig. Vergessen Sie ihn endlich! Sie sind eine schöne Frau – Sie können sich doch nicht Ihr ganzes Leben lang an einen Toten ketten!« Pitts Worte schienen ihr Eindruck zu machen. »Denken Sie darüber nach. Es ist Ihr Leben. Werfen Sie es nicht einfach weg, und spielen Sie nicht die trauernde Witwe, bis Sie alt und grau sind.«

Sie sah ihn gequält an. Die Tränen rannen ihr über die Wangen. Pitt ließ ihr Zeit, sich auszuweinen. Als sie endlich wieder zu ihm aufsah, tat sie es mit dem sanften und zugleich verschüchterten Blick eines kleinen Mädchens. Er nahm sie in die Arme und küßte sie. Ihre Lippen waren feucht und warm.

»Wann hattest du zum letzten Mal einen Mann?« fragte er.

»Keinen mehr, seit . . .« Die Stimme versagte ihr.

Ihre Körper vereinigten sich. Eine Formation Strandläufer schwirrte über sie hin und ließ sich auf dem feuchten Sand nahe der Brandung nieder. Geschäftig huschten sie durcheinander. Ab und zu warf einer der Vögel dem Liebespaar im Sand einen kurzen Blick zu, wandte sich dann desinteressiert wieder der Nahrungssuche zu und stocherte mit seinem langen gebogenen Schnabel im Sand.

Die Sonne stieg langsam höher, und ein Fischerboot tuckerte draußen auf dem Meer vorbei. Die Fischer waren viel zu sehr damit beschäftigt, ihre Netze auszuwerfen, als daß ihnen am Strand etwas aufgefallen wäre. Die Liebenden ließen schließlich voneinander ab. Teri sah Pitt lächelnd an.

»Ich weiß nicht, ob ich mich bei dir bedanken oder entschuldigen soll«, sagte er leise.

»Keines von beiden«, flüsterte sie.

Er küßte sie zärtlich auf die Augen. »Merkst du jetzt, was dir all diese Jahre gefehlt hat?« fragte er lächelnd.

»Ja. Und ich glaube, ich habe eine wundervolle Therapie für meine Depressionen entdeckt.«

»Ich verschreibe das meinen sämtlichen Patientinnen. Es ist ein garantiert wirksames Mittel gegen alle nur denkbaren Krankheiten.«

»Und wie hoch ist Ihr Honorar, Herr Doktor?« fragte sie lachend.

»Das ist erledigt.«

»So einfach kommst du nicht davon. Ich muß darauf bestehen, daß du heute abend zu meinem Onkel nach Haus zum Essen kommst.«

»Es wird mir ein Vergnügen sein«, erwiderte er. »Wann soll das Essen denn stattfinden? Und wie komme ich zum Haus deines Onkels?«

»Ich werde dem Chauffeur Bescheid sagen, daß er dich um sechs Uhr am Haupteingang von Brady Field abholt.«

Pitt zog die Augenbrauen hoch. »Wie kommst du darauf, daß ich auf Brady Field stationiert bin?«

»Du bist doch Amerikaner. Alle Amerikaner auf dieser Insel gehören zu Brady Field.« Teri nahm seine Hand und drückte sie an ihr Gesicht. »Erzähl mir von dir. Was tust du bei der Air Force? Fliegst du? Bist du Offizier?«

Pitt strengte sich an, ein möglichst ernstes Gesicht zu ziehen. »Ich bin der Müllmann von Brady Field.«

Sie riß überrascht die Augen auf. »Wirklich? Dazu bist du doch viel zu intelligent.« Sie sah in seine tiefgrünen Augen. »Na ja. Ich will dir deinen Beruf nicht madig machen. Bist du schon Sergeant?«

»Nein.«

Plötzlich sah Pitt in etwa dreißig Metern Entfernung hinter den Felsen etwas aufblitzen. Sorgfältig suchte er die Gegend mit den Augen ab, aber nichts rührte sich mehr.

Teri bemerkte seine Unruhe. »Stimmt etwas nicht?« fragte sie.

»Nein. Alles in Ordnung«, log Pitt. »Ich dachte, ich hätte etwas auf dem Wasser treiben sehen, aber da war wohl nichts.« Er sah sie versonnen an. »Ich gehe jetzt lieber zum Flugfeld zurück. Die Arbeit ruft.«

»Ich sollte auch heimgehen. Mein Onkel wird sich schon wundern, wo ich so lange bleibe.«

»Wirst du es ihm erzählen?«

»Du hast Ideen!« lachte sie. Sie stand auf, klopfte sich den Sand vom Körper und rückte ihren Bikini wieder zurecht.

Pitt lächelte und erhob sich ebenfalls. »Warum sehen eigentlich alle Frauen wie verwandelt aus, wenn sie mit einem Mann geschlafen haben?«

Sie zuckte die Achseln. »Vielleicht löst der Sex unsere Spannungen und läßt uns unsere Körper wiederentdecken.« Sie blitzte ihn aus braunen Augen an. »Du siehst, auch wir Frauen haben etwas Animalisches an uns.«

Pitt schlug ihr zärtlich auf den Hintern. »Komm, ich begleite dich heim.«

»Da hast du einen langen Fußmarsch vor dir. Die Villa meines Onkels liegt hinter Liminas.«

»Und wo liegt Liminas?«

»Etwa zehn Kilometer von hier, in den Bergen«, erwiderte sie und deutete die Straße nach Norden hinauf.

Sie spazierten gemütlich den Pfad hinan, der aus der Bucht herausführte. Oben am Straßenrand parkte ein kleines Kabriolett. Ein Mini Cooper, wie Pitt gleich sah, so staubig, daß der grüne Lack kaum noch zu erkennen war.

»Wie findest du meinen kleinen Flitzer?« wollte Teri stolz wissen.

»Nicht schlecht«, meinte Pitt anerkennend. »Gehört er dir?«

»Ja. Ich habe ihn erst vor vier Wochen in London gekauft und ihn dann selbst von Le Havre hier heruntergefahren.«

»Wie lange willst du bei deinem Onkel bleiben?«

»Ich habe drei Monate Urlaub, bleibe also noch mindestens sechs Wochen hier. Zurück fahre ich mit dem Schiff. Die Fahrt quer durch Europa hat zwar viel Spaß gemacht, war aber auch wahnsinnig anstrengend.«

Pitt hielt ihr die Tür auf, und sie glitt hinter das Steuer. Sie tastete eine Zeitlang unter ihrem Sitz herum, zog schließlich einen Schlüsselbund hervor und startete. Er beugte sich in den Wagen und küßte sie hauchzart. »Ich hoffe, daß dein Onkel mich nicht mit einem Schießeisen in der Hand erwartet.«

»Ganz im Gegenteil. Wahrscheinlich wird er dir ein Loch in den Bauch reden. Er mag die Leute von der Air Force. Er war im Ersten Weltkrieg selbst Flieger.«

»Nein, so was!« grinste Pitt boshaft. »Jede Wette, er erzählt, daß er mit Richthofen zusammen geflogen ist.«

»O nein. Er war nie in Frankreich. Er hat hier in Griechenland gekämpft.«

Pitts Spottlust war wie weggeblasen. Eine böse Ahnung beschlich ihn. Nervös umklammerte er die Tür, so fest, daß seine Knöchel weiß wurden. »Hat dein Onkel schon einmal von einem gewissen ... Kurt Heibert gesprochen?«

»Oft. Sie sind immer zusammen Patrouille geflogen.« Sie legte den ersten Gang ein. Dann lächelte sie ihn an und winkte ihm noch einmal kurz zu. »Bis heute abend. Komm nicht zu spät. Tschüs.«

Bevor Pitt noch etwas erwidern konnte, brauste sie schon in Richtung Norden davon. Er sah ihr so lange nach, bis ihr schwarzes, im Wind wehendes Haar hinter einer Kuppe verschwunden war.

Es wurde unangenehm heiß. In Gedanken versunken, drehte er sich um und ging nach Brady Field zurück. Er war erst ein paar Schritte gegangen, als er plötzlich im Sand neben der Straße Fußspuren entdeckte. Jemand mit genagelten Schuhen war dort gegangen.

Pitt kniete sich nieder, um die Abdrücke genauer zu untersuchen. Sie ließen sich leicht von seinen und Teris Spuren unterscheiden, denn beide waren sie barfuß gewesen. Pitts Blick wurde nachdenklich. Jemand ist Teri nachgeschlichen, überlegte er. Er hielt die Hand schirmend vor die Augen und sah nach der Sonne. Es war noch ziemlich früh am Morgen, und er hatte Zeit. Also beschloß er, der Spur noch etwas nachzugehen.

Sie führte zum Strand hinunter, bog jedoch auf halber Höhe zu den Felsen ab. Hier verlor sie sich. Pitt kletterte die Felsen wieder hinauf. Oben setzten sich die Spuren fort und führten, ein gutes Stück vom Ausgangspunkt entfernt, zur Straße zurück. Pitt mußte sich durch ein dichtes Dorngebüsch kämpfen. Der Schweiß rann ihm von der Stirn, und er kratzte sich blutig. Doch endlich stand er wieder auf der Straße. Hier endeten die Fußstapfen. Dafür nahm eine breite Reifenspur ihren Anfang. Die Reifen hatten ein merkwürdiges, rhombenförmiges Profil, das im Staub am Fahrbahnrand gut zu erkennen war.

Pitt breitete sein Handtuch auf der Straße aus, setzte sich hin und überlegte.

Derjenige, der Teri gefolgt war, hatte hier geparkt, war dann zu Teris Wagen zurückgegangen und ihr den Pfad zum Strand hinunter nachgeschlichen. Doch noch bevor der Spion unten angekommen war, hatte er Stimmen vernommen. Er hatte sich im Dämmerlicht hinter den Felsen versteckt und von dort aus Pitt und Teri beobachtet. Als es hell geworden war, hatte er sich im Schutz der Felsen aus dem Staub gemacht.

So weit gut. Aber etwas machte Pitt Kopfzerbrechen. Warum und von wem war Teri beobachtet worden? Möglicherweise war es natürlich nur ein Spanner gewesen. Pitt mußte lächeln. In diesem Fall war ihr Verfolger voll auf seine Kosten gekommen.

Ein anderer Punkt aber machte ihm größere Sorgen. Er überprüfte noch einmal die Reifenspuren. Für ein normales Auto waren sie zu breit. Sie stammten von einem größeren Fahrzeug, wahrscheinlich von einem Lastwagen.

Seine Blicke glitten von der Reifenspur zum Strand zurück. Er schätzte die Entfernung; es waren höchstens achtzig Meter. Und eben das vermochte er nicht zu begreifen: Ein Lastwagen steht an Punkt A. Achtzig Meter weiter sitzen am Strand an Punkt B zwei Leute. Warum hören sie es nicht, wenn der Lastwagen in der morgendlichen Stille anfährt?

Pitt zuckte die Achseln und gab die Grübelei auf. Dann stand er auf, schlug sein Handtuch über die Schulter und ging pfeifend zum Flugfeld zurück.

3. Kapitel

Der junge, blondhaarige Matrose machte die Leinen los, und der acht Meter lange Katamaran, das Rettungsboot der *First Attempt*, legte langsam von dem behelfsmäßigen Anlegeplatz ab, den man in der Nähe von Brady Field eingerichtet hatte. Gemächlich tuckerte er über die blaue Wasserfläche auf die *First Attempt* zu. Der bullige Vierzylindermotor beschleunigte auf knappe acht Knoten und ließ die vertrauten Dieselabgase über das Deck wehen. Es war kurz vor neun, und die Sonne brannte bereits unbarmherzig vom Himmel. Selbst die leichte Brise, die von der See her aufkam, brachte keine Erfrischung.

Pitt stand da und sah zu, wie die Küste hinter ihnen zurückblieb, bis die Anlegestelle zu einem kleinen, schmutziggrauen Fleck zusammengeschrumpft war. Dann ließ er sich mit seinen 85 Kilo auf der Heckreling nieder. Er spürte das Vibrieren der Antriebswelle unter seinem Hintern, der gefährlich weit draußen über dem weißschäumenden Kielwasser schwebte. Er drehte sich um und vertiefte sich in den Anblick der Schiffsschraube, die direkt unter ihm das Wasser aufwühlte. Sie waren nur noch einen halben Kilometer von der *First Attempt* entfernt, als Pitt endlich wieder aufsah und dem respektvollen Blick des jungen Matrosen begegnete, der vorn am Steuer saß und ihn beobachtete.

»Sie scheinen ja schon etliche Zeit auf einem Katamaran verbracht zu haben, Sir«, meinte der Matrose mit einem Hinweis auf Pitts Sitzweise. Er hatte ein intelligentes, aufgewecktes Gesicht, das ein langer, aber spärlicher blonder Bart zierte. Er war lediglich mit Bermuda-Shorts bekleidet.

Pitt hielt sich mit einer Hand am Flaggenstab fest, um nicht die Balance zu verlieren, und fischte mit der anderen eine Zigarette aus seiner Brusttasche. »Ich hatte selbst einmal einen, als ich noch die High School besuchte«, erwiderte er beiläufig.

»Sie haben wohl nahe am Meer gewohnt?« fragte der Matrose.

»Newport Beach in Kalifornien.«

»Nicht schlecht. Ich bin immer dorthin gefahren, wenn ich die Fortbildungskurse bei Scripps in La Jolla besuchte.« Er grinste verlegen. »Mann o Mann! Da gab es tolle Frauen! Sie müssen ja eine Menge Spaß gehabt haben, wenn Sie dort aufgewachsen sind.«

»Es gibt sicher üblere Gegenden, um die Pubertät durchzumachen.« Pitt wechselte das Thema, um die Gesprächigkeit des jungen Mannes auszunutzen. »Sagen Sie mal, was für Scherereien habt ihr eigentlich mit eurem Projekt?«

»Die ersten paar Wochen klappte alles wunderbar. Aber sobald wir einen erfolgversprechenden Platz für unsere Untersuchungen gefunden hatten, ging plötzlich alles schief, und jetzt jagt eine Panne die andere.«

»Zum Beispiel?«

»Wir haben vor allem Schwierigkeiten mit der Ausrüstung. Kabel reißen, wichtige Teile fehlen, die Generatoren gehen kaputt und was weiß ich noch.«

Sie waren inzwischen bei der *First Attempt* angelangt. Der Matrose wandte sich wieder dem Steuer zu und legte längsseits neben der Bordleiter an.

Die *First Attempt* war ein kleines Schiff, nur achthundertzwanzig Tonnen schwer und vierzig Meter lang. Sie war noch vor dem Zweiten Weltkrieg auf einer Werft in Rotterdam vom Stapel gelaufen. Da sie ursprünglich zum Hochseeschlepper bestimmt war, hatte sich ihre Besatzung mit ihr nach England abgesetzt, als die Deutschen in den Niederlanden einmarschierten. Während des Krieges hatte man sie in Liverpool zum Abschleppen torpedierter oder sonstwie manövrierunfähiger Kriegsschiffe eingesetzt. Nach dem Krieg hatte die holländische Regierung das Schiff an die U.S. Navy verkauft, und die hatte es eingemottet. Fünfundzwanzig Jahre lang hatte es dann unter einer riesigen grauen Plastikschutzhülle im Hafen von Olympia in Washington vor sich hin gerostet, bis es von der neugegründeten NUMA erworben und in ein hochmodernes ozeanographisches Forschungsschiff umgebaut worden war. Bei dieser Gelegenheit war es auf den Namen *First Attempt* getauft worden.

Pitt kletterte die Leiter hoch. An Deck wurde er von seinem Freund, Commander Rudi Gunn, begrüßt, dem Kapitän und Projektleiter der *First Attempt*.

»Gut siehst du aus«, sagte Gunn mit todernstem Gesicht, »abgesehen von deinen blutunterlaufenen Augen.« Er bot Pitt eine Zigarette an, die dieser unter Hinweis auf seine eigene, noch brennende ablehnte, und steckte sich dann selbst eine an.

»Ich höre, ihr habt Schwierigkeiten«, sagte Pitt.

Gunn sah ihn böse an. »Ja, du hast verdammt recht, wir haben

Schwierigkeiten«, schnauzte er. »Ich habe Admiral Sandecker ja nicht zum Spaß darum gebeten, dich von Washington herzubeordern.«

Pitt zog überrascht die Augenbrauen hoch. Dieser plötzliche Ausbruch paßte gar nicht zu Gunn. Normalerweise war der kleine Kapitän ein ruhiger, eher gemütlicher Mann. »Reg dich nicht auf, Rudi«, meinte Pitt beschwichtigend. »Gehen wir erst mal irgendwohin, wo uns die Sonne nicht so auf den Kopf brennt, und dann erzählst du mir, was eigentlich los ist.«

Gunn nahm seine Hornbrille ab und wischte sich mit einem zerknüllten Taschentuch den Schweiß von der Stirn. »Tut mir leid, Dirk, aber ich habe so kurz hintereinander noch nie so viele Fehlschläge erlebt. Nach all den Vorbereitungen, die für dieses Projekt nötig waren, ist das wirklich frustrierend. Und das bringt mich einfach in Rage. Seit drei Tagen fängt jetzt auch die Mannschaft an, mir aus dem Wege zu gehen.«

Pitt legte einen Arm um die Schulter des kleinen Mannes und lächelte. »Selbst wenn du ein altes Ekel bist, ich verspreche dir, ich gehe dir nicht aus dem Wege.«

Gunn sah ihn einen Augenblick verständnislos an. Dann glomm in seinen Augen so etwas wie Erleichterung auf, er warf den Kopf zurück und lachte. »Gott sei Dank, daß du da bist.« Er packte Pitt am Arm. »Du sollst ja keine Wunder vollbringen, aber mir ist bedeutend wohler, seit du hier bist.« Er ließ ihn los und deutete in Richtung Bug. »Komm mit, meine Kabine ist da vorne.«

Pitt folgte Gunn eine steile Leiter hinunter ins Zwischendeck. Gunns winziges Zimmer hatte etwa die Ausmaße einer Duschkabine. Der einzige Luxus – ihn konnte man allerdings nicht hoch genug einschätzen – bestand in einem an der Decke montierten Ventilator.

Pitt blieb einen Moment darunter stehen und genoß den kühlen Luftzug. Dann ließ er sich verkehrt herum auf einem Stuhl nieder, verschränkte die Arme auf der Rücklehne und wartete auf Gunns Bericht.

Gunn schloß das Bullauge und blieb in der Mitte des Zimmers stehen. »Bevor ich anfange, würde ich gern wissen, wieweit du über unsere Expedition informiert bist.«

»Alles, was ich weiß, ist, daß die *First Attempt* einen meeresbiologischen Forschungsauftrag ausführt.«

Gunn sah ihn entsetzt an. »Hat dich der Admiral denn nicht mit etwas ausführlicheren Unterlagen versorgt, als du von Washington abgeflogen bist?«

Pitt zündete sich eine neue Zigarette an. »Wie kommst du darauf, daß ich direkt aus Washington komme?«

»Ich weiß nicht«, erwiderte Gunn zögernd. »Ich dachte bloß, daß . . .«

»Ich war seit vier Monaten nicht mehr in den Staaten«, unterbrach ihn Pitt grinsend. Er blies eine Rauchwolke zum Ventilator hinauf und beobachtete, wie sie auseinander gewirbelt wurde. »Sandecker hat dir wohl nur mitgeteilt, ich käme auf direktem Wege nach Thasos. Offensichtlich hielt er es nicht für nötig zu erwähnen, woher ich anreise und wann ich hier sein würde. Deshalb hast du mich auch vier Tage eher erwartet.«

»Tut mir leid«, erwiderte Gunn achselzuckend. »Du hast natürlich recht. Ich hatte angenommen, daß der alte Blechvogel höchstens zwei Tage von Washington bis hierher brauchen würde. Als du gestern endlich hier aufgekreuzt bist und dich ins Kampfgetümmel gestürzt hast, warst du nach meiner Rechnung schon vier Tage überfällig.«

»Es ging leider nicht schneller. Giordino und ich hatten noch einen Versorgungsflug zu einer Forschungsstation nördlich von Spitzbergen zu machen. Und kaum waren wir auf der Eisscholle gelandet, auf der die Expedition ihr Lager aufgeschlagen hatte, kam ein Blizzard auf, und wir lagen zweiundsiebzig Stunden fest.«

Gunn lachte. »Du bewegst dich ja in den extremsten Klimazonen.«

Pitt lächelte nur.

Gunn zog die oberste Schublade eines kleinen Klapptisches auf und reichte Pitt einen großen Umschlag aus Manilapapier, der mehrere Zeichnungen eines seltsamen Fisches enthielt. »Hast du so etwas schon einmal gesehen?«

Pitt studierte die Zeichnungen. Sie zeigten samt und sonders denselben Fisch, freilich von Bild zu Bild mit immer neuen Details. Von zwei Blättern abgesehen, waren es durchwegs künstlerische Darstellungen aus der Antike. Einmal zierte der Fisch eine altgriechische Vase, ein andermal war er offensichtlich Teil eines römischen Freskos. Die beiden Abbildungen aus der Gegenwart zeigten ihn in einer stilisierten Bewegungsstudie. Das letzte Bild schließlich war ein Foto einer Versteinerung. Pitt sah fragend zu Gunn auf.

Der gab ihm ein Vergrößerungsglas. »Hier, schau dir die Sachen mal genauer an.«

Pitt ging sorgfältig noch einmal alle Blätter durch. Auf dem ersten Bild ähnelte der Fisch in Größe und Gestalt einem weißen Thun. Bei genauerer Betrachtung jedoch fiel ihm auf, daß die vorderen Bauchflossen wie kleine, gelenkige, mit Schwimmhäuten überzogene Füße aussahen. Die beiden Bauchflossen erinnerten noch stärker an die Gliedmaßen von Säugetieren.

Pitt pfiff leise durch die Zähne. »Das ist ja ein seltenes Exemplar, Rudi. Wie heißt es?«

»Ich kann mir den lateinischen Namen nicht merken. Unsere Wissenschaftler nennen ihn liebevoll ›Hexenfisch‹.«

»Warum das?«

»Weil er nach allen Naturgesetzen schon vor zweihundert Millionen Jahren hätte aussterben müssen. Aber wie du siehst, gibt es viele Menschen, die ihn noch jetzt gesehen haben wollen. Zum Kummer der Wissenschaft allerdings ist bis jetzt noch nie ein solcher Hexenfisch gefangen worden.« Er ließ seinen Blick aus dem Fenster schweifen. »Wenn dieser Fisch tatsächlich existiert, dann muß er wirklich verhext sein. Es gibt buchstäblich Hunderte von Fischern und Wissenschaftlern, die dir offen in die Augen sehen und voller Überzeugung behaupten, sie hätten schon einen Hexenfisch an der Angel oder im Netz gehabt. Doch jedesmal, wenn er eingeholt werden sollte, sei er wieder entwischt. Jeder Zoologe gäbe seinen rechten Arm dafür, wenn er einen solchen Fisch lebend oder tot in die Hand bekäme.«

Pitt drückte seine Zigarette aus. »Was macht denn ausgerechnet dieses Exemplar so bedeutend?«

Gunn hielt die Zeichnungen in die Höhe. »Du siehst, daß jedes Bild die Haut des Fisches etwas anders darstellt. Einmal hat er winzige Schuppen, ein andermal eine glatte, delphinartige Haut, und auf diesen Zeichnungen da hat er sogar ein Fell, ähnlich wie eine Robbe. Nimmt man all das, die Behaarung und die fußartigen Gliedmaßen, zusammen, dann haben wir es möglicherweise hier mit einer Übergangsform von den Fischen zu den Säugetieren zu tun.«

»Das stimmt. Aber es könnte sich auch um eine frühe Reptilienart handeln.«

Gunn ließ sich nicht beirren. »Die Hypothese, daß es sich um eine Verbindungsstufe zwischen Fischen und Säugetieren handelt, wird auch dadurch erhärtet, daß diese Tiere ausschließlich in warmen, seichten Gewässern leben. Man hat sie nie weiter als fünf Kilometer von der Küste entfernt und stets hier im östlichen Mittelmeer entdeckt, wo die durchschnittliche Wassertemperatur nicht unter zwanzig Grad Celsius sinkt.«

»Was beweist das?« wollte Pitt wissen.

»Eigentlich gar nichts. Aber da die primitiven Säuger am besten in gemäßigt warmen Klimazonen existieren, besteht hier am ehesten die Möglichkeit, daß ein paar Hexenfische bis heute überlebt haben.«

Pitt sah Gunn nachdenklich an. »Tut mir leid, Rudi, ich bin immer noch nicht überzeugt.«

»Ich habe doch gewußt, daß du ein alter Dickschädel bist«, entgegnete Gunn. »Darum habe ich mir den interessantesten Teil auch bis zuletzt aufgespart.« Er verstummte, nahm die Brille ab und putzte sie mit einem Taschentuch. Dann setzte er das schwarze Horngestell wieder auf seine Hakennase und fuhr träumerisch fort: »Während der geologischen Epoche des Trias, noch bevor der

Himalaya und die Alpen aufgefaltet wurden, war das heutige Gebiet um Indien und Tibet von einem riesigen Meer bedeckt. Dieses Meer erstreckte sich bis nach Mitteleuropa, ja sogar bis zur heutigen Nordsee. Die Geologen nennen dieses vorgeschichtliche Meer das ›Meer der Thetis‹. Alles, was davon heute noch übrig ist, sind das Kaspische, das Schwarze und das Mittelmeer.«

»Du mußt entschuldigen, daß ich mich so wenig in der geologischen Zeitrechnung auskenne«, unterbrach ihn Pitt, »aber über welchen Zeitraum erstreckte sich denn die Trias?«

»Von 230 Millionen bis 180 Millionen Jahren vor Christus«, erwiderte Gunn. »Zu dieser Zeit machte die Evolution einen gewaltigen Sprung nach vorn. Die ersten höher entwickelten Reptilien entstanden. Einige Meeresechsen – sie müssen übrigens ziemlich aggressive Zeitgenossen gewesen sein – wurden bis zu sieben Meter lang. Das bemerkenswerteste Ereignis dieser Zeit war allerdings das Auftreten der ersten Dinosaurier. Sie beherrschten bereits den aufrechten Gang, wobei sie ihren Schwanz als eine Art Stütze benutzten.«

Pitt lehnte sich zurück und streckte die Beine aus. »Ich dachte, das Zeitalter der Dinosaurier wäre erst viel später gekommen?«

Gunn lachte. »Du warst zu oft im Kino. Du denkst da sicher an die frühen Fantasy-Filme, in denen sich immer eine Horde Höhlenmenschen mit den Riesenechsen herumschlägt und ein vierzig Tonnen schwerer Brontosaurus oder ein zähnefletschender Tyrannosaurus eine halbnackte, vollbusige Schönheit durch den Farnwald jagt. In Wirklichkeit waren diese bekanntesten Dinosaurier schon sechzig Millionen Jahre vor dem Auftreten des Menschen wieder von der Erdoberfläche verschwunden.«

»Und was hat dein seltsamer Fisch damit zu tun?«

»Stell dir einen zehn Meter langen Hexenfisch vor, der zu dieser Zeit irgendwo im Meer der Thetis gelebt hat. Er stirbt und versinkt im Schlamm des Meeresbodens. Im Lauf der Jahrmillionen lagern sich immer neue Schlammschichten über seinem Grab ab, der Sand sintert zu Sandstein, und unser Fisch hinterläßt ein getreues Abbild seines Gewebes und seines Skeletts in den Gesteinsschichten. Genau zweihundert Millionen Jahre später kommt das Fossil dann bei Neunkirchen in Österreich wieder ans Tageslicht.« Gunn machte eine Pause und fuhr sich mit der Hand durch sein schütteres Haar. Er sah müde und abgespannt aus, doch in seinen Augen spiegelte sich die Begeisterung wider, mit der ihn der bloße Gedanke an den Hexenfisch erfüllte. »Eins darfst du nicht vergessen: Als der Fisch lebte, gab es weder Vögel noch Bienen und erst recht keine behaarten Säugetiere. Selbst die Blumen waren zu dieser Zeit noch nicht entstanden.«

Pitt studierte die Fotografie des Fossils noch einmal. »Es ist doch ziemlich unwahrscheinlich, daß irgend ein Lebewesen eine so riesige Zeitspanne überdauert, ohne die kleinste entwicklungsgeschichtliche Veränderung zu erfahren.«

»Ja, es ist unwahrscheinlich. Aber es ist schon ein paarmal passiert. Der Hai zum Beispiel existiert in seiner heutigen Form schon seit dreihundertfünfzig Millionen Jahren. Der Hufeisenkrebs hat sich ebenfalls seit zweihundert Millionen Jahren nicht verändert. Und das Paradebeispiel ist natürlich der Quastenflosser.«

»Davon habe ich gehört«, erklärte Pitt. »Das ist doch der Fisch, den man seit siebzig Millionen Jahren ausgestorben wähnte und den man dann an der ostafrikanischen Küste wieder aufgespürt hat.«

Gunn nickte. »Der Quastenflosser war damals eine aufsehenerregende Entdeckung, doch es wäre eine ungleich größere wissenschaftliche Sensation, wenn wir einen Hexenfisch ausfindig machen könnten.«

Gunn unterbrach sich, um sich eine neue Zigarette anzuzünden. Das Thema faszinierte ihn offenkundig.

»Der springende Punkt der ganzen Geschichte ist, daß der Hexenfisch möglicherweise eine frühe Stufe der Säugetierentwicklung darstellt und damit auch den ersten Schritt zum Menschen hin. Ich habe vergessen zu erwähnen, daß das Fossil, das man in Österreich gefunden hat, in seiner Anatomie eindeutig säugetierähnliche Merkmale aufweist. Die hervorstehenden Gliedmaßen und teilweise auch die inneren Organe würden ihm gewissermaßen eine entscheidende Weichenstellung von den Fischen zu den Säugetieren verschaffen.«

Pitt blätterte gelangweilt die Zeichnungen durch. »Wenn dieses sozusagen lebende Fossil heute immer noch in seiner ursprünglichen Form herumschwimmt, wie kann es sich dann fortentwickelt haben?«

»Man kann die Pflanzen- und Tierwelt mit einer großen Familie vergleichen«, dozierte Gunn. »Die Nachkommen des einen Seitenzweiges behalten ihre Größe und Gestalt unverändert bei, während der andere Seitenzweig plötzlich lauter Riesen mit zwei Köpfen und vier Armen hervorbringt.«

Pitt wurde unruhig. Er stand auf und ging hinaus auf Deck. Es war inzwischen noch heißer geworden. So ein Aufwand, bloß um einen stinkenden Fisch zu fangen! dachte er. Wen interessiert es denn, ob der Mensch nun vom Affen oder von einem Fisch abstammt? Würde das auch nur das geringste ändern? Bei dem Tempo, mit dem die Menschheit auf ihre Selbstvernichtung hinarbeitet, würde sie wahrscheinlich ohnehin in tausend oder noch weniger Jahren ausgestorben sein. Er wandte sich um, um wieder unter Deck zu gehen, und prallte beinahe gegen Gunn, der ihm gefolgt war.

»Okay«, sagte Pitt nachdenklich. »Jetzt weiß ich also, wonach du und deine Wissenschaftler suchen. Die einzige noch offene Frage ist: Was habe ich mit der ganzen Sache zu tun? Wenn eure Schwierigkeiten allein darin bestehen, daß Kabel reißen, Generatoren kaputt gehen und Werkzeuge fehlen, dann braucht ihr nicht mich, sondern einen guten Mechaniker, der weiß, wie man mit der Ausrüstung richtig umgeht.«

Gunn sah ihn einen Augenblick verwirrt an, dann grinste er. »Ich sehe, daß du Dr. Knight schon ausgequetscht hast.«

»Dr. Knight?«

»Ja, Ken Knight, den Burschen, der dich heute Morgen mit dem Rettungsboot abgeholt hat. Ein brillanter Geophysiker.«

»Das klingt ja sehr imposant«, meinte Pitt. »Er war während der

Fahrt recht freundlich; sonderlich brillant kam er mir allerdings nicht vor.«

Die Hitze wurde unerträglich. Pitt griff unbedachterweise an die Reling und zuckte sofort wieder zurück. Das Metall war glühend heiß. Plötzlich überkam Pitt blinde Wut. Laut fluchend kehrte er in die Kabine zurück und schlug die Tür hinter sich zu.

»Deinen Vortrag hättest du dir schenken können«, fuhr er Gunn böse an, der nicht locker ließ und ihm abermals gefolgt war. »Jetzt sag mir endlich, was für ein Wunder ich vollbringen soll, damit euch in dieser Bruthitze ein Hexenfisch ins Netz geht. Ich brauche endlich eine gescheite Aufgabe.« Er streckte sich auf Gunns Koje aus und holte tief Luft. Die Kühle des Raumes besänftigte ihn wieder. Er wandte seinen Blick Gunn zu. Dessen Miene war völlig ausdruckslos, doch Pitt kannte ihn gut genug, um festzustellen, daß er sich ziemlich unwohl in seiner Haut fühlte. Pitt lächelte und schlug Gunn freundschaftlich auf die Schulter. »Ich will nicht unverschämt sein; aber wenn du möchtest, daß ich mit dir und deinen Wissenschaftlern zusammenarbeite, kostet das dich einen Drink. Die ganze Rederei hat mich durstig gemacht.«

Gunn lachte erleichtert auf und bestellte über die Bordsprechanlage Eis aus der Kombüse. Dann förderte er aus der untersten Schublade seines Schreibtisches eine Flasche Chivas Regal und zwei Gläser zutage.

»Ich habe eine Liste aller Pannen aufgestellt, die wir bis jetzt gehabt haben. Bis das Eis da ist, kannst du sie ja mal schnell überfliegen.« Er reichte Pitt einen gelben Schnellhefter. »Alle Zwischenfälle sind genau notiert und in chronologischer Reihenfolge geordnet. Am Anfang hielt ich das Ganze einfach für eine Pechsträhne, doch inzwischen hat die Kette unserer Mißgeschicke die Grenze des rein Zufälligen weit überschritten.«

»Und daß ihr einfach Pfuscharbeit geleistet habt, ist ausgeschlossen?«

Gunn schüttelte den Kopf.

»Hast du irgendwelche Beweise für Sabotage?«

»Gar keine.«

»Das gerissene Kabel, das Knight erwähnt hat – war es angesägt?«

Gunn zuckte die Achseln. »Nein. Die Enden waren ausgefranst. Das ist überhaupt ein Rätsel für sich. Ich will es dir erklären.« Gunn unterbrach sich und schnippte die Asche seiner Zigarette in den Aschenbecher. »Wir arbeiten mit einem Sicherheitszuschlag von fünfhundert Prozent. Wenn also, wie in unserem Fall, ein Kabel mit einem Zug von zwölftausend Kilogramm belastet werden kann, belasten wir es mit höchstens zweitausendvierhundert Kilo. Wegen dieser strengen Sicherheitsvorschriften hat es bei allen Unternehmungen der NUMA bisher auch noch keinen einzigen Todesfall gegeben. Das menschliche Leben hat bei uns einen höheren Stellenwert als jede noch so neue wissenschaftliche Erkenntnis. Die Unterwasserforschung ist ein riskantes Geschäft, und es gibt viele Männer, die bei ihrem Versuch, dem Meer neue Geheimnisse zu entreißen, schon ihr Leben haben lassen müssen.«

»Und wie hoch war der Sicherheitszuschlag bei dem gerissenen Kabel?«

»Darauf wollte ich gerade zu sprechen kommen. Er betrug fast sechshundert Prozent. Das Kabel war mit ganzen zweitausend Kilo belastet. Wir haben übrigens wahnsinniges Glück gehabt, daß niemand bei dem Kabelbruch verletzt wurde.«

»Kann ich das Kabel einmal sehen?«

»Ja. Ich habe die gerissenen Enden abgesägt und sie für dich aufgehoben.«

Es klopfte an der Tür, und ein rothaariger Junge, nicht älter als achtzehn oder neunzehn, trat ein und brachte einen Kübel voll Eis. Er stellte ihn auf dem Schreibtisch ab und wandte sich dann an Gunn. »Kann ich Ihnen sonst noch etwas bringen, Sir?«

»Eigentlich ja«, erwiderte Gunn. »Geh hinunter in die Werkzeugkammer und such die zwei abgesägten Enden des Kabels, das kürzlich gerissen ist, und bring sie hierher.«

»Sehr wohl, Sir.«

Er trat mit einer zackigen Kehrtwendung ab.

»Einer von der Mannschaft?« fragte Pitt.

Gunn ließ ein paar Eisstückchen in die Gläser fallen und den Whisky drüberlaufen. Er reichte Pitt ein Glas. »Wir haben acht Mann Besatzung und vierzehn Wissenschaftler an Bord.«

Pitt schwenkte sein Glas und beobachtete, wie das Eis in dem Whisky herumstrudelte. »Könnte einer dieser zweiundzwanzig Leute an euren Schwierigkeiten schuld sein?«

Gunn schüttelte den Kopf. »Ich habe oft darüber nachgedacht und jede Personalakte wenigstens fünfzigmal überprüft, aber ich habe nicht den geringsten Anhaltspunkt gefunden, daß irgendeiner dieser Männer ein Motiv hätte, das Projekt zu torpedieren.« Er nahm einen Schluck von seinem Drink. »Nein, ich bin sicher, daß ein Außenstehender sich uns entgegenstellt. Jemand, der uns daran hindern will, einen Fisch zu fangen, den es vielleicht gar nicht gibt.«

Der Junge kam mit den beiden Kabelenden zurück. Er reichte sie Gunn und verließ die Kabine wieder.

Pitt nahm noch einen Schluck und erhob sich von Gunns Bettstatt. Er stellte sein Glas auf dem Tisch ab, nahm die beiden etwa fünfzig Zentimeter langen Kabelstücke und untersuchte die Enden.

Das Kabel sah aus wie jedes andere Stahlseil auch. Es bestand aus zweitausendvierhundert miteinander verdrillten Drähten; der Gesamtdurchmesser betrug anderthalb Zentimeter. Die Drähte waren nicht alle an der gleichen Stelle gerissen; die einzelnen Bruchstellen waren vielmehr bis zu dreißig Zentimeter voneinander entfernt, was den beiden ausgefransten Kabelenden das Aussehen von Pferdeschwänzen verlieh.

Pitt fiel etwas auf. Er nahm das Vergrößerungsglas zur Hand und sah sich unter der Lupe die Kabel noch einmal genauer an. Seine Lippen verzogen sich langsam zu einem zufriedenen Lächeln. Das wird vielleicht noch ein ganz interessanter Fall, dachte er. Vor Vergnügen schlug sein Herz höher.

»Hast du etwas entdeckt?« fragte Gunn.

»Ja, eine ganze Menge«, erwiderte Pitt. »Du hast es mit einem

Gegner zu tun, der unter allen Umständen verhindern will, daß du in seinen Gewässern auf die Pirsch gehst.«

Gunn schoß das Blut in den Kopf. »Was hast du gefunden?« fragte er mit weit aufgerissenen Augen.

»Das Kabel ist vermutlich nicht von selbst gerissen«, erklärte Pitt lakonisch.

»Was heißt das: Nicht von selbst gerissen?« fuhr Gunn auf. »Woher willst du das wissen?«

Pitt ließ ihn durch das Vergrößerungsglas blicken. »Du siehst doch, daß die einzelnen Drähte alle leicht spiralig sind und sich zum Kabelkern hin einrollen. Und du siehst auch, daß die Drähte leicht zersplittert wirken. Wenn jedoch ein Kabel dieses Durchmessers durch bloßen Zug reißt, bleiben die Drähte glatt, und ihre Enden biegen sich leicht nach außen, vom Kabelkern weg. Das ist hier nicht der Fall!«

Gunn starrte auf das zerfetzte Kabel. »Das begreife ich nicht. Was ist denn dann die Ursache des Kabelbruchs?«

Pitt sah nachdenklich vor sich hin. »Ich tippe auf *Primacord*.«

Gunn sah ihn erschreckt an. »Das meinst du doch nicht im Ernst! *Primacord* ist doch ein Sprengstoff.«

»Ja, in der Tat«, erwiderte Pitt gelassen. »*Primacord* sieht aus wie ein Strick oder eine Kordel und kann in jeder Dicke hergestellt werden. Man verwendet es hauptsächlich, um Bäume zu fällen und mehrere Sprengungen an weit auseinanderliegenden Stellen gleichzeitig durchzuführen. Die chemische Reaktion von *Primacord* läßt sich mit der einer brennenden Zündschnur vergleichen, nur daß die Reaktionsgeschwindigkeit – sie erreicht fast Lichtgeschwindigkeit – und die freiwerdende Energie ungleich größer sind.«

»Aber wie soll denn jemand unbemerkt unter dem Schiff eine Sprengladung anbringen? Das Wasser ist hier kristallklar, die Sichtweite beträgt über dreißig Meter. Einer von unseren Wissenschaftlern oder auch von der Mannschaft hätte den Saboteur doch entdecken müssen . . . außerdem ist eine solche Explosion nicht zu überhören.«

»Ich will gleich versuchen, das zu klären. Aber vorher mußt du mir zwei Fragen beantworten. Was für ein Gerät hing an dem Kabel, als es riß? Und wann habt ihr das Unglück bemerkt?«

»Das war die Dekompressionskammer. Die Taucher haben in sechzig Meter Tiefe gearbeitet. Der Druckausgleich hat immer ziemlich viel Zeit in Anspruch genommen. Eine zu rasche Dekompression zieht bei dieser Tiefe sonst die Caissonkrankheit nach sich. Wir haben das gerissene Kabel gleich nach dem Frühstück gegen sieben Uhr morgens entdeckt.«

»Ich nehme an, daß ihr die Kammer über Nacht im Wasser gelassen habt?«

»Nein«, erwiderte Gunn. »Wir senken sie gewöhnlich erst kurz vor der Morgendämmerung ab. Sie steht dann schon für alle Fälle bereit. Manchmal ergibt es sich nämlich, daß die Taucher Hals über Kopf ins Wasser müssen.«

»Da hast du deine Erklärung«, rief Pitt. »Jemand tauchte zum Kabel und brachte die Sprengladung an. Die Sichtweite beträgt bei Tag vielleicht dreißig Meter; bei Nacht sieht man jedoch höchstens einen halben Meter weit.«

»Und die Explosion?«

»Ganz einfach, mein Lieber.« Pitt grinste. »Die Unterwasserexplosion einer kleinen Ladung *Primacord* hört sich wahrscheinlich genauso an wie der Überschallknall einer 105 Starfire.«

Gunn sah Pitt respektvoll an. An dieser Theorie gab es wenig zu rütteln. Er runzelte die Stirn. »Wie gehen wir jetzt weiter vor?«

»Du bleibst hier an Bord und suchst weiter nach deinem Hexenfisch. Ich kehre auf die Insel zurück und schnüffle dort ein bißchen herum. Möglicherweise gibt es eine Verbindung zwischen euren dubiosen Betriebsstörungen und dem gestrigen Angriff auf Brady Field. Als nächstes müssen wir dann die Männer aufspüren, die hinter dem ganzen Spuk stecken.«

In dem Augenblick wurde die Tür aufgerissen, und ein Mann kam atemlos hereingestürzt. Eine Badehose und ein breiter Gürtel, an dem ein Messer und ein Nylonnetz hingen, waren alles, was er anhatte. Das Wasser tropfte aus seinem rotblonden Haar und rann ihm über die sommersprossige Brust. Auf dem Teppich bildeten sich sofort dunkle Flecken, als er vor Gunn stehenblieb. »Ich habe einen gesehen, Commander«, meldete er aufgeregt. »Ich habe einen Hexenfisch gesehen, keine drei Meter von mir entfernt.«

Gunn war wie elektrisiert. »Sind Sie sicher? Sie haben ihn genau gesehen?«

»Viel besser, Sir – ich habe ein Foto von ihm.«

Der sommersprossige Mann grinste über das ganze Gesicht. »Wenn ich eine Harpune bei mir gehabt hätte, hätte ich ihn schießen können. Aber ich war bloß getaucht, um Korallenstöcke zu fotografieren.«

»Los!« bellte Gunn. »Bringen Sie den Film ins Labor und lassen Sie ihn entwickeln!«

»Ja, Sir.« Er machte auf dem Absatz kehrt und flitzte zur Tür hinaus. Pitt mußte sich die Salzwasserspritzer aus dem Gesicht wischen, so war er an ihm vorbeigerannt.

Die Freude über die unverhoffte Entdeckung stand Gunn im Gesicht geschrieben. »Mein Gott! Und ich wollte mich schon geschlagen geben und wieder Kurs Heimat nehmen. Aber jetzt bleibe ich hier vor Anker, bis ich entweder an Altersschwäche gestorben bin oder diesen verdammten Hexenfisch gefangen habe. Na, Major, wie gefällt dir diese Entschlossenheit?« wandte er sich augenzwinkernd an Pitt.

Der zuckte nur die Achseln. »Ich mache lieber Jagd auf Frauen.« Der Gedanke an Teri ließ ihn genießerisch lächeln.

4. Kapitel

Es war kurz nach fünf, als Pitt wieder in seinem Quartier in Brady Field ankam. Er riß sich gleich die verschwitzten Sachen vom Leib und ging unter die Dusche. So gut es ging, machte er es sich in der engen Kabine bequem. Er legte sich auf den Rücken und ließ sich das Wasser auf den Bauch prasseln. Den Kopf hatte er in die eine Ecke geklemmt und die Beine in der Ecke schräg gegenüber gegen die Wand gestemmt. Einem Außenstehenden wären diese Verrenkungen sicherlich äußerst schmerzhaft vorgekommen, doch Pitt fühlte sich pudelwohl. Wenn es die Zeit erlaubte, duschte er immer auf diese Weise. Manchmal schlief er sogar dabei ein; doch meistens nutzte er die Ruhe, um ungestört nachzudenken – wie zum Beispiel gerade jetzt.

Er rief sich alles, was bisher geschehen war, noch einmal ins Gedächtnis zurück. Gab es eine Verbindung zwischen den einzelnen Ereignissen? Aber es gelang ihm nicht, sich auf diese Frage zu konzentrieren. Immer wieder schweiften seine Gedanken von diesem Kernproblem ab. Besonders der rätselhafte Lastwagen irritierte ihn. Er versuchte krampfhaft, den Gedanken an den Lastwagen zu verdrängen – vergebens. Schließlich fand er sich damit ab und stellte sich die ganze Szene noch einmal bewußt vor Augen, in der Hoffnung, auf diese Weise vielleicht der Lösung des Rätsels näherzukommen.

Plötzlich tauchte eine verschwommene Gestalt vor dem Milchglas der Kabinentür auf und riß ihn aus seinen Grübeleien.

»He, du da«, polterte Giordinos Baß. »Du bist schon seit einer halben Stunde unter der Dusche; du mußt ja schon ganz aufgeweicht sein!«

Pitt sah ein, daß es mit der Ruhe vorbei war, und drehte das Wasser ab.

»Beeil dich mal ein bißchen!« rief Giordino. Dann erst merkte er, daß das Wasser nicht mehr rauschte, und mit gedämpfter Stimme fuhr er fort: »Colonel Lewis ist auf dem Weg hierher – er muß jede

Sekunde da sein.«

Pitt seufzte. Er rappelte sich mühsam hoch und wäre um ein Haar auf den glitschigen Kacheln ausgerutscht. Er schnappte sich das Handtuch, das an der Kabinentür hing, und trocknete sich ab. Das Bewußtsein, daß er nur eines höheren Offiziers wegen seine behagliche Ruhe unter der Dusche hatte aufgeben müssen, machte ihn sauer. Böse starrte er durch die Milchglasscheibe.

»Richte Colonel Lewis aus, er möge sich mit sich selbst vergnügen und eine Weile warten.« Seine Stimme hatte einen abweisenden Unterton. »Ich komme, sobald ich fertig bin. Und jetzt verschwinde aus meinem Bad, du Dreckskerl.« Pitt spürte, wie ihm auf einmal das Blut in den Kopf schoß. Er hatte seinen alten Freund wirklich nicht beleidigen wollen. »Entschuldige, Al. Ich war mit meinen Gedanken ganz woanders«, murmelte er beschämt.

»Schon gut.« Ohne ein weiteres Wort verließ Giordino achselzuckend das Badezimmer und schloß hinter sich die Tür.

Pitt rubbelte sich gründlich ab und rasierte sich noch. Giordino und Colonel Lewis warteten geduldig, als er endlich das Schlafzimmer betrat.

Lewis saß auf dem Bettrand und zwirbelte fortwährend seinen ungeheuer großen roten Knebelbart. Sein breites, rosiges Gesicht und die verschmitzten blauen Augen mitsamt dem Bart gaben ihm das Aussehen eines freundlichen Holzfällers. Seine Bewegungen hatten etwas Hektisches an sich, und er sprach schnell und abgerissen. Als ob er Ameisen in der Hose hätte, dachte Pitt und konnte ein Schmunzeln nicht unterdrücken.

»Verzeihen Sie, daß ich so einfach hier hereinplatze«, dröhnte Lewis. »Aber ich würde gern wissen, ob Sie etwas Neues in Erfahrung haben bringen können, was den gestrigen Angriff angeht.« Er schien sich nicht daran zu stören, daß Pitt nackt war.

»Nein, leider nicht. Es gibt zwar ein paar Verdachtsmomente, und ich habe mir auch so meine Gedanken gemacht. Aber bis jetzt habe ich noch nichts in der Hand.«

»Ich hatte gehofft, Sie wären auf eine aussichtsreiche Spur gestoßen. Ich habe jetzt übrigens auch die Luftaufklärung mit den Ermittlungen betraut.«

»Haben Sie irgendwelche Hinweise auf die *Albatros* gefunden?« fragte Pitt.

Lewis wischte sich den Schweiß von der Stirn. »Ins Meer kann die alte Kiste jedenfalls nicht gestürzt sein. Es war nicht die kleinste Öllache auszumachen. Sie muß sich mitsamt ihrem Piloten in Luft aufgelöst haben.«

»Vielleicht hat er es bis zum Festland geschafft«, warf Giordino ein.

»Das ist ebenfalls nicht möglich«, erwiderte Lewis. »Keine Menschenseele hat die *Albatros* dort drüben ankommen oder abfliegen sehen.«

Giordino nickte zustimmend. »Ein uraltes Flugzeug, das höchstens hundertfünfzig Stundenkilometer schnell und außerdem knallgelb angestrichen ist, kann unmöglich unbemerkt das Festland überfliegen.«

Lewis zog eine Schachtel Zigaretten aus der Tasche. »Am meisten irritiert mich das ausgezeichnete Timing des Überfalls. Unser Angreifer muß genau gewußt haben, daß um diese Zeit weder ein Flugzeug starten noch landen würde.«

Pitt knöpfte sein Hemd zu und rückte die goldenen Eichenblätter auf seinen Achselklappen zurecht. »Das dürfte nicht allzu schwer herauszufinden gewesen sein. Jeder auf Thasos weiß wahrscheinlich, daß Brady Field an Sonntagen wie ausgestorben ist. Übrigens erinnert mich die ganze Sache sehr an den Überfall auf Pearl Harbour. Selbst die Taktik, durch einen Bergpaß das Ziel anzufliegen und so möglichst lange unentdeckt zu bleiben, war dieselbe.«

Lewis zündete sich eine Zigarette an, wobei er sorgsam darauf achtete, nicht seinen Schnurrbart in Brand zu stecken. »Gott sei Dank hat Ihre unerwartete Ankunft unseren Angreifer überrumpelt. Sie hat uns übrigens selbst überrascht. Sie haben nämlich die letzten dreihundert Kilometer unser Radarfeld unterflogen.« Er nahm einen tiefen Zug. »Sie können sich gar nicht vorstellen, was das für eine Freude war, als Ihr alter Blechvogel so unerwartet angerauscht kam.«

»Unser Freund in der *Albatros* war weniger begeistert«, warf Giordino grinsend ein. »Er kriegte vor Staunen den Mund nicht mehr zu, als er sich uns auf einmal gegenübersah.«

Pitt hatte inzwischen seinen Schlips umgebunden. »Brady Field lag ja auch eigentlich nicht auf unserer Route. Ursprünglich wollten wir direkt neben der *First Attempt* wassern. Deshalb waren weder dieser Kamikaze noch der Tower auf unser Erscheinen gefaßt.« Er schwieg einen Moment und sah Lewis nachdenklich an. »Ich würde Ihnen dringend raten, Ihre Leute in Verteidigungsbereitschaft zu halten, Colonel. Ich habe das dumpfe Gefühl, daß wir die *Albatros* nicht zum letzten Mal gesehen haben.«

»Woher wollen Sie das so sicher wissen?« fragte Lewis gespannt.

Pitt sah ihn scharf an. »Er verfolgte mit seinem Angriff eine bestimmte Absicht. Er wollte nicht einfach amerikanische Soldaten umlegen oder die Militärmaschinen in Brand stecken, sondern vor allem eine Panik auslösen.«

»Aber was hat er davon?« fragte Giordino.

»Überlegen Sie einmal.« Pitt warf einen verstohlenen Blick auf seine Uhr. »Wenn die Lage wirklich bedrohlich wäre, müßten Sie alle amerikanischen Zivilisten von der Insel aufs Festland evakuieren lassen. Oder etwa nicht, Colonel?«

»Ja, das ist richtig«, pflichtete ihm Lewis bei. »Aber im Augenblick sehe ich für einen solchen Schritt noch keinen Grund. Die griechische Regierung hat mir volle Unterstützung bei der Suche nach der *Albatros* und ihrem Piloten zugesagt.«

»Aber wenn Sie die Evakuierung für nötig hielten«, drängte Pitt weiter, »würden Sie doch auch Commander Gunn die Order geben, mit der *First Attempt* die Gegend hier zu verlassen?«

Lewis' Augen verengten sich. »Ja, natürlich. Das Schiff lädt zu einem Luftangriff ja geradezu ein.«

Pitt steckte sich gleichfalls eine Zigarette an. »Ob Sie es glauben oder nicht: Das ist des Rätsels Lösung, Colonel.«

Giordino und Lewis sahen einander verblüfft an. Dann starrten sie wieder auf Pitt.

»Wie Sie wissen, Colonel, wurden Giordino und ich hierher nach Thasos beordert, um die seltsamen Unfälle, die seit Wochen die Arbeit auf der *First Attempt* behindern, aufzuklären«, fuhr Pitt fort. »Nun hat sich heute morgen bei meinem Gespräch mit Commander Gunn herausgestellt, daß es sich hier um Sabotage handelt. Zweifellos besteht demnach eine Verbindung zwischen dem gestrigen Überfall und den Zwischenfällen auf der *First Attempt*. Wenn man in diese Richtung noch einen Schritt weiterüberlegt, kommt man unweigerlich zu dem Schluß, daß das Flugfeld gar nicht das eigentliche Angriffsziel unseres Widersachers gewesen ist. Der Überfall hatte nur einen Zweck: die *First Attempt* aus den Gewässern um Thasos zu verscheuchen.«

Lewis schaute Pitt nachdenklich an. »Und weshalb?«

»Darauf weiß ich auch noch keine Antwort«, erwiderte Pitt. »Aber ich bin überzeugt, daß unser mysteriöser Freund gewichtige Gründe für sein Manöver hat. Er spielt um einen hohen Einsatz. Vermutlich hat er irgend etwas zu verbergen, was durch die Forschungen der NUMA ans Tageslicht gebracht werden könnte.«

»Dieses etwas, das Sie da ansprechen – könnte das vielleicht ein versunkener Schatz sein?« Lewis' Lippen glänzten feucht.

Pitt zog eine Reisemütze aus seinem Koffer und setzte sie auf. »Das wäre eine Möglichkeit.«

Ein träumerischer Ausdruck trat in Lewis' Augen. »Welchen Wert er wohl haben mag?«

»Al«, wandte sich Pitt an Giordino, »kannst du dich mit Sandekker in Verbindung setzen und ihn bitten, Erkundigungen über alle Schätze, die möglicherweise im näheren Umkreis von Thasos versunken sind, einzuziehen? Er soll sobald wie möglich zurückrufen. Sag ihm, es sei dringend.«

»Wird erledigt«, erwiderte Giordino. »In Washington ist es jetzt elf Uhr morgens. Bis zum Frühstück müßten wir Bescheid erhalten.«

»Endlich machen wir Fortschritte«, frohlockte Lewis. »Gott sei Dank! Das Pentagon sitzt mir nämlich schon im Nacken und will wissen, wie ich mit den Ermittlungen vorankomme. Kann ich Ihnen irgendwie helfen?«

Pitt sah abermals auf seine Uhr. »Wie es bei den Pfadfindern so schön heißt – allzeit bereit sein, das ist alles, was wir zur Zeit tun können. Brady Field und die *First Attempt* werden sicher aufmerksam beobachtet. Wenn unseren Gegnern klar wird, daß niemand evakuiert wird und die *First Attempt* dort draußen seelenruhig vor Anker liegen bleibt, dürften wir mit einem weiteren Besuch der Albatros rechnen. Sie haben Ihr Fett schon abgekriegt, Colonel. Ich schätze, als nächster ist Commander Gunn dran.«

»Bitte richten Sie dem Commander aus, daß er meine volle Unterstützung hat«, meinte Lewis.

»Danke, Sir«, erwiderte Pitt. »Aber ich halte es nicht für klug, den Commander jetzt schon zu warnen.«

»Aber um Himmels willen, warum denn nicht?« fragte Giordino entsetzt.

Pitt grinste gelassen. »Erstens ist das, was ich gesagt habe, reine Vermutung. Zweitens würden wir unsere eigenen Absichten durchkreuzen, wenn wir die *First Attempt* plötzlich in ein Kriegsschiff verwandeln würden. Nein, wir brauchen einen Köder für unser Gespensterflugzeug, mit dem wir es aus seinem Schlupfwinkel locken können.«

Giordino maß Pitt mit einem zweifelnden Blick. »Du kannst das Leben der Wissenschaftler und der Schiffsbesatzung doch nicht bedenkenlos aufs Spiel setzen und sie völlig wehrlos einem Angriff preisgeben?«

»Gunn ist noch nicht unmittelbar in Gefahr. Das Phantom wird mindestens noch einen Tag warten, ob die *First Attempt* nicht abfährt, und dann erst einen neuen Angriff starten.« Pitt lächelte breit. »In der Zwischenzeit werde ich mir schon etwas einfallen lassen, um die *Albatros* zu überrumpeln.«

Lewis stand auf und faßte Pitt scharf ins Auge. »Ich kann für diese

Leute nur hoffen, daß das, was Sie sich ausdenken, auch klappt.«

»Es gibt keinen absolut unfehlbaren Plan, Colonel«, erwiderte Pitt. »Man kann nur das Risiko so klein wie möglich halten.«

Giordino ging zur Tür. »Ich gehe hinüber zur Funkstation und setze mich mit Washington in Verbindung.«

»Wenn Sie das hinter sich gebracht haben, schauen Sie doch bei mir zum Abendessen vorbei«, sagte Lewis. Schnurrbartzwirbelnd wandte er sich an Pitt. »Sie sind ebenfalls eingeladen. Es gibt Muscheln und Pilze in Weißweinsoße, meine Spezialität.«

»Das klingt ja sehr verlockend«, schmunzelte Pitt. »Doch ich fürchte, ich muß absagen. Ich bin bereits zum Abendessen verabredet ... mit einer reizenden jungen Dame.«

Giordino und Lewis starrten ihn sprachlos an.

Pitt versuchte möglichst lässig zu wirken. »Sie will mich um sechs am Haupteingang abholen lassen, in zweieinhalb Minuten also. Also muß ich Ihnen Adieu sagen. Guten Abend, Colonel, und vielen Dank für Ihre Bemühungen. Ich hoffe, Sie wiederholen Ihre Einladung ein andermal.« Er wandte sich an Giordino. »Sag mir Bescheid, wenn der Admiral zurückruft, Al.« Er drehte sich um und verließ den Raum.

Lewis schüttelte den Kopf. »Nimmt er uns jetzt auf den Arm oder hat er tatsächlich ein Rendezvous?«

»Was Frauen anbetrifft, so hat Dirk mir noch nie einen Bären aufgebunden«, meinte Giordino. Lewis' verdutzte Miene stimmte ihn äußerst heiter.

»Aber wo soll er sie denn kennengelernt haben? Meines Wissens war er den ganzen Tag nirgendwo anders als auf dem Flugfeld und auf dem Forschungsschiff.«

Giordino zuckte die Achseln. »Keine Ahnung. Aber soweit ich Major Pitt kenne, würde es mich nicht wundern, wenn er sie auf den hundert Metern zwischen dem Haupttor und der Anlegestelle aufgegabelt hätte.«

Lewis' dröhnendes Gelächter erfüllte den Raum. »Also kommen Sie, Captain. Ich bin zwar nicht sehr sexy, aber immerhin kann ich kochen. Wie wär's mit ein paar Muscheln?«

»Warum nicht?« erwiderte Giordino. »Das wäre zur Abwechslung mal ein erfreuliches Ereignis.«

5. Kapitel

Als Pitt durch das Haupttor schritt, versank die Sonne bereits hinter den Hügeln, und die bewaldeten Gipfel warfen lange Schatten über das Flugfeld. Es hatte sich merklich abgekühlt. Pitt ging vor bis zur Straße, um dort zu warten. Tief sog er die frische Meeresluft in seine Lungen. Hinter der rollenden Brandung lag, von orangefarbenem Licht überflutet, die *First Attempt*. Die Sicht war kristallklar, und er konnte über eine Entfernung von drei Kilometern jede Bewegung auf dem Schiff ausmachen. Der Anblick überwältigte ihn. Dann besann er sich und hielt nach dem versprochenen Auto Ausschau.

Der Wagen wartete bereits etwas weiter oben am Straßenrand.

»Alle Achtung«, murmelte Pitt. Er ging gemächlich auf das Fahrzeug zu und besah es sich voll Interesse.

Es war eine Maybach-Zeppelin Limousine. Als Markenzeichen schmückten zwei große, ineinander verschlungene »M« den Kühlergrill. Allein die Kühlerhaube war 1,80 Meter lang; an ihrem Ende ging sie in die niedrige, zweigeteilte Windschutzscheibe über, hinter der der Chauffeur saß. Der offene Fahrersitz war durch eine versenkbare Scheibe von der Fahrgastkabine getrennt. Die langen, nach hinten gezogenen Kotflügel und die Trittbretter waren schwarz lakkiert und hoben sich eindrucksvoll von der silbernen Karosserie ab. Der ganze Wagen vermittelte den Eindruck verhaltener Kraft und Energie. Es war ein klassisches Auto, gewissermaßen der deutsche Rolls-Royce. In jeder Schraube, jeder Niete steckte die ganze Kunstfertigkeit des deutschen Automobilbaus.

Pitt blieb neben dem Wagen stehen und strich mit der Hand liebevoll über das ungeheure Reserverad, das in die Vertiefung hinter dem vorderen Kotflügel eingelassen war. Er lachte leise, als er das rautenförmige Reifenprofil sah; dann wandte er sich dem Fahrer zu.

Der Chauffeur lehnte lässig hinter dem Steuer und vertrieb sich die Zeit damit, leise gegen die Tür zu trommeln. Um seine Langeweile kundzutun, gähnte er ab und zu aus vollem Halse. Er trug eine graugrüne Uniform, die seltsam an den Waffenrock eines Nazi-Offiziers erinnerte, nur daß Achselklappen und Rangabzeichen fehlten. Eine große Schirmmütze verdeckte sein Haar und ließ nur die kurzen blonden Koteletten frei. Auf seiner Nase saß eine altmodische, silberne Brille und glitzerte in der untergehenden Sonne. In seinem Mundwinkel hing eine lange dünne Zigarette; er sah ausgesprochen selbstgefällig und arrogant aus. Er bemühte sich auch in keiner Weise, diesen Eindruck zu verwischen.

Er war Pitt sofort herzlich unsympathisch. Der Major setzte einen Fuß auf das Trittbrett und schenkte dem Mann in Uniform einen scharf prüfenden Blick. »Ich glaube, Sie warten auf mich. Mein Name ist Pitt.«

Der blonde Chauffeur hielt es nicht für nötig, zu ihm aufzusehen. Er schnippte nur seine Zigarette über Pitts Schulter auf die Straße, richtete sich auf und startete den Wagen. »Wenn Sie der amerikanische Müllmann sind«, erklärte er mit einem unverkennbar deutschen Akzent, »dann steigen Sie ein.«

Pitt grinste, und sein Blick wurde hart. »Soll ich mich vorn zum stinkenden Pöbel setzen, oder darf ich nach hinten zu den besseren Leuten?«

»Ganz wie Sie wollen«, erwiderte der Chauffeur. Er lief zornrot an, doch er würdigte Pitt noch immer keines Blickes.

»Danke«, sagte Pitt mit samtweicher Stimme. »Ich werde den Rücksitz nehmen.« Er drückte den riesigen verchromten Türgriff nieder und kletterte ins Wageninnere. Um dem Fahrer den Blick in die Fahrgastkabine zu verwehren, zog er die Jalousie über dem Trennfenster herab. Dann ließ er sich in die weichen Polster aus marokkanischem Leder sinken, steckte sich eine Zigarette an und machte es sich für die Fahrt bequem.

Der Motor des Maybach ließ kaum mehr als ein Flüstern hören, als der Chauffeur den Gang einlegte und der majestätische Wagen die Straße nach Liminas entlangrollte.

Pitt kurbelte das Seitenfenster herab und betrachtete die Landschaft, die an ihm vorbeiflog. Kiefern und Kastanienbäume standen verstreut auf den Hügeln, und den schmalen Küstenstreifen säumten uralte Olivenbäume. Ab und zu durchbrachen kleine Tabak- oder Weizenfelder die Einförmigkeit der Landschaft. Sie erinnerten Pitt an die kleinen Farmen, die er so oft gesehen hatte, wenn er den Süden der Vereinigten Staaten überflog.

Sie durchfuhren ein malerisches Dorf. Sämtliche Häuser waren weiß gekalkt, und ihre überhängenden Flachdächer berührten sich beinahe in den engen Gassen. Der Maybach spritzte durch ein paar Pfützen, die die alte Pflasterstraße zierten; dann hatten sie den Ort auch schon hinter sich gelassen, und Liminas kam in Sicht. Noch bevor sie das kleine Städtchen erreicht hatten, bogen sie unvermittelt von der Hauptstraße auf eine kleine, staubige Küstenstraße ab. Der holprige Feldweg war wohl ursprünglich ein Maultierpfad gewesen und bestand fast ausschließlich aus steilen Haarnadelkurven.

Pitt konnte sich lebhaft vorstellen, wie der Chauffeur hinter dem Steuer zu arbeiten hatte. Der schwerfällige Wagen war mehr für gelegentliche Spazierfahrten *Unter den Linden* geeignet als für eine solche Holperstrecke. Pitt besah sich die jäh abstürzenden Klippen und überlegte, was wohl passieren würde, wenn ihnen plötzlich ein Auto aus der anderen Richtung entgegenkäme. Endlich tauchte das Ziel der Reise vor ihnen auf: ein ungeheurer weißer Kasten, der sich in die grauen Klippen schmiegte. Sie nahmen eine letzte Kurve und fuhren die asphaltierte Auffahrt hinauf.

Pitt war beeindruckt. Man hatte das Haus hoch über dem Meer zwischen zwei Felsen gesetzt. In der Anlage ähnelte es einer römischen Villa. Der weitläufige Garten war herrlich gepflegt, und das ganze Anwesen atmete Reichtum und Eleganz. In der hohen Mauer, die es umfriedete, öffnete sich wie von unsichtbarer Hand bewegt nun ein Tor, der Chauffeur fuhr ohne anzuhalten die von Kiefern gesäumte Auffahrt hoch und kam vor einer großen Marmortreppe zum Stehen. Eine antike Statue – eine Frau, die ein Kind im Arm hielt – stand in der Mitte der Treppe und schaute stumm auf Pitt herab, als er dem Maybach entstieg.

Er war die Treppe bereits zur Hälfte hinaufgegangen, als er plötzlich kehrt machte und zu dem Wagen zurücklief.

»Verzeihen Sie, Herr Chauffeur«, sagte er. »Ich wüßte gern noch Ihren Namen.«

Der Fahrer sah verwirrt auf. »Willy. Warum fragen Sie?«

»Willy, mein Freund, ich würde gern noch etwas mit Ihnen besprechen«, fuhr Pitt ernst fort. »Können Sie einen Augenblick den Wagen verlassen?«

Willys Blick verdüsterte sich, doch dann zuckte er die Achseln, stieg aus und blickte Pitt herausfordernd an. »Also, Mr. Pitt, was gibt's?«

»Sie tragen Reitstiefel, wie ich sehe?«

»Ja.«

Pitt lächelte sein schönstes Gebrauchtwagenhändlerlächeln. »Reitstiefel sind doch genagelt, nicht wahr?«

»Ganz recht, Reitstiefel sind genagelt«, erwiderte Willy gereizt. »Was soll die Fragerei? Ich habe zu tun. Haben Sie noch etwas auf dem Herzen?«

Pitts Miene versteinerte. »Ich fühle mich einfach verpflichtet, Sie zu warnen. Wenn Sie das nächstemal unter die Spanner gehen, sollten Sie Ihre Brille absetzen. Die reflektiert nämlich das Sonnenlicht und verrät Sie in Ihrem Versteck.«

Das Blut wich aus Willys Gesicht. Er wollte etwas sagen, doch Pitt rammte ihm schon die Faust in die Zähne und schnitt ihm so das Wort ab. Der Hieb warf Willys Kopf nach hinten, und seine Mütze fiel herunter. Sein Blick wurde leer, und er sank wie ein fallendes Blatt im Herbst langsam auf die Knie. Betäubt blieb er knien. Das Blut strömte aus seiner gebrochenen Nase und tropfte auf die Rockaufschläge seiner Uniform.

Pitt massierte die Knöchel seiner Hand und grinste zufrieden. Dann drehte er sich um und eilte mit ein paar großen Sätzen die Treppe hinauf. Oben passierte er einen steinernen Torbogen und stand dann in einem runden Innenhof. Ein Schwimmbecken befand sich in der Mitte, und rund um den Hof standen zwanzig lebensgroße Standbilder römischer Soldaten. In der Abenddämmerung sahen die Figuren seltsam echt aus, und Pitt hatte das unheimliche Gefühl, die steinernen Krieger könnten jeden Augenblick zum Leben erwachen.

Er schritt um das Schwimmbecken herum und hielt vor einer massiven Flügeltür am gegenüberliegenden Ende des Hofes. Ein großer, bronzener Türklopfer in Form eines Löwenhauptes war in die Tür eingelassen. Pitt klopfte. Dann drehte er sich noch einmal um und betrachtete den Innenhof. Die ganze Szenerie erinnerte ihn an ein Mausoleum. Es fehlen bloß noch ein paar Kränze und Orgelmusik, dachte er.

Die Tür öffnete sich lautlos. Pitt spähte ins Hausinnere. Da er niemanden erblickte, blieb er wartend auf der Schwelle stehen. Doch nichts geschah. Endlich wurde er des Versteckspiels müde, zog den Kopf ein und trat durch das Portal in eine luxuriös eingerichtete Halle.

Von allen vier Wänden hingen Wandteppiche herunter, samt und sonders mit Schlachtszenen geschmückt. Oben schloß der Raum mit einem hohen Kuppeldach ab, von dem gedämpftes gelbliches Licht herabschien. Pitt sah sich um. Er war allein; also setzte er sich auf eine der beiden marmornen Bänke, die in der Mitte des Raumes standen, und zündete sich eine Zigarette an. Die Zeit verrann. Verzweifelt suchte er nach einem Aschenbecher.

Dann wurde plötzlich einer der Wandteppiche zur Seite gezogen, und ein alter, massiger Mann in Begleitung eines riesigen Schäferhundes betrat den Raum.

6. Kapitel

Ein bißchen verwirrt musterte Pitt zunächst den großen Schäferhund und richtete seinen Blick dann auf den alten Mann. Dessen Physiognomie war nicht vertrauenerweckend: ein rundes Gesicht, Stiernacken und kurzgeschorenes Haar. Er sah unfreundlich aus und blickte Pitt argwöhnisch an. Die eng aufeinander gepreßten Lippen verliehen ihm ein verkniffenes Aussehen. Er war von kräftiger, untersetzter Figur, allerdings alles andere als fett. Erich von Stroheim ist wieder auferstanden, fuhr es Pitt durch den Kopf. Tatsächlich hatte der Alte eine verblüffende Ähnlichkeit mit dem berühmten Filmbösewicht. Alles, was ihm fehlte, waren die Reitpeitsche und die blankgewichsten Stiefel.

»Guten Abend«, begrüßte er Pitt. Seine Stimme klang unangenehm kehlig. »Sie sind vermutlich der Herr, den meine Nichte zum Essen eingeladen hat?«

Pitt erhob sich, ohne das hechelnde Ungeheuer neben dem Alten aus den Augen zu lassen. »Ja Sir. Major Dirk Pitt.«

Überrascht zog der Alte die Augenbrauen hoch. »Meine Nichte hat mir erzählt, Sie stünden noch unter dem Rang eines Sergeants, und Ihre militärischen Aufgaben beschränkten sich auf die Abfallbeseitigung?«

»Sie müssen verzeihen. Wir Amerikaner haben eine eigene Auffassung von Humor«, erwiderte Pitt belustigt. »Ich hoffe, mein kleiner Scherz hat Ihnen keine Unannehmlichkeiten bereitet.«

»Nein, ein bißchen Sorge vielleicht, aber keine Unannehmlichkeiten.« Der Deutsche betrachtete Pitt eingehend und streckte ihm dann die Hand hin. »Sehr erfreut, Sie kennenzulernen, Major. Ich bin Bruno von Till.«

Pitt ergriff Tills Rechte und erwiderte seinen Blick. »Die Freude ist ganz auf meiner Seite, Sir.«

Von Till zog einen Wandteppich beiseite, hinter dem sich ein Durchgang befand. »Wenn Sie mir bitte folgen wollen, Major. Sie werden sich noch für die Länge eines Drinks mit meiner Gesellschaft begnügen müssen. Teri ist mit ihrer Toilette noch nicht fertig.«

Er geleitete Pitt durch einen dunklen Korridor in ein geräumiges Studio. Studio-Gewölbe wäre eigentlich der passendere Ausdruck gewesen: Die Decke, gestützt von ionischen Säulen, überspannte den Raum in neun Metern Höhe. Die wenigen Möbelstücke waren von klassischer Schlichtheit. Der gewaltige Raum erhielt dadurch etwas Würdevoll-Erhabenes. Man hatte bereits ein kleines Wägelchen mit original griechischen Vorspeisen aufgefahren; in einer Nische befand sich eine gut ausgestattete Bar. Das einzige, was aus dem Rahmen fiel, war ein Modell eines deutschen Unterseebootes, das auf einem Regal über der Bar stand.

Von Till bat Pitt, Platz zu nehmen. »Was möchten Sie trinken, Major?«

»Einen Scotch on the Rocks«, erwiderte Pitt und ließ sich auf einem Sofa nieder. »Ihre Villa ist höchst beeindruckend. Sicher hat sie eine interessante Vorgeschichte?«

»Ja. Sie wurde 138 v. Chr. von den Römern erbaut und war ursprünglich ein Tempel der Minerva, der Göttin der Weisheit. Ich habe die Ruine kurz nach dem Ersten Weltkrieg erworben und sie in dieser Form wieder aufgebaut.« Er reichte Pitt ein Glas. »Sollen wir einen Toast ausbringen?«

»Worauf?«

Von Till lächelte. »Die Wahl liegt bei Ihnen, Major. Schöne Frauen, Reichtum ... ein langes Leben. Vielleicht auf Ihren Präsidenten ...«

Pitt holte tief Luft. »In diesem Fall schlage ich einen Toast auf Kurt Heibert vor, den ›*Mazedonischen Falken*‹.«

Von Till wurde blaß. Er ließ sich langsam auf einen Stuhl sinken und spielte nachdenklich mit seinem Drink. »Sie sind ein sehr ungewöhnlicher Mensch, Major. Sie geben sich als Müllmann aus. Sie kommen in mein Haus und schlagen meinen Chauffeur nieder. Und nun wollen Sie auch noch einen Toast auf meinen alten Kameraden Kurt Heibert ausbringen.« Er lächelte Pitt über sein Glas hinweg zu.

»Doch das ist ja alles nichts gegen Ihre Vorstellung am Strand heute morgen. Meine Gratulation zu diesem Meisterstück. Teri ist wie umgewandelt. So leid es mir tut, ich werde Ihnen diese Quasi-Verführung vergeben müssen.«

Das hätte nun wiederum Pitt überraschen sollen, doch der warf nur den Kopf zurück und lachte. »Ich möchte mich aufrichtig entschuldigen. Allerdings nicht für die Prügel, die ich Ihrem verdrehten Chauffeur verpaßt habe. Willy hat sie verdient.«

»Der arme Willy kann nichts dafür. Er hat Teri auf meinen Befehl hin überwacht. Sie ist meine einzige noch lebende Verwandte, und ich möchte nicht, daß ihr etwas zustößt.«

»Was sollte ihr denn zustoßen?«

Von Till erhob sich, ging hinüber zum offenen Verandafenster und sah hinaus auf das dunkle Meer. »Ich habe über ein halbes Jahrhundert hart und unter großen persönlichen Opfern geschuftet, um meine Organisation auf die Beine zu stellen. Dabei habe ich mir auch einige Feindschaften zugezogen. Ich muß stets auf der Hut sein.«

Pitt betrachtete von Till nachdenklich. »Tragen Sie deshalb eine Luger in Ihrem Schulterhalfter?«

Von Till trat vom Fenster zurück und zog unsicher seinen weißen Smoking über der Aufbauschung unter der linken Achsel zurecht. »Darf ich fragen, woher Sie wissen, daß es eine Luger ist?«

»Reine Vermutung«, antwortete Pitt. »Sie sind der Mensch, der eine Luger mit sich herumträgt.«

Von Till zuckte die Achseln. »Normalerweise trete ich nicht so kriegerisch auf; doch nach dem, wie Teri Sie beschrieben hatte, hatte ich allen Grund, eine etwas zwielichtige Person zu erwarten.«

»Zugegeben, ich habe schon einige Schandtaten begangen«, meinte Pitt lächelnd, »doch Mord und Erpressung gehören nicht zu meinem Repertoire.«

Von Tills Blick verfinsterte sich. »Ich an Ihrer Stelle wäre nicht so vorschnell mit meinem Urteil.«

»Das klingt ja sehr mysteriös«, erklärte Pitt. »Was für Geschäfte betreiben Sie eigentlich?«

Von Till musterte Pitt mißtrauisch, dann verzog er seine Lippen zu einem gekünstelten Lächeln. »Ich möchte Ihnen nicht den Appetit verderben. Vor allem um Teris willen nicht. Sie hat nämlich den halben Nachmittag in der Küche verbracht, damit ja nichts mit dem Essen danebengeht.« Er zuckte die Achseln. »Vielleicht erzähle ich Ihnen ein andermal davon, wenn ich Sie etwas besser kenne.«

Pitt schwenkte den letzten Schluck Whisky im Glas und überlegte, in welche dunkle Affäre er da wohl hineingeraten war. Von Till war nach seinen bisherigen Beobachtungen entweder ein Dummkopf oder ein ganz raffinierter Bursche.

»Darf ich Ihnen nachschenken?« fragte von Till.

»Nur keine Umstände, ich bediene mich selbst.« Pitt kippte den Rest seines Scotch hinunter, ging hinüber zur Bar und goß sich einen neuen Whisky ein. Dann wandte er sich wieder seinem Gastgeber zu.

»Soweit ich weiß, liegen die Umstände, unter denen Kurt Heibert gestorben ist, ziemlich im Dunkeln. In den deutschen Akten heißt es einfach, er sei von den Briten abgeschossen worden und in die Ägäis gestürzt. Doch nirgendwo steht verzeichnet, wer Heibert bezwungen hat. Ebenso steht in den Akten auch nichts darüber, ob je Heiberts Leichnam gefunden wurde.«

Von Till streichelte geistesabwesend den Hund neben sich und starrte ins Leere. »Kurt führte damals seinen Privatkrieg gegen die Briten«, erklärte er endlich. »Er war wie besessen. Von Taktik und Strategie hielt er nichts; er focht stets wie blind drauflos. Während des Kampfes fluchte und tobte er und schlug sich die Fäuste am Armaturenbrett blutig. Beim Start gab er immer Vollgas, so daß die Maschine hüpfte und schlingerte. Die *Albatros* sah jedesmal aus wie ein aufgeschreckter Vogel, wenn sie abhob. Doch wenn Kurt nicht flog, war er ein freundlicher, humorvoller Mensch, ganz anders, als ihr Amerikaner euch immer den deutschen Soldaten vorstellt.«

Pitt schüttelte bedächtig den Kopf und zeigte den Anflug eines Lächelns. »Sie müssen entschuldigen, Herr von Till, aber dieser deutsche Soldat ist uns durchaus bekannt.«

Der Alte ignorierte Pitts Bemerkung. »Ein Hinterhalt der Briten hat ihm dann schließlich das Leben gekostet. Sie hatten ihn genau überwacht und schließlich herausgefunden, daß Kurt mit Vorliebe ihre Beobachtungsballons abschoß. So richteten sie einen bereits ausgemusterten Ballon wieder her, füllten den Korb randvoll mit Sprengstoff und setzten ein paar Strohpuppen hinein. Sie versahen den Ballon mit einer Fernzündung, und dann warteten sie einfach darauf, daß Kurt auftauchte. Sie brauchten nicht lange zu warten. Am nächsten Tag überflog Kurt die alliierten Linien und sah den Ballon über dem Meer schweben. Sicherlich kam es ihm komisch vor, daß er weder unter Beschuß genommen wurde noch daß die Leute im Ballon irgendwelche Anstalten trafen, sich zu verteidigen.«

»Und er kam nicht auf die Idee, daß es sich um eine Falle handeln könnte?«

»Nein«, erwiderte von Till. »So weit dachte Kurt wahrscheinlich nicht. Er ging im Sturzflug auf den Ballon los und eröffnete das Feuer. Und dann zündeten die Engländer die Sprengladung. Es gab eine ohrenbetäubende Explosion, und die *Albatros* verschwand in einer Wand aus Feuer und Rauch.«

»Heibert ist hinter den feindlichen Linien abgestürzt?« fragte Pitt gespannt.

»Kurt ist gar nicht abgestürzt. Er kam auf der anderen Seite der Rauchwolke wieder zum Vorschein. Seine Maschine war allerdings arg mitgenommen, und auch er selbst muß schwer verwundet gewesen sein. Er hatte sein Flugzeug wahrscheinlich nicht mehr unter Kontrolle. Jedenfalls flog er immer weiter, aufs Meer hinaus, und verschwand schließlich. Seitdem hat niemand mehr etwas von ihm und seiner *Albatros* gesehen.«

»Bis gestern zumindest nicht.« Pitt hielt den Atem an und wartete auf die Reaktion.

Von Till sah ihn jedoch nur fragend an und sagte nichts. Er schien über Pitts Worte nachzudenken.

Pitt wechselte das Thema. »Sind Sie und Heibert oft zusammen geflogen?«

»Ja, wir haben oft Patrouillenflüge zusammen unternommen. Mehrere Male sind wir auch gemeinsam in einer zweisitzigen *Rumpler* geflogen und haben das englische Flugfeld bombardiert, das hier auf Thasos lag. Dabei war Kurt der Pilot und ich der Bombenschütze.«

»Wo war Ihre Flugstaffel denn stationiert?«

»Kurt und ich gehörten zur Jagdstaffel 73. Unser Heimatflughafen war das Xanthi Aerodrom in Mazedonien.«

Pitt zündete sich eine neue Zigarette an. »Ich möchte Ihnen für Ihre knappe und präzise Schilderung danken«, sagte er ernst. »Sie haben nichts ausgelassen?«

»Kurt war mein bester Freund«, entgegnete von Till wehmütig. »Da vergißt man solche Dinge nicht so leicht. Ich kann Ihnen sogar das Datum und die Uhrzeit seines Todes sagen. Es war der 15. Juli 1918, neun Uhr abends.«

»Seltsam, daß niemand sonst die Umstände von Heiberts Tod kennt«, murmelte Pitt und sah von Till prüfend an. »Weder in den Archiven in Berlin noch im britischen Luftfahrtministerium in London kann man etwas darüber erfahren.«

»Mein Gott«, erwiderte von Till ärgerlich, »in den deutschen Archiven findet man nichts darüber, weil die Oberste Heeresleitung sich einen Dreck um den Krieg in Mazedonien gekümmert hat. Und die Briten hielten es wahrscheinlich nicht für opportun, ihren niederträchtigen Trick an die große Glocke zu hängen. Nebenbei ist Kurt ja auch nicht in Sichtweite abgestürzt. Die Briten konnten also nur vermuten, daß ihr hinterhältiger Anschlag geglückt war.«

»Und weder von Heibert noch von der *Albatros* ist je wieder eine Spur gefunden worden?«

»Nichts. Heiberts Bruder hat nach dem Krieg noch einmal nach ihm geforscht, doch wo Kurt sein Heldengrab gefunden hat, wird wohl für ewig ein Geheimnis bleiben.«

»War sein Bruder ebenfalls Flieger?«

»Nein. Er war Offizier bei der deutschen Marine. Ich bin ihm vor

Ausbruch des Zweiten Weltkrieges ein paarmal begegnet.«

Pitt verfiel in Schweigen. Von Tills Geschichte war ihm irgendwie zu glatt. Er hatte das seltsame Gefühl, daß er benutzt wurde. Wie ein Lockvogel bei der Entenjagd. Innerlich war er in höchster Alarmbereitschaft. Dann hörte er Stöckelschuhe den Korridor entlangklappern, und ohne sich umzuwenden, wußte er, daß Teri den Raum betreten hatte.

»Hallo.« Ihre Stimme klang fröhlich und leicht.

Pitt drehte sich um. Ihr Abendkleid war wie eine römische Toga geschnitten und umhüllte ihre langen Beine. Der orangefarbene Stoff harmonierte aufs schönste mit ihrem ebenholzschwarzen Haar. Ihr Blick fiel auf seine Uniform. Sie wurde blaß und schlug sich wie am Morgen die Hand vor den Mund. Dann zwang sie sich zu einem dünnen Lächeln.

»Guten Abend«, begrüßte Pitt sie heiter. Er küßte ihr die Hand. »Du siehst fabelhaft aus.«

Teri schoß das Blut in die Wangen. »Ich wollte dir eigentlich für dein Kommen danken«, sagte sie ärgerlich. »Aber nachdem ich jetzt deinen Bubenstreich durchschaut habe, hätte ich gute Lust, dich hochkant wieder hinaus . . .«

»Sag's nicht«, schnitt ihr Pitt das Wort ab. Ein spitzbübischer Ausdruck glitt über sein Gesicht. »Ich weiß, du wirst mir nicht glauben, doch ausgerechnet heute nachmittag hat mich unser Commander vom Müllwagen abkommandiert und mich zum Piloten ernannt und zum Major befördert.«

Sie lachte. »Schäm dich. Du hast mir erzählt, du wärst noch nicht einmal Sergeant.«

»Nein. Ich habe nur gesagt, daß ich nie Sergeant gewesen wäre, und das stimmt auch.«

Sie hakte sich bei ihm unter. »Hat dich Onkel Bruno mit seinen Fliegergeschichten gelangweilt?«

»Gelangweilt kann man nicht sagen. Wir haben im Gegenteil ein sehr interessantes Gespräch miteinander geführt«, entgegnete Pitt. Teri sah trotz ihres Lächelns ziemlich unsicher aus. Er hätte gern gewußt, woran sie in diesem Augenblick dachte.

Sie schüttelte seufzend den Kopf. »Ihr Männer mit euren ewigen Kriegsgeschichten!« Sie konnte ihren Blick nicht von Pitt lösen. Ihr schien, als hätte er sich von Grund auf verwandelt. Das war nicht mehr der Mann, den sie am Morgen am Strand geliebt hatte. Dieser Pitt war sehr viel charmanter und geistvoller. »Nach dem Essen steht Dirk dir zur Verfügung, Onkel Bruno«, sagte sie, »aber vorerst gehört er mir.«

Von Till schlug die Hacken zusammen und verneigte sich. »Wie du wünschst, meine Liebe.« Er lächelte verständnisvoll. »Für die nächsten anderthalb Stunden bist du unser Kommandeur.«

Sie zog ihre Nase kraus. »Das ist sehr nett von dir, Onkel. Meine erste Amtshandlung also wird es sein, euch beide zum Eßtisch zu beordern.«

Teri zog Pitt mit sich auf die Terrasse und führte ihn eine Wendeltreppe hinab auf einen über den Klippen schwebenden, halbrunden Balkon.

Der Ausblick war überwältigend. In weiter Ferne konnte man die Lichter von Liminas funkeln sehen, und über dem Meer tauchten im Schwarz des Himmels bereits die ersten matt schimmernden Sterne auf. In der Mitte des Balkons stand ein Tisch. Er war für drei Personen gedeckt. Ein großer, sechsarmiger Kandelaber verbreitete ein gedämpftes, flackerndes Licht.

Pitt hielt Teri den Stuhl bereit und flüsterte ihr ins Ohr: »Sei lieber vorsichtig. Du weißt, wie empfänglich ich für romantische Stimmungen bin.«

Sie sah zu ihm auf und lächelte kaum merklich »Weshalb, glaubst du, habe ich das so arrangiert?«

Bevor Pitt noch etwas erwidern konnte, erschien von Till, in seinem Gefolge der Schäferhund, und schnippte mit den Fingern. Umgehend tauchte ein Mädchen in griechischer Tracht auf und servierte die Vorspeise: verschiedene Käse, Oliven und Gurken. Als nächstes folgte eine Geflügelcremesuppe, die mit Zitrone und Eierstich abgeschmeckt war. Der Hauptgang bestand aus mit Zwiebeln und gehackten Nüssen überbackenen Austern. Als Tischwein wurde Retsina gereicht, dessen harziges Aroma Pitt allerdings nicht sonderlich zusagte. Nachdem sie abgedeckt hatte, brachte die junge Griechin noch Obst und türkischen Kaffee und zog sich dann endgültig zurück.

Widerwillig schluckte Pitt das starke, süße Gebräu. Er rieb heimlich sein Knie an dem Teris und versuchte, ein Lächeln von ihr aufzuschnappen. Doch Teri sah ihn nur mit großen, angsterfüllten Augen an. Sie schien irgend etwas auf dem Herzen zu haben.

»Nun, Major«, ergriff von Till das Wort, »ich hoffe, es hat Ihnen geschmeckt?«

»Danke sehr«, erwiderte Pitt. »Das Essen war vorzüglich.«

Von Till wandte sich Teri zu. Seine Miene wurde streng. »Ich wäre jetzt gern eine Zeitlang mit dem Major allein, meine Liebe«, sagte er in einem Ton, der keinen Widerspruch duldete. »Wenn du solange im Studio warten wolltest. Wir kommen gleich nach.«

Das schien Teri nicht erwartet zu haben. Sie schrak sichtlich zusammen und klammerte sich an die Tischkante. »Bitte, Onkel Bruno, es ist noch zu früh. Kannst du deine Unterredung mit Dirk nicht auf später verschieben?« bat sie mit vor Aufregung heiserer Stimme.

Von Till warf ihr einen vernichtenden Blick zu. »Tu, was ich dir sage. Es gibt ein paar wichtige Dinge, die ich gern mit dem Major besprochen hätte. Du siehst ihn schon noch einmal, bevor er geht.«

Pitts Argwohn wurde wach. Warum dieser plötzliche Stimmungsumschwung? dachte er. Irgend etwas stimmte hier nicht. Er witterte Gefahr. Unbemerkt nahm er ein Schälmesser aus der Obstschale und schob es in seine Tasche.

Teri wandte sich entschuldigend an Pitt. »Bitte verzeih, Dirk. Du mußt einen merkwürdigen Eindruck von mir haben.«

Er lächelte. »Schon gut. Ich habe eine Schwäche für kleine, merkwürdige Mädchen.«

»Immer hast du eine passende Entgegnung«, murmelte sie. Er drückte ihr die Hand. »Ich komme so bald wie möglich nach.«

»Ich warte.« Auf einmal füllten sich ihre Augen mit Tränen. Sie wandte sich rasch ab und eilte die Treppe hinauf.

»Ich bedaure, so kurz angebunden zu Teri sein zu müssen«, entschuldigte sich der Alte. »Aber ich würde gern ein paar vertrauliche Worte mit Ihnen wechseln, und sie kann es leider nie lassen, sich in solche Gespräche einzumischen. Man muß den Frauen gegenüber eben manchmal hart sein, meinen Sie nicht auch?«

Pitt nickte. Er wußte nichts darauf zu erwidern.

Von Till steckte eine Zigarette in eine lange Zigarettenspitze aus Elfenbein und zündete sie an. »Ich würde brennend gern Näheres über den gestrigen Überfall auf Brady Field erfahren. Alles, was ich bisher gehört habe, ist, daß ein sehr altes Flugzeug unbekannten Typs das Flugfeld unter Beschuß genommen hat.«

»Alt war es in der Tat«, entgegnete Pitt, »aber der Typ war durchaus nicht unbekannt.«

»Wollen Sie damit sagen, daß Sie wissen, um welches Fabrikat es sich gehandelt hat?«

Pitt sah von Till scharf an. Er spielte ein Weilchen mit seiner Gabel und legte sie dann behutsam auf den Tisch zurück. »Das Flugzeug war eindeutig eine *Albatros D-3*.«

»Und der Pilot?« Von Till preßte die Worte zwischen den Zähnen durch. »Wissen Sie, wer der Pilot war?«

»Noch nicht. Aber das wird nicht mehr lange dauern.«

»Sie scheinen ja ziemlich zuversichtlich zu sein.«

Pitt ließ sich Zeit mit der Antwort und zündete sich umständlich eine Zigarette an. »Warum nicht? Es dürfte nicht allzu schwer sein, den Besitzer eines sechzig Jahre alten, gelben Flugzeugs ausfindig zu machen.«

Von Till lächelte höhnisch. »Mazedonien ist eine wilde, menschenleere Gegend. Man könnte in seinen Tälern sogar einen von euren monströsen Bombern verstecken, und er würde nie entdeckt werden.«

Pitt gab ihm sein Grinsen zurück. »Wer spricht denn davon, daß wir im mazedonischen Gebirge suchen wollen?«

»Wo wollen Sie sonst nachforschen?«

»Im Meer.« Pitt wies auf die schwarze Wasserfläche weit unter ihnen. »Vielleicht genau da, wo Heibert 1918 abgestürzt ist.«

Von Till zog eine Augenbraue hoch. »Sie glauben doch nicht an Gespenster?«

Pitt grinste. »Als wir kleine Kinder waren, glaubten wir an den Weihnachtsmann; als wir große Jungen waren, glaubten wir an die Jungfräulichkeit. Warum sollte man als Erwachsener nicht an Gespenster glauben?«

Von Till warf ihm einen mißbilligenden Blick zu.

»Na gut, das ist vielleicht wenig wahrscheinlich«, schränkte Pitt ein. »Aber vielleicht gefällt Ihnen die folgende Hypothese besser.« Seine Worte hatten einen beißenden Unterton.

Von Till saß kerzengerade da und beobachtete ihn angespannt.

»Angenommen, Kurt Heibert ist immer noch am Leben?«

Der Mund des Alten klappte auf. Doch er fing sich schnell wieder. »Das ist lächerlich. Wenn Kurt noch am Leben wäre, wäre er heute über siebzig. Schauen Sie mich an, Major. Ich bin 1899 geboren. Glauben Sie im Ernst, daß ein Mann meines Alters noch ein Flugzeug mit offener Kanzel fliegen und einen Flugplatz angreifen könnte? Ich jedenfalls vermag das nicht zu glauben.«

»So gesehen haben Sie natürlich recht«, stimmte ihm Pitt zu. Er hielt einen Moment inne und fuhr sich mit der Hand durch das Haar. »Dennoch läßt mich die Frage nicht los, ob Heibert nicht vielleicht doch etwas mit der ganzen Sache zu tun hat.« Sein Blick glitt von dem alten Mann zu dem großen Hund und er spürte, wie eine nervöse Spannung von ihm Besitz ergriff. Das alles verhieß nichts Gutes. Er hatte ein zwangloses Abendessen erwartet und mußte sich statt dessen mit Teris Onkel auseinandersetzen, der offensichtlich mehr von der Attacke auf Brady Field wußte, als er zugab. Es ist an der Zeit, ihn aus seiner Reserve zu locken, dachte Pitt. Er fixierte von Till. »Nehmen wir also an, der *Mazedonische Falke* ist tatsächlich vor sechzig Jahren verschollen und gestern wieder aufgetaucht. Dann lautet die nächste Frage zwangsläufig: Wo hat er sich in der

Zwischenzeit aufgehalten? Im Himmel, in der Hölle oder ... auf Thasos?«

Von Till geriet sichtlich aus der Fassung. Seine Arroganz wich einem Ausdruck der Verwirrung. »Ich verstehe nicht ganz ... wie meinen Sie das?«

»Ich meine, daß er seine Zeit in der Hölle verbracht hat«, fauchte Pitt ihn an. »Entweder halten Sie mich für einen Vollidioten, oder aber Sie selbst spielen einen. Ich glaube nicht, daß ich Ihnen etwas über den Überfall auf Brady Field zu berichten brauche. Im Gegenteil: Sie sollten *mir* etwas darüber erzählen.« Es machte ihm Spaß, den Alten zu reizen.

Von Till war wutentbrannt aufgesprungen. Sein Gesicht verzerrte sich zu einer bösen Grimasse. »Sie mischen sich in Dinge ein, die Sie nichts angehen, Major«, zischte er leise. »Ihre Anschuldigungen sind absurd. Bitte, verlassen Sie mein Haus.«

Pitt sah ihn verächtlich an. »Wie Sie wünschen«, erwiderte er und wandte sich zum Gehen.

»Sie brauchen nicht durch das Studio zu verschwinden«, fuhr von Till zornig fort und deutete auf eine kleine Tür am hinteren Ende des Balkons. »Durch diesen Korridor kommen Sie gleich zum Haupteingang.«

»Ich hätte Teri gern noch einmal gesehen.«

»Ich glaube, Ihr Besuch hat lange genug gedauert.« Wie um seine Worte zu unterstreichen, blies ihm von Till eine Rauchwolke ins Gesicht. »Und im übrigen wünsche ich, daß Sie meine Nichte nicht weiter belästigen.«

Pitt ballte die Fäuste. »Und wenn ich es trotzdem tue?«

Von Till lächelte böse. »Ich will Ihnen nicht drohen, Major. Wenn Sie Ihre törichte Affäre unbedingt fortsetzen wollen, werde ich eben Teri bestrafen müssen.«

»Scheißdeutscher!« fuhr Pitt auf. Nur mühsam konnte er sich beherrschen, nicht auf von Till loszugehen. »Ich weiß zwar nicht, worauf Sie eigentlich hinauswollen. Doch das eine kann ich Ihnen versichern: Es wird mir ein großes Vergnügen sein, Ihnen ins Handwerk zu pfuschen. Und gleich eins vorweg: Der Angriff auf Brady Field hat völlig seinen Zweck verfehlt. Das Schiff der NUMA bleibt, wo es ist, bis die Forschungsarbeiten zu Ende geführt sind.«

Von Tills Hände zitterten, doch sein Gesicht bewahrte völlige Ausdruckslosigkeit. »Ich danke Ihnen, Major. Diese Information hatte ich nicht so bald erwartet.«

Wenigstens läßt der alte Kerl seine Maske fallen, dachte Pitt. Nun stand es fest: Es war von Till, der die *First Attempt* loswerden wollte. Doch warum? Pitt versuchte es mit einem Schuß ins Blaue. »Sie verschwenden Ihre Zeit, von Till. Die Taucher der *First Attempt* haben den Schatz schon entdeckt. Sie haben bereits mit den Bergungsarbeiten begonnen.«

Von Till lächelte breit. Pitt hatte daneben getippt.

»Ein recht plumper Trick, Major. Sie liegen völlig falsch.«

Pitt warf einen schnellen Blick über die Schwelle. Der Korridor war schwach von Kerzen erhellt und schien völlig leer. Er zögerte. »Bitte überbringen Sie Teri meinen Dank für das ausgezeichnete Essen.«

»Ich werde es ausrichten.«

»Und vielen Dank, Herr von Till, für Ihre Gastfreundschaft.«

Von Till lächelte affektiert, schlug die Hacken zusammen und verbeugte sich. »Es war mir ein Vergnügen.« Er legte dem Hund die Hand auf den Kopf, der gefährlich die Zähne fletschte.

Pitt mußte sich bücken, um durch die niedrige Tür zu kommen. Er machte ein paar vorsichtige Schritte vorwärts.

»Major Pitt!«

»Ja?« Pitt wandte sich um.

Von Till stand breit in der Tür, sadistische Freude lag in seiner Stimme. »Wie schade, daß Sie den nächsten Flug der *Albatros* nicht miterleben können!«

Bevor Pitt noch etwas erwidern konnte, wurde die Tür zugeschlagen und ein schwerer Riegel fiel ins Schloß. Der Knall hallte noch lange in dem düsteren Korridor nach.

7. Kapitel

Wilde Wut stieg in Pitt hoch. Die Tür mit Brachialgewalt aufzubrechen war unmöglich; das bewies ein einziger Blick auf die mächtigen Bohlen. Er wandte sich um, dem verlassenen Korridor zu, und ein Schauer überlief ihn. Er gab sich keinen Illusionen hin: Von Till hatte nicht die geringste Absicht, ihn lebendig aus dem Haus zu lassen. Das Messer fiel ihm ein, und er fühlte sich ein klein wenig sicherer, als er es aus seiner Tasche zog. Das flackernde Licht der Kerzen, die in rostigen Leuchtern steckten, spiegelte sich auf der Klinge. Das kleine, spitze Messer stellte nur eine erbärmliche Waffe für den Kampf ums Überleben dar. Doch immerhin, es war besser als gar nichts.

Plötzlich wehte ein eisiger Windstoß durch den Gang, und wie von unsichtbarer Hand verlöschten alle Kerzen. Die Finsternis war beklemmend. Pitt versuchte angestrengt, das Dunkel zu durchdringen, doch kein Lichtschimmer war zu sehen, kein Ton zu vernehmen.

»Jetzt wird's lustig«, murmelte er.

Seine Sinne waren zum Zerreißen gespannt, Panik wollte in ihm aufsteigen. Er hatte einmal gelesen, daß nichts verheerender auf den menschlichen Geist wirke als vollkommene Dunkelheit. Die Unfähigkeit wahrzunehmen, was um einen herum vorgeht, löse im Gehirn eine Art Kurzschluß aus. Es schaffe sich eine eigene Wirklichkeit, alptraumhaft ins Phantastische und Wahnsinnige gesteigert. Man habe beispielsweise das ganz reale Gefühl, von einem Haifisch angefallen oder von einer Lokomotive überrollt zu werden, während man in Wirklichkeit nur eingeschlossen in einer Besenkammer sitze. Als ihm dieses hübsche Beispiel einfiel, mußte Pitt unwillkürlich lächeln, und seine Furcht wich ruhiger Überlegung.

Im ersten Impuls wollte er die Kerzen wieder anzünden. Doch dann kam ihm der Gedanke, daß möglicherweise unten im Gang jemand auf der Lauer lag. Solange es stockdunkel war, standen ihre

Chancen wenigstens eins zu eins. Er kniete nieder, zog seine Schuhe aus und schlich dann geduckt die kalte Wand entlang. Der Weg führte ihn an mehreren Holztüren vorbei, die alle mit schweren Eisenstangen verriegelt waren. Er war gerade dabei, eine der Türen abzutasten, als er plötzlich aufhorchte.

Aus der Tiefe des Ganges drang ein Geräusch zu ihm. Es ließ sich nicht genau definieren – etwas zwischen Ächzen und Knurren; doch es war ganz deutlich zu hören. Im nächsten Augenblick war es wieder still.

Pitt wußte nun, daß ihm Gefahr drohte. Man lauerte ihm auf. Mit größter Behutsamkeit ließ er sich flach auf den Bauch nieder und kroch geräuschlos weiter die Wand entlang. Der Boden war glatt und an manchen Stellen feucht. Er mußte durch eine ölige Schlammpfütze robben. Der Stoff seiner Uniform sog sich voll und klebte an seiner Haut fest. Pitt fluchte in sich hinein.

Die Zeit verstrich unendlich langsam. Pitt kam es vor, als wäre er bereits etliche Kilometer über den Zementboden gekrochen, als er noch kaum drei Meter hinter sich gebracht hatte. Die Luft roch muffig und modrig. Der alte Schleppkahn seines Großvaters fiel Pitt ein. Er hatte sich oft in dem dunklen Laderaum verkrochen und sich eingebildet, er sei ein blinder Passagier auf der Fahrt in den geheimnisvollen Orient. Komisch, dachte er, daß längst vergessene Erlebnisse allein durch einen bestimmten Geruch wieder wach werden.

Unvermittelt wurde der glatte Betonboden von einem unebenen Steinpflaster abgelöst. Er hatte den nicht modernisierten Teil des Korridors errreicht.

Pitts Rechte, die die Wand entlangtastete, griff plötzlich ins Leere. Ein leichter Luftzug strich über seine Wangen und verriet ihm, daß hier der Korridor einen Quergang kreuzte. Er blieb fröstelnd liegen und lauschte.

Da war es wieder . . . Ein leises Kratzen, das langsam näher kam – wie die Krallen eines Tieres auf Steinboden.

Kalter Schweiß trat Pitt auf die Stirn. Zitternd preßte er sich gegen die feuchten Pflastersteine und zielte mit dem Messer in die Richtung, aus der das Geräusch kam.

Das Kratzen wurde lauter. Plötzlich verstummte es. Quälende Stille breitete sich aus.

Pitt hielt den Atem an, um besser lauschen zu können; doch alles, was er vernahm, war sein eigener Herzschlag. Irgend etwas stand ihm gegenüber, keine drei Meter von ihm entfernt. Ein Gefühl der Verzweiflung und völliger Hilflosigkeit überkam ihn. Er fühlte sich wie gelähmt. Nur unter Aufbietung seines ganzen Willens vermochte er seine Furcht zu bezwingen.

Der Modergeruch wurde unerträglich und erstickte ihn fast. Gleichzeitig nahm er schwach die Ausdünstungen eines Tieres wahr.

Sein Entschluß war rasch gefaßt. Er mußte alles auf eine Karte setzen. Er zog das Feuerzeug aus seiner Tasche, zündete einmal, zweimal, dann endlich brannte es. Er stand auf. Die kleine Flamme tanzte in der Luft, und zwei grüne Augen glühten auf. Ein übergroßer Schatten wuchs unheildrohend an der Wand hoch. Das Feuerzeug fiel zu Boden, die Flamme erlosch. Ein leises, böses Knurren grollte aus der Richtung der Augen und hallte in dem steinernen Labyrinth wider.

Pitt reagierte augenblicklich. Er warf sich wieder zu Boden und rollte sich auf den Rücken. Dann packte er das Messer fest mit beiden Händen und hielt es senkrecht über sich. Er wußte jetzt, wer sein Gegner war.

Das Untier hatte Pitt im Widerschein der Flamme erkannt. Es zögerte einen Moment, dann sprang es.

Das Zögern wurde ihm zum Verhängnis. Pitt hatte den Platz gewechselt, und der große Schäferhund sprang über ihn hinweg. Pitt spürte nur, wie sein Messer durch etwas Weiches glitt und wie ihm eine schwere, warme Flüssigkeit ins Gesicht klatschte.

Er hatte den Hund genau hinter den Rippen erwischt und ihm mit einem einzigen Schnitt die ganze Flanke aufgerissen. Das tödlich verwundete Tier heulte gräßlich auf und brach hinter Pitt an der Mauer zusammen. Noch einmal schlug es wild um sich, bis es leblos liegenblieb. Ein hundertfaches Echo antwortete seinem Todesschrei.

Zunächst war Pitt der Meinung, der Hund hätte ihn völlig verfehlt. Doch dann spürte er den stechenden Schmerz in seiner Brust. Er blieb reglos liegen und horchte auf den Todeskampf des Tieres. Eine Ewigkeit, so schien ihm, lag er so da – den Gang erfüllte längst wieder gespenstische Stille. Endlich legte sich seine Aufregung, und seine Muskeln entkrampften sich. Der Schmerz wurde stärker; er machte Pitt seine verzweifelte Lage bewußt.

Langsam erhob er sich und lehnte sich erschöpft gegen die vom Blut klebrige Wand. Ein neuer Schauer überlief ihn; und er mußte innehalten, bis seine Nerven sich beruhigt hatten. Dann stolperte er ein paar Schritte nach vorn. Er tastete mit den Füßen auf dem Boden herum, bis er sein Feuerzeug gefunden hatte. Er zündete es an und inspizierte seine Verletzungen.

Vier tiefe Kratzwunden zogen sich von seiner linken Brust bis zur rechten Schulter. Sie bluteten ziemlich stark. Allerdings: Nur die Haut war aufgerissen, die darunterliegenden Muskeln waren unverletzt. Das blutdurchtränkte Hemd hing ihm in Fetzen vom Leibe. Er riß einige Streifen davon ab, um die Wunden notdürftig zu verbinden. Das war alles, was er im Moment tun konnte. Er war einer Ohnmacht nahe. Nur mit äußerster Willensanspannung gelang es ihm, sich auf den Beinen zu halten.

Nachdem er endlich wieder ein wenig zu Atem gekommen war, besah sich Pitt den toten Schäferhund. Es war ein schauerlicher Anblick. Der Hund lag auf der Seite. Aus seinem Bauch quollen die Eingeweide. Das Blut strömte hervor und rann in kleinen Bächen den Gang hinab auf eine unsichtbare Senke zu. Pitts Mattigkeit verflog bei diesem Anblick. Haß und Wut überkamen ihn und gaben ihm neue, ungeahnte Kräfte. Nur ein Gedanke beherrschte ihn: Er würde sich an von Till rächen.

Was er als nächstes zu tun hatte, war klar: Er mußte unbedingt aus diesem Labyrinth herausfinden. Die Chancen dafür standen denkbar schlecht, fast schien es aussichtslos. Doch der Gedanke, er könnte scheitern, kam ihm kein einziges Mal. Allzu deutlich erinnerte er sich an von Tills Hinweise auf den nächsten Flug der *Albatros*. Er mußte es einfach schaffen. Sein Gehirn lief auf Hochtouren.

Da der verschlagene alte Mann inzwischen wußte, daß die *First Attempt* bei Thasos vor Anker liegen bleiben würde, würde der nächste Angriff der *Albatros* ihr gelten. Allerdings war es zu riskant, mit der alten Maschine noch einmal am hellen Nachmittag anzugreifen, überlegte Pitt. Andererseits würde von Till seine Attacke so bald wie möglich starten wollen. Vermutlich schon in der Dämmerung des nächsten Morgens. Gunn und seine Mannschaft mußten rechtzeitig gewarnt werden. Er warf einen Blick auf die Leuchtziffern seiner Armbanduhr. Es war 21 Uhr 55. Hell würde es etwa gegen 4 Uhr 40 werden, schätzte er. Es blieben ihm also noch genau fünf Stunden und fünfundvierzig Minuten, um einen Ausweg aus seinem Gefängnis zu finden und die Besatzung der *First Attempt* zu alarmieren.

Pitt schob das Messer in den Gürtel, ließ, um Benzin zu sparen, sein Feuerzeug zuschnappen und ging dann den Quergang nach links. Aus dieser Richtung war ein schwacher Luftzug zu spüren. Er brauchte nun nicht mehr zu schleichen und marschierte zügig los. Der Gang verengte sich zusehends. Schon bald war er nur noch einen Meter breit, die Decke allerdings blieb außer Reichweite.

Auf einmal stieß Pitts ausgestreckte Hand gegen eine Wand. Hier endete der Gang, er war in eine Sackgasse geraten. Er ließ sein Feuerzeug aufflammen. Eine Felswand versperrte ihm den Weg. Nur aus einer schmalen Felsspalte strömte frische Luft. Deutlich war dahinter das Summen eines Elektromotors zu hören. Pitt lauschte einen Moment lang; dann erstarb das Summen.

Er mußte es in einer anderen Richtung versuchen. Entschlossen ging er zurück. Wieder an der Kreuzung angelangt, lief er diesmal geradeaus weiter.

Mit weit ausgreifenden Schritten eilte er vorwärts. Seine nur mit Strümpfen bekleideten Füße wurden auf dem feuchtkalten Boden bald gefühllos. Doch trotz der Kälte war Pitt in Schweiß gebadet.

Den Schmerz auf seiner Brust nahm er nur noch ganz entfernt

wahr, so, als wäre es gar nicht er selbst, der da verwundet worden war. Er konnte das Blut seinen Körper hinunterrinnen spüren, und das Verlangen, sich hinzusetzen und auszuruhen, wurde immer mächtiger. Doch immer wieder überwand er es. Ihm blieb keine Wahl, er mußte weitermarschieren, bis er umsank. Wie viele Menschen in diesem Labyrinth wohl schon umgekommen waren?

Er tastete sich an der Wand entlang, wobei seine Hände immer wieder ins Leere griffen. Im schwachen Licht seines Feuerzeugs taten sich ständig neu abzweigende Gänge vor ihm auf.

Eine Stunde verging, zwei Stunden ... Das Benzin seines Feuerzeugs war fast vollständig aufgebraucht, die Flamme leuchtete immer kümmerlicher. Pitt benutzte es so wenig wie möglich und verließ sich mehr und mehr auf seine aufgescheuerten, wunden Finger. Verbissen setzte er seinen Weg fort.

Nach einer halben Ewigkeit stießen seine Füße plötzlich gegen ein Hindernis. Er stolperte und fiel auf eine Treppe. Mit dem Kopf schlug er gegen eine Stufe. Die Haut auf seiner Nase wurde bis auf die Knochen abgeschürft, und das Blut rann ihm in Strömen übers Gesicht. Er war am Ende. Der Schmerz, die Erschöpfung und die Verzweiflung übermannten Pitt, und er blieb reglos liegen. Er hörte noch das Blut auf die Stufen tropfen, dann sank er in Ohnmacht.

Sein Kopf dröhnte, als er wieder zu sich kam. Nebelschleier hingen ihm vor den Augen. Ganz langsam, als ob ein tonnenschweres Gewicht auf seinen Schultern lastete, stützte er sich hoch und begann die Treppe hochzukriechen. Jede Stufe wurde ihm zur Qual.

Ein mächtiges schmiedeeisernes Gittertor versperrte ihm am Ende der Treppe den Weg. Es mußte uralt sein, nach dem Rost zu schließen, doch noch immer war es stabil genug, um einem anstürmenden Elefanten standzuhalten.

Pitt zog sich ächzend hoch. Ein Hauch frischer Luft wehte ihm entgegen und vertrieb den muffigen Geruch des Labyrinths. Er sah zwischen den Stäben hindurch. Am liebsten hätte er laut aufgejubelt, als er im nachtschwarzen Himmel die Sterne funkeln sah. Er hatte sich bereits irgendwo in den Gängen vermodern sehen. Er rüttelte an den Stäben. Nichts rührte sich. Das Schloß des Tores war erst unlängst zugeschweißt worden.

Er prüfte die Abstände zwischen den einzelnen Stäben. Zwischen dem dritten und vierten von links war er am größten: Etwa zwanzig Zentimeter. Er zog seine Kleider aus und deponierte sie auf der anderen Seite des Gitters. Dann verschmierte er den Schweiß und das Blut auf seinem Körper, um ihn glitschig zu machen. Er preßte sämtliche Luft aus seinen Lungen und quetschte sich dann, den Kopf voran, durch das Gitter. Der Rost blätterte ab und grub sich in seine Haut. Gequält stöhnte er auf, als seine Weichteile über das scharfkantige Metall schabten. Er krallte sich in den Erdboden, und mit einem letzten, gewaltsamen Ruck befreite er sich.

Ohne auf den stechenden Schmerz in seinem Unterleib zu achten, setzte er sich auf. Er konnte noch kaum an seine Befreiung glauben. Er war dem Labyrinth entflohen. Doch war er damit wirklich schon gerettet?

Das Gittertor befand sich direkt der Bühne eines riesigen Amphitheaters gegenüber. Er stellte fest, daß das imposante Bauwerk auf einem Berggipfel lag. Es war im griechischen Stil errichtet, doch die Mächtigkeit der Anlage ließ auf römische Bauherren schließen. Um die halbkreisförmige Bühne stiegen fast vierzig Sitzreihen empor. Es herrschte absolute Stille; nur ab und zu schwirrte ein Insekt durch die Nacht. In helles Mondlicht getaucht, machte das Theater einen gespenstischen, fast unirdischen Eindruck.

Pitt schlüpfte in die Fetzen seiner Uniform. Sein feuchtklebriges, zerrissenes Hemd knotete er als provisorischen Verband um seine Brust.

Allein die Möglichkeit, wieder frei gehen und frische Luft atmen zu können, versetzte ihn in Hochstimmung. Es war reines Glück gewesen, daß er aus dem Labyrinth wieder herausgefunden hatte. Der Schmerz und die Erschöpfung waren vergessen. Er lachte triumphierend auf, als er sich vorstellte, was für ein Gesicht von Till machen würde, wenn er ihn so quicklebendig wiedersähe. Von den

Sitzreihen lachte das Echo zurück.

Er sah zum Sternenhimmel hinauf und versuchte sich zu orientieren. Der Polarstern war schnell entdeckt. Doch etwas irritierte Pitt. Er suchte den ganzen Himmel ab. Stier und Plejaden, die eigentlich direkt über ihm hätten stehen müssen, waren weit nach Osten gewandert.

»Verdammt«, fluchte er und sah auf die Uhr. Es war 3 Uhr 22. Er hatte beinahe fünf Stunden verloren. Wie hatte das geschehen können? Dann fiel ihm ein, daß er ohnmächtig geworden sein mußte, als er auf die Treppe gestürzt war.

Jede Sekunde war kostbar. Eilig schritt er über die Bühne und entdeckte nach kurzer Zeit einen kleinen Pfad, der den Berg hinabführte. Nun begann ein höllischer Wettlauf gegen die Zeit.

8. Kapitel

Nach etwa fünfhundert Metern verbreiterte sich der Pfad zu einer Straße – oder vielmehr zu einem ausgefahrenen Feldweg. In engen Kurven schlängelte er sich den Berg hinab. Halb gehend, halb laufend hastete Pitt vorwärts. Sein Herz klopfte zum Zerspringen. Zwar war er nicht schwer verwundet, doch er hatte eine Menge Blut verloren. Jeder Arzt hätte ihm sofortige Bettruhe verordnet.

Pitt jedoch durfte sich nicht eine einzige Pause gönnen, um zu verschnaufen. Ständig stand ihm das Bild der *Albatros*, die zum Sturzflug auf die *First Attempt* und ihre wehrlose Besatzung ansetzte, vor Augen. Er sah, wie sich die Kugeln in Fleisch und Knochen der Männer bohrten und wie sich dunkelrote Lachen auf dem weißen Deck des Schiffes ausbreiteten. Noch bevor die Abfangjäger von Brady Field gestartet wären, würde das Gemetzel schon wieder zu Ende sein – vorausgesetzt, die Ersatzmaschinen aus Nordafrika waren überhaupt vor der Morgendämmerung noch eingetroffen. Diese furchtbare Vorstellung spornte Pitt zu übermenschlichen Anstrengungen an.

Plötzlich blieb er stehen. Vor ihm hatte sich in der Dunkelheit etwas bewegt. Sofort suchte er in dem dichten Kastanienhain neben der Straße Deckung. Vorsichtig schlich er sich an die Stelle heran. Als er nahe genug war, richtete er sich halb auf und mußte erleichtert auflachen. Im Zwielicht des Mondes war die schattenhafte Gestalt eines Esels auszumachen, der an einem Felsbrocken festgebunden war. Das Tier spitzte die Ohren, als es Pitt wahrnahm, und stieß einen leisen Schrei aus.

»Der Traum eines Reiters bist du ja nicht gerade«, meinte Pitt. »Aber ich habe keine andere Wahl.« Er löste den Strick vom Felsen und verknotete ihn zu einem provisorischen Halfter, das er mit viel Geduld dem Esel über die Nase streifte. Dann saß er auf.

»Okay, Freundchen, los geht's.«

Das Tier rührte sich nicht.

Pitt trat ihm in die Flanken. Nichts. Er stieß und schlug es – der Esel zeigte nicht die geringste Reaktion, er schrie nicht einmal.

Pitt konnte kein Wort Griechisch. Nur ein paar Namen waren ihm geläufig. Aber war das nicht eine Möglichkeit? Vielleicht trug das störrische Tier den Namen irgendeines griechischen Gottes oder Helden?

»Vorwärts, Zeus ... Apollo ... Poseidon ... Herkules! Oder Atlas?« Der Esel stand wie versteinert da. Plötzlich kam Pitt eine Idee. Er beugte sich hinab und musterte die Unterseite seines Reittiers: Es war offensichtlich eine Dame.

»Ich bitte vielmals um Entschuldigung, Gnädigste«, flüsterte Pitt in die gespitzten Ohren. »Komm, allerliebste Aphrodite, laß uns gehen.«

Der Esel zuckte zusammen. Pitt war auf der richtigen Spur.

»Atlanta?«

»Athene?«

Die Ohren richteten sich auf. Der Esel wandte seinen Kopf und blickte Pitt an.

»Los, Athene, lauf!«

Athene stampfte ein paarmal auf und setzte sich dann zu Pitts großer Erleichterung gehorsam in Bewegung.

Es war empfindlich kühl zu dieser frühen Morgenstunde. Der Tau schlug sich schon auf den Wiesen nieder, als Pitt endlich den Stadtrand von Liminas erreichte. Liminas war eine typisch griechische Küstenstadt. Man hatte es auf den Trümmern einer antiken Ortschaft erbaut; zwischen den weißgekalkten Häusern waren hier und da noch einzelne alte Ruinen zu sehen. Die Stadt zog sich um eine sichelförmige Bucht herum, an die sich der Hafen schmiegte. Im Augenblick lagen nur wenige Boote hier vertäut; der Großteil der Fischer war zum Fischfang ausgelaufen. Geruchsgemisch nach Salz, Fisch und Dieselöl hing über dem Wasser; es war totenstill. Nichts regte sich, die Stadt lag in tiefem Schlaf. Pitt kam sich vor wie in einer anderen Welt, in einer Welt, die er um ihre Friedlichkeit und Ruhe beneidete.

An einer Straßenecke stieg Pitt von seinem Esel ab. Er band ihn an einen Briefkasten und schob einen Zehn-Dollar-Schein unter das Halfter.

»Vielen Dank für deine Hilfe, Athene.«

Er tätschelte zärtlich die Schnauze des Tieres, krempelte seine wüst zugerichtete Hose hoch und ging, noch unsicher auf den Beinen, zum Hafen hinunter.

Angestrengt hielt er nach einem Telephon Ausschau. – Vergeblich. Auch kein Auto oder anderes Fahrzeug war zu sehen, mit Ausnahme eines Fahrrads. Doch Pitt war viel zu zerschlagen, um die zehn Kilometer nach Brady Field damit zurücklegen zu können.

Ein Blick auf die Uhr verriet ihm, daß es 3 Uhr 59 war. In rund vierzig Minuten würde es bereits hell werden. Die Zeit drängte. Pitt ließ seinen Blick über das Meer schweifen und folgte mit den Augen der Küste, die sich in einem weiten Bogen bis nach Brady Field zog. Luftlinie waren es höchstens sechs Kilometer. Vielleicht konnte ihn jemand auf dem Wasserweg hinüberbringen. Doch die Fischer waren alle ausgefahren; keiner ließ sich deshalb sehen. So entschloß Pitt sich, zur Selbsthilfe zu greifen.

Nach kurzer Zeit hatte er etwas Taugliches gefunden: Einen alten, ziemlich schäbigen Außenborder, dessen hoher, bauchiger Rumpf vom Rost zerfressen war. Er ertastete den Benzinhahn, öffnete ihn und schaltete die Zündung ein. Dann riß er an der Zugleine, um den Motor anzulassen. Doch der gab keinen Muckser von sich. Pitt zog noch einmal. Ohne Erfolg. Wieder und wieder riß er die Leine heraus, mit wütender Verzweiflung. Schon bald rann ihm der Schweiß von der Stirn und Nebel wallten vor seinen Augen. Es schien hoffnungslos; der Motor sprang nicht an.

Pitt wurde nervös. Mit jeder Minute wuchs die Gefahr für Commander Gunn und seine Mannschaft. Noch einmal nahm er all seine Kraft zusammen und riß wie wild am Anlasser. Der Motor gab ein dumpfes Röhren von sich, dann starb er wieder ab. Pitt ließ nicht locker. Er packte die Zugleine mit beiden Händen und warf sich mit seinem ganzen Körper nach hinten. Dabei verlor er das Gleichgewicht und stürzte auf den öligen, feuchten Bootsboden. Völlig ausgepumpt blieb er liegen. Der Motor spuckte und keuchte und sprang dann dröhnend an. Zu erschöpft, noch einmal auszusteigen, zog Pitt das Schälmesser aus dem Gürtel und kappte einfach die Leine, die das Boot am Kai festhielt. Mühsam rappelte er sich dann hoch, legte den Rückwärtsgang ein, und der kleine Außenborder tuckerte rückwärts in den Hafen hinaus. Hinter der Mole wendete Pitt und nahm Kurs auf das offene Meer.

Pitt gab Vollgas, und das kleine Boot hüpfte mit einer Geschwindigkeit von vielleicht sieben Knoten über die Wellen. Er saß aufrecht im Heck und hielt mit beiden Händen die Ruderpinne.

Eine halbe Stunde verging. Der östliche Horizont erhellte sich zusehends, und noch immer tuckerte Pitt die Küste entlang. Er schien kaum vorwärtszukommen. Die ganze Zeit suchte er den Horizont nach der *First Attempt* ab. Immer wieder ertappte er sich dabei, wie ihm die Augen zufielen und ihm der Kopf auf die Brust sank.

Dann endlich tauchte hinter der nächsten Landzunge das Schiff auf. Eine flache, graue Silhouette, anderthalb Kilometer entfernt. Er sah die beiden Lampen an Heck und Bug, die jedes vor Anker liegende Schiff gesetzt hat.

Jeden Augenblick mußte die Sonne über dem Horizont auftauchen, und immer klarer hoben sich die Umrisse der *First Attempt* gegen den heller werdenden Himmel ab. Zuerst erkannte man die Aufbauten, dann den Ladebaum und den Radarmast und schließlich sogar Teile der verstreut auf dem Deck herumliegenden wissenschaftlichen Ausrüstung.

Pitt holte das Letzte aus dem Boot heraus. Der Motor knatterte und spuckte und ließ bläuliche Abgasschwaden hinter sich zurück, doch immer noch fuhr das Boot, wie es Pitt vorkam, viel zu langsam, um den Wettlauf mit der Sonne gewinnen zu können.

Die leuchtend orangefarbene Scheibe hatte sich bereits zu einem Viertel aus dem Meer erhoben, als Pitt den Motor plötzlich drosselte. Er legte den Rückwärtsgang ein, doch zu spät: krachend prallte er gegen den weißen Rumpf der *First Attempt*.

»Hallo!« rief er. Er war am Ende seiner Kräfte.

»Du Vollidiot«, tönte es zornig zurück. »Kannst du nicht aufpassen, wo du hinfährst?« Ein Gesicht erschien über der Reling und starrte auf das kleine Boot herunter. »Das nächste Mal sagst du uns vielleicht ein bißchen früher Bescheid, wenn du kommst. Dann malen wir dir eine Zielscheibe auf den Rumpf. Das macht die Sache wesentlich reizvoller.«

Trotz seiner Erschöpfung und seiner Schmerzen mußte Pitt lachen. »Es ist zu früh am Morgen, um Witze zu machen. Kommen Sie lieber herunter und helfen Sie mir.«

»Warum? Wer zum Teufel sind Sie überhaupt?«

»Ich bin's, Pitt. Ich bin verwundet. Machen Sie kein langes Gerede, sondern beeilen Sie sich!«

»Sie sind's, Major?« fragte der Wachposten mißtrauisch.

»Ja, verdammt nochmal!« fuhr Pitt ihn an. »Wollen Sie vielleicht noch eine Geburtsurkunde?«

»Nein, Sir.« Der Posten verschwand hinter der Reling und tauchte einen Augenblick später mit einem Bootshaken in der Hand bei der

Bordwandleiter wieder auf. Er erwischte das Boot am linken Dollbord und zog es zur Leiter hin. Dann vertäute er es und sprang an Bord. Unglücklicherweise blieb sein Fuß dabei an einer Klampe hängen. Er stürzte und fiel bäuchlings auf Pitt.

Pitt kniff vor Schmerzen die Augen zusammen und stöhnte gequält auf. Ken Knights blonder Bart war mitten in seinem Gesicht gelandet.

Knight setzte schon zu einer Entschuldigung an, als sein Blick auf Pitts zerfetzte Kleidung und zerschundenen Leib fiel. Er fuhr zurück und sein Gesicht wurde aschfahl. Ungläubiges Staunen malte sich auf seinen Zügen.

Pitts Lippen verzogen sich zu einem amüsierten Lächeln. »Sitzen Sie nicht hier herum wie ein verschrecktes Huhn, sondern helfen Sie mir lieber hoch. Ich muß sofort Commander Gunn sprechen.«

»Um Gottes willen«, murmelte Knight und schüttelte verstört den Kopf. »Was ist denn bloß passiert?«

»Später«, raunzte Pitt ihn barsch an. »Wenn wir Zeit zum Erzählen haben.« Er rappelte sich auf. »Und jetzt helfen Sie mir endlich, Sie Dummkopf, bevor es zu spät ist!« Es lag etwas so Gehetztes, Verzweifeltes in seiner Stimme, daß Knight sofort aufsprang und ihm half.

Er schleppte Pitt die Leiter hinauf. Dann trug er ihn halb über das Deck bis vor Gunns Kabine. Er trat mit einem Fuß gegen die Tür. »Machen Sie auf, Commander! Ein Notfall!«

Gunn riß die Tür auf. Nur mit Shorts und seiner Brille bekleidet, sah er aus wie ein zerstreuter Professor, den man gerade mit der Frau des Dekans zusammen in einem Hotelzimmer erwischt hat. »Was soll denn das . . .« Er brach unvermittelt ab, als er Pitts blutbesudelte Gestalt erblickte. Er riß erschreckt die Augen auf. »Mein Gott, Dirk, du? Was ist denn los?«

Pitt versuchte zu lächeln, doch er brachte nur ein leichtes Kräuseln der Lippen zustande. »Ich komme geradewegs aus der Hölle«, erwiderte er krächzend. Dann fuhr er mit festerer Stimme fort: »Habt ihr irgendwelche meteorologischen Ausrüstungsgegenstände an

Bord?«

Gunn gab keine Antwort. Statt dessen befahl er Knight, schleunigst den Schiffsarzt zu holen. Dann führte er Pitt in seine Kabine und bugsierte ihn auf seine Koje. »Keine Angst, Dirk. Wir werden dich in kurzer Zeit wieder zusammengeflickt haben.«

»Aber wir haben keine Zeit, Rudi«, entgegnete Pitt und packte Gunn an den Handgelenken. »Habt ihr irgendwelche meteorologischen Ausrüstungsgegenstände an Bord?« fragte er nochmals ungeduldig.

Gunn blickte Pitt an, in seinen Augen spiegelte sich Nichtbegreifen. »Ja, natürlich. Warum fragst du?«

Pitt ließ Gunn los. Ein triumphierendes Lächeln glitt über sein Gesicht, als er sich hochrappelte und auf seine Ellbogen stützte. »Dieses Schiff kann jede Minute von genau demselben Flugzeug angegriffen werden, das auch schon Brady Field attackiert hat.«

»Du mußt betrunken sein«, erwiderte Gunn und beugte sich vor, um Pitt beim Aufsetzen zu helfen.

»Ich mag ziemlich kaputt aussehen, doch mein Gehirn funktioniert noch ganz gut. Hör genau zu. Es geht um folgendes ...«

Der Wachposten, der hoch oben auf dem großen A-förmigen Kran thronte, sah das Flugzeug als erster im Blau des Himmels auftauchen. Dann erblickten es auch Pitt und Gunn, die zusammen auf der Brücke standen. Die *Albatros* war vielleicht noch drei Kilometer entfernt; sie flog in einer Höhe von zweihundert Metern. Sie kam direkt aus Osten und war gegen die aufgehende Sonne nur schwer zu erkennen.

»Er hat zehn Minuten Verspätung« brummte Pitt. Er hob den Arm, damit der weißhaarige Arzt ihm die Brust verbinden konnte.

Der spitzbärtige Alte ließ sich durch Pitts ständiges Auf- und Abgehen nicht aus der Ruhe bringen. Er säuberte und verarztete Pitts Wunden aufs gründlichste und verschwendete keinen Blick an das näherkommende Flugzeug. Schließlich verknotete er den Verband ein letztes Mal, ungerührt von Pitts leisem Schmerzensschrei und seinem gequälten Gesichtsausdruck. »Das ist alles, was ich für Sie tun kann, Major, solange Sie hier auf Deck herumrennen und wie Captain Bligh herumkommandieren.«

»Tut mir leid, Doc«, erwiderte Pitt, ohne seinen Blick vom Himmel zu wenden. »Aber für eine ausgiebige Konsultation haben wir jetzt keine Zeit. Am besten, Sie ziehen sich zurück. Wenn meine kleine Kriegslist nicht klappt, werden Sie bald alle Hände voll zu tun haben.«

Wortlos schloß der kleine, drahtige Mann seine abgewetzte Ledertasche, wendete sich um und kletterte die Treppe von der Brücke hinunter.

Pitt löste sich von der Reling und sah hinüber zu Gunn. »Alles klar?«

»Du brauchst mir nur das Einsatzzeichen zu geben.« Trotz seiner offensichtlichen Nervosität wirkte Gunn entschlossen und gefaßt. Er hielt ein kleines, schwarzes Kästchen in der Hand, von dem aus ein Kabel den Radarmast hinauflief, um sich dann in der kristallklaren Luft zu verlieren. »Und du glaubst, daß ihn das von seinem Plan ablenkt?«

»Der Mensch ist ein Gewohnheitstier«, erwiderte Pitt zuversichtlich.

Er schien sich wieder vollständig erholt zu haben. In nichts erinnerte er mehr an den Mann, der, soeben noch dem körperlichen Zusammenbruch nahe, an Deck der *First Attempt* gestolpert war. Mit ungeheurem Elan hatte er die Verteidigung des Schiffes organisiert. Er schien nicht einen Augenblick am Gelingen des Unternehmens zu zweifeln, als er nun auf der Brücke stand und erwartungsvoll der *Albatros* entgegensah.

»Geh lieber in Deckung«, empfahl er Gunn. »Die Druckwelle könnte dich sonst über Bord werfen. Wenn ich es sage, zündest du.«

Das gelbe Flugzeug legte sich in die Kurve und umrundete das Schiff. Offensichtlich wollte der Pilot erst die Lage peilen, ehe er angriff. Das Schiff fing unter dem dröhnenden Motorenlärm leise zu vibrieren an. Pitt beobachtete die *Albatros* durch einen Feldstecher. Er lächelte triumphierend, als er die Einschußlöcher in der Leinwand der Tragflächen und des Rumpfes entdeckte. Gut gemacht, Giordino! dachte er. Dann schwenkte er das Fernglas nach oben und richtete es auf das schwarze Kabel über dem Radarmast.

»Nur ruhig Blut«, sagte er leise. »Ich glaube, er hat den Köder angenommen.«

Komischer Köder, dachte Gunn. Ausgerechnet ein Wetterballon! Das nämlich war das meteorologische Gerät gewesen, nach dem Pitt verlangt hatte. Und nun schwebte dieser Ballon, beladen mit über fünfzig Kilogramm Sprengstoff, im strahlend blauen Himmel. Mit zusammengekniffenen Augen starrte Gunn zu ihm hinauf. Die todbringende Wettersonde befand sich in zweihundert Meter Höhe, etwa hundert Meter östlich von ihnen.

Das Dröhnen des Flugzeugs verstärkte sich, und einen kurzen Augenblick glaubte Pitt schon, es würde im Sturzflug auf das Schiff niederstoßen. Doch dann erkannte er, daß der Anflugwinkel dazu viel zu klein war. Die *Albatros* nahm Kurs auf den Wetterballon. Pitt stand auf, um besser sehen zu können, wohl wissend, daß er damit ein verlockendes Ziel für einen Feuerstoß abgab. Doch mit heulendem Motor schoß die *Albatros* über das Schiff hinweg und nahm den Ballon ins Visier. Die *Albatros* war noch nicht einmal bis auf Schußweite an ihn herangekommen, als sie schon das Feuer eröffnete. Die grellgelben Tragflächen verdeckten das Mündungsfeuer der MGs, die ihr Stakkato hämmerten. Die Geschosse jaulten durch die Luft, der Angriff hatte begonnen.

Der Ballon erzitterte leicht, als der erste Geschoßhagel seine Nylonhülle durchlöcherte. Er sackte ab, schrumpfte zusammen und stürzte dann flatternd und immer rascher dem Meer entgegen. Die *Albatros* flog über ihn hinweg und setzte nach einer Kehrtwendung zu einem neuen Angriff auf die *First Attempt* an.

»Jetzt«, schrie Pitt und warf sich zu Boden.

Gunn legte den Hebel um.

Eine Ewigkeit lang geschah nichts. Dann erschütterte eine ungeheure Druckwelle das Schiff, und eine donnernde Explosion zerriß die morgendliche Stille. Eine Wolke undurchdringlichen, schwarzen Rauches breitete sich aus. Grelle Flammen schlugen aus ihr. Der Explosionsdruck preßte Pitt und Gunn mit einer solchen Wucht gegen das Deck, daß sie kaum mehr Luft bekamen.

Dann richtete sich Pitt langsam und ungelenk auf. Er rang nach Atem.

Er versuchte, Reste der *Albatros* in der ständig größer werdenden Rauchwolke zu entdecken. Nichts zu sehen; Pilot und Maschine waren verschwunden. Dann wurde ihm klar, daß er in die falsche Richtung blickte. Die kurze Zeitspanne zwischen seinem Kommando und der Explosion hatte genügt, das Flugzeug vor der vollständigen Zerstörung zu bewahren. Einen Moment lang suchte er den Himmel ab, dann erblickte er die Maschine. Sie glitt schwerfällig und mit stehendem Propeller durch die Luft.

Pitt griff zum Feldstecher. Die *Albatros* zog eine dunkle Rauchwolke hinter sich her. Fasziniert beobachtete er, wie plötzlich eine der unteren Tragflächen nach hinten wegknickte. Das brennende Flugzeug begann wie ein Blatt Papier abzutrudeln. Einen Augenblick noch schien es zwischen Himmel und Erde zu hängen, dann stürzte es senkrecht ins Meer. Eine kleine Dampfwolke stieg über der Absturzstelle auf.

»Weg«, sagte Pitt. »Ein Pluspunkt für uns.«

Gunn lag noch immer auf dem Deck. Benommen hob er den Kopf. »Wo?«

»Etwa drei Kilometer querab an Steuerbord«, erwiderte Pitt. Er setzte das Fernglas ab und musterte Gunns bleiches Gesicht. »Alles in Ordnung, Rudi?« fragte er besorgt.

Gunn nickte. »Mir ist bloß ein bißchen die Puste weggeblieben, sonst nichts.«

Pitt lächelte, doch es war kein fröhliches Lächeln, sondern ein schadenfrohes und selbstzufriedenes. Sein Plan war geglückt.

»Schick ein paar Männer mit dem Katamaran hinaus und laß sie nach dem Wrack tauchen. Es interessiert mich brennend, wie unser

Phantom aussieht.«

»Wird gemacht«, erwiderte Gunn. »Ich selbst werde den Einsatz leiten. Allerdings nur unter einer Bedingung . . . daß du sofort hinunter in meine Kabine gehst. Der Doc ist noch nicht fertig mit dir.«

Pitt zuckte die Achseln. »Du bist der Käpt'n.« Er wandte sich wieder zur Reling und starrte nachdenklich auf die Stelle, wo das Meer zu kochen schien. Das war alles, was von der *Albatros* noch übriggeblieben war.

Er stand noch immer an der Reling, als zehn Minuten später Gunn und vier seiner Männer den Katamaran mit ihren Tauchgeräten beluden und vom Schiff ablegten. Sie hielten direkt auf die Absturzstelle zu. Pitt beobachtete, wie die Männer sich nacheinander ins blauglitzernde Wasser fallen ließen.

»Wie wär's, Major?« fragte jemand neben ihm.

Er wandte langsam den Kopf und sah in das Gesicht des kleinen Arztes. »Sie sind ja ganz versessen darauf, mich zu behandeln«, entgegnete Pitt mit breitem Grinsen.

Der spitzbärtige Alte erwiderte das Grinsen nicht. Er deutete lediglich auf die Leiter, die hinab zu Gunns Kabine führte.

Widerstrebend fügte sich Pitt. In der Kabine wehrte er sich noch eine Weile vergeblich gegen den Schlaf, dann taten die Seditativa ihre Wirkung, und er entschlummerte sanft.

9. Kapitel

Ein hohlwangiges und übernächtigtes Gesicht sah Pitt aus dem kleinen Spiegel entgegen, der sich am Kopfende der Kabine befand. Das schwarze Haar hing ihm wirr in die Stirn und in die dunkelumränderten Augen. Er hatte nicht lange geschlafen, ganze vier Stunden. Die Hitze hatte ihn geweckt, jene erdrückend heiße Luft, die morgens aus Afrika herübergezogen kam und den Tag zur Qual machte.

Der Ventilator war ausgeschaltet. Pitt setzte ihn in Gang, doch es war zu spät. Ein Stoß glühend heißer Luft schlug von draußen herein. Die Klimaanlage war der Hitze nicht mehr gewachsen; frühestens gegen Abend würde sie die Temperatur in der Kabine erst wieder auf ein erträgliches Maß reduziert haben. Er ging zum Waschbecken und hielt seinen Kopf unter den Wasserhahn. Eine wohlige Gänsehaut überlief ihn, als das Wasser über seinen Rücken und seine Schultern rann.

Dann frottierte er sich gründlich ab und ließ dabei die Geschehnisse der letzten Nacht noch einmal Revue passieren. Willy und der Maybach-Zeppelin. Von Tills Landhaus. Der gemeinsame Drink mit dem Deutschen. Dann Teri, ihre seltsame Befangenheit. Das Labyrinth. Der Kampf mit dem Hund, die Flucht. Athene – ob ihr Eigentümer sie wohl je wiederfand? Dann die Fahrt mit dem Motorboot, die Präparierung des Wetterballons, der Angriff der gelben *Albatros*. Schließlich die Explosion. Und nun saß er da und wartete, daß das Flugzeug und der tote Pilot geborgen würden. Welche Rolle spielte von Till in dieser ganzen Angelegenheit? Was hatte der verdammte Deutsche vor? Und Teri. Wie weit wußte sie Bescheid? Hatte sie während des Abendessens versucht, ihn zu warnen? Oder hatte ihr Onkel sie nur vorgeschoben, um mit ihrer Hilfe Pitt irgendwelche Informationen zu entlocken?

Er schob alle diese Fragen unwillig beiseite. In diesem Moment beschäftigte ihn ein ganz anderes Problem. Seine Wunde juckte unter dem Verband, und er mußte gegen das unwiderstehliche Verlangen ankämpfen, sich zu kratzen ... Gott, war es heiß ... Wenn er nur einen kleinen eisgekühlten Drink gehabt hätte! Er streifte seine Shorts ab, hielt sie unter den Wasserhahn und zog sie naß wieder an. Nach einigen Minuten schon waren sie aber wieder knochentrocken.

Es klopfte. Leise glitt die Tür auf, und der rothaarige Stewart streckte seinen Kopf herein. »Sie sind schon wach, Major?« fragte er mit gedämpfter Stimme.

»Ja, seit ein paar Minuten«, erwiderte Pitt.

»Ich . . . ich wollte Sie nicht stören«, fuhr der Junge stockend fort. »Der Doc hat mir nur gesagt, ich sollte alle Viertelstunde nach Ihnen schauen. Haben Sie gut geschlafen?«

Pitt warf dem Steward einen vernichtenden Blick zu. »Wer zum Teufel kann bei dieser Affenhitze gut schlafen?«

Ein bestürzter Ausdruck glitt über das junge, sonnengebräunte Gesicht. »Au! Das tut mir leid, Sir. Ich dachte, Commander Gunn hätte die Klimaanlage eingeschaltet.«

»Jetzt läßt's sich auch nicht mehr ändern«, antwortete Pitt achselzuckend. »Gibt es denn wenigstens etwas Kaltes zu trinken?«

»Möchten Sie vielleicht eine Flasche *FIX*?«

Pitt runzelte mißtrauisch die Stirn. »Eine Flasche was?!«

»*FIX*. Griechisches Bier.«

»Ach so. Ja, in Ordnung.«

»Bin gleich zurück, Sir.« Der Junge zog seinen Kopf zurück und schloß sachte die Tür. Doch gleich wurde sie wieder aufgestoßen, und der rote Haarschopf erschien abermals. »Entschuldigen Sie, Major – fast hätte ich es vergessen: Colonel Lewis und Captain Giordino möchten Sie unbedingt sprechen. Der Colonel wollte schon einfach hereinplatzen und Sie aus dem Schlaf reißen, doch der Doc hat es ihm strikt verboten. Er hat sogar gedroht, den Colonel von Bord zu weisen, wenn er es versuchen sollte.«

»Gut, schick sie herein«, erklärte Pitt ungeduldig. »Und beeil dich mit dem Bier. Ich verdurste sonst noch.«

Er legte sich wie er war auf die Koje. Der Schweiß rann ihm in Strömen den Körper hinunter. Schon nach kurzer Zeit war das zerwühlte Bettlaken klatschnaß. Pitts Gedanken wandten sich wieder von Till ab und der gelben *Albatros* zu. Was mußte jetzt wohl am dringendsten erledigt werden?«

Lewis und Giordino.

Sie hatten keine Zeit verloren, hierherzukommen. Vielleicht hatte Giordino schon einen Bescheid aus der NUMA-Zentrale erhalten und damit ein weiteres Stück des verwirrenden Puzzle-Spiels in der Hand. Noch wußten sie nicht allzuviel. Einiges ließ sich zwar inzwischen zusammenreimen, doch was hinter der ganzen Affäre stand, war noch völlig im Dunkeln. Das Puzzle-Spiel bestand in der Hauptsache noch aus einem wirren Haufen ungeordneter Teile. Der Schäferhund beispielsweise war so ein Stück, das sich überhaupt nicht in das Bild fügte. Es gelang Pitt einfach nicht, eine Verbindung zwischen dem Hund, von Till und Kurt Heibert herzustellen.

Plötzlich platzte Lewis zur Tür herein. Sein Gesicht war hochrot, und er schwitzte fürchterlich. Kleine Schweißbäche liefen ihm über Nase und Wangen und versickerten in seinem Schnurrbart.

»Na, Major, bereuen Sie es nicht, daß Sie meine Einladung zum Essen ausgeschlagen haben?«

Pitt lächelte schwach. »Zugegeben, ein- oder zweimal heute nacht habe ich es aufrichtig bedauert, daß ich mich nicht von Ihren Muscheln habe verführen lassen.« Er deutete auf die Mullbinden und die Pflaster auf seiner Brust. »Aber zum Ausgleich habe ich von meiner Soirée ein paar Eindrücke mitgenommen, die ich so schnell nicht vergessen werde.«

Giordino tauchte hinter Lewis' ungeschlachter Gestalt auf und nickte Pitt grüßend zu. »Man kann dich doch nicht aus den Augen lassen, ohne daß du gleich in die größten Schwierigkeiten gerätst.« Er blickte Pitt breit grinsend an, doch aus seinen Augen sprach aufrichtige Besorgnis.

»Das nächstemal, Al, schicke ich dich und lasse mich von dir vertreten«, witzelte Pitt.

Giordino lachte. »Danke, lieber nicht.«

Lewis ließ sich schwerfällig auf einem Stuhl gegenüber der Koje nieder. »Hier ist es ja nicht zum Aushalten«, schimpfte er. »Hat dieses schwimmende Museum denn keine Klimaanlage?«

Pitt konnte seine Schadenfreude nicht verhehlen, als er dem schweißüberströmten Lewis anwortete: »Tut mir leid, Colonel, aber die Anlage ist wohl überlastet. Ich habe Bier bestellt. Damit wird sich die Hitze hoffentlich etwas besser ertragen lassen.«

»Im Augenblick«, schnaubte Lewis, »wäre ich sogar für einen Schluck Gangeswasser dankbar.«

Giordino beugte sich über die Koje. »Jetzt erzähl, Dirk: In was für einen Schlamassel bist du denn um Himmels willen gestern geraten? Gunn hat über Funk irgend etwas von einem tollwütigen Hund erzählt.«

»Später, Al. Zuerst möchte ich gern noch ein paar Fragen klären.« Er wandte seinen Blick Lewis zu. »Colonel, kennen Sie Bruno von Till?«

»Ob ich Bruno von Till kenne?« wiederholte Lewis. »Nur flüchtig. Ich wurde ihm einmal vorgestellt und habe ihn ein paarmal auf Partys der hiesigen High Society getroffen. Das ist alles. Nach meinen Informationen führt er ein sehr zurückgezogenes Leben; niemand weiß etwas Genaueres über ihn.«

»Wissen Sie zufällig, was für Geschäfte er betreibt?« fragte Pitt gespannt.

»Er ist Eigentümer einer kleinen Schiffsflotte.« Lewis hielt inne und dachte mit geschlossenen Augen nach. Dann fiel es ihm ein. »*Minerva*, ja, das ist es. *Minerva Lines*, so heißt sein Unternehmen.«

»Nie gehört«, murmelte Pitt.

»Kein Wunder«, entgegnete Lewis. »Nach den klapprigen, verrosteten Kähnen zu urteilen, die ich bisher um Thasos habe herumschippern sehen, zweifle ich daran, ob überhaupt jemand von der Existenz des Unternehmens weiß.«

Pitts Augen wurden zu schmalen Schlitzen. »Von Tills Schiffe kreuzen vor der Küste von Thasos?«

Lewis nickte. »Ja. Sie unterhalten eine Art Liniendienst. Übrigens sind sie leicht zu erkennen. Alle tragen ein großes gelbes »M« am Schornstein.«

»Gehen Sie vor der Küste vor Anker oder im Hafen von Liminas?«

Lewis schüttelte den Kopf. »Weder noch. So oft ich bisher ein Schiff gesehen habe, kam es von Süden, umrundete die Insel und verschwand dann wieder in Richtung Süden.«

»Ohne anzulegen?«

»Doch. Für kurze Zeit, vielleicht eine halbe Stunde, legen sie direkt vor den alten Ruinen an.«

Pitt erhob sich von seiner Koje. Er sah zuerst Giordino, dann Lewis fragend an. »Das ist merkwürdig.«

»Warum?« fragte Lewis und brannte sich eine Zigarette an.

»Thasos liegt rund achthundert Kilometer nördlich der Schiffahrtsrouten, die zum Suez-Kanal führen«, erklärte Pitt langsam. »Warum läßt von Till seine Schiffe einen Umweg von eintausendsechshundert Kilometern machen?«

»Ich weiß es nicht«, sagte Giordino ungeduldig. »Und ehrlich gesagt, ist es mir auch völlig egal. Was soll dieses ganze Gerede? Erzähl lieber, was du heute nacht erlebt hast. Was interessiert mich dieser von Till?«

Pitt stand auf und reckte sich. Ein stechender Schmerz durchfuhr ihn, als er seine Brust spannte. Er hatte einen sandigen Geschmack im Mund. Wo blieb nur der Bursche mit dem Bier? Pitts Blick fiel auf Giordinos Zigaretten. Er erbat sich eine, zündete sie an und nahm einen tiefen Zug. Der üble Geschmack in seinem Mund wurde nur noch schlimmer.

Er zuckte die Achseln und lächelte gequält. »Okay, ich erzähle es euch von Anfang bis Ende. Aber bitte schaut mich dann nicht an, als wäre ich verrückt geworden. Die Geschichte klingt ziemlich unwahrscheinlich.«

Pitt berichtete, was er erlebt hatte. Er verschwieg nichts, nicht einmal seinen Verdacht, Teri könnte ihn auf irgendeine Weise an von Till verraten haben. Lewis nickte hin und wieder nachdenklich, sagte aber nichts. Er schien mit seinen Gedanken ganz woanders zu sein. Nur wenn Pitt gestikulierend etwas näher erklärte, sah er interessiert auf. Giordino ging langsam in der engen Kabine auf und ab, immer etwas vornüber gebeugt, um das leichte Schlingern des Schiffes aufzufangen.

Niemand sagte ein Wort, als Pitt mit seinem Bericht am Ende war. Lange Zeit herrschte eine drückende Stille. Die Luft war dumpf und stickig. Es roch nach Schweiß, und in Schwaden hing der Zigarettenrauch im Zimmer.

»Ich weiß«, sagte Pitt schließlich mit müder Stimme. »Es klingt wie ein Märchen, völlig absurd. Aber genauso hat es sich zugetragen. Ich habe nichts ausgelassen und nichts dazuerfunden.«

»Daniel in der Löwengrube«, meinte Lewis trocken. »Zugegeben: Was Sie uns da erzählt haben, klingt aberwitzig. Doch die Tatsachen sprechen durchaus für Sie.« Er zog ein Taschentuch aus der Gesäßtasche und tupfte sich die Stirn ab. »Woher sonst hätten Sie so genau wissen können, daß die *Albatros* heute morgen von neuem angreifen würde?«

»Den ersten Wink hat mir von Till gegeben. Der Rest war logische Schlußfolgerung.«

»Mir will die ganze Geschichte nicht in den Kopf«, sagte Giordino. »Es ist doch reichlich umständlich, mit einem alten Doppeldecker die gesamte Gegend hier zu bombardieren, nur um die *First Attempt* aus diesen Gewässern zu vertreiben.«

»Nicht unbedingt«, erwiderte Pitt. »Von Till hat erst zu diesem Mittel gegriffen, als ihm klargeworden war, daß all seine Sabotageakte, die die Expedition zum Aufgeben zwingen sollten, nichts nützten.«

»Was hat denn seine Absichten durchkreuzt?« wollte Giordino wissen.

»Gunn ist ein Dickschädel«, erklärte Pitt und grinste. »Trotz aller Pannen und Zwischenfälle hat er sich hartnäckig geweigert, die Anker zu lichten und davonzudampfen.«

»Damit hat er vollkommen recht gehabt«, brummte Lewis. Er räusperte sich und wollte noch etwas hinzufügen, doch Pitt schnitt ihm das Wort ab: »Von Till mußte zu stärkeren Waffen greifen, wenn er sein Ziel erreichen wollte. Daß er dazu einen alten Doppeldecker verwendete, war ein Geniestreich. Der Angriff eines modernen Düsenjägers auf Brady Field hätte die ganze Welt in Aufruhr versetzt und eine internationale Krise heraufbeschworen. Die griechische Regierung, die Russen, die Araber, alle wären sie darin verwickelt gewesen und die Insel hätte von Militär nur so gewimmelt.

Das hat auch von Till vorausgesehen, und er war klug genug, eine solche Situation nicht heraufzubeschwören. Die gelbe *Albatros* bereitet zwar unserer Regierung etliche Scherereien und kostet die Air Force Dutzende Millionen Dollar, doch diplomatische Verwicklungen oder gar einen bewaffneten Konflikt gibt es nicht.«

»Sehr interessant, Major.« Lewis sagte es ziemlich skeptisch. »Sehr interessant ... und sehr lehrreich. Aber könnten Sie mir vielleicht noch folgende Frage beantworten, die mir die ganze Zeit nicht aus dem Kopf geht ...?«

»Die wäre, Sir?« Zum ersten Mal redete Pitt Lewis ganz förmlich mit Sir an. Es kam ihm einigermaßen merkwürdig vor.

»Wonach suchen diese verdammten Eierköpfe denn eigentlich, daß wir so viele Ungelegenheiten haben?«

»Nach einem Fisch«, erwiderte Pitt und lachte von einem Ohr bis zum anderen.

Lewis riß die Augen auf, und um ein Haar wäre ihm seine Zigarette in den Schoß gefallen. »Wonach?«

»Nach einem Fisch«, wiederholte Pitt. »Er heißt ›Hexenfisch‹ und soll eine Art lebendes Fossil sein. Gunn hat mir versichert, daß es eine der größten wissenschaftlichen Sensationen dieses Jahrhunderts wäre, wenn es gelänge, eines dieser Tiere zu fangen.« Pitt übertrieb absichtlich, um dem vor Wut fast platzenden Lewis den Wind aus den Segeln zu nehmen.

Mit zornrotem Gesicht sprang Lewis auf. »Auf Brady Field liegen Flugzeugwracks im Wert von fünfzehn Millionen Dollar. Ich als verantwortlicher Kommandeur komme in Teufels Küche. Meine Karriere ist im Eimer, und Sie erzählen mir, das alles geschähe nur eines gottverdammten Fisches wegen?«

Pitt versuchte, möglichst ernst dreinzuschauen. »Ja, Colonel. So etwa könnte man es formulieren.«

Lewis hatte es die Sprache verschlagen. Mit leerem Blick starrte er vor sich hin. Endlich stammelte er kopfschüttelnd: »Mein Gott, das ist ungerecht, das ist einfach ungerecht ...«

Es klopfte. Der Steward trat ein, ein Tablett mit drei Flaschen Bier balancierend.

»Stell noch weitere Flaschen kalt«, verlangte Pitt. »Ich glaube, wir können noch ein paar brauchen.«

»Ja, Sir«, murmelte der Junge. Er stellte das Tablett auf dem Tisch ab und verschwand.

Giordino reichte Lewis ein Bier. »Hier, Colonel, trinken Sie. Und vergessen Sie Ihre Flugzeuge. Der Steuerzahler wird schon für den Schaden aufkommen.«

»Bis dahin habe ich einen Herzinfarkt«, brummte Lewis. Er ließ sich schlaff in seinen Sessel zurücksinken.

Pitt ergriff eine der eisgekühlten Flaschen und hielt sie sich an die Stirn. Das rot-silberne Etikett war verkehrt herum aufgeklebt. Gedankenverloren starrte er auf den Aufdruck, der stolz verkündete: *LIEFERANT DES GRIECHISCHEN KÖNIGSHAUSES*.

»Und was sollen wir als nächstes tun?« fragte Giordino zwischen zwei Rülpsern.

Pitt zuckte die Achseln. »Ich weiß noch nicht. Es hängt viel davon ab, was Gunn im Wrack der *Albatros* findet.«

»Hast du irgendeine Vorstellung?«

»Nein, im Augenblick nicht.«

Giordino drückte seine Zigarette aus. »Na ja, verglichen mit dem, was wir gestern in der Hand hatten, sind wir schon ein gutes Stück vorangekommen. Dank dir, Dirk, ist die *Albatros* ausgeschaltet, und wir sind dem Gangster, der die Angriffe inszeniert hat, dicht auf den Fersen. Wir müßten eigentlich nur noch die griechischen Behörden veranlassen, von Till festzunehmen.«

»Das wäre voreilig«, wandte Pitt ein. »Es wäre ungefähr das gleiche, wie wenn ein Staatsanwalt Anklage wegen Mordes erhöbe und dem angeblichen Mörder kein Motiv nachweisen könnte. Aber von Till muß einen triftigen Grund für sein Tun haben – wenn es in unseren Augen vielleicht auch kein ausreichendes Motiv ist.«

»Was immer ihn auch antreiben mag – ein Schatz ist es jedenfalls nicht.«

Pitt sah Giordino an. »Richtig, das hatte ich ganz vergessen. Du hast schon einen Bescheid von Admiral Sandecker?«

Giordino warf seine leere Flasche in den Papierkorb. »Er wurde mir heute morgen durchgegeben, gerade als Colonel Lewis und ich uns auf den Weg hierher machen wollten.« Er machte eine Pause und beobachtete eine Fliege, die an der Decke entlangspazierte. Dann rülpste er.

»Und?« drängte Pitt ungeduldig.

»Der Admiral hat zehn Leute die Staatsarchive nach allen Schiffsunglücken durchwühlen lassen, die sich je in der Gegend von Thasos ereignet haben. Nirgendwo ist ein Schiff verzeichnet, das eine besonders wertvolle und bergungswürdige Ladung an Bord gehabt hätte.« Giordino zog einen Zettel aus der Brusttasche. »Die Sekretärin des Admirals hat uns eine Liste aller Schiffe durchgegeben, die hier in den letzten zweihundert Jahren gesunken sind. Nicht sonderlich beeindruckend.«

Pitt wischte sich einen Schweißtropfen aus dem Auge. »Lies einmal vor.«

Giordino legte den Zettel auf seine Knie und ging mit monotoner Stimme das Verzeichnis durch. »*Mistral*, französische Fregatte, gesunken 1753. *Clara G.*, britischer Kohlendampfer, gesunken 1856. *Admiral de Fosse*, französisches Panzerschiff, gesunken 1872. *Scylla*, italienische Brigg, gesunken 1876. *Daphne*, britisches Kanonenboot...«

»Das kannst du dir schenken. Mach ab 1915 weiter«, unterbrach ihn Pitt.

»*H.M.S. Forshire*, britischer Kreuzer, 1915 von einer deutschen Küstenbatterie versenkt. *Von Schroeder*, deutscher Zerstörer, 1916 von einem britischen Kriegsschiff versenkt. *U-19*, deutsches U-Boot, 1918 von der britischen Luftwaffe versenkt.«

»Das reicht«, sagte Pitt und gähnte. »Die meisten Wracks sind Kriegsschiffe. Es ist kaum anzunehmen, daß sie riesige Vermögen an Bord hatten.«

Giordino nickte. »Das haben die Jungs in Washington ebenfalls gesagt. Es ist kein Schiff mit einer besonders wertvollen Ladung darunter. Von einem Schatz ganz zu schweigen.«

Das Wort »Schatz« riß Lewis wieder aus seiner trübsinnigen Stimmung. Seine Augen glänzten wie die eines kleinen Jungen. »Und was ist mit den Schiffen der alten Griechen und Römer? Die Aufzeichnungen reichen sicher nicht bis in diese Zeit zurück.«

»Das stimmt«, pflichtete ihm Giordino bei. »Aber wie Dirk schon vorhin festgestellt hat, liegt Thasos weit abseits aller wichtigen Schiffahrtsrouten. Das gilt auch für die Handelswege der Antike.«

»Aber vielleicht liegt hier tatsächlich ein Vermögen auf dem Meeresgrund verborgen«, beharrte Lewis, »und von Till versucht mit allen Mitteln, das geheimzuhalten.«

»Es gibt kein Gesetz, das die Bergung gesunkener Schätze verbietet.« Giordino blies eine Rauchwolke in den Raum. »Warum sollte er es geheimhalten wollen?«

»Aus Habgier«, warf Pitt ein. »Solche Funde werden hoch besteuert. Das Finanzamt kassiert gut und gerne die Hälfte.«

»In diesem Fall könnte ich es von Till kaum verdenken, daß er seine Entdeckung lieber für sich behält«, meinte Lewis nachdenklich.

Der Steward erschien mit drei weiteren Flaschen Bier. Er zog sich gleich wieder zurück. Giordino trank seine Flasche in einem Zug leer. »Die ganze Sache gefällt mir nicht«, erklärte er. »Irgend etwas daran ist mächtig faul.«

»Mir gefällt sie auch nicht«, meinte Pitt versonnen. »Alle Versuche einer Erklärung führen in eine Sackgasse. Auch der gesunkene Schatz bringt uns nicht weiter. Ich habe schon versucht, von Till aus der Reserve zu locken, indem ich ihm gegenüber andeutete, der Schatz, hinter dem er her sei, sei längst gehoben. Doch der alte Fuchs zeigte nicht das geringste Interesse. Er hat etwas zu verbergen, soviel ist klar. Aber ein Schatz ist es nicht.« Er brach ab und wies durch das Bullauge auf das friedlich daliegende Thasos hinüber. »Des Rätsels Lösung liegt woanders, entweder direkt vor der Insel oder auf ihr. Wenn Gunn die *Albatros* geborgen hat, werden wir mehr wissen.«

Giordino verschränkte die Hände hinter dem Kopf und wippte mit seinem Stuhl. »Wenn man es recht überlegt, könnten wir jetzt eigentlich unsere Siebensachen packen und nach Washington zurückfliegen. Nachdem die mysteriöse *Albatros* nun auf dem Grund des Meeres liegt und wir wissen, wer die Arbeit auf der *First Attempt* sabotiert hat, wird ja alles wieder ins rechte Lot kommen. Ich wüßte keinen Grund, wieso wir noch länger hier ausharren sollten.« Er warf Lewis einen gleichgültigen Blick zu. »Ich bin sicher, der Colonel bekommt den Notstand auf Brady Field auch ohne fremde Hilfe in den Griff.«

»Sie können mich doch jetzt nicht im Stich lassen«, keuchte Lewis. Der Schweiß trat ihm auf die Stirn. »Ich werde mich mit Admiral Sandecker in Verbindung setzen und . . .«

»Keine Sorge, Colonel«, erklang es von der Tür. Unbemerkt war Gunn ins Zimmer getreten. »Major Pitt und Captain Giordino werden Thasos noch nicht verlassen.«

Pitt wandte den Kopf und sah Gunn überrascht an. Der lehnte kraftlos an der Wand; sein Gesicht sah leer und müde aus. Er schien zu Tode erschöpft. Seine Schultern hingen schlapp nach unten; spitz zeichneten sich die Knochen unter der Haut ab. Kleine Wassertröpfchen perlten glitzernd seinen Körper hinunter. Er trug nichts weiter als seine Hornbrille und eine schwarze Badehose. Er war nach vierstündigem, ununterbrochenem Tauchen völlig ausgebrannt.

»Ich fürchte, ich habe schlechte Nachrichten«, murmelte er matt.

»Was denn, um Gottes willen?« fragte Pitt. »Habt ihr es nicht geschafft, die *Albatros* zu bergen?«

»Viel schlimmer.« – »Sag schon!«

Es dauerte eine Weile, bis Gunn sich wieder gefaßt hatte. Es herrschte Totenstille in der Kajüte. Man konnte das leichte Ächzen des Schiffes vernehmen, das in der sanften Dünung schlingerte.

»Glaubt mir«, fuhr Gunn endlich fort, »wir haben alle Techniken angewandt, die es gibt, um ein Wrack zu orten. Aber wir haben die *Albatros* nicht gefunden.« Er machte eine hilflose Geste. »Sie ist weg. Verschwunden.«

10. Kapitel

»Die Bewohner von Thasos waren große Liebhaber des Theaters. Das Theater war ein bedeutender Bestandteil ihrer Kultur und für jeden Bürger der Stadt, bis hinab zum Bettler, war es eines der vornehmsten Rechte, das Theater besuchen zu dürfen. Bei der Uraufführung eines neuen Dramas wurden alle Läden geschlossen, sämtliche Geschäfte ruhten, und selbst die Gefängnisinsassen wurden freigelassen. Den Huren der Stadt hingegen war es erlaubt, ihr Gewerbe in den Gebüschen neben den Theatereingängen auszuüben.«

Der dunkelhäutige Fremdenführer unterbrach seinen Vortrag. Seine Lippen kräuselten sich spöttisch, als er die pikierten Mienen der Damen sah. Die Reaktionen an dieser Stelle waren immer die gleichen. In gespielter Empörung tuschelten die Frauen sich etwas zu, während die Männer, die fast alle in kurzen Hosen steckten und mit Kameras und Belichtungsmessern bewaffnet waren, schallend loslachten und einander vielsagend in die Rippen stießen.

Der Fremdenführer zwirbelte die Enden seines phantastischen Schnurrbarts und musterte die Gruppe etwas eingehender. Es war die übliche Mischung: dicke, pensionierte Geschäftsleute mit ihren ebenso dicken Frauen, die die Ruinen besichtigten, um damit später ihren Freunden und Bekannten zu Hause zu imponieren. Sein Blick wanderte weiter zu vier jungen Schullehrerinnen aus Kalifornien. Drei von ihnen waren höchst unscheinbar, trugen Brillen und kicherten in einem fort. Die vierte gefiel ihm schon besser. Sie war überraschend hübsch: ein großer, wohlgeformter Busen, rote Haare, lange Beine – das Idealbild einer Amerikanerin. Ihrem Gesicht nach zu schließen, war sie ein lustiges, aufgewecktes Mädchen, einem Flirt durchaus nicht abgeneigt. Ob er sie am späten Abend zu einer privaten Führung durch die Ruinen einladen sollte?

Gleichgültig musterte er den Rest der kleinen Schar. Sein Blick blieb an zwei Männern hängen, die sich im Hintergrund gelangweilt auf eine umgestürzte Säule niedergelassen hatten. Sie waren ein merkwürdiges Gespann. Der kleinere von ihnen, offensichtlich ein Italiener, war von untersetzter, kräftiger Statur und erinnerte entfernt an einen Gorilla. Der andere, ein hochgewachsener, stämmiger Mann mit stechenden, grünen Augen und harten Zügen, schien intelligent und kultiviert, doch zugleich lag in seinem gelassen-selbstsicheren Auftreten etwas Gefährliches, Verschlagenes. Den Verbänden an Nase und Händen nach zu urteilen, mußte er ziemlich streitlustig sein. Seltsam – was hatten sie hier wohl zu suchen? Männer ihres Schlages interessierten sich sonst kaum für langweilige Ruinen. Wahrscheinlich waren sie Seeleute, deren Schiff in Thasos angelegt hatte. Ja, so wird es sein, dachte der Fremdenführer.

»Dieses Theater wurde 1952 ausgegraben«, setzte er seinen Vortrag fort. »Es lag so tief unter dem Sand verborgen, der im Lauf der Jahrhunderte von den Bergen heruntergespült worden war, daß man zwei Jahre benötigte, um es freizulegen. Bitte beachten Sie das schöne Mosaik des Orchesterbodens. Es ist ganz aus farbigen Naturkieseln gearbeitet. Es stammt von einem gewissen Coenus, von dem wir leider nichts Genaueres wissen.« Er legte eine weitere Pause ein, um den Ausflüglern Gelegenheit zu geben, das Blumenfenster zu betrachten, das die verblichenen, abgetretenen Steine bildeten. »Wenn Sie mir nun bitte über diese Treppe folgen wollen. Wir haben einen kleinen Fußmarsch über den nächsten Hügel zum Tempel des Poseidon vor uns.«

Pitt mimte den erschöpften Touristen und ließ sich ächzend auf den Stufen nieder. Er sah der Fremdengruppe hinterher, bis ihre Köpfe hinter der Hügelkuppe verschwunden waren. Seine Uhr zeigte 16 Uhr 30. Es war genau drei Stunden her, seit Giordino und er nach Liminas gekommen waren und sich der Führung durch die antiken Stätten angeschlossen hatten. Nun warteten sie, bis sich die anderen weit genug entfernt hatten. Giordino lief ungeduldig auf und ab. Unter dem Arm trug er eine kleine Reisetasche. Als sie ganz sicher waren, daß niemand sie vermißte und die Führung ohne sie fortgesetzt wurde, erhob sich Pitt und deutete stumm auf den Bühneneingang des Amphitheaters.

Zum hundertsten Male zerrte Pitt an dem unbequemen Verband um seine Brust. Er mußte grinsen, als ihm dabei der kleine Schiffsarzt wieder einfiel. Der Alte hatte ihm händeringend auszureden versucht, das Schiff zu verlassen und zu von Tills Landhaus zurückzukehren, und Gunn hatte ihn dabei wortreich unterstützt. Erst als Pitt geschworen hatte, er werde die gesamte Schiffsbesatzung niederschlagen und nach Liminas schwimmen, hatte der Arzt aufgegeben und wütend die Kabinentür hinter sich zugeknallt. Zusammen mit Giordino war Pitt dann in dem alten Außenborder nach Liminas getuckert. Glücklicherweise war der Kahn dort noch nicht vermißt worden – es wäre schwierig gewesen, dem aufgebrachten griechischen Besitzer oder der Polizei klarzumachen, daß der Bootsdiebstahl unumgänglich gewesen war. Dann hatten sie sich in die Stadt begeben, nicht ohne noch einmal an dem Briefkasten vorbeizuschauen, an dem Pitt in der Nacht Athene festgebunden hatte. Der Esel war verschwunden. Ganz in der Nähe hatte über einem kleinen, weißgekalkten Haus ein Schild auf das Büro der *Greek National Tourist Organisation* hingewiesen. Es war kein Problem gewesen, sich einer Führung durch die antiken Kulturstätten, darunter das Amphitheater, anzuschließen, und so waren Giordino und Pitt inmitten der Touristengruppe bis zur rückwärtigen Pforte von von Tills Villa gelangt.

Giordino wischte sich mit dem Ärmel über die feuchte Stirn. »Können wir es denn eigentlich nicht wie anständige Einbrecher halten und erst bei Nacht hier eindringen?« fragte er.

»Je eher wir von Till überraschen, desto besser«, entgegnete Pitt scharf. »Der Absturz der *Albatros* hat ihn wahrscheinlich ziemlich aus der Fassung gebracht, und wenn ich ihm nun plötzlich lebend gegenüberstehe, wirft ihn das vollends um.«

Der Wunsch nach Rache trieb den Major an, das erkannte Giordino klar. Er erinnerte sich, wie langsam und vorsichtig Pitt einen Fuß vor den anderen gesetzt hatte, als sie den Pfad durch die Ruinen entlanggeschritten waren. Pitt mußte starke Schmerzen haben, doch er hatte klaglos alle Strapazen auf sich genommen. Auch die Enttäuschung und Verbitterung, die sich auf seinem Gesicht gezeigt hatten, als Gunn erklärt hatte, daß die *Albatros* nicht aufzufinden sei, fielen Giordino wieder ein. Es lag etwas Unheimliches in Pitts Verhalten. Giordino war sich nicht ganz sicher, ob es nun Pflichtbewußtsein oder der krankhafte Drang nach Vergeltung war, was ihn so anstachelte.

»Bist du sicher, daß wir das Richtige tun? Es wäre vielleicht einfacher . . .«

»Das ist die einzige Möglichkeit«, unterbrach ihn Pitt rauh. »Nicht ein Schräubchen war von der *Albatros* zu finden, und ein Walfisch kann sie kaum verschluckt haben. Wüßten wir, wer der Pilot war, wäre damit wahrscheinlich schon eine Reihe offener Fragen beantwortet. Das einzige, was uns jetzt noch weiterhelfen kann, ist, von Tills Villa zu durchsuchen. Es bleibt uns keine andere Wahl.«

»Ich hielte es immer noch für das Vernünftigste, einfach mit einer Abteilung Militärpolizei das Haus zu stürmen und von Till festzunehmen«, meinte Giordino verdrossen.

Pitt sah ihm in die Augen, dann warf er noch einmal einen Blick auf die Treppe hinter sich. Er konnte Giordinos Stimmung nachfühlen. Auch ihm war nicht ganz wohl in seiner Haut. Das spurlose Verschwinden der *Albatros* hatte ihn außerordentlich verunsichert. Vielleicht war, was sie im jetzigen Augenblick unternahmen, tatsächlich voreilig und unüberlegt; doch in seinen Augen war es die einzige Chance, die mysteriöse Geschichte so bald wie möglich aufzuklären. Ob er recht hatte oder nicht, würde sich in der nächsten Stunde herausstellen. Sein Plan steckte voller Risiken. Würden sie unbemerkt in die Villa eindringen können? Und wenn Teri sie überraschte, wie würde sie reagieren? War sie mit ihrem Onkel im Bunde, oder würde sie mit sich reden lassen? Pitt musterte Giordino abermals, sah seinen entschlossenen Blick, den grimmigen Ausdruck um seinen Mund, die geballten Fäuste, und er wußte, daß er sich auf ihn verlassen konnte. Er hätte keinen besseren Partner für dieses gefährliche Unternehmen finden können.

»Eins scheint dir noch nicht in deinen harten Schädel gehen zu wollen«, sprach er leise auf ihn ein. »Wir stehen hier auf griechischem Boden. Wir haben keinerlei Befugnis, in eine private Wohnung einzudringen. Kannst du dir vorstellen, in welche Schwierigkeiten wir geraten, wenn wir mit Hilfe der Militärpolizei von Tills Haus stürmen? Wenn dagegen nur wir beide von der griechischen Polizei festgenommen werden, können wir uns immer noch darauf hinausreden, wir gehörten zur Besatzung der *First Attempt*, hätten uns bei einem Landurlaub vollaufen lassen und wären dann bei einer Fremdenführung hier in das Gewölbe eingedrungen, um unseren Rausch auszuschlafen. Ich sehe keinen Grund, warum die Polizei uns das nicht abkaufen sollte.«

»Und deshalb haben wir auch keine Waffen bei uns?«

»Erraten. Diesen Nachteil müssen wir eben in Kauf nehmen.« Sie waren inzwischen am Eingang zu dem Gewölbe angelangt. Das Gittertor sah im Tageslicht längst nicht mehr so massiv und drohend aus, wie Pitt es in Erinnerung hatte. »Da wären wir«, sagte er. Er strich gedankenverloren mit dem Finger über einen eingetrockneten Blutflecken auf einer der rostigen Stangen.

»Und da hast du dich durchgezwängt?« fragte Giordino ungläubig.

»Es war halb so wild, wie es aussieht«, entgegnete Pitt lachend. »Ich habe schon Schlimmeres durchgemacht. Los, beeil dich«, fuhr er gleich wieder ernst fort. »Wir haben nicht viel Zeit. Die nächste Führung kommt in einer Dreiviertelstunde hier durch.«

Giordino öffnete seine Reisetasche, kramte ein altes Handtuch hervor, das er neben dem Tor ausbreitete, und entleerte darauf sorgfältig den Inhalt der Tasche. Geschickt befestigte er im Abstand von einem halben Meter zwei kleine Ladungen TNT an einem Gitterstab und steckte die Zündkapseln auf. Dann umwickelte er die Sprengladungen fest mit einem dicken Draht und umgab sie zu guter Letzt noch mit mehreren Schichten Klebeband. Sie glichen nun zwei überdimensionalen Kokons, die an einem Eisenstab hingen. Giordino überprüfte die Sprengsätze noch einmal und verband sie dann mit dem Draht des Zünders. Die ganze Arbeit hatte nicht mehr als sechs Minuten in Anspruch genommen. Mit einem selbstzufriedenen Lächeln bedeutete Giordino Pitt, hinter einer Stützmauer in Deckung zu gehen. Rückwärts gehend folgte er ihm dann selbst nach und rollte dabei das Zündkabel aus. Kaum war er hinter der Mauer angekommen, packte Pitt ihn aufgeregt am Arm.

»Wie weit wird man die Explosion hören?«

»Wenn ich alles richtig gemacht habe«, erwiderte Giordino, »dürfte es in einer Entfernung von dreißig Metern etwa so laut wie ein Gewehrschuß klingen.«

Pitt sah sich rasch noch einmal um. Niemand war zu sehen. Er grinste Giordino an. »Ich hoffe, es ist nicht unter deiner Würde, ungebeten den Dienstboteneingang zu benutzen.«

»Wir Giordinos sind in Fragen der Etikette ziemlich liberal«, grinste der Kamerad zurück.

»Sollen wir?«

»Wenn du darauf bestehst.«

Sie gingen hinter der alten Mauer in Deckung. Mit den Händen stützten sie sich gegen die sonnenwarmen Steine, um gegen eine eventuelle Druckwelle gefeit zu sein. Dann legte Giordino den kleinen Plastikschalter des Sprengzünders um.

Selbst auf die kurze Entfernung von vier oder fünf Metern war von der Explosion nicht mehr als ein dumpfer Knall zu vernehmen. Kein Donnerschlag zerriß das Trommelfell, weder bebte die Erde noch drang eine schwarze Rauchwolke aus dem Gewölbeeingang heraus. Giordino hatte glänzende Arbeit geleistet.

Geräuschlos sprangen beide auf und huschten zu dem Gittertor hinüber. Das Klebeband hing zerfetzt und zu einem unentwirrbaren Knäuel verschmort an der Stange. Ein beißender Geruch hing in der Luft. Dünner Rauch kräuselte sich zwischen den Stäben hoch und verzog sich in das dunkle Innere des Gewölbes. Die Stange war unverändert an ihrem Platz.

Pitt sah Giordino fragend an. »War die Ladung zu klein?«

»Sie war mehr als ausreichend«, entgegnete Giordino selbstsicher. »Schau her.« Er trat mit der Ferse kräftig gegen den Eisenstab. Nichts rührte sich. Er trat noch einmal dagegen, diesmal fester. Sein Mund verzerrte sich, als seinen Fuß ein stechender Schmerz durchfuhr. Die Stange brach am oberen Ende heraus und knickte in einem rechten Winkel nach hinten ab. Giordino lächelte verkrampft. »Und nun zum nächsten Teil der Vorstellung . . .«

»Schon gut«, schnitt ihm Pitt das Wort ab. »Wir müssen uns beeilen. Bis die nächste Führung hier ist, müssen wir wieder zurück sein.«

»Wie lange brauchen wir denn bis zu von Tills Haus?«

Pitt kletterte bereits durch das Gitter. »Letzte Nacht bin ich acht Stunden lang herumgeirrt. Heute können wir es in acht Minuten schaffen.«

»Wie das? Hast du einen Lageplan dabei?«

»Etwas viel Besseres«, entgegnete Pitt grimmig. Dann deutete er auf die Tasche. »Gib mir die Lampe.«

Giordino brachte eine große, gelbe Taschenlampe zum Vorschein und reichte sie durch das Gitter. »Die wird unseren Ansprüchen ja wohl genügen. Wo hast du sie denn aufgetrieben?«

»Ich habe sie mir auf dem Schiff ausgeliehen. Eigentlich ist sie eine Taucherlampe. Ich habe sie genommen, weil sie sehr stabil ist und enorm hell brennt.«

Giordino schlüpfte hinter Pitt zwischen den Gitterstäben durch. »Warte einen Moment. Ich will noch eben die Spuren unseres Einbruchs verwischen.«

Er löste die Überreste der Sprengladungen von der Eisenstange und verbarg sie unter einem Steinhaufen. Dann wandte er sich zu Pitt um. Es dauerte eine Zeitlang, bis sich seine Augen an das Dämmerlicht gewöhnt hatten.

Pitt ließ den Strahl der Lampe über den Boden gleiten. »Schau her. Jetzt weißt du, weshalb ich keinen Plan brauche.«

Im Licht der Lampe war eine Blutspur zu sehen, die die steile Treppe hinunterführte. Eine Gänsehaut überlief Pitt. Nicht weil die rotbraunen Flecken ihn so jäh wieder an sein nächtliches Abenteuer erinnerten, sondern wegen des plötzlichen Temperaturwechsels von der nachmittäglichen Sommerhitze zu der feuchten Kühle, die in dem Gewölbe herrschte. Am Fuß der Treppe angekommen, fing er an zu laufen. Der Lichtkegel seiner Lampe hüpfte den Gang entlang und warf phantastische Schattenfiguren auf die rauhen Felswände und den unebenen Boden. Anders als in der Nacht zuvor verspürte Pitt diesmal nicht die geringste Furcht. Er wußte Giordino bei sich, diesen Ausbund an Kraft und Energie, und das verlieh ihm Mut und Zuversicht. Dieses Mal würde sich ihnen nichts entgegenstellen können.

Die Gänge verzweigten und kreuzten sich. Pitt hielt seinen Blick unverwandt auf den Boden gerichtet und folgte den Flecken eingetrockneten Blutes, die den Weg markierten. An jeder Kreuzung hielt er kurz an, um zu schauen, wo sich die Blutspur fortsetzte. Manchmal verliefen in einem Gang zwei Spuren nebeneinander. Dann wußte Pitt, daß es sich um eine Sackgasse handelte. Seine Wunden begannen allmählich wieder stärker zu schmerzen, und die Dinge verschwammen bisweilen vor seinen Augen. Ein schlechtes Zeichen. Er war todmüde und noch immer sehr angeschlagen. Er hatte sich an Bord der *First Attempt* längst nicht so gut erholt, wie er eigentlich angenommen hatte. Er stolperte und wäre der Länge nach hingeschlagen, hätte Giordino ihn nicht am Arm gepackt und aufgefangen.

»Immer mit der Ruhe, Dirk«, mahnte Giordino mit ruhiger Stimme. Ein leises Echo hallte im Gang nach. »Du darfst es nicht übertreiben. Du bist kein Supermann.«

»Es kann nicht mehr weit sein«, sagte Pitt schwer atmend. »Hinter einer der nächsten Ecken muß der Hund liegen.«

Doch der Hund war verschwunden. Nur eine Lache geronnenen Blutes erinnerte noch an den Kampf auf Leben und Tod, den Pitt an dieser Stelle ausgefochten hatte. Ein leichter Verwesungsgeruch mischte sich in die muffige Luft des Ganges. Einen Augenblick lang blieb Pitt stehen. Die ganze Szene stand ihm plötzlich wieder vor

Augen: der Hund, der ihm aus dem Dunkel entgegenstarrte und dann über ihn hinwegsprang; das Messer, das sich dem Hund in die Flanke bohrte, und schließlich der gräßliche Todesschrei des Tieres.

Rasch riß er sich wieder zusammen. »Los, weiter! Es können höchstens noch zwanzig Meter sein.« Seine Erschöpfung war wie weggeblasen.

Sie hasteten weiter den Gang entlang. Pitt brauchte sich nun nicht mehr an irgendwelchen Blutspuren zu orientieren; er wußte, wo er war. Er konnte sich so genau an die Wände und den Boden erinnern, daß er den Weg auch in völliger Dunkelheit gefunden hätte. Sie gelangten jetzt in den modernisierten Teil des Gangs.

Plötzlich tauchte im hin und her tanzenden Licht der Lampe die massive Holztür auf.

»Wir sind da«, sagte Pitt. Er keuchte.

Giordino kniete sich vor der Tür hin und untersuchte den Türbeschlag. Dann tastete er den schmalen Spalt zwischen Tür und Rahmen ab.

»Verdammt«, fluchte er leise.

»Was ist?«

»Auf der anderen Seite ist ein großer Riegel vorgeschoben. Von hier aus kann ich ihn nicht aufbrechen.«

»Versuch es mit den Angeln«, flüsterte Pitt. Giordino holte ein kurzes, an der Spitze abgeflachtes Stemmeisen aus seiner Tasche, setzte es wie einen Hebel an den Scharnieren an und drückte die Stifte heraus. Dann hob Pitt die Tür aus den Angeln und rückte sie einen Spalt weit auf. Vorsichtig spähte er hindurch. Niemand war zu sehen.

Nun zog er die Tür auf, soweit es der Riegel erlaubte, und zwängte sich durch die Lücke. Blitzschnell huschte er über den Balkon und die Treppe hinauf. Giordino folgte ihm auf den Fersen. Die Tür zum Studio stand offen. Die Vorhänge vor den Fenstern bauschten sich im leichten Westwind, der von der See her wehte. Pitt preßte sich neben der Tür gegen die Wand und lauschte. Im Haus herrschte völlige Stille. Niemand schien daheim zu sein. Er holte tief

Luft und betrat das Studierzimmer.

Pitt ließ seine Augen durch den Raum wandern. Sein Blick blieb an dem Regal mit dem U-Boot-Modell hängen. Er ging hinüber und besah sich das Miniaturschiff näher. Es war aus schwarzem, matt glänzendem Mahagoni geschnitzt. Das ganze Boot war mit außergewöhnlicher Sorgfalt gearbeitet. Jedes Detail, von den winzigen Vernietungen bis zu der kleinen gestickten Fahne, stimmte. Die sauber aufgemalten Buchstaben am Turm wiesen das Modell als U-19 aus, ein Schwesternschiff jenes U-Bootes, das einst die *Lusitania* versenkt hatte.

Erschreckt wirbelte Pitt herum, als ihn plötzlich jemand am Arm packte. Giordino stand vor ihm.

»Ich glaube, ich habe etwas gehört.« Giordinos Stimme war ein kaum mehr zu vernehmendes Wispern.

»Wo?« fragte Pitt ebenso leise zurück.

»Ich bin mir nicht ganz sicher. Ich konnte es nicht genau ausmachen.« Er neigte den Kopf zur Seite und lauschte angestrengt. Dann zuckte er die Achseln. »Es war wohl bloß Einbildung.«

Pitt drehte sich wieder zu dem Modell um. »Weißt du noch, wie das U-Boot hieß, das hier in der Nähe versenkt wurde?«

Giordino dachte kurz nach. »Ja . . . U-19. Warum fragst du?«

»Ich erklär's dir später. Komm, Al, laß uns verschwinden.«

»Wir sind doch gerade erst gekommen.« Giordino erhob seine Stimme zu einem gefährlich lauten Murmeln.

Pitt tippte auf das Modell. »Wir haben gefunden, wonach . . .«

Er verstummte schlagartig. Mit einer Handbewegung bedeutete er Giordino, ebenfalls still zu sein.

»Es ist jemand im Zimmer«, zischte er ihm zu. »Wir trennen uns. Du gehst an der Wand und ich an den Fenstern entlang bis zu dieser Säule da hinten.«

Eine Minute später trafen ihre Wege sich wieder. Direkt neben der Säule stand ein Sofa mit einer hohen Lehne. Sie schlichen sich vorsichtig heran und lugten darüber.

Pitt riß verblüfft den Mund auf. Alles hätte er erwartet, nur das nicht: Teri, die seelenruhig schlief.

Sie hatte sich eng zusammengerollt, ihr Kopf ruhte auf der unförmigen, höckrigen Lehne des Sofas, und wirr hing ihr langes schwarzes Haar fast bis auf den Boden. Sie trug ein körperlanges, rotes Negligé das sich luftig um ihre Arme bauschte, zart schimmerten das schwarze Dreieck unter ihrem Nabel und das Rosa ihrer Brustwarzen durch den Stoff. Es dauerte ein Weilchen, bis Pitt sich von seiner Überraschung erholt hatte, doch dann faßte er einen schnellen Entschluß. Er zog ein Taschentuch hervor, knüllte es zusammen, und im Nu hatte er es Teri in den Mund gestopft. Dann packte er den Saum ihres Negligés, riß es ihr bis zum Kinn hoch, schlang es ihr um den Kopf und verknotete es um ihre Arme. Teri, so brutal aus dem Schlaf gerissen, begann verzweifelt zu zappeln, doch es war schon zu spät. Ehe sie wußte, wie ihr geschah, wurde sie unsanft Giordino auf die Schultern geladen und hinaus in den hellen Sommernachmittag geschleppt.

»Ich glaube, du bist übergeschnappt«, brummte Giordino böse, als sie die Treppe erreichten. »So ein Blödsinn! Erst ein Spielzeug-U-Boot anzugaffen und dann ein Mädchen zu entführen!«

»Halts Maul und lauf!« zischte Pitt, ohne ihn eines Blickes zu würdigen. Er drückte die Tür zum Kellergewölbe beiseite und ließ Giordino mit seiner wild strampelnden Last als ersten passieren. Dann folgte er nach, rückte die Tür wieder an ihren Platz, hob sie auf die Angeln und schob die Stifte in die Scharniere.

»Laß doch die Tür, wie sie ist«, drängte Giordino ungeduldig.

»Bisher sind wir noch unentdeckt geblieben«, entgegnete Pitt und holte die Taschenlampe aus der Reisetasche. »Ich möchte von Till so lange wie möglich im Dunkeln tappen lassen. Ich wette, er hat bemerkt, daß ich bei dem Kampf mit seinem Hund verwundet worden bin. Und vermutlich glaubt er, ich hätte mich in diesem Gewirr von Gängen verlaufen und wäre irgendwo verblutet.«

Pitt drehte sich rasch um und rannte den Gang hinunter. Er richtete den Strahl der Lampe unmittelbar vor sich auf den Boden, so daß auch Giordino, der unter den Schlägen und Tritten seiner

Gefangenen ächzte, sah, wohin er trat. Der Lichtfleck hüpfte, immer der Blutspur folgend, über den Boden. Der Gang widerhallte von dem monotonen Rhythmus ihrer Schritte und von ihrem keuchenden Atem.

Die Taschenlampe fest in der Hand, stürmte Pitt vorwärts. Sie brauchten nicht mehr besonders vorsichtig zu sein, es würde sich ihnen kaum eine Gefahr mehr in den Weg stellen. Dennoch erfüllte ihn sein Teilsieg über von Till mit einem eher zwiespältigen Gefühl. Das ganze Unternehmen war ihm zu glatt verlaufen. Ich bin von Till auf der Spur, und ich habe seine Nichte als Geisel, versuchte er sich selbst zu beschwichtigen. Aber eine seltsame, unterschwellige Angst blieb.

Nach fünf Minuten hatten sie die Treppe wieder erreicht. Pitt trat beiseite, leuchtete die Stufen aus und ließ Giordino vorangehen. Dann wandte er sich ein letztes Mal zu dem Gewölbe um. Ein grimmiges Lächeln glitt über seine Züge. Wer hatte wohl dieses mörderische Labyrinth erbaut? Und über was für eine abscheuliche Phantasie mußte der Erfinder dieser feucht-kalten Todeskammern verfügt haben? Er verzog verächtlich den Mund und kehrte sich zur Treppe um. Erleichtert schüttelte er die düstere Atmosphäre des Gewölbes von sich ab, als er den sonnenbeschienenen Treppenabsatz erreichte. Halb hatte er sich bereits durch die rostigen Stäbe gezwängt – Giordino stand seltsam starr draußen und schien auf ihn zu warten –, als jemand neben dem Eingang in ein unbändiges Gelächter ausbrach.

»Donnerwetter, meine Herren! Sie beweisen in der Auswahl Ihrer Souvenirs ja einen ausgezeichneten Geschmack. Trotzdem ist es leider meine staatsbürgerliche Pflicht, Sie darauf aufmerksam zu machen, daß das griechische Gesetz den Diebstahl wertvoller Objekte aus historischen Stätten unter strenge Strafe stellt.«

11. Kapitel

Pitt erstarrte. Sein Herz schlug ihm bis zum Hals. Eine Ewigkeit verharrte er unbeweglich, das eine Bein bereits außerhalb des Gittertors, das andere noch linkisch nach hinten gestreckt. Endlich hatte er den Schreck einigermaßen überwunden. Er warf die Taschenlampe und die Reisetasche hinter sich die Treppe hinab und kniff die Augen zusammen, um sich an das gleißende Sonnenlicht zu gewöhnen. Undeutlich konnte er eine schattenhafte Gestalt erkennen, die sich von der niedrigen Steinmauer löste und auf ihn zukam.

»Ich . . . ich begreife nicht«, murmelte Pitt blöde. Dann fing er sich. »Wir sind keine Diebe«, erklärte er in geheuchelter Naivität.

Dröhnendes Lachen antwortete ihm. Die Gestalt entpuppte sich als der Fremdenführer der *Greek National Tourist Organisation*. Er grinste Pitt breit an, wobei er zwei Reihen perlweißer Zähne entblößte. Er hielt eine Neun-Millimeter-Clisenti in der Hand, deren Mündung direkt auf Pitts Herz zielte.

»Keine Diebe?« fragte der Fremdenführer sarkastisch in makellosem Englisch. »Dann vielleicht Kidnapper?«

»Nein, nein«, stammelte Pitt. Er legte ein ängstliches Tremolo in seine Stimme. »Wir sind nur zwei einsame Matrosen auf Landurlaub, die ein bißchen Spaß haben wollen.« Er zwinkerte dem Fremdenführer vertraulich zu. »Das vestehen Sie doch?«

»Selbstverständlich verstehe ich das«, entgegnete der Grieche ungerührt. Die Pistole senkte sich um keinen Millimeter. »Deshalb sind Sie hiermit festgenommen.«

Pitts Magen krampfte sich zusammen. Er hatte einen üblen Geschmack im Mund. Schlimmer hätte es nicht kommen können. Das bedeutete möglicherweise das Ende: Eine Gerichtsverhandlung und anschließende Ausweisung. Er behielt seinen dümmlich-naiven Gesichtsausdruck bei, schob sich endlich ganz durch das Gitter und ging ein paar Schritte auf den Griechen zu. Er machte eine beschwörende Geste.

»Sie müssen uns glauben. Wir haben niemanden gekidnappt. Schauen Sie« – er wies auf Teris nackten Hintern –, »diese Frau ist nur eine Nutte, die wir in irgend so einem Schweinestall, der sich hochtrabend Taverne nannte, aufgegabelt haben. Sie schlug uns vor, wir sollten uns einer Fremdenführung durch die Ruinen anschließen; sie würde uns dann beim Amphitheater treffen.«

Der Führer sah ihn belustigt an, griff dann mit seiner freien Hand nach Teris Negligés und befühlte es. Dann ließ er seine Finger über ihre sanfte, glatte Haut gleiten. Teri erschauerte leicht.

»Und wieviel hat sie verlangt?« fragte er langsam.

»Zuerst wollte sie zwei Drachmen haben«, erwiderte Pitt mürrisch. »Aber nachdem wir unseren Spaß gehabt hatten, verlangte sie plötzlich zwanzig. Und da haben wir uns natürlich geweigert zu bezahlen.«

»Natürlich«, erwiderte der Grieche unbeeindruckt.

»Es ist die reine Wahrheit«, fiel Giordino ein. Die Worte sprudelten vor Aufregung nur so aus ihm heraus. »Diese dreckige Nutte da ist der Dieb, nicht wir.«

»Eine wirklich hervorragende Komödie, die Sie da spielen«, sagte der Fremdenführer verächtlich. »Schade nur, daß Ihr Publikum so klein ist. Wir Griechen führen vielleicht ein einfaches, anspruchsloses Leben, verglichen mit dem, was in Ihren Heimatländern üblich ist. Aber deshalb kann man uns noch lange nicht für dumm verkaufen.« Er wies mit der Pistole auf Teri. »Dieses Mädchen ist keine billige Prostituierte. Möglicherweise eine Prostituierte für gehobene Ansprüche, das kann sein; aber eine billige bestimmt nicht. Allein ihre Hautfarbe entlarvt Sie schon als Lügner – sie ist viel zu weiß. Unsere einheimischen Mädchen sind viel dunkelhäutiger. Außerdem haben sie vollere Hüften als diese Dame da.«

Pitt erwiderte nichts. Er beobachtete den Griechen sorgfältig und lauerte auf eine Gelegenheit zu einem Überraschungsangriff. Und Giordino, dessen war er sicher, wartete nur auf einen Wink von ihm, und sofort würde er sich auf den Fremdenführer stürzen. Doch bisher hatte sich keine solche Gelegenheit ergeben. Der Grieche schien ein gefährlicher Gegner zu sein, sowohl klug wie auch gewandt und kräftig. Und er war auf der Hut. Eine besondere Aggressivität oder Brutalität ließ sich allerdings nicht aus seinen markanten Zügen herauslesen. Jetzt nickte er Giordino zu.

»Lassen Sie das Mädchen frei. Wir wollen uns einmal ihr Gesicht ansehen.«

Ohne seinen Blick von Pitt zu wenden, ließ Giordino Teri langsam von seinen Schultern zu Boden gleiten. Sie trat unsicher von einem Fuß auf den anderen, schwankte ein wenig, und riß, was wegen ihrer Fesseln nur begrenzt möglich war, die Arme hoch, um ihr Gleichgewicht zu bewahren. Giordino knüpfte das Negligé auf, machte es von ihrem Kopf los und ließ es über ihren Körper gleiten. Teri zog den Knebel aus ihrem Mund und starrte ihn wütend-haßvoll an.

»Sie elendes Schwein!« fuhr sie ihn an. »Was hat das zu bedeuten?«

»Es war nicht meine Idee, Schätzchen«, entgegnete Giordino achselzuckend. »Wechseln Sie lieber ein Wort mit Ihrem Freund dort.« Er deutete mit dem Daumen auf Pitt.

Ihr Kopf flog herum, und sie setzte bereits zu einer Schimpftirade an, als sie Pitt erkannte. Die Worte blieben ihr in der Kehle stecken. Für einen kurzen Moment spiegelte sich völlige Verblüffung in ihren Augen wider, die schnell in kalte Wut überging. Einen Augenblick lang sah sie ihn in sprachlosem Zorn an; doch dann glitt freudige Erleichterung über ihr Gesicht. Sie warf sich Pitt in die Arme und küßte ihn innig, für die momentanen Umstände fast zu innig.

»Dirk, du bist es wirklich«, schluchzte sie. »Vorher... deine Stimme... ich konnte nicht recht glauben. Ich dachte, du wärst... ich dachte, ich würde dich nie wiedersehen.«

»Unsere Rendezvous' haben eben stets etwas Überraschendes an sich«, erwiderte Pitt grinsend.

»Onkel Bruno hat mir erzählt, du seist für immer verschwunden.«

»Man darf einem Onkel eben nicht alles glauben.«

Teri entdeckte den Verband auf seiner Nase und tippte leicht darauf. »Hast du dich verletzt?« fragte sie besorgt. »War das Onkel Bruno? Hat er dich bedroht?«

»Nein, ich bin nur beim Treppensteigen gestürzt«, entgegnete er nicht ganz wahrheitsgetreu. »Das ist alles.«

»Was soll das Ganze eigentlich?« fragte der Fremdenführer aufgebracht. Die Pistole in seiner Hand hatte sich bereits gesenkt. »Vielleicht besitzt die junge Dame die Freundlichkeit, mir ihren Namen mitzuteilen.«

»Ich bin die Nichte von Bruno von Till. Und ich wüßte nicht, was Sie das anginge«, entgegnete sie schnippisch.

Ein Ausruf des Erstaunens entrang sich den Lippen des Griechen. Er machte ein paar schnelle Schritte auf sie zu und sah ihr scharf ins Gesicht. Beinahe eine halbe Minute lang stand er da und musterte sie. Langsam und besonnen richtete er die Pistole dann wieder auf Pitt. Er zupfte ein paarmal an seinem Schnurrbart und nickte nachdenklich.

»Möglicherweise sprechen Sie die Wahrheit«, sagte er ruhig. »Aber vielleicht lügen Sie auch, um diese beiden Ganoven da zu decken.«

»Ihre Verdächtigungen sind geradezu lächerlich!« Empört reckte Teri ihr Kinn in die Luft. »Ich verlange, daß Sie augenblicklich diese gräßliche Pistole wegstecken und uns allein lassen. Mein Onkel ist ein einflußreicher Mann auf dieser Insel. Ein Wort von ihm, und Sie stecken bis zum Hals in Schwierigkeiten.«

»Ich weiß um Bruno von Tills Einfluß«, erwiderte der Führer gelassen. »Dummerweise macht das nur wenig Eindruck auf mich. Die endgültige Entscheidung, ob Sie eingesperrt werden oder nicht, liegt sowieso in den Händen meines Vorgesetzten, Inspektor Zacynthus. Er wird Sie ohne Zweifel sehen wollen. Ich an Ihrer Stelle würde ihm gegenüber nicht allzu forsch auftreten, sonst könnte es ein böses Ende nehmen. Und wenn Sie nun bitte alle drei hinter diese Mauer treten würden. Sie sehen dort einen kleinen Pfad. Den gehen Sie entlang, bis Sie auf einen Wagen stoßen.« Seine Pistole richtete sich von

Pitt auf Teri. »Und Vorsicht, meine Herren, machen Sie keine Dummheiten. Sie wollen doch nicht mit dem Leben dieser Dame spielen. Und nun bitte – marsch!«

Fünf Minuten später langten sie bei dem Wagen an. Es war ein schwarzer Mercedes, der versteckt in einem kleinen Kiefernwäldchen parkte. Die Tür zum Fahrersitz stand offen. Ein Mann in cremefarbenem Anzug saß lässig hinter dem Steuer und ließ einen Fuß aus dem Wagen hängen. Als er sie kommen sah, erhob er sich und öffnete die hinteren Türen.

Pitt betrachtete den Mann aufmerksam. Der Gegensatz zwischen dem elegant geschnittenen und eng taillierten Anzug und dem dunklen, häßlichen Gesicht machte ihn zu einer eindrucksvollen Erscheinung. Er war gute fünf Zentimeter größer als Pitt und besaß die ungeschlachte Statur eines Schwergewichtsboxers. Pitt hatte noch nie so ausladende Schultern gesehen. Er mußte wenigstens 130 Kilo wiegen. Sein Gesicht war grob und abstoßend, doch gleichzeitig ging eine geheimnisvolle Faszination davon aus. Es war ein Gesicht, das jeden Maler sofort zu einem Bild inspiriert hätte. Aber Pitt ließ sich davon nicht täuschen. Er wußte, das war ein Mann, der mit derselben Leichtigkeit einen Menschen töten würde, wie er eine Fliege erschlug. Oft genug war er in seinem Leben mit derartigen Männern zusammengetroffen.

Der Fremdenführer trat zurück und ging in einem weiten Bogen zum Wagen, die Pistole unablässig im Anschlag.

»Wir haben Gäste, Darius. Drei kleine Geißlein, die sich verirrt haben. Wir wollen sie Inspektor Zacynthus vorführen. Sie spielen nämlich ausgezeichnet Theater.« Er wandte sich an Pitt. »In Inspektor Zacynthus haben Sie auch ein dankbareres Publikum als in mir.«

Darius wies auf die Rückbank des Mercedes. »Ihr zwei kommt nach hinten. Das Mädchen nach vorne.« Seine Stimme war tief und rauh.

Pitt ließ sich in die Polster sinken. Sein Gehirn arbeitete fieberhaft. Er erwog mindestens ein Dutzend Fluchtpläne, doch einer war so wenig erfolgversprechend wie der andere. Der Fremdenführer hatte sie in der Hand. Wäre Teri nicht gewesen, hätten sie wenigstens eine gewisse Chance gehabt, den Kerl zu überwältigen und ihm die Pistole zu entreißen. Zwar war er möglicherweise gar nicht skrupellos genug, um Teri einfach über den Haufen zu schießen. Aber dieses Risiko mochte Pitt nicht eingehen.

Der Fremdenführer wandte sich jetzt in einer etwas gezwungenen Höflichkeit an seinen Kameraden.

»Sei ein Gentleman, Darius, und biete der Dame deinen Mantel an. Ihre . . . äh . . . ziemlich unverhüllten Reize könnten sonst allzu ablenkend wirken.«

»Geben Sie sich keine Mühe«, meinte Teri geringschätzig. »Ich ziehe unter keinen Umständen den Mantel dieses Gorillas an. Nebenbei wäre es mir eine große Genugtuung, eine schmutzige Type wie Sie geil vor sich hinschwitzen zu sehen.«

Der Blick des Führers verhärtete sich, dann lächelte er schwach und zuckte die Schultern. »Wie Sie wünschen.«

Teri lüpfte ihr Negligé bis über die Knie und kletterte in den Wagen. Der Fremdenführer stieg hinterher. Sie saß also eingezwängt zwischen ihm und dem grobschlächtigen Darius. Der Dieselmotor des Mercedes sprang nagelnd an, und der Wagen setzte sich langsam in Bewegung. Die enge, kurvenreiche Straße wurde auf lange Strecken von tiefen, schlammigen Bewässerungsgräben gesäumt. Die Augen des Fremdenführers wanderten zwischen Pitt und Giordino hin und her. Die Pistole hielt er unverwandt auf Teris rechtes Ohr gerichtet. Seine nicht nachlassende Wachsamkeit kam Pitt übertrieben vor.

Mit größtem Bedacht zog Pitt eine Zigarette aus seiner Brusttasche – den Blick fest auf den Fremdenführer geheftet, damit der seine Bewegung nicht mißverstand. Dann steckte er sie mit derselben Langsamkeit in Brand.

»Wie heißen Sie eigentlich?« fragte er.

»Polyclitus Anaxemander Zeno«, erwiderte der Fremdenführer. »Stets zu Diensten.«

Pitt versuchte gar nicht, den Griechen mit seinem Namen anzusprechen. »Mich würde außerordentlich interessieren, warum Sie sich eigentlich zum Amphitheater zurückgeschlichen haben«, fuhr er fort.

»Ich bin ein neugieriger Mensch«, erwiderte Zeno mit einem schiefen Lächeln. »Es kam mir nicht ganz geheuer vor, daß Sie und Ihr Freund plötzlich aus meiner Gruppe verschwunden waren. Was hatten zwei so düstere Gestalten wie Sie in den Ruinen zu suchen? Was konnte dort für Sie überhaupt von Interesse sein? In meiner Einfalt konnte ich es mir nicht erklären. Darum habe ich meine Fremdengruppe einem Kollegen übergeben und bin zum Amphitheater zurückgekehrt. Sie waren wie vom Erdboden verschluckt. Dann entdeckte ich die herausgebrochene Stange im Tor. Nun ja, Sie mußten ja irgendwann einmal wieder aus der Höhle herauskommen. Also habe ich mich einfach hingesetzt und gewartet.«

»Und wenn wir nicht wieder herausgekommen wären?«

»Es war allein eine Frage der Zeit. Es gibt nur diesen Ausgang aus dem Hades.«

»Hades?« Das weckte Pitts Interesse. »Warum nennt man die Höhle so?«

»Ihr Interesse für Archäologie erwacht recht plötzlich. Aber wenn Sie fragen . . .« Verwirrung spiegelte sich in Zenos Augen. Er musterte Pitt aufmerksam, dann lächelte er ein schmales, belustigtes Lächeln. »Im Goldenen Zeitalter wurden Gerichtsverhandlungen hier auf Thasos immer im Amphitheater abgehalten. Dieser Ort war deshalb so geeignet, weil das Gericht aus einhundert gewählten Bürgern der Stadt bestand. Man ging nämlich von der klugen Überlegung aus, daß, je mehr Richter ein Urteil fällten, dieses auch um so gerechter ausfiel. Wurde ein Angeklagter schuldig gesprochen, hatte er die Wahl, sofort hingerichtet oder aber in den Hades verbannt zu werden.«

»Wieso war denn dieser Hades so furchtbar?« fragte Giordino, den Blick starr in den Rückspiegel gerichtet. Er musterte abschätzend Darius' Gesicht, das sich darin widerspiegelte.

»Der Hades war ein ausgedehntes unterirdisches Labyrinth«, gab Zeno Auskunft. »Es bestand aus etwa hundert sich ständig verzweigenden und kreuzenden Gängen, besaß aber nur zwei Ausgänge; den Eingang, den Sie bereits kennen, und einen weiteren, versteckten Ausgang. Wo dieser jedoch gelegen war, das war ein streng gehütetes Geheimnis.«

»Aber für die Verurteilten bestand immerhin noch eine Möglichkeit freizukommen.« Pitt schnippte die Asche seiner Zigarette in den Aschenbecher, der in die Armlehne eingelassen war.

»Ja. Allerdings war diese Chance verschwindend klein. Es hauste nämlich auch ein Löwe in dem Labyrinth, ein Löwe, der nur höchst selten etwas zu fressen bekam, und der sich deshalb mit Heißhunger auf alles stürzte, was sich nur bewegte.«

Pitts Blick verdüsterte sich. Er sah den ihn anfixenden von Till wieder vor sich. In genau demselben Stil hatte der Deutsche versucht, ihn, Pitt, loszuwerden. Er schien eine Schwäche für solche dramatischen Inszenierungen zu haben. Vielleicht war das seine Achillesferse? Pitt lehnte sich zurück und nahm einen tiefen Zug aus seiner Zigarette.

»Eine interessante Sage.«

»Es ist keine Sage«, widersprach Zeno ernst. »Die Zahl der Menschen, die jämmerlich im Hades geendet haben, ist gewaltig. Selbst in jüngster Zeit, bevor man den Zugang versperrte, sind noch Leute, die sich in das Labyrinth hineingewagt haben, verschwunden und nie wieder aufgetaucht. Soviel man weiß, ist es noch keiner Menschenseele gelungen, lebend dem Hades zu entrinnen.«

Pitt schnippte seine Zigarette aus dem offenen Fenster. Er sah Giordino an und wandte seinen Blick dann langsam wieder Zeno zu. Ein überlegenes Lächeln zog sich über sein Gesicht und wurde zum breiten Grinsen.

Zeno sah Pitt forschend an. Dann zuckte er verständnislos die Achseln und gab Darius ein Zeichen. Der nickte, und einen Augenblick später bog der Mercedes auf die Hauptstraße ein. Darius gab Gas. Der Wagen schoß die ausgefahrene Asphaltstraße entlang und hüllte die Bäume am Straßenrand hinter sich in eine Wolke aus Staub und Blättern. Es war inzwischen etwas kühler geworden. Die untergehende Sonne tauchte den kahlen, baumlosen Gipfel des Hypsarion, des höchsten Berges der Insel, in ein kitschiges Orange. Pitt erinnerte sich bei diesem Anblick an die Worte eines griechischen Dichters, der Thasos »einen Eselsrücken, beladen mit Reisig« genannt hatte. 2700 Jahre war dieser Satz nun schon alt, und noch immer traf er ins Schwarze.

Darius schaltete zurück. Sie bogen von der Hauptstraße auf eine holprige Schotterstraße ab, die bald in einen von Bäumen gesäumten Hohlweg überging.

Pitt verfolgte das Manöver mit dem größten Mißfallen. Was hatte es zu bedeuten, daß sie so plötzlich die Straße nach Panaghia verließen? Schon Zenos Verwandlung von einem freundlichen Fremdenführer in eine Art Geheimagent war ihm nicht ganz hasenrein vorgekommen; doch nun wurde ihm wirklich unbehaglich zumute.

Der Mercedes fuhr rumpelnd durch unzählige Schlaglöcher und quälte sich dann eine steile Auffahrt hinauf, die vor einem großen, schuppenartigen Gebäude endete. Der grau-grüne Verputz war zum größten Teil abgeblättert; rissig kamen darunter die verwitterten Holzwände zum Vorschein. Ein gewaltiges Tor, offensichtlich für den Durchlaß von Lastwagen bestimmt, stand offen. Der Mercedes passierte das Tor und kam im düsteren Inneren des Schuppens zum Stehen. Kurz bevor sie die Schwelle überquerten, fiel Pitts Blick auf eine Aufschrift über dem Tor. Sie war in Sütterlinschrift gepinselt. Darius schaltete die Zündung aus. Hinter ihnen wurde quietschend das Tor zugeschoben.

»Die *Greek National Tourist Organisation* scheint ja nur über ein äußerst knappes Budget zu verfügen, wenn das alles ist, was sie sich an Büroräumen leisten kann«, bemerkte Pitt ironisch. Er sah sich mit raschen Blicken in der weiten, leeren Halle um.

Zeno lächelte nur. Es war ein Lächeln, das Pitt eiskalte Schauer über den Rücken jagte. Und plötzlich erkannte er glasklar, daß er wieder in von Tills Fänge geraten war.

Gewöhnliche Fremdenführer tragen keine Waffen. Und schon gar nicht waren sie befugt, Verhaftungen vorzunehmen. Auch der schwarze Mercedes, in dem sie saßen, bestärkte Pitt in seinem Verdacht. Die Wagen der *Greek National Tourist Organisation* waren einer wie der andere bunt bemalte, mit ins Auge springenden Werbesprüchen beschriftete VW-Busse. Die luxuriöse Reiselimousine gehörte wohl kaum zum Wagenpark der GNTO. Pitt krampfte sich das Herz zusammen. Es wurde höchste Zeit, daß er und Giordino etwas unternahmen.

Zeno öffnete die Fondstür, verbeugte sich ironisch und winkte sie mit der Pistole heraus.

»Sie wissen ja«, warnte er mit ruhiger, fester Stimme, »keine Dummheiten!«

Pitt stieg aus dem Wagen, wandte sich zur vorderen Tür und reichte Teri die Hand. Sie sah ihn mit einem seelenvollen Blick an; ihr zärtlicher Händedruck sagte alles. Dann stieg sie ebenfalls aus. Ehe Pitt noch reagieren konnte, hatte sie ihre Arme um seinen Hals geschlungen, zog seinen Kopf zu dem ihren herab und bedeckte sein schweißnasses Gesicht mit Küssen.

Pitt ließ es über sich ergehen und drängte sie dann sanft zurück.

»Später«, murmelte er. »Wenn wir ohne Publikum sind.«

»Genug der Sentimentalitäten«, warf Zeno ungeduldig ein. »Los, gehen wir. Inspektor Zacynthus liebt es nicht, wenn man ihn warten läßt.«

Er trat ein paar Schritte zurück, die Pistole in Hüfthöhe auf seine Gefangenen gerichtet. Dann geleitete Darius die kleine Gruppe quer durch die Halle und eine knarrende Holztreppe hinauf in einen langen Korridor, von dem links und rechts Türen abgingen. Er hielt vor der zweiten Tür links, stieß sie auf und bedeutete Pitt und Giordino einzutreten. Teri wollte nachfolgen, doch Darius' mächtiger Arm versperrte ihr den Weg.

»Sie nicht!« dröhnte er.

Pitt fuhr herum. Kalte Wut stand auf seinem Gesicht. »Wir bleiben zusammen«, zischte er.

»Sehr ritterlich von Ihnen«, bemerkte Zeno spöttisch. Dann sagte er ernst: »Keine Angst. Ich verspreche Ihnen, daß ihr kein Härchen gekrümmt wird.«

Pitt musterte Zeno mißtrauisch. Doch der schien es ehrlich zu meinen. Merkwürdig, Pitt gewann allmählich Zutrauen zu seinem Bewacher.

»Ich nehme Sie beim Wort«, knurrte er.

»Keine Angst, Dirk«, versuchte ihn Teri zu beruhigen und warf Zeno einen bitterbösen Blick zu. »Dieser dumme Inspektor, wer es auch sein mag, wird feststellen, wer ich bin. Dann müssen uns diese Trottel wieder freilassen.«

Zeno ließ sich davon nicht beeindrucken. Er nickte Darius zu. »Behalte unsere Freunde gut im Auge. Sie können unter Umständen ziemlich rabiat werden.«

»Keine Sorge«, erwiderte Darius selbstsicher. Zeno drehte sich um und führte Teri ab. Darius wartete, bis die Schritte der beiden im Korridor verklungen waren, dann schloß er die Tür und lehnte sich träge dagegen, die Arme vor seiner ungeheuren Brust verschränkt.

»Wenn du mich fragst« – das erstemal, seit sie angekommen waren, machte Giordino den Mund auf –, »ich wäre lieber im Gefängnis von San Quentin untergebracht.« Er richtete seine Blicke auf Darius. »Dort wächst das Ungeziefer nicht zu solcher Riesengröße heran.«

Pitt mußte über diese hämische Bemerkung grinsen. Gleichzeitig ließ er seine Augen flink durch den Raum gleiten. Es war ein richtiggehender Holzverschlag, nicht größer als drei auf vier Meter. Die Wände bestanden aus verzogenen Holzlatten, die man roh von außen auf nicht minder verzogene Stützpfeiler aufgenagelt hatte. Die Pfeiler lagen nach innen bloß; die Abstände zwischen ihnen waren unregelmäßig. Der ganze Raum machte einen äußerst verkommenen Eindruck. Er hatte keine Fenster, und Möbel fehlten gleichfalls. Das spärliche Licht drang durch die weiten Zwischenräume zwischen den Latten und durch ein großes Loch im Dach herein.

»Das war wohl einmal ein Speicher?« fragte Pitt.

»So etwas Ähnliches«, bejahte Darius. »Als die Deutschen die Insel zweiundvierzig besetzt hielten, hatten sie hier ein Nachschublager eingerichtet.«

Pitt zog eine Zigarette heraus und steckte sie sich an. Darius ebenfalls eine anzubieten wäre zu plump gewesen. Also trat er einen Schritt zurück und begann, scheinbar spielerisch, sein Feuerzeug hochzuwerfen und wieder aufzufangen. Er tat das vier- oder fünfmal, und jedesmal warf er es ein wenig höher. Darius' Augen folgten der Bahn des Feuerzeugs. Beim fünften Mal glitt es wie zufällig durch Pitts Finger und fiel zu Boden. Er zuckte entschuldigend die Achseln und bückte sich, um es aufzuheben.

Der Rest spielte sich in Sekundenschnelle ab. Pitt behielt die leicht gebückte Stellung bei, suchte mit den Füßen den bestmöglichen Absprung auf dem rauhen Holzfußboden, zog den Kopf zwischen die Schultern und hechtete los. Im letzten Augenblick riß er den Kopf hoch, und dann rammte er mit dem ganzen Schwung seiner neunzig Kilogramm in Darius Bauch. Ihm war, als wäre er mit voller Wucht gegen eine Mauer geprallt. Die Luft blieb ihm weg, und ein Schmerz durchfuhr ihn, als wäre sein Hals gebrochen.

In der Fachsprache des Footballs nennt man so etwas einen »running block«: ein tückisches und brutales Sperren des angreifenden Gegners. Jeden normalen Menschen hätte Pitts »running block« umgehend ins nächste Krankenhausbett befördert, und jeder Football-Spieler wäre erst einmal japsend zu Boden gegangen. Nicht so Darius. Der Koloß grunzte nur, knickte leicht ein und hatte mit einem schnellen Griff Pitt am Arm gepackt und hochgezerrt.

Pitt wußte nicht, wie ihm geschah. Er fühlte einen stechenden Schmerz in seinem Arm und in der Nackengegend. Wie hat Darius diesen Schlag bloß überstehen können? dachte er benommen. Dann spürte er, wie der Grieche ihn gegen die Wand wuchtete, hochhob und mit ungeheurer Kraft gegen einen Stützpfeiler preßte. Wahnsinnige Schmerzen jagten durch Pitts Rücken. Er biß gequält die Zähne zusammen und starrte in Darius' ausdrucksloses Gesicht.

Jeden Augenblick mußte seine Wirbelsäule brechen. Ihm wurde schwarz vor Augen. Darius drückte stärker und stärker ...

Plötzlich ließ der Druck nach. Die Nebel vor Pitts Augen lichteten sich, und er erkannte, daß Darius den Kopf gewendet hatte und nach Luft schnappte. Sein Mund öffnete sich zu einem lautlosen Aufstöhnen, und schwankend sank er in die Knie.

Solange der Riese mit dem Rücken zur Tür gestanden hatte, hatte Giordino dem Kampf nur hilflos zusehen können. Erst als er sich endlich zur Seite wandte und Pitt gegen die Wand preßte, hatte Giordino einen Anlauf genommen und war mit einem gewaltigen Satz dem Griechen ins Genick gesprungen. Beide Beine hochgerissen, rammte er ihm die Füße in die Nieren. Aber der Koloß schüttelte ihn einfach ab. Giordino überschlug sich und landete krachend auf dem Boden. Er spuckte einen Zahn aus und blieb wie betäubt liegen. Erst nach einer Weile begann er sich mühsam hochzurappeln. In seinem Kopf dröhnte es und drehte sich alles.

Als er wieder einigermaßen klar denken konnte, war es zu spät. Darius hatte sich viel zu rasch erholt. Siegeszuversicht lag auf seinem häßlichen Gesicht, als er sich mit seinem ganzen Gewicht auf Giordino warf und den kleinen Mann unter sich begrub. Er grinste ihn böse in sadistischer Vorfreude an. Dann legten sich seine riesigen Pranken auf Giordinos Schläfen und verschränkten sich über seinem Kopf, und Giordino fühlte, wie sein Schädel zusammengepreßt wurde – mit der Kraft eines sich stetig schließenden Schraubstocks.

Lange Sekunden lag Giordino einfach wehrlos da, die mörderischen Schmerzen in seinem Kopf machten jeden Gedanken unmöglich. Endlich besann er sich, hob langsam die Hände, packte Darius bei den Daumen und bog sie mit aller Gewalt nach hinten. Giordino besaß Kräfte wie ein Stier, doch gegen den Mann, der da tonnenschwer auf seiner Brust saß, schien kein Kraut gewachsen. Darius störten Giordinos verzweifelte Anstrengungen offensichtlich nicht im geringsten – der Schraubstock seiner Hände zog sich enger und enger zusammen.

Pitt stand wieder. Nur mit Mühe konnte er sich aufrecht halten, in seinem Rücken tobte ein einziger qualvoller Schmerz. Ohne zu begreifen, starrte er auf den mörderischen Kampf am Boden. Du mußt etwas tun, du Idiot! schrie eine innere Stimme ihm zu, schnell, ehe es zu spät ist. Er lehnte sich zitternd gegen die Wand, um nicht umzukippen. Die Wand gab nach. Er wirbelte herum, und ein Hoffnungsschimmer glomm in seinen Augen auf.

Eine der Holzlatten hatte sich gelockert und hing seltsam schief herab. Wie wild riß er an ihr, bog sie nach vorn und nach hinten, bis endlich die rostigen, altersschwachen Nägel nachgaben. Hastig zerrte er das einen Meter lange und vielleicht drei Zentimeter starke Brett aus der Wand. Hoffentlich war es noch nicht zu spät. Pitt schwang das Brett über den Kopf, und mit einer letzten verzweifelten Kraftanstrengung ließ er es auf Darius' Nacken niedersausen.

Die morsche Latte zersplitterte in tausend Stücke. Darius zeigte sich von dem Hieb ähnlich beeindruckt wie von einem freundschaftlichen Klaps auf die Schultern. Er wendete nicht einmal den Kopf, ließ nur kurz Giordino los und wischte Pitt mit einem gewaltigen Rückhandschlag einfach beiseite. Der Schlag traf Pitt genau in die Magengrube. Pitt torkelte zurück gegen die Tür und sank langsam zu Boden.

Irgendwie gelang es Pitt, sich noch einmal am Türgriff hochzuziehen. Schwankend stand er da. Er fühlte und dachte nichts mehr; weder spürte er den Schmerz in seinem Rücken noch bemerkte er das Blut, das ihm von neuem durch den Verband sickerte. Sein Blick war starr auf Giordinos Gesicht gerichtet, das allmählich blau anlief. Einen Versuch konnte er noch wagen; es würde der letzte sein. Plötzlich fielen ihm die Worte eines Marineoffiziers wieder ein, den er einst in einer Bar in Honolulu getroffen hatte: »Den größten, zähesten und stärksten Burschen der Welt kannst du mit einem gezielten Tritt in die Eier niederstrecken.«

Auf wackligen Beinen stolperte Pitt zu dem dahockenden Darius hinüber, der viel zu sehr damit beschäftigt war, Giordino den Garaus zu machen, als daß er auf ihn geachtet hätte. Pitt zielte und trat dann mit aller Kraft dem Griechen zwischen die Beine. Sein Fuß bohrte sich in etwas Weiches, bis ein Knochen den Schwung bremste. Darius ließ Giordinos Kopf fahren und streckte die im Schmerz verkrampften Hände in die Luft. Dann wälzte er sich auf die Seite und wand sich in stummer Qual auf dem Boden.

»Herzlich willkommen unter den Lebenden«, sagte Pitt und half Giordino auf.

»Haben wir es geschafft?« fragte Giordino heiser.

»Nur knapp. Wie geht's deinem Kopf?«

»Darüber muß ich erst einmal nachdenken.«

»Keine Sorge«, meinte Pitt. »Er sitzt immer noch auf deinem Hals.«

Giordino fuhr mit den Fingerspitzen vorsichtig seinen Haaransatz entlang. »Meine Güte! Mein Schädel fühlt sich an, als hätte er mehr Sprünge als eine gesplitterte Windschutzscheibe.«

Pitt sah sich argwöhnisch nach Darius um. Der Riese, aschfahl im Gesicht, lag zusammengekrümmt auf dem staubigen Boden und preßte die Hände auf seine Weichteile.

»Das wär's also«, stellte Pitt trocken fest. Er half Giordino auf die Beine. »Verduften wir, ehe Frankenstein sich erholt hat.«

In diesem Moment wurde die Türklinke niedergedrückt, und mit einem dumpfen Schlag flog die Tür auf. Pitt und Giordino erstarrten. Nun hatten sie endgültig verloren. Jeder Fluchtweg war ihnen abgeschnitten, und zu einem neuerlichen Kampf waren sie nicht mehr fähig.

Ein großer, schlanker Mann kam hereingeschlendert. Er hatte eine Hand lässig in die Hosentasche seines eleganten, teuren Anzugs geschoben; zwischen seinen Zähnen klemmte eine langstielige Pfeife. Er machte den Eindruck eines höflichen und kultivierten Menschen. Eine Weile sah er Pitt nachdenklich an, dann griff er nach der Pfeife und nahm sie aus dem Mund.

»Verzeihen Sie, daß ich hier so einfach eindringe. Ich bin Inspektor Zacynthus.«

12. Kapitel

Pitt sah Zacynthus verblüfft an. Es war kein Zweifel möglich. Die nuschelnde Sprechweise, die korrekte, kurz geschnittene Frisur, das lässige Auftreten, all das wies den Inspektor eindeutig als Amerikaner aus.

Zacynthus unterzog Pitt und Giordino einer kurzen, eingehenden Prüfung. Dann wandte er langsam den Kopf und sah hinab auf den stöhnenden Darius. Er verzog keine Miene, doch der Klang seiner Stimme verriet seine Verwunderung.

»Bemerkenswert, wirklich bemerkenswert. Ich hätte so etwas nicht für möglich gehalten.« Sein Blick richtete sich wieder auf Pitt und Giordino. Eine Mischung aus Zweifel und Bewunderung lag in seinen Augen. »Jeder Profi-Catcher kann stolz darauf sein, wenn es ihm überhaupt gelingt, an Darius heranzukommen. Aber daß zwei so traurige Figuren wie Sie ihn zu Boden schicken, das grenzt an ein Wunder. Wie heißen Sie, bitte?«

Pitt funkelte ihn schadenfroh an. »Mein kleiner Kamerad hier heißt David, und ich bin Jack der Killer.«

Zacynthus lächelte müde. »Ich habe einen langen, arbeitsreichen Tag hinter mir. Sie haben einen meiner besten Männer außer Gefecht gesetzt. Bitte verschonen Sie mich mit schlechten Witzen.«

»Dann erzähl ihm die Geschichte von dem Gitarrenspieler und dem Weiberheld«, warf Giordino verschmitzt ein.

»Nun macht schon«, sagte Zacynthus in einem Ton, als ob er mit Kindern spräche. »Ich habe keine Lust, meine Zeit mit ödem Geschwätz zu verschwenden. Ich möchte Ihre Aussage, bitte. Fangen wir mit Ihrem richtigen Namen an.«

»Darauf können Sie lange warten«, fuhr Pitt ihn ärgerlich an. »Wir haben diesen Gorilla namens Zeno nicht gebeten, uns hierherzuschleifen. Genausowenig war es unsere Absicht, uns mit King-Kong persönlich herumzuschlagen. Wir haben nichts Verbotenes getan. Etwas Unmoralisches vielleicht, aber nichts, was gegen die geltenden Gesetze verstieße. Ich finde, daß deshalb eher wir das Recht hätten, hier Fragen zu stellen.«

Zacynthus sah Pitt mit zusammengekniffenem Mund an. »Sie legen ja eine erstaunliche Arroganz an den Tag«, sagte er dann scharf. »Aber ich muß zugeben, daß Sie mich zu interessieren beginnen. In meiner Laufbahn habe ich wahrlich genug verschlagene und bösartige Zeitgenossen verhört. Manche haben mir ins Gesicht gespuckt und mir Rache geschworen, manche standen einfach stumm da und rührten sich nicht, und wieder andere haben mich auf Knien um Gnade angefleht. Sie scheinen zu keiner dieser Kategorien zu gehören.« Er deutete mit der Pfeife auf Pitt. »Na schön. Dann habe ich es wenigstens einmal mit einem mir intellektuell ebenbürtigen Gegenüber zu tun.«

Er wurde durch den eintretenden Zeno unterbrochen. Der Grieche setzte soeben an, etwas zu sagen, als sein Blick auf Darius fiel, der noch immer zusammengekrümmt dahockte. Zenos Mund klappte auf, und sein Schnurrbart schien vor Überraschung herabzusinken. »Donnerwetter, was ist denn hier passiert?« stieß er endlich hervor.

»Vielleicht hätten Sie Darius warnen sollen«, meinte der Inspektor.

»Aber ich habe ihn gewarnt«, verteidigte sich Zeno. »Und selbst wenn ich es nicht getan hätte ... Ich habe es stets für unmöglich gehalten, daß irgend jemand gegen Darius aufkommt.«

»Habe ich auch gedacht«, sagte der Inspektor und klopfte seine Pfeife aus. »Sehen Sie zu, was Sie für unseren armen Freund tun können. Ich werde diese beiden Herren währenddessen mit in mein Büro nehmen. Sie haben sich ja genügend ausgetobt und werden wohl kaum noch Lust zu weiteren Handgreiflichkeiten haben.« Er grinste Pitt herausfordernd an. »Aber um ganz sicherzugehen, fesseln Sie sie doch bitte aneinander. Das Handgelenk des Kleinen an die Fußknöchel des anderen. Das macht die Flucht ein wenig beschwerlich.«

Zeno zog ein Paar verchromte Handschellen aus einem Etui an

seinem Gürtel und tat, wie ihm geheißen. Giordino mußte sich tief hinunterbeugen, als seine Hand an Pitts Fuß angeschlossen wurde.

Pitt sah hinauf durch das Loch im Dach. Die Sonne war bereits untergegangen, und der Himmel wurde zusehends dunkler. Sein Rücken schmerzte noch immer und er war dankbar, daß nicht er es war, der an den Fußknöchel des anderen gefesselt war. Mitleidig sah er auf den gebückt dastehenden Giordino hinab. Dann richtete er seinen Blick auf Zacynthus.

»Was haben Sie mit Teri gemacht?« fragte er ruhig.

»Sie ist in sicherem Gewahrsam«, erwiderte Zacynthus. »Sobald sich herausstellt, daß sie tatsächlich von Tills Nichte ist, wird sie freigelassen.«

»Und was ist mit uns?« fragte Giordino von unten herauf.

»Sie werden sich wohl noch etwas länger gedulden müssen«, erwiderte der Inspektor knapp und wies auf die Tür. »Nach Ihnen, meine Herren.«

Zwei Minuten später betraten sie Zacynthus' Büro. Pitt sah sich verwundert darin um. Es war eine kleine, aber komplett eingerichtete Polizeidienststelle. An die Wände waren Luftaufnahmen von Thasos gepinnt, auf dem verkratzten Schreibtisch standen drei Telephonapparate und daneben auf einem kleinen Tischchen ein Kurzwellenfunkgerät. Pitt kam das Zimmer allerdings etwas zu professionell, zu perfekt eingerichtet vor.

»Das gleicht ja eher dem Hauptquartier eines Generals als der Dienststelle eines kleinen Insel-Inspektors«, meinte er boshaft.

»Sie und Ihr Freund sind sicher tapfere Männer«, erwiderte Zacynthus seufzend. »Aber Sie scheinen auch rechte Hornochsen zu sein.« Er ging um den Schreibtisch herum und ließ sich dahinter auf einen offensichtlich ungeölten Drehstuhl nieder. »Und jetzt will ich die Wahrheit hören. Wie heißen Sie?«

Pitt antwortete nicht sofort. Er war zugleich ärgerlich und verwirrt. Das eigenartige Verhalten des Inspektors machte ihn unsicher.

Unterschwellig fühlte, ja wußte er im Grunde, daß er nichts zu befürchten hatte. Diese Leute konnten keine normalen griechischen Polizeibeamten sein; dazu fielen sie zu sehr aus dem Rahmen. Und wenn sie tatsächlich mit von Till im Bunde waren, wie er ursprünglich angenommen hatte, warum war dann der Inspektor so sehr darauf erpicht, seinen und Giordinos Namen zu erfahren? In diesem Fall hätten sie ihm schon längst bekannt sein müssen. Vorausgesetzt natürlich, der Inspektor spielte nicht Katz und Maus mit ihnen.

»Also?« Zacynthus Stimme hatte einen schneidenden Unterton.

Pitt richtete sich auf. Er wollte es darauf ankommen lassen.

»Pitt, Major Dirk Pitt, Leiter des Sonderdezernats der National Underwater Marine Agency. Und dieser Herr zu meiner Linken ist Albert Giordino, der stellvertretende Leiter dieses Dezernats.«

»Selbstverständlich. Und ich bin der Premierminister von...« Zacynthus brach mitten im Satz ab. Er zog die Augenbrauen hoch, beugte sich über den Schreibtisch und sah Pitt scharf in die Augen.

»Wiederholen Sie das! Wie war Ihr Name?« fragte er mit sanfter, liebenswürdiger Stimme.

»Dirk Pitt.«

Zacynthus verstummte. Dann lehnte er sich, sichtlich aus der Fassung, auf seinem Stuhl zurück.

»Sie lügen! Sie müssen lügen!«

»Wirklich?«

»Wie lautet der Name Ihres Vaters?« Zacynthus hielt seinen Blick unverwandt auf Pitt gerichtet.

»George Pitt, Senator von Kalifornien.«

»Beschreiben Sie ihn. Sein Aussehen, seinen Lebenslauf, Familienverhältnisse und so weiter.«

Pitt hockte sich auf die Kante des Schreibtisches und zog eine Zigarette heraus. Er klopfte seine Taschen nach dem Feuerzeug ab, dann fiel ihm ein, daß es noch immer in dem Zimmer lag, wo er es, um Darius hinters Licht zu führen, hatte fallen lassen.

Zacynthus riß ein Streichholz an und gab ihm Feuer. Pitt nickte ihm dankbar zu.

Dann berichtete er über seinen Vater. Er sprach, ohne zu stocken, volle zehn Minuten lang. Zacynthus saß unbeweglich da und hörte aufmerksam zu. Nur einmal, als es im Raum zu dämmerig wurde, stand er kurz auf und knipste die Deckenlampe an. Schließlich schnitt er Pitt mit einer Handbewegung das Wort ab.

»Das reicht. Sie müssen tatsächlich sein Sohn sein. Aber dann interessiert mich erst recht, was Sie hier auf Thasos zu suchen haben.«

»Der Generaldirektor der NUMA, Admiral James Sandecker, hat Giordino und mich hierherbeordert, um eine Reihe merkwürdiger Pannen an Bord eines unserer ozeanographischen Forschungsschiffe aufzuklären.«

»Ah ja, das weiße Schiff, das vor Brady Field vor Anker liegt. Langsam begreife ich.«

»Wie schön«, warf der noch immer tief gebückt dastehende Giordino sarkastisch ein. »Entschuldigen Sie, daß ich mich einmische. Aber wenn ich nicht bald irgendwo mein Wasser abschlagen kann, gibt es auch in diesem Büro eine Panne.«

Pitt grinste Zacynthus an. »Er wäre dazu imstande.«

Zacynthus sah ihn forschend an, dann zuckte er die Achseln und drückte einen unter der Tischplatte verborgenen Knopf. Sofort wurde die Tür aufgerissen, und Zeno, die Glisenti in der Hand, stand im Raum.

»Haben Sie Schwierigkeiten, Herr Inspektor?«

Zacynthus ging überhaupt nicht auf seine Frage ein. »Stecken Sie Ihr Schießeisen weg. Nehmen Sie den beiden Herren die Handschellen ab, und zeigen Sie Herrn – äh – Giordino, wo sich unsere Toilette befindet.«

Zeno zog erstaunt die Augenbrauen hoch. »Sind Sie sicher . . .«

»Es ist alles in Ordnung, alter Freund. Die beiden Herren sind nicht länger unsere Gefangenen. Sie sind unsere Gäste.«

Ohne ein weiteres Wort schob Zeno seine Pistole in den Halfter zurück, löste die Handschellen und führte Giordino in die Halle hinunter.

»Nun müssen Sie mir aber auch ein paar Fragen beantworten«, meinte Pitt und blies eine Wolke bläulichen Rauches in den Raum.

»Woher kennen Sie meinen Vater?«

»Senator George Pitt ist eine hochangesehene Persönlichkeit in Washington. Er arbeitet in verschiedenen Senatsausschüssen mit, darunter auch in jenem, der sich mit dem Drogenmißbrauch befaßt.«

»Und was hat das mit Ihnen zu tun?«

Zacynthus zog einen abgegriffenen Tabaksbeutel aus seiner Manteltasche und stopfte sich gemütlich die Pfeife.

»Auf Grund meiner langjährigen Tätigkeit und meiner Erfahrungen auf diesem Gebiet bin ich oft als Verbindungsmann zwischen dem Ausschuß und meinem Arbeitgeber eingesetzt worden.«

Pitt schaute ihn verwirrt an. »Ihrem Arbeitgeber?«

»Ja. Ich stehe ebenso wie Sie, mein Lieber, in Uncle Sams Diensten.« Zacynthus grinste. »Vielleicht sollte ich mich in der Tat endlich vorstellen. Inspektor Hercules Zacynthus vom *Federal Bureau of Narcotics*. Meine Freunde nennen mich einfach Zac. – Es wäre mir eine Ehre, wenn Sie das auch täten.«

Pitt fiel ein Stein vom Herzen. Aller Zweifel und alles Mißtrauen waren auf einmal wie verflogen. Er entspannte sich – und merkte jetzt erst, wie verkrampft er die ganze Zeit dagesessen hatte, wie zum Zerreißen gespannt seine Nerven gewesen waren. Vorsichtig darauf bedacht, daß seine Hand nicht plötzlich zu zittern begann, drückte er seine Zigarette aus.

»Und was hat Sie hierher verschlagen?«

»Ich bin beruflich hier.« Zac unterbrach sich, um seine Pfeife anzurauchen. »Vor circa einem Monat erhielt unser Dezernat über INTERPOL die Nachricht, daß ein Frachter in Shanghai eine große Ladung Heroin an Bord genommen hat...«

»Ein Schiff von Bruno von Tills *Minerva Lines*?«

»Woher wissen Sie das?« fragte Zac mißtrauisch.

Pitt lächelte bitter. »Das war nur eine Vermutung. Entschuldigen Sie, daß ich Sie unterbrochen habe. Bitte fahren Sie fort.«

»Die *Queen Artemisia*, so heißt der Frachter, legte vor drei Wochen in Shanghai ab. Laut Frachtbrief transportierte er Sojabohnen, Schweinefleisch, Tee, Papier und Teppiche.« Zac mußte lächeln. »Eine seltsame Mischung, nicht wahr?«

»Und der Bestimmungshafen?«

Der erste Anlaufhafen war Colombo in Ceylon. Hier wurde die erste Ladung gelöscht und dafür Graphit und Kakao an Bord genommen. Mittlerweile befindet die *Queen Artemisia* sich auf dem Weg nach Marseille, wo sie, um aufzutanken, Station machen wird, und dann nimmt sie Kurs auf Chicago.«

Pitt dachte kurz nach. »Weshalb Chicago? In New York, in Boston, oder überhaupt an der Ostküste existieren doch sicher sehr viel besser organisierte Rauschgiftringe und Verteilernetze als im Binnenland.«

»Warum nicht Chicago?« gab Zacynthus zurück. »Die Stadt ist das größte Handels- und Verkehrszentrum der Vereinigten Staaten. Wo sonst könnte man so einfach einhundertdreißig Tonnen Heroin auf den Markt werfen?«

Pitt sah Zac fassungslos an. »Das ist unmöglich. Kein Mensch bringt diese unvorstellbare Menge unbemerkt durch den Zoll.«

»Bruno von Till schon«, entgegnete Zacynthus mit leiser Stimme. Pitt begann zu frösteln. »Das ist im übrigen natürlich nicht sein richtiger Name. Er hat ihn sich irgendwann in grauer Vorzeit zugelegt, lange bevor er zum Schmuggler avancierte, und zwar zu einem der gerissensten und skrupellosesten dieses Jahrhunderts.«

Zac schwenkte in seinem Drehstuhl herum und starrte mit leerem Blick zum Fenster hinaus. »Selbst ein Käpt'n Kidd könnte ihm nicht das Wasser reichen.«

»Das klingt ja, als wäre er ein regelrechtes verbrecherisches Genie«, warf Pitt ein. »Wie kommt er bloß zu dieser Ehre?«

Zac warf ihm einen raschen Blick zu, dann sah er wieder aus dem Fenster.

»Erinnern Sie sich an den großen Goldraub 1954 in Spanien? Urplötzlich waren die gesamten Goldreserven, die in den Tresoren der Bank von Spanien lagen, verschwunden. Die sowieso schon angeschlagene spanische Wirtschaft wäre damals beinahe zusammengebrochen. Kurze Zeit darauf wurde der indische Schwarzmarkt mit Goldbarren überschwemmt, denen allen das spanische Wappen aufgeprägt war. Wie konnte eine Ladung solcher Größe unbemerkt zehntausend Kilometer weit transportiert werden? Die Sache ist nie aufgeklärt worden. Nur eines weiß man: Am Abend des Goldraubes verließ ein Frachter der *Minerva Lines* den Hafen von Barcelona und ging just einen Tag, bevor das Gold in Indien auftauchte, in Bombay vor Anker.«

Der Drehstuhl quietschte, als Zac sich wieder zu Pitt umwandte. Zac sah Pitt gedankenverloren an.

»Gegen Ende des Zweiten Weltkriegs, unmittelbar vor der Kapitulation Deutschlands«, fuhr er fort, »tauchten in Buenos Aires plötzlich fünfundachtzig hochgestellte Nazis auf. Wie sie dorthinkamen, weiß man nicht. Das einzige Schiff jedoch, das an dem bewußten Tag in Buenos Aires anlegte, war ein Frachter der *Minerva Lines*. Und noch ein Beispiel: Im Sommer 1954 verschwand in der Nähe von Neapel eine ganze Schulklasse sechzehn- bis achtzehnjähriger Mädchen, die mit einem Omnibus eine Ausflugsfahrt unternommen hatten. Man hat nie wieder etwas von ihnen gehört. Doch vier Jahre später griff eine italienische Botschaftsangestellte in Casablanca eines dieser Mädchen auf, als es ziellos in den Slums der Stadt umherstrolchte.« Zac legte eine lange Pause ein, dann sagte er sehr leise: »Sie war vollkommen übergeschnappt. Ich habe Photographien ihres Körpers gesehen. Es hätte einem schlecht werden können.«

»Und was hat sie erzählt?« drängte Pitt.

»Sie erinnerte sich dunkel, daß man sie auf ein Schiff verschleppt hatte, das durch ein großes ›M‹ am Schornstein gekennzeichnet war. Das war alles, was man aus ihr herausbrachte. Alles übrige waren wirre Faseleien.«

Pitt wartete darauf, daß Zac seinen Bericht fortsetzte, doch der verfiel in Schweigen und steckte seine erloschene Pfeife von neuem in Brand. Ein süßlich-aromatischer Duft erfüllte den Raum.

»Menschenhandel ist ein mieses Geschäft«, bemerkte Pitt knapp.

Zac nickte. »Das sind nur drei von hundert ähnlichen Fällen, die alle irgendwie mit der Person Bruno von Tills verknüpft sind. Wollte ich Ihnen vorlesen, was in den Akten der INTERPOL darüber alles zusammengetragen ist, wir säßen in einem Monat noch hier.

»Meinen Sie, daß von Till selbst hinter diesen Unternehmungen steckt?«

»Nein. Der alte Fuchs ist viel zu gerissen, um sich selbst die Finger schmutzig zu machen. Er organisiert bloß den Transport. Er hat sich ganz auf den Schmuggel spezialisiert, auf Schmuggel in ungewöhnlich großem Umfang allerdings.«

»Aber warum zum Teufel hat man diesem Schwein denn noch nicht das Handwerk gelegt?« fragte Pitt bestürzt und erbost zugleich.

»Ich traue mich fast nicht, Ihnen darauf eine Antwort zu geben.« Zac schüttelte traurig den Kopf. »Die Polizei der halben Welt hat bereits versucht, von Till auf frischer Tat zu ertappen – er ist uns noch nie ins Netz gegangen. Seine Schiffe sind wohl schon an die tausend Mal gefilzt worden, nie wurde etwas gefunden. Und jeder Agent, den wir in die *Minerva Lines* eingeschleust haben, war nach kurzer Zeit ein toter Mann.«

Pitt sah gedankenverloren den Rauchkringeln nach, die von Zacs Pfeife aufstiegen. »So klug ist keiner. Jeder Mensch macht irgendwann einen Fehler.«

»Wir haben es weiß Gott oft genug versucht. Jeder Quadratzentimeter seiner Schiffe ist untersucht worden. Wir haben sie Tag und Nacht auf See beschattet, an den Docks überwacht und selbst die Schotts auf Hohlräume hin abgeklopft. Ich kann Ihnen wenigstens zwanzig Zollfahnder aufzählen – Spitzenleute, die ihr Handwerk von Grund auf verstehen –, die es sich zur Lebensaufgabe gemacht haben, von Till hochzunehmen.«

Pitt steckte sich eine neue Zigarette an und sah Zac fest in die Augen. »Warum erzählen Sie mir das alles?«

»Weil Sie uns vielleicht helfen können.«

Pitt saß einen Moment schweigend da. Die Wunde auf seiner Brust begann abermals zu jucken. »Und wie?« fragte er schließlich.

Für einen kurzen Augenblick flackerte es in Zacs Augen tückisch auf. »Soweit ich gesehen habe, haben Sie ein recht gutes Verhältnis zu von Tills Nichte.«

»Ich habe mit ihr geschlafen, wenn Sie das meinen.«

»Wie lange kennen Sie sie bereits?«

»Wir sind uns gestern am Strand zum erstenmal begegnet.«

Zac sah ihn überrascht an, dann zog ein verständnisvolles Lächeln über sein Gesicht. »Entweder sind Sie ein echter Casanova, oder Sie sind ein passionierter Lügner.«

»Betrachten Sie es, wie Sie wollen«, erwiderte Pitt mit Gleichmut. Er stand auf und reckte sich. »Ich weiß, was Sie vorhaben. Sie können es vergessen.«

»Woher wollen Sie das wissen?«

»Es liegt doch auf der Hand.« Pitt lächelte verschmitzt. »Sie wollen, daß ich meine Freundschaft mit Teri vertiefe, damit ich als eine Art Hausfreund in von Tills Familie aufgenommen werde. Dann hätte ich freien Zugang zu seiner Villa und könnte beobachten, was der alte Kerl treibt.«

Zac kniff die Augen zusammen. »Sie begreifen außergewöhnlich schnell, mein lieber Pitt. Also, sind Sie mit von der Partie?«

»Es geht nicht.«

»Darf ich fragen, weshalb?«

»Ich war gestern abend bereits bei von Till zum Essen zu Gast, und wir haben uns nicht im besten Einvernehmen getrennt. Er hat sogar seinen Hund auf mich gehetzt.«

Das war natürlich stark untertrieben. Aber Pitt hatte einfach keine Lust, die ganze Geschichte noch einmal durchzukauen. Er hatte bloß einen Wunsch: einen schönen, eisgekühlten Drink.

»Zuerst schlafen Sie mit seiner Nichte, und anschließend speisen Sie mit Bruno von Till zu Abend.« Zac schüttelte ungläubig den Kopf. »Sie gehen wirklich forsch ran.«

Pitt zuckte nur die Achseln.

»Schade«, fuhr Zac fort. »Sie hätten uns unter Umständen eine große Hilfe sein können.« Er zog an seiner Pfeife. »Wir überwachen die Villa schon seit geraumer Zeit, doch bis jetzt haben wir noch nichts Verdächtiges feststellen können. Wir haben uns allerdings auch nur bis auf zweihundert Meter an das Haus herangewagt. Andernfalls hätten wir von Tills Mißtrauen geweckt. Wir hatten schon gehofft, unsere Tarnung als Fremdenführer hätte endlich Früchte getragen, als Colonel Zeno Sie und von Tills Nichte festnahm.«

»*Colonel* Zeno?«

Zac nickte und legte eine effektvolle Pause ein.

»Ja. Er und Captain Darius sind Beamte der griechischen Gendarmerie. Rein rangmäßig steht Zeno um einige Stufen über mir.«

»Es gibt bei der Polizei den Rang eines Colonels?« fragte Pitt noch einmal. »Das scheint mir ungewöhnlich.«

»Nicht, wenn Sie sich vor Augen halten, wie das griechische Polizeiwesen aufgebaut ist. Mit Ausnahme von Athen und einigen anderen Großstädten, die ihre eigene kommunale Polizei haben, wird die polizeiliche Gewalt im gesamten Land von der Gendarmerie ausgeübt, einer gut ausgerüsteten und ausgebildeten Einheit der Armee.«

Das war Pitt neu. »Deshalb also der Einsatz von Zeno und Darius. Doch wie steht es mit Ihnen, Inspektor? Seit wann darf denn ein amerikanischer Rauschgiftspezialist in Griechenland arbeiten? Das ist doch völlig ungebräuchlich.«

»Normalerweise ja«, erwiderte Zac säuerlich. Sein Blick verdüsterte sich. »Aber von Till ist leider kein normaler Fall. Wenn wir ihn endlich dingfest gemacht haben, verringern sich die großen internationalen Verbrechen um etwa zwanzig Prozent. Vielleicht gibt Ihnen das eine Vorstellung davon, was für einen Gangster wir in von Till vor uns haben.«

Zac hatte sich in Wut geredet. Er brach ab und holte tief Luft. Dann fuhr er mit ruhigerer Stimme fort: »Gewöhnlich arbeitet die Polizei eines jeden Landes für sich. Für die internationale Zusammenarbeit und den internationalen Informationsaustausch ist

INTERPOL zuständig. Erfahre ich also beispielsweise durch einen meiner Verbindungsmänner in der Unterwelt, daß ein Schiff mit einer Ladung Rauschgift unterwegs nach England ist, teile ich das einfach INTERPOL London mit, und die wiederum setzen Scotland Yard davon in Kenntnis. Der Sache nachzugehen und die Rauschgiftgeschichte auffliegen zu lassen ist dann Aufgabe des Yard.«

»Das scheint doch ein reibungslos und effektiv funktionierendes System zu sein.«

»Ist es auch. Mit von Till werden wir auf diese Weise allerdings nicht fertig«, seufzte Zac. »Für einen Verbrecher seines Kalibers arbeitet das System einfach zu schwerfällig. Weiß Gott, wie oft wir schon versucht haben, ihn in eine Falle zu locken. Er hat sich bisher stets unbeschadet aus der Affäre gezogen. Doch das wird jetzt anders.« Zac schlug mit der Faust auf den Tisch. »Die Regierungen aller betroffenen Länder sind übereingekommen, ein überstaatliches Fahndungsbüro einzurichten, dem sämtliche nationale Polizeieinrichtungen zur Verfügung stehen. Die Leitung dieses Büros ist Militärs übertragen.« Der Inspektor brach ab und sah Pitt nachdenklich an.

»Es tut mir leid, wenn ich ein bißchen ausführlich geworden bin, Pitt«, meinte er endlich entschuldigend. »Ich hoffe, ich habe Ihre Frage, weshalb ich hier auf Thasos bin, zu Ihrer Zufriedenheit beantwortet.«

Pitt sah Zacynthus prüfend an. Der Inspektor machte den Eindruck eines erfolgsgewohnten Mannes. Aus seinem ganzen Verhalten sprachen Zuversicht und Selbstvertrauen. Doch gleichzeitig glaubte Pitt in seinen Augen auch eine gewisse Unsicherheit zu erkennen, die uneingestandene Furcht, von Till am Ende doch zu unterliegen. Pitts Verlangen nach einem Drink wurde immer stärker.

»Wo sind denn die anderen Leute Ihres Teams?« fragte er. »Bisher habe ich nur drei von ihnen kennengelernt.«

»Einer, ein britischer Inspektor, verfolgt an Bord eines Zerstörers der Royal Navy die *Queen Artemisia*. Ein türkischer Beamter überwacht sie mit einer alten DC-3 aus der Luft.« Zac ratterte es herunter, als ob er aus einem Telefonbuch vorläse. »Zwei Detektive der französischen Sûreté Nationale halten sich, getarnt als Dockarbeiter, im Hafen von Marseille auf und erwarten dort die Ankunft der *Queen Artemisia*.«

Plötzlich befiel Pitt eine ungeheure Müdigkeit. Nun machte sich bemerkbar, daß er die letzten zwei Tage unentwegt auf den Beinen gewesen war. Zacs Stimme schien unversehens aus weiter Ferne zu kommen, und was er sagte, kam Pitt mit einem Male ziemlich unbedeutend vor. Er fragte sich, wie lange er sich wohl noch würde wachhalten können. Er rieb sich die Augen, schüttelte heftig den Kopf und zwang sich mit Gewalt, aufmerksam zu bleiben.

»Zac, alter Freund.« Zum erstenmal sprach Pitt den Inspektor mit seinem Spitznamen an. »Könnten Sie mir wohl einen Gefallen tun?«

»Wenn es in meiner Macht liegt, *alter Freund*.« Zac lächelte zögernd.

»Wenn Teri freigelassen wird, könnten Sie sie dann vielleicht mir übergeben?«

»*Sie* wollen Teri überwachen?« Zac zog die Augenbrauen hoch und machte große, erstaunte Kinderaugen. Steve McQueen hätte es nicht besser gekonnt. »Haben Sie irgendwelche Schandtaten mit ihr vor?«

»Nein«, erwiderte Pitt ernst. »Aber Sie müssen sie ja wohl oder übel freilassen. Und dann wird sie unverzüglich zu ihrem Onkel stürmen und von ihm verlangen, Schritte gegen Sie zu unternehmen. Niemand ist rachsüchtiger als eine beleidigte Frau. Das wird dem Alten natürlich zu denken geben, und in weniger als einer Stunde hat er Ihren ganzen schönen Polizeiring gesprengt.«

»Sie unterschätzen uns«, entgegnete Zacynthus würdevoll. »Wir haben einen solchen Fall durchaus eingeplant. Natürlich tauchen wir sofort unter, wenn wir Teri freilassen. Bis zum Morgengrauen haben wir uns dann eine neue Tarnung zugelegt.«

»Aber was nützt Ihnen das dann noch?« wandte Pitt ein. »Wenn von Till erst einmal weiß, wie dicht Sie ihm auf den Fersen sind, wird er garantiert nichts mehr unternehmen, was ihn auch nur im mindesten belasten könnte.«

»Das klingt einleuchtend.«

»Das klingt nicht nur einleuchtend – ich habe, verflucht noch eins, bestimmt recht.«

»Und wenn ich Teri Ihnen übergäbe?« fragte Zac zögernd.

»Sobald von Till Teris Verschwinden bemerkt – vielleicht hat er es bereits entdeckt –, wird er ganz Thasos auf den Kopf stellen, um sie wiederzufinden. Das Gescheiteste wäre es deshalb, sie an Bord der *First Attempt* zu verstecken. Dort wird er sie gewiß nicht vermuten, wenigstens so lange nicht, wie er nicht sicher weiß, daß sie sich nicht mehr auf der Insel aufhält.«

Zac sah Pitt lange an. Merkwürdig, dachte er, daß ein Mensch, der aus einer einflußreichen und angesehenen Familie kommt, derartige Risiken und Gefahren auf sich nimmt. Gedankenverloren klopfte er seine Pfeife aus.

»Gut, einverstanden«, murmelte er endlich. »Vorausgesetzt natürlich, die Dame macht keine Scherereien.«

»Das glaube ich nicht.« Pitt grinste. »Sie hat andere Dinge im Kopf als den internationalen Rauschgiftschmuggel. Vermutlich macht es ihr sehr viel mehr Spaß, sich mit mir zusammen auf der *First Attempt* zu verkriechen, als einen weiteren langweiligen Abend mit ihrem Onkel zu verbringen. Und im übrigen: Wenn Sie mir eine Frau zeigen, die sich nicht ab und zu nach einem kleinen Abenteuer sehnt, dann zeige ich Ihnen . . .«

Er brach ab, als sich die Tür öffnete und Giordino, gefolgt von Zeno, hereinspaziert kam. Ein breites Grinsen zog sich über dessen pausbäckiges Gesicht. In der Hand hielt er eine Flasche Metaxa-Brandy.

»Schau, was Zeno gefunden hat.« Giordino schraubte den Deckel von der Flasche und roch probeweise daran. Er schnitt eine verzückte Grimasse. »Eigentlich sind unsere Kidnapper gar keine so unsympathischen Leute. Was meinst du, Dirk?«

Pitt lachte. Zu Zeno gewandt, erwiderte er: »Sie müssen nachsichtig mit Giordino sein. Schon der bloße Anblick von Schnaps stimmt ihn euphorisch.«

»Wenn das so ist«, grinste Zeno, »haben wir ja eine Menge gemeinsam.« Er ging zum Schreibtisch und setzte ein Tablett mit vier Gläsern darauf ab.

»Wie geht's Darius?« fragte Pitt.

»Er ist schon wieder auf den Beinen«, entgegnete Zeno. »Aber er wird wohl noch ein paar Tage humpeln.«

»Sagen Sie ihm, es täte mir leid«, meinte Pitt entschuldigend. »Ich bedaure . . .«

»Sie brauchen sich nicht zu entschuldigen«, schnitt ihm Zeno das Wort ab. »In unserem Beruf kommen solche Dinge eben vor.« Er reichte Pitt ein Glas. Sein Blick fiel auf Pitts blutdurchtränktes Hemd. »Sie haben ja auch Ihr Fett abbekommen.«

»Das habe ich von Tills Hund zu verdanken«, entgegnete Pitt und hielt sein Glas prüfend gegen das Licht.

Zac nickte stumm. Allmählich begann er zu begreifen, weshalb Pitt von Till so haßte. Er lehnte sich gemütlich auf seinem Stuhl zurück und ließ die Arme herunterhängen. Er durfte ihm Teri getrost anvertrauen – Pitt sann auf Rache, nicht auf Sex.

»Solange Sie an Bord der *First Attempt* bleiben, halten wir Sie über Funk auf dem laufenden.«

»Gut«, erwiderte Pitt kurz. Er nippte an seinem Brandy. Wohlige Wärme durchströmte seinen Magen. »Ich muß Sie noch um einen Gefallen bitten, Zac. Könnten Sie vielleicht als Mitglied des Fahndungsbüros ein paar offizielle Anfragen an die zuständigen deutschen Behörden richten?«

»Selbstverständlich. Was möchten Sie denn wissen?«

Pitt hatte sich bereits ein Blatt Papier und einen Stift vom Schreibtisch genommen. »Ich schreibe Ihnen alles auf, einschließlich der Namen und Adressen.« Er reichte das Blatt Zac. »Bitten Sie Ihre deutschen Kollegen, ihre Antwort an die *First Attempt* zu schicken. Ich habe Ihnen die Wellenlänge, auf der die NUMA sendet, beziehungsweise empfängt, ebenfalls aufgeschrieben.«

Zac überflog, was Pitt notiert hatte. »Ich verstehe nicht, was Sie damit bezwecken.«

»Ich folge damit nur einem unbestimmten Gefühl. Übrigens wann kommt die *Queen Artemisia* denn hier in Thasos vorbei?«

»Wie ... Aber woher wissen Sie das?«

»Ich bin ein Hellseher«, erwiderte Pitt knapp. »Wann also?«

»Morgen früh.« Zac betrachtete Pitt nachdenklich. »Irgendwann zwischen vier und fünf Uhr morgens. Warum fragen Sie?«

»Nur so aus Neugier.« Pitt kippte den restlichen Brandy in einem Zug hinunter. Die Tränen schossen ihm in die Augen, und er glaubte, sein Magen stünde in Flammen.

»Mein Gott«, flüsterte er heiser. »Das Zeug brennt ja wie Schwefelsäure.«

13. Kapitel

Die schaumgekrönte Bugwelle wurde flacher und verebbte endlich ganz, als die *Queen Artemisia* an Fahrt verlor und beidrehte. Rasselnd wurde der Anker herabgelassen, und mit einem Ruck stand das alte Schiff still. Die Positionslichter verlöschten, und die *Queen Artemisia* war nur noch als schemenhafte Silhouette gegen die schwarze See zu erkennen.

Etwa fünfzig Meter von ihr entfernt dümpelte eine alte Holzkiste auf den kurzen Wellen – eine jener Kisten, wie sie zu Tausenden und aber Tausenden auf den Meeren und Wasserwegen in aller Welt dahintreiben. Die Aufschrift: »Diese Seite nach oben« stand auf dem Kopf. Alles in allem schien sie ein ganz gewöhnliches Stück Treibgut zu sein. Eins allerdings zeichnete sie aus: Sie war nicht leer.

Im Inneren seines Verstecks fluchte Pitt leise, als eine Welle die Holzkiste gegen seinen Kopf schlug. Dabei schluckte er versehentlich Wasser und mußte entsetzlich husten. Es war wahrhaftig kein Vergnügen, mit diesem Kasten über dem Kopf zu schwimmen. Doch immerhin war er gut getarnt, wenn sehr bald die Sonne ihre ersten Strahlen über das Meer schicken würde. Er blies seine Schwimmweste noch etwas praller auf und richtete dann durch die beiden Gucklöcher seinen Blick erneut auf das Schiff.

Die *Queen Artemisia* lag völlig ruhig da. Nur das schwache Summen ihrer Generatoren und das leise Plätschern der Wellen gegen ihren Rumpf war zu vernehmen. An Bord herrschte Totenstille. Pitt lauschte eine geraume Zeit, doch nichts war zu hören: Niemand schritt über das Deck, keiner bellte irgendwelche Befehle, keine Maschine lief – nichts. Es war geradezu gespenstisch still. Die *Queen Artemisia* glich einem Geisterschiff.

Man hatte den Steuerbordanker herabgelassen. Pitt arbeitete sich an die Ankerkette heran, die Kiste mit dem Kopf ständig vorwärtsschiebend. Die sanfte Brise erleichterte ihm die Arbeit, und schon nach kurzer Zeit stieß die Kiste gegen die Ankerkette. Rasch entledigte Pitt sich seiner Sauerstoff-Flasche und hängte sie mit dem Tragegurt an eines der mächtigen Kettenglieder. Dann streifte er Flossen, Taucherbrille und Schnorchel ab und machte sie am Luftschlauch der Sauerstoff-Flasche fest, so daß das ganze Bündel dicht unter der Wasseroberfläche an der Ankerkette hing.

Er griff nach der Kette und blickte an ihr hoch. Man konnte nicht weit sehen, die Kette verschwand irgendwo in der Dunkelheit. Pitt mußte an Teri denken, die in diesem Augenblick in einer gemütlichen Koje auf der *First Attempt* schlummerte. Er sah ihren zarten, geschmeidigen Körper vor sich und fragte sich, was er zum Teufel eigentlich bei der *Queen Artemisia* zu suchen hatte.

Ihm fiel ein, daß Teri ihm genau dieselbe Frage gestellt hatte, als er sie auf das Forschungsschiff brachte. »Warum verschleppst du mich auf ein Schiff?« hatte sie gefragt. »Was habe ich denn hier zu suchen? Ich kann in diesem Aufzug doch nicht einmal an Deck gehen.« Dabei hatte sie demonstrativ den Saum ihres Negligés bis zu den Schenkeln gelüftet. »Was sollen diese ehrenwerten Wissenschaftler von mir denken?«

»Ich glaube, sie werden sich freuen«, hatte Pitt gelacht. »Du bist vermutlich das hübscheste Mädchen, das sie seit Jahren gesehen haben.«

»Und was ist mit Onkel Bruno?«

»Erzähl ihm einfach, du seist zum Einkaufen aufs Festland gefahren. Erzähl ihm irgend etwas. Du bist schließlich volljährig.«

»Ich werde ganz ungezogen sein«, hatte sie gekichert. »Ach, ich finde das alles herrlich aufregend.«

»So kann man die Sache auch betrachten«, hatte Pitt erwidert. Teri hatte exakt so reagiert, wie er es erwartet hatte.

Pitt hangelte sich die Ankerkette empor. Es dauerte nicht lange, bis er die Ankerklüse erreicht hatte. Vorsichtig spähte er über die Reling und lauschte auf irgendwelche Geräusche. Doch nichts war zu hören, nichts bewegte sich. Das Vordeck war wie leergefegt.

Er schwang sich über die Reling und huschte geduckt zum Fockmast hinüber. Der Umstand, daß das ganze Schiff in völliger Finsternis dalag, machte die Sache einfach. Normalerweise tauchten nachts die Ladelampen das ganze Mittschiff und Vordeck in gleißend helles Licht, was Pitt das Herumschnüffeln erheblich erschwert hätte. Er stellte ebenfalls mit Genugtuung fest, daß auch die Wasserspur, die er über das Deck zog, auf diese Weise unsichtbar blieb. Er verharrte, lauschte nochmals. Wieder nichts. Über dem ganzen Schiff lag eine ungewöhnliche, fast bedrückende Stille. Irgend etwas stimmte nicht. Pitt konnte nicht sagen, was ihn störte, doch er wurde ein unheimliches Gefühl nicht los.

Er zog das Tauchermesser aus der Scheide, die er um seine Wade geschnallt hatte, und bewegte sich, das Messer kampfbereit im Griff, langsam vorwärts.

Vor ihm tauchte die Brücke auf. Pitt konnte sie in ihrer gesamten Breite überblicken. Soweit er erkennen konnte, lag sie vollkommen verlassen da. Rasch schlich er zu ihr hinüber und kletterte geräuschlos die stählerne Leiter hinauf. Das Ruderhaus war leer. Die Speichen des Steuerrads ragten bizarr in die Dunkelheit, und das kupferne Kompaßhaus schimmerte matt ihm fahlen Licht der Sterne. Der Zeiger des Maschinentelegraphen stand auf »Maschinen Stop«, wie Pitt aus dem Anstellwinkel schloß. Sein Blick fiel auf ein Abstellbrett, das man am Sims des Backbordfensters befestigt hatte. Er tastete darüber hinweg; eine Aldis-Lampe lag darauf, ein Leuchtfeuergewehr, Leuchtmunition und eine Stablampe. Danach hatte er gesucht. Eilig zog er seine Badehose aus und wickelte sie um die Lampe, so daß, als er sie anknipste, nur noch ein schwacher Lichtschimmer durch den Stoff drang. Dann durchsuchte er das Ruderhaus Quadratzentimeter für Quadratzentimeter. Er leuchtete das Deck, die Schotts und die Armaturen ab, konnte jedoch nichts von Belang entdecken.

Er ging nach hinten ins Kartenhaus. Dort herrschte eine geradezu peinliche Ordnung. Die Vorhänge waren zugezogen, und auf dem Kartentisch lagen, fein säuberlich aufgeschichtet und mit akkuraten Bleistiftlinien überzogen, die Karten. Pitt schob das Messer zurück in die Scheide, legte die Stablampe auf den Tisch und studierte die Eintragungen auf den Karten. Sie stimmten genau mit dem bekannten Kurs der *Queen Artemisia* überein. Pitt bemerkte, daß die Bleistiftlinien kein einziges Mal korrigiert oder ausradiert worden waren, was sonst bei Kurskorrekturen immer der Fall war. Diese Präzision war eigentlich fast unglaublich.

Das Logbuch lag aufgeschlagen da. Der letzte Eintrag lautete: »3 Uhr 52. Passieren Leuchtfeuer Brady Field. Peilwinkel 312°, Entfernung circa acht Seemeilen. Wind Südwest, Windgeschwindigkeit 2 Knoten. Alles läuft glatt.« Die Eintragung war also kaum eine Stunde, bevor Pitt von der Küste losgeschwommen war, gemacht worden. Aber wo war die Mannschaft? Kein Wachposten war auf Deck, und die Rettungsboote waren sicher in den Davits festgezurrt. Wieso stand niemand am Ruder? Das Ganze war äußerst mysteriös.

Pitt hatte einen trockenen Mund, die Zunge klebte ihm am Gaumen. Sein Kopf dröhnte, er konnte nicht mehr klar denken. Er verließ das Ruderhaus, schloß vorsichtig die Tür hinter sich und ging den Gang zur Kapitänskajüte hinunter. Die Tür war angelehnt. Er stieß sie sacht auf und schlüpfte geräuschlos in die kleine Kammer.

Wie in einem Film, dachte Pitt. Auch die Kajüte war sauber und ordentlich aufgeräumt. Alles befand sich genau da, wo es hingehörte. Am hinteren Schott hing ein dilettantisches Ölgemälde: die *Queen Artemisia* in voller Pracht. Die Farben waren freilich ziemlich geschmacklos: Das Schiff trieb auf einer tiefroten See dahin. Pitt schüttelte sich. Das Bild trug die Signatur einer gewissen Sophia Remick. Auf dem Schreibtisch stand das unvermeidliche Foto einer rundgesichtigen Matrone, die dem Betrachter aus einem billigen Metallrahmen entgegenlächelte. Unterschrieben war das Foto mit »Dem Käpt'n meines Herzens von seiner ihn liebenden Frau«. Wer diese Dame war, konnte man der Unterschrift nicht entnehmen; aber der Handschrift nach zu urteilen, handelte es sich hier abermals um Sophia Remick. Neben der Fotografie lag, gegen einen leeren Aschenbecher gelehnt, eine Pfeife. Das war alles, was auf dem Schreibtisch zu sehen war. Pitt nahm die Pfeife und roch an dem ausgekohlten Pfeifenkopf. Die Pfeife war seit Monaten nicht mehr benutzt worden. Überhaupt: Nichts schien in diesem Zimmer je gebraucht zu werden. Pitt kam sich wie in einem Museum vor.

Er trat wieder auf den Gang hinaus und zog die Tür hinter sich zu. Fast wünschte er, daß ihn plötzlich jemand anschnauzte: Was haben Sie hier zu suchen? Diese absolute Stille verursachte ihm Beklemmung. Schon fing er an, in den finsteren Ecken Gestalten zu sehen. Das Herz schlug ihm bis zum Halse, und er mußte stehen bleiben, um die aufkommende Panik niederzukämpfen.

Bald graut der Morgen, schoß es ihm durch den Kopf. Ich muß mich beeilen. Er hastete den Korridor entlang und riß, ohne seine Zeit mit weiteren Vorsichtsmaßnahmen zu verschwenden, die Türen zu sämtlichen Kabinen auf. Sie glichen sich wie ein Ei dem anderen. Im trüben Licht seiner Stablampe bot sich ihm stets dasselbe Bild dar: nichtssagende Unpersönlichkeit wie in der Kapitänskajüte. Auch im Funkraum entdeckte er nichts, was ihn interessiert hätte. Das Funkgerät war betriebsbereit und auf eine VHF-Frequenz eingestellt; doch vom Funker war weit und breit nichts zu sehen. Pitt schloß die Tür und wandte sich nach achtern.

Es war schwierig, in der Finsternis nicht die Orientierung zu verlieren. Kajütstreppen, Backbord- und Steuerbordkorridore, alles floß in Pitts Vorstellung zu einem einzigen langen schwarzen Tunnel zusammen. Es war grotesk, wie er, nackt und nur mit einer Schwimmweste bekleidet, in diesem Alptraum aus grauer Farbe und stählernen Wänden umherirrte. Er stolperte über die Schwelle eines Schotts und stürzte.

Die Stablampe fiel ihm aus der Hand und schlug auf dem Stahlboden auf. Durch sein Schienbein jagte ein stechender Schmerz. Er fluchte leise.

Das Glas der Lampe war zersplittert und das Licht erloschen. Auf allen Vieren und böse vor sich hinschimpfend, kroch Pitt auf dem Boden herum, um die Lampe wiederzufinden. Wertvolle Sekunden verstrichen, bis er endlich den runden Aluminiumschaft ertastet hatte. Ihm schwante fürchterliches Unheil, als er sie aufhob und das gesplitterte Glas in der Badehose klirren hörte. Doch das Glück war ihm hold gewesen: Er hatte bei seinem Sturz die Lampe nur versehentlich ausgeknipst. Als er sie wieder einschaltete, brannte sie wie zuvor. Ein Stein fiel ihm vom Herzen. Er leuchtete den Gang hinunter. In dem matten Licht tauchte undeutlich eine Tür auf mit der Aufschrift: *Frachtraum 3*.

Der Frachtraum besaß etwa die Ausmaße eines Rittersaales. Die dicht nebeneinander stehenden Regale reichten vom Boden bis hinauf zur Decke und waren über und über mit Säcken vollgestopft. Ein süßer, würziger Duft lag in der Luft. Das mußte der Kakao aus Ceylon sein. Pitt nahm sein Tauchermesser und schlitzte einen Sack etwa einen Zentimeter lang auf. Ein Sturzbach kleiner, harter Bohnen prasselte auf den Boden. Pitt kniete sich hin – es war tatsächlich Kakao.

Plötzlich schreckte er auf. Er hatte ein Geräusch vernommen, schwach, doch nicht zu überhören. Er lauschte angestrengt und versuchte, es zu identifizieren. Doch so plötzlich, wie es entstanden war, erstarb das Geräusch auch wieder, und von neuem breitete sich gespenstische Stille über das Schiff aus. Wie auf einem Geisterschiff, dachte Pitt. Vielleicht war die *Queen Artemisia* ein moderner *Fliegender Holländer*? Eigentlich fehlten nur noch die wilde, aufgewühlte See und ein wütender Orkan, der den Regen über das Deck peitschte, um die Illusion vollkommen zu machen.

Der Frachtraum enthielt nichts weiter von Belang. Pitt ging hinaus und machte sich auf den Weg zum Maschinenraum. Es dauerte ein paar ewig lange Minuten, bis er endlich den richtigen Niedergang gefunden hatte. Das Herz des Schiffes war vom Laufen der Maschinen noch ganz warm, und es roch nach heißem Öl. Pitt blieb auf der Laufplanke über dem riesigen Antriebsaggregat stehen. Im Schein der Lampe schimmerten glattpolierte Rohrleitungen, die sich parallel über die Schotts dahinzogen und in ein Gewirr aus Ventilen und Meßuhren mündeten. Dann fiel der Lichtstrahl auf ein achtlos beiseite geworfenes, öliges Knäuel Putzwolle. Darüber, etwa in Brusthöhe, befand sich ein Abstellbrett, auf dem einige Tassen standen. Sie enthielten noch Reste Kaffee. Ein Werkzeugkasten war ebenfalls auf der Ablage abgestellt; die Werkzeuge lagen kreuz und quer durcheinander und waren mit öligen Fingerabdrücken übersät. Wenigstens in diesem Teil des Schiffes wird also gearbeitet, dachte Pitt sonderbar erleichtert. Es herrschte sogar ein außergewöhnliches Wirrwarr in diesem Maschinenraum. Normalerweise wurde gerade hier auf Ordnung und Sauberkeit geachtet. Aber wo steckten bloß der Maschinist und seine Leute? Sie konnten sich doch nicht in Luft aufgelöst haben!

Pitt schickte sich gerade an zu gehen, als er plötzlich innehielt. Da war es wieder: Das gleiche, seltsame Geräusch wie vorhin durchlief das Schiff. Pitt stand reglos da und hielt den Atem an. Es war ein gedämpfter, kreischender Laut, wie wenn der Kiel eines Schiffes über ein Korallenriff schürft oder Kreide quietschend über eine Schiefertafel fährt. Unwillkürlich überlief Pitt eine Gänsehaut. Das Geräusch hielt vielleicht zehn Sekunden an, dann hörte man dumpf Metall auf Metall krachen, und abermals herrschte Ruhe.

Kalter Schweiß trat Pitt auf die Stirn, und das Herz krampfte sich ihm zusammen. Er war nahe daran, vor Angst hysterisch zu werden. Er glaubte von dem stickigen Dunkel des Maschinenraums erdrückt zu werden; jeden Augenblick erwartete er, Schritte auf sich zukommen zu hören. Er konnte keinen klaren Gedanken mehr fassen. Du mußt abhauen, sofort, jagte es ihm durch den Kopf. In namenlosem Entsetzen rannte er los. Durch endlos lange Korridore, Treppen hinauf, Treppen hinab, bis endlich kühle, klare Luft ihn umfing.

Es war noch immer dunkel. Die Ladekräne streckten sich in den nachtschwarzen Himmel, der übersät war mit unzähligen funkelnden Sternen. Kaum ein Lüftchen wehte. Der Schiffsrumpf ächzte leise in der sanften Dünung, und der Funkmast, der sich über der Brücke erhob, schwankte kaum merklich. Pitt stand einen Augenblick unentschlossen da und sah hinüber auf die kaum eineinhalb Kilometer entfernte Küste von Thasos. Dann glitt sein Blick über die schwarze Wasserfläche. Er mußte sich beeilen.

Die Taschenlampe brannte immer noch. Pitt hatte vergessen, sie auszuknipsen, als er auf das offene Deck getreten war. Er schalt sich selbst wegen seiner Unbesonnenheit. Ich hätte genauso mit einer Leuchtreklame darauf hinweisen können, daß ich hier bin, dachte er. Rasch schaltete er das Licht aus. Dann wickelte er vorsichtig, um sich nicht zu schneiden, seine Badehose von der Lampe, klaubte die einzelnen Glassplitter zusammen und warf sie über Bord. Ein feines Plätschern tönte von unten herauf. Schon wollte er auch die Stablampe hinunterwerfen, als er sich schlagartig besann. Es mußte doch auffallen, wenn die Lampe so plötzlich verschwand. Ebensogut hätte er dem Kapitän der *Queen Artemisia* – sofern es überhaupt einen gab – ein Telegramm mit der Mitteilung schicken können: »Habe kurz vor Tagesanbruch Ihr Schiff von Bug bis Heck unter die Lupe genommen.« Gegenüber diesen gewitzten Gangstern, die bisher sämtlichen Nachstellungen der Polizei entkommen waren, wäre das ziemlich ungeschickt gewesen. Ob nicht schon das fehlende Glas ihr Mißtrauen erwecken würde, blieb ohnehin abzuwarten.

Während er zum Ruderhaus zurückeilte, warf er einen Blick auf seine Uhr. Es war 4 Uhr 13. In Kürze würde die Sonne aufgehen. Er sprang die Treppe hinauf, legte die Stablampe auf das Abstellbrett und hetzte zurück zum Vordeck. Die Zeit drängte. Bis es hell wurde, mußte er von Bord sein, sein Tauchgerät übergezogen und sich bereits gute zweihundert Meter vom Schiff entfernt haben.

Plötzlich raschelte etwas hinter Pitts Rücken. Zu Tode erschrocken wirbelte er herum, und noch im selben Augenblick hatte er sein Tauchermesser hervorgezogen. Er glaubte vor Angst verrückt zu werden. Sie dürfen mich doch jetzt nicht mehr erwischen, dachte er verzweifelt, wo ich schon fast wieder in Sicherheit bin.

Aber es war nur eine Möwe, die sich auf einem Ventilator niedergelassen hatte. Der Vogel starrte Pitt aus einem Auge an und legte den Kopf schief, so, als wäre er äußerst verwundert, daß sich um diese Zeit ein Mann in Badehose auf dem leeren Schiff herumtrieb. Pitt begannen noch im nachhinein die Knie zu zittern. Matt lehnte er sich gegen die Reling und versuchte, seine Nerven wieder unter Kontrolle zu bringen. Diese schauerliche Atmosphäre, die über dem ganzen Schiff lastete, hatte ihm schwer zugesetzt. Wenn das so weiterging, würde er in Kürze entweder einen Herzinfarkt oder einen nervösen Zusammenbruch erleiden. Er holte ein paarmal tief Atem, bis sich die Angst allmählich verflüchtigte.

Ohne sich noch einmal umzudrehen, kletterte er über die Reling und ließ sich langsam die Ankerkette hinab. Erleichtert atmete er auf, als er in das kühle Wasser glitt. Es war wie das Erwachen aus einem Alptraum.

Pitt brauchte nur eine Minute, um sich seine Badehose anzuziehen und das Tauchgerät wieder anzulegen. Es war nicht ganz einfach, im Dunkeln die Sauerstoff-Flasche umzuschnallen, zumal ihn die Wellen wieder und wieder gegen den Schiffsrumpf stießen. Doch Pitt kamen die reichen Erfahrungen zugute, die er während seiner Ausbildung zum Rettungstaucher gemacht hatte – er wurde deshalb relativ leicht mit allen Schwierigkeiten fertig. Dann sah er sich nach der Holzkiste um. Doch die war inzwischen fortgeschwemmt worden; die aufkommende Flut hatte sie zurück zur Küste getrieben.

Eine Weile ließ er sich selbst auch treiben und überlegte, ob er nicht unter der *Queen Artemisia* durchtauchen und ihren Rumpf untersuchen sollte. Das merkwürdig kreischende Geräusch, das er gehört hatte, stammte, wie ihm schien, von außen, zum Beispiel vom Kiel. Dann fiel ihm jedoch ein, daß er keine Taucherlampe bei sich hatte. Und den hundert Meter langen, mit rasiermesserscharfen Entenmuscheln besetzten Rumpf mit bloßen Händen abzutasten war zu gefährlich. Nicht umsonst war das Kielholen, mit dem früher auf britischen Schiffen die Vergehen der Matrosen geahndet wurden, eine gefürchtete Strafe gewesen. Pitt erinnerte sich an die Erzählung von dem englischen Kanonier, der 1786 vor der Küste von Timor kielgeholt worden war, weil er heimlich einen Schluck Brandy aus der Flasche des Kapitäns genommen hatte. Der arme Teufel war unter Wasser über den ganzen Kiel des Schiffes geschleift worden, bis am Ende sein Körper so zerschnitten war, daß bereits das Weiß der Rippen und der Wirbelsäule durchschimmerte. Doch hätte er das überleben können, wäre nicht vom Geruch seines Blutes ein Schwarm Mako-Haie angelockt worden. Noch bevor die Mannschaft ihn wieder an Bord hieven konnte, waren die Fische bereits über ihn hergefallen; vor den entsetzten Augen der Männer rissen sie ihn in Sekundenschnelle in tausend Stücke. Und das war bestimmt kein Seemannsgarn. Pitt wußte, wozu ein Hai fähig war. Er selbst hatte einmal vor der Küste von Key West einen Jungen an Land gezogen, der von einem Hai angefallen worden war. Der Junge hatte noch gelebt, doch von seinem linken Schenkel hing das Fleisch nur noch in Fetzen herab.

Pitt fluchte vor sich hin. Er durfte jetzt keinesfall an solche Dinge denken. In seinen Ohren begann es zu dröhnen. Fingen seine Sinne an, ihm einen Streich zu spielen? Heftig schüttelte er den Kopf. Aber das Dröhnen blieb, ja, es wurde sogar noch lauter. Dann wußte er, woher es kam.

Die Schiffsgeneratoren waren angeworfen worden. Im selben Moment wurden auch die Positionslichter eingeschaltet, und mit gewaltigem Getöse sprang der Dieselmotor der *Queen Artemisia* an.

Es wurde höchste Zeit, daß Pitt sich aus dem Staub machte. Er klemmte sich das Mundstück des Luftschlauches zwischen die Zähne und tauchte weg. Er konnte in dem tintenschwarzen Wasser nicht die Hand vor Augen sehen. Um ihn herum blubberten die aufsteigenden Luftblasen. Bei jeder Schwimmbewegung stieß er mit aller Macht die Flossen nach hinten. Nachdem er etwa fünfzig Meter zurückgelegt hatte, tauchte er auf und sah sich vorsichtig nach dem Schiff um.

Die *Queen Artemisia* lag noch immer unbeweglich vor Anker. Wie ein Schattenriß hob sie sich gegen den langsam heller werdenden Osthimmel ab. Nacheinander leuchteten einzelne Lampen auf, die ein trübes, weißes Licht über das Schiff warfen, vermischt mit dem grünen Schein der Steuerbordnavigationslampen. Einige Minuten lang geschah nichts weiter. Dann wurde, ohne daß irgendein Signal gegeben oder ein Befehl gerufen worden wäre, rasselnd der Anker gelichtet. Mit metallischem Klirren schlug er gegen die Ankerklüse. Im Ruderhaus ging das Licht an – es war noch immer leer. Das gibt es doch nicht! sagte Pitt sich wieder und wieder. Das kann es einfach nicht geben! Doch es kam noch gespenstischer. Leise schrillte ein Signal vom Semaphor der *Queen Artemisia* über die nachtstille See, und das Schiff setzte sich langsam in Bewegung, das Geheimnis ihrer teuflischen Ladung in ihrem stählernen Leib bergend.

Pitt spürte das von der Schiffsschraube aufgewühlte Wasser um sich her vibrieren. Aus sicherer Entfernung beobachtete er, wie das Schiff an ihm vorbeizog. Er hatte nichts zu befürchten: fünfzig Meter waren genug; kein Wachposten konnte ihn in der Dunkelheit entdecken.

Eine unsägliche Enttäuschung bemächtigte sich seiner, als er der langsam entschwindenden *Queen Artemisia* nachblickte. Tatenlos mußte er zusehen, wie das Schiff seinen verhängnisvollen Weg fortsetzte, an Bord genug Heroin, um die ganze Bevölkerung der nördlichen Hemisphäre high zu machen. Er konnte es nicht aufhalten. Einhundertdreißig Tonnen Heroin! Gott allein wußte, welch verheerende Folgen es haben würde, wenn diese unvorstellbare Menge

Rauschgift tatsächlich auf den Markt geworfen würde. Wie viele Menschen würde es in Not und Verzweiflung stürzen? Wie vielen den Tod bringen? Wie viele würden fortan nur noch das erbärmliche Leben eines Fixers führen, immer auf der Jagd nach neuem Stoff, um die tödliche Sucht zu befriedigen?

Aber warum befaßte er sich eigentlich mit dieser ganzen Angelegenheit? Er riskierte Leib und Leben für eine Sache, für die er nicht bezahlt wurde und die ihn im Grunde auch gar nichts anging. Seine Aufgabe war es sozusagen, einer ins Stocken geratenen ozeanographischen Expedition wieder auf die Sprünge zu helfen, nicht mehr und nicht weniger. Warum also jagte er hinter Rauschgiftschmugglern her? War er nicht ein Idiot, wenn er glaubte, ausgerechnet *er* könnte die Gangster hinter Schloß und Riegel bringen? Er schalt sich einen Don Quichotte. Laß doch Zacynthus, INTERPOL und alle Bullen der Welt sich mit von Till herumärgern. Es ist schließlich ihr Beruf und nicht meiner.

Dann besann er sich. Er hatte schon viel zuviel Zeit mit diesen unsinnigen Überlegungen vergeudet. Er mußte zur Küste zurück. Noch einen letzten Blick warf er auf die *Queen Artemisia*, deren Lichter allmählich in der Dämmerung verblaßten, und setzte sich in Bewegung. Als er an Land watete, erhob sich die Sonne bereits über den Horizont und warf ihre ersten Strahlen über die felsigen Gipfel der Berge von Thasos.

Pitt schnallte die Sauerstoff-Flasche ab und ließ sie zusammen mit Schnorchel und Taucherbrille in den weichen, feuchten Sand fallen. Zu Tode erschöpft, ließ er sich niedersinken. Er fühlte sich völlig zerschlagen. In seinem Kopf jedoch arbeitete es.

Er hatte an Bord der *Queen Artemisia* kein Krümelchen Heroin finden können. Auch die Zollinspektoren oder die Rauschgiftfahndung würde dort nichts entdecken, soviel war sicher. Vielleicht verbarg man das Rauschgift unterhalb der Wasserlinie? Das war eine Möglichkeit. Aber die Fahnder waren sicher mißtrauisch genug gewesen, im Dock auch den Rumpf des Schiffes zu untersuchen. Recht überlegt, war es überhaupt unmöglich, eine Ladung dieser Größe irgendwo auf dem Schiff zu verbergen. Und wenn das Heroin vor jedem Anlaufen eines Hafens im Meer versenkt und später wieder geborgen wurde? Doch auch das war unwahrscheinlich. Um einen hundertdreißig Tonnen schweren Container aus dem Meer zu hieven, brauchte es umfangreiche Aktionen. Und die hätten den Beschattern der *Queen Artemisia* unbedingt auffallen müssen. Nein, die Schmuggler mußten eine äußerst raffinierte Methode ausgeklügelt haben, die es ihnen ermöglichte, daß ihnen die ganze Zeit über noch niemand auf die Schliche gekommen war.

Er zeichnete mit dem Tauchermesser nachdenklich die Umrisse der *Queen Artemisia* in den feuchten Sand. Plötzlich kam ihm die Idee, einen Aufriß des Schiffes anzufertigen. Er erhob sich und malte einen etwa neun Meter langen Rumpf in den Sand. Dann fügte er die Brücke, die Frachträume und den Maschinenraum hinzu, alles, woran er sich erinnern konnte. Langsam nahm das Schiff Gestalt an. Pitt war so in seine Arbeit vertieft, daß er gar nicht den alten Mann bemerkte, der mit einem Esel den Strand entlanggewandert kam.

Der Mann blieb stehen und sah Pitt eine Weile zu. Sein runzliges Gesicht blieb völlig unbewegt. Er zuckte nur verständnislos die Achseln und ging dann weiter.

Der Aufriß war inzwischen fast vollendet. Pitt setzte spaßeshalber noch einen winzigen Vogel auf einen der Ventilatoren und trat dann einen Schritt zurück, um sein Kunstwerk zu betrachten. Er lachte laut auf, als er die Skizze sah. Sie hatte weit eher Ähnlichkeit mit einem schwangeren Wal als mit einem Schiff.

Eine Weile hielt er seinen Blick nachdenklich auf die Zeichnung gerichtet. Und plötzlich glitt ein versonnener Ausdruck über seine Züge. Eine phantastische Idee keimte in ihm auf. Sollte es möglich sein? Zunächst kam ihm der Gedanke allzu absurd und abwegig vor, doch je länger er darüber nachdachte, um so plausibler erschien er ihm. Schnell zeichnete er noch ein paar weitere Linien in den Sand, bis die Skizze seiner Vorstellung entsprach. Als er endlich fertig war, zog ein grimmig-zufriedenes Lächeln über sein Gesicht. Verdammt gerissen, dieser von Till, dachte er. Wirklich verdammt gerissen!

Seine Müdigkeit war im Nu verflogen. All die Rätsel, die ihn die ganze Zeit über gequält hatten, waren mit einem Male gelöst. Eigentlich hätte er schon viel früher darauf kommen müssen. Eilig packte er sein Tauchgerät zusammen und stieg die Düne hoch, hinter der die Küstenstraße entlanglief. Sein Vorsatz, sich künftig aus dieser Affäre herauszuhalten, war vergessen. Jetzt wurde es erst richtig interessant! Auf der Düne angekommen, drehte er sich noch einmal um und sah zurück auf die Skizze im Sand.

Die Wellen spülten über sie hinweg. Der Schornstein war bereits verwischt.

14. Kapitel

Giordino lag ausgestreckt neben dem blauen Lieferwagen und schlief tief und fest. Eine Feldstechertasche diente ihm als Kopfkissen, und die Beine hatte er bequem auf einen großen Felsbrocken gelagert. Über seinen zur Seite gestreckten Arm rannten geschäftig Ameisen hin und her. Pitt schüttelte lächelnd den Kopf. Giordino besaß die wirklich einmalige Gabe, immer und überall zu schlafen.

Pitt spritzte Giordino ein paar Tropfen Salzwasser von seinen Schwimmflossen ins Gesicht. Doch der ließ sich davon nicht aufschrecken. Er öffnete nur träge ein Auge und sah mit offensichtlichem Mißfallen zu Pitt hoch.

»Aha! Sie da! Unser Posten macht die Augen auf.« Der Sarkasmus in Pitts Stimme war nicht zu überhören. »Du hältst deine Umgebung ja wirklich mit eiserner Aufmerksamkeit unter Beobachtung.«

Wie eine Jalousie zog sich jetzt langsam auch das Lid von Giordinos zweitem Auge in die Höhe. »Immer mit der Ruhe«, brummte er schläfrig. »Während der ganzen Zeit habe ich das Nachtfernrohr nicht von meinen Augen genommen, als du dir die Holzkiste über den Kopf gestülpt hattest. Aber du kannst doch nicht im Ernst verlangen, daß ich dir auch noch zuschaue, wie du im Sand spielst.«

»Entschuldige, alter Freund«, lachte Pitt. »Wie konnte ich nur an deiner Zuverlässigkeit zweifeln? Ich nehme an, das kostet mich wieder einen Drink?«

»Zwei«, murmelte Giordino.

»Einverstanden.«

Giordino setzte sich auf und kniff gegen die blendende Sonne die Augen zusammen. »Was hast du erreicht?«

»Robert Southey hatte bestimmt die *Queen Artemisia* im Sinn, als er schrieb:

›Kein Lüftchen rührt sich, die See liegt still,
Das Schiff erscheint wie tot.‹

Man könnte es vielleicht so ausdrücken: Dadurch, daß ich nichts entdeckt habe, habe ich etwas entdeckt.«

»Das ist mir zu hoch.«

»Ich erklär's dir später.« Pitt nahm sein Tauchgerät und verstaute es auf der Ladefläche des Lieferwagens. »Hat Zac sich schon gemeldet?«

»Bis jetzt noch nicht.« Giordino richtete den Feldstecher auf von Tills Villa. »Er und Zeno haben zusammen mit einer Abteilung der hiesigen Polizei von Tills Anwesen umstellt. Darius ist im Depot geblieben und überwacht den gesamten Funkverkehr, falls zwischen Schiff und Insel Funksprüche ausgetauscht werden.«

»Ein ganz schöner Aufwand, leider völlig für die Katz.« Pitt rieb sich die Haare trocken und kämmte sich. »Wo kann man denn hier in der Nähe einen Drink und eine Zigarette auftreiben?«

Giordino deutete mit dem Kopf auf das Führerhaus des Wagens. »Mit einem Drink kann ich nicht dienen; aber auf dem Vordersitz liegt ein Päckchen griechischer Lungentorpedos.«

Pitt beugte sich in den Wagen. Auf dem Sitz lag eine schwarzgoldene Schachtel Hellas Special. Er zog eine der flachen Zigaretten heraus und zündete sie an. Er war überrascht von ihrem milden

Geschmack. Aber nach den zermürbenden letzten zwei Stunden hätte ihm wahrscheinlich sogar Seegras geschmeckt.

»Hat dir jemand gegen das Schienbein getreten?« fragte Giordino sachlich.

Pitt blies eine Rauchwolke in die Luft und besah sich sein Bein. Direkt unter dem rechten Knie klaffte eine tiefe Wunde, aus der Blut sickerte. Rund um die Wunde schillerte die Haut grün, blau und violett.

»Nein. Ich bin nur über eine Türschwelle gestolpert.«

»Ich werde dich verbinden.« Giordino stand auf und holte einen Erste-Hilfe-Kasten aus dem Handschuhfach des Wagens. »Eine Operation wie diese ist nur ein Kinderspiel für Doktor Giordino, den weltbekannten Hirnchirurgen. Oder möchtest du lieber, daß ich dein Herz verpflanze? Darin bin ich ebenfalls Meister.«

Pitt versuchte vergeblich, sich das Lachen zu verbeißen. »Paß besser auf, daß du zuerst die Mullbinde auflegst und dann das Pflaster darüberklebst, nicht umgekehrt!«

Giordino zog ein gequältes Gesicht. »Und so etwas muß *ich* mir bieten lassen.« Dann grinste er verschlagen. »Das Lachen wird dir schon noch vergehen, wenn ich dir meine Rechnung präsentiere.«

Pitt zuckte nur ergeben die Achseln, und Giordino begann, sein Bein zu verarzten. Keiner sagte mehr etwas. Pitt sah hinunter auf das tiefblaue Meer und den weißen Sand. Dieser zog sich wie ein breites Band etwa zehn Kilometer nach Süden, bis er, zu einem dünnen Strich zusammengeschrumpft, hinter einer Landzunge verschwand. Die ganze Küste entlang war keine Menschenseele zu erblicken. Wie in einem Reiseprospekt, dachte Pitt. Und in der Tat erinnerte der einsame Strand an die kitschig-romantischen Aufnahmen von einer Südseeinsel.

Pitt beobachtete die Brandung. Die halbmeterhohen Wellen brachen sich schon gute hundert Meter vor der Küste, um kurz darauf an den Strand zu schlagen, wo sie sich in weiten Bögen verliefen. Es mußte herrlich sein, dort zu schwimmen oder zu surfen. Für einen Taucher war der Strand allerdings wenig interessant. Das Wasser war viel zu seicht und der sandige Meeresboden viel zu gleichförmig. Tauchen lohnte sich nur an Küstenstrichen mit einem felsigen Untergrund, auf dem sich die ganze Meeresflora und -fauna entfalten konnte.

Pitt wandte den Blick nach Norden. Hier hatte die Küste ein ganz anderes Aussehen. Schroff ragten hohe, kahle Klippen aus der See empor, von dem ständigen Anprall der Wogen tief zerklüftet. Große Felsbrocken und klaffende Spalte zeugten von der zerstörerischen Gewalt des Meeres. Ein Abschnitt der Steilküste zog Pitts Aufmerksamkeit besonders auf sich.

Merkwürdigerweise waren hier die Klippen nur wenig zerfurcht. Das Meer zu Füßen der jäh abstürzenden Felswand war ruhig und von tiefgrüner Farbe. Die vielleicht einhundert Quadratmeter große glatte Wasserfläche nahm sich inmitten der ringsum tosenden, gischtenden See seltsam unwirklich aus.

Welche Schönheiten mochten sich dem Taucher in diesem Gewässer darbieten? Vermutlich hatte sich vor urewiger Zeit, als der Meeresspiegel noch niedriger lag, die See tief in die Felswand gefressen und unzählige Unterwasserhöhlen geschaffen, in denen sich nun die ganze Gewalt des anbrandenden Meeres fing.

»So, das hätten wir«, meinte Giordino humorvoll. »Dem großen Giordino verdankt die medizinische Wissenschaft einen weiteren Triumph.« Pitt ließ sich von solchen Späßen nicht täuschen: Giordino pflegte dahinter nur seine ernsthafte Sorge um ihn, Pitt, zu verbergen. Giordino erhob sich, bedachte Pitt mit einem langen Blick vom Scheitel bis zur Sohle und schüttelte den Kopf. »Du siehst mit all diesen Verbänden langsam wie das Reifenmännchen aus der Michelin-Werbung aus.«

»Du hast recht.« Pitt stand auf und machte ein paar Schritte, um sein steifgewordenes Bein zu lockern. »Ich fühle mich auch wie ein abgefahrener Pneu.«

»Da kommt Zac«, sagte Giordino plötzlich.

Der schwarze Mercedes kam vorsichtig einen unbefestigten Feldweg aus den Bergen heruntergefahren. Eine braune Staubwolke wirbelte hinter ihm her. Als er noch einen halben Kilometer entfernt war, bog er auf die asphaltierte Küstenstraße ein, die Staubwolke löste sich auf, und bald danach konnte Pitt über dem Tosen der Brandung das Nageln des Dieselmotors vernehmen. Das Auto hielt neben dem Lieferwagen, Zacynthus und Zeno stiegen aus. Hinter ihnen folgte mit schmerzverzerrtem Gesicht Darius. Zacynthus trug eine alte, verschossene Armeeuniform; seine Augen waren gerötet und hatten tiefe Schatten. Er machte den Eindruck eines Menschen, der eine lange, durchwachte Nacht hinter sich hatte. Pitt grinste ihn mitfühlend an.

»Na, Zac, wie war's? Haben Sie etwas Interessantes herausgebracht?«

Zac schien ihn gar nicht zu hören. Müde zog er seine Pfeife aus der Tasche, stopfte sie und steckte sie umständlich in Brand. Dann ließ er sich langsam auf den Boden nieder, legte sich hin und stützte sich auf dem Ellbogen auf.

»Diese Schweinehunde, diese elenden Schweinehunde«, grollte er. »Die ganze Nacht haben wir hinter irgendwelchen Büschen und Bäumen gelegen und gewartet. Die Moskitos haben uns die Hölle heißgemacht. Und was haben wir entdeckt?« Er holte tief Luft, um sich selbst eine Antwort zu geben, doch Pitt kam ihm zuvor.

»Sie haben nichts entdeckt. Weder etwas gesehen noch gehört.«

Zac rang sich ein schwaches Lächeln ab. »Sieht man das so deutlich?« fragte er.

»Ja«, meinte Pitt trocken.

»Es ist zum Verzweifeln.« Zac hieb wütend seine Faust in den weichen Sand.

»Zum Verzweifeln?« gab Pitt zurück. »Ist das alles, wozu Sie noch fähig sind?«

Zacynthus setzte sich auf und zuckte hilflos die Achseln. »Ich bin einfach am Ende meines Lateins. Ich komme mir vor, als hätte ich einen steilen Berg erklommen, nur um festzustellen, daß der Gipfel in einen dichten Nebel gehüllt ist. Ich weiß nicht, ob Sie das verstehen. Aber ich habe es mir zur Lebensaufgabe gemacht, Verbrecher wie von Till zur Strecke zu bringen.« Er hielt inne und fuhr dann fast flüsternd fort: »Bisher habe ich noch jeden Fall gelöst. Ich kann doch jetzt nicht aufgeben. Wir müssen die *Queen Artemisia* aufhalten. Aber keines unserer wunderschönen Gesetze gibt uns die Handhabe dazu. Mein Gott, können Sie sich vorstellen, was geschieht, wenn diese Ladung Heroin je gelöscht werden sollte?«

»Ich habe mir schon meine Gedanken darüber gemacht.«

»Warum scheren wir uns eigentlich um die Verfassung?« fragte Giordino aufgebracht. »Ich würde einfach eine Haftmine am Rumpf des Schiffes anbringen, und *bums*« – er hieb mit der Faust in die hohle Hand – »wäre das ganze Problem aus der Welt geschafft. Sollen sich doch die Fische mit dem Heroin vergnügen.«

Zacynthus nickte nachdenklich. »Sie sind ein Mann der Tat, aber . . .«

». . . leider auch ziemlich einfältig«, fiel ihm Pitt ins Wort. Er grinste Giordino spöttisch an.

»Glauben Sie mir: Lieber wären mir hundert narkotisierte Fischschwärme als ein einziger Schuljunge, der fixt«, fuhr Zacynthus finster fort. »Aber das Schiff in die Luft zu sprengen, das hilft uns ja auch nicht sonderlich weiter. Das wäre so ähnlich, wie wenn man einem Oktopus einen Arm abhackte: Er wächst sofort wieder nach. Von Till könnte mit seiner Organisation ungestört sein mieses Geschäft weiterbetreiben. Ganz abgesehen davon, bliebe dann auch das Rätsel ungelöst, mit welchem – unbestritten genialen – Trick die Gangster ihre Ware Tausende von Kilometern weit transportieren und ungesehen an den Mann bringen können. Nein, wir müssen abwarten. Noch hat die *Queen Artemisia* nicht in Chicago angelegt. Vielleicht haben wir in Marseille Glück.«

»Das glaube ich kaum«, warf Pitt skeptisch ein. »Selbst wenn es einem Ihrer französischen Dockarbeiter gelingen sollte, sich unbemerkt an Bord zu schleichen, er würde dort nichts Verdächtiges entdecken. Das kann ich Ihnen garantieren.«

»Woher wollen Sie das mit solcher Bestimmtheit wissen?« Zacynthus sah überrascht auf. »Sagen Sie bloß, Sie hätten das Schiff bereits durchsucht!«

»Er bringt die unmöglichsten Dinge fertig«, brummte Giordino. »Er ist zur *Artemisia* hinübergeschwommen, als sie vor Anker lag.«

Zacynthus, Zeno und Darius blickten Pitt neugierig an.

Der lachte und schnippte seine Zigarette in den Straßengraben. »Es wird wohl Zeit«, meinte er, »daß ich endlich mit meiner Geschichte herausrücke. Bitte setzen Sie sich, meine Herren. Ich werde Ihnen berichten, was ich erlebt habe.«

Der Major holte sich eine neue Zigarette aus dem Führerhäuschen und steckte sie an.

Als Pitt geendet hatte, herrschte eine lange Zeit betretenes Schweigen. Dann lehnte er sich gegen den Wagen und blickte nacheinander in die sorgenvollen Gesichter um ihn herum.

»So sieht die Sache also aus.« Er lächelte bitter. »Ein hübscher kleiner Plan, nicht wahr? Die *Queen Artemisia* dient in Wirklichkeit nur dazu, alle Welt in die Irre zu führen. Nach außen hin ist sie ein ganz normaler Frachter. Niemand, der diesen alten Pott sieht, schöpft auch nur den geringsten Verdacht. Doch in ihrem Inneren arbeitet eine hochmoderne, automatische Zentralsteuerung. Ich habe ein solches Steuersystem im letzten Jahr auf einem alten Schiff im Pazifik kennengelernt. Es ersetzt eine ganze Schiffsmannschaft; man braucht höchstens noch sechs oder sieben Leute zur Bedienung.«

»Alle Achtung«, murmelte Giordino beeindruckt.

»Sämtliche Kajüten und Kabinen sind deshalb reine Attrappen. Sie sind wie Theaterbühnen eingerichtet. So oft die *Queen Artemisia* einen Hafen anläuft, taucht von irgendwoher eine komplette Schiffsbesatzung auf und spielt Matrosenleben.«

»Verzeihen Sie, wenn ich ein bißchen schwer von Begriff erscheine«, sagte Zeno in bestem Oxford-Englisch. »Aber wozu soll dieses Theater denn gut sein?«

»Sie müssen sich das Leben auf der *Queen Artemisia* wie das auf einem historischen Schloß vorstellen«, erklärte Pitt. »Das Feuer in den Kaminen brennt, die Wasserleitungen sind in Ordnung, und die Fußböden sind stets sauber und blank gebohnert. Aber an fünf Tagen in der Woche wohnt niemand dort; das Schloß öffnet nur am Wochenende seine Pforten für die Touristen. Das heißt in unserem Fall: für die Zollinspektoren.«

»Und der Verwalter?« fragte Zeno, nicht ganz überzeugt.

»Der Verwalter wohnt im Keller.«

»Im Keller wohnen die Ratten«, bemerkte Darius trocken.

»Sehr richtig, Darius«, pflichtete Pitt ihm bei. »Wir haben es hier allerdings mit zweibeinigen Ratten zu tun.«

»Keller, Theaterbühnen, Schlösser. Eine Schiffsbesatzung, die aus dem Nichts auftaucht. Worauf wollen Sie eigentlich hinaus?« fragte Zacynthus unwillig. »Kommen Sie doch endlich zur Sache!«

»Ich bin schon dabei. Um mit der Schiffsbesatzung zu beginnen: Sie taucht keineswegs aus dem Nichts auf, sondern von unterhalb des Rumpfes.«

Zacynthus' Augen verengten sich. »Das ist doch Unsinn.«

»Ganz und gar nicht«, grinste Pitt. »Höchstwahrscheinlich ist unsere gute *Queen Artemisia* nämlich schwanger.«

Einen Augenblick lang herrschte verblüfftes Schweigen. Alle vier starrten Pitt vollkommen verständnislos an. Giordino fand als erster die Sprache wieder.

»Du willst uns zum besten halten. Aber ich glaube, du hast wenig Glück damit.«

»Zac hat selbst zugegeben, daß von Tills Trick genial sein muß«, entgegnete Pitt. »Und er hat recht. Die Genialität liegt in der Unkompliziertheit. Die *Queen Artemisia* wie auch alle anderen Frachter der *Minerva Lines* können von einem Satellitenschiff aus gesteuert werden, das am Außenbord anlegt. Überdenken Sie das einmal. Es ist gar nicht so lächerlich, wie es klingt.« Pitt sprach mit einer so ruhigen Sicherheit, daß der allgemeine Zweifel langsam zu schwinden begann.

»Die *Queen Artemisia* hat diesen zwei Tage dauernden Umweg doch nicht gemacht, um von Till eine Kußhand zuzuwerfen«, fuhr

Pitt fort. »Der Alte muß mit dem Schiff Verbindung aufgenommen haben.« Er wandte sich an Zacynthus und Zeno. »Sie und Ihre Leute haben die Villa überwacht. Sie haben keinerlei Signale bemerkt?«

»Weder das, noch hat jemand das Haus betreten oder verlassen«, erwiderte Zeno.

»Dasselbe gilt für das Schiff«, erklärte Giordino. Er sah Pitt neugierig an. »Niemand außer dir hat seinen Fuß auf den Strand gesetzt.«

»Und gefunkt wurde ebenfalls nicht«, sagte Pitt. »Darius hat nicht einen Funkspruch aufgefangen. Und als ich den Funkraum betrat, war er leer.«

»Allmählich begreife ich, was Sie meinen«, meinte Zac nachdenklich. »Wenn von Till mit der *Queen* Kontakt aufgenommen hat, konnte das nur unter Wasser geschehen. Aber so ganz kaufe ich Ihnen die Geschichte mit dem Satellitenschiff noch nicht ab.«

»Überlegen Sie folgendes«, versuchte Pitt ihn zu überzeugen. »Womit kann man weite Strecken unter Wasser zurücklegen? Womit eine ganze Bordbesatzung transportieren? Wo hundertdreißig Tonnen Heroin verstauen? Und wonach schließlich würden weder der Zoll noch die Rauschgiftfahndung suchen? Es gibt nur eine einleuchtende Antwort: nach einem Unterseeboot.«

»Das würde manches erklären. Aber es kann nicht sein.« Zac schüttelte den Kopf. »Unsere Taucher haben sämtliche Schiffe der *Minerva Lines* auch unterhalb der Wasserlinie abgesucht. Nirgends wurde dabei ein U-Boot entdeckt.«

»Man wird auch nie eines entdecken.« Pitts Mund war wie ausgedörrt. Die Zigarette schmeckte nach Pappe. Er schnippte die Kippe mitten auf die Straße und sah zu, wie der Teer rings um die Glut weich zu werden begann. »Nicht, daß Ihre Taucher blind wären. Sie suchen nur immer zum falschen Zeitpunkt.«

»Sie meinen, das U-Boot wird abgekoppelt, bevor die Schiffe anlegen?« fragte Zacynthus.

»So stelle ich mir das vor«, erwiderte Pitt.

»Und weiter? Wie spielt sich das Ganze Ihrer Meinung nach ab?«

»Dazu muß ich weiter ausholen und bei der *Queen Artemisia* in Shanghai beginnen.« Pitt hielt einen kurzen Moment inne, um sich zu sammeln. »Wenn Sie dort an den Kais des Whangpoo-Flusses gestanden wären und zugesehen hätten, wie das Schiff seine Ladung an Bord nahm, wäre Ihnen das wie eine ganz normale Frachtübernahme vorgekommen. In Säcken verpackt wurde als erstes das Heroin an Bord genommen und sofort hinunter in die Frachträume gebracht. Dort wurde es aber gar nicht erst gestaut, sondern wahrscheinlich gleich durch eine versteckte Luke weiter in das U-Boot verladen. Dann übernahm man die tatsächlich in den Frachtbriefen genannten Waren, um anschließend Ceylon anzulaufen. Dort wurden die Sojabohnen und der Tee gelöscht und statt dessen Kakao und Graphit an Bord genommen, alles ganz legal. Als nächstes folgte der Abstecher nach Thasos, höchstwahrscheinlich, um weitere Instruktionen von von Till einzuholen. Und nun geht es, mit einem kurzen Zwischenaufenthalt in Marseille, weiter nach Chicago.«

»Zwei Dinge sind mir noch nicht ganz klar«, warf Giordino jetzt ein.

»Und die wären?«

»Ich kenne mich nicht sonderlich gut mit U-Booten aus. Deshalb kann ich mir nicht so recht vorstellen, wie man ein U-Boot an einem größeren Schiff festmachen kann. Und zum zweiten: Wo kann man da denn hundertdreißig Tonnen Rauschgift unterbringen?«

»Dazu muß man das U-Boot natürlich umbauen«, räumte Pitt ein. »Es bereitet sicher keine unüberwindlichen technischen Schwierigkeiten, den Turm zu demontieren, damit sich das U-Boot glatt an den Kiel des Mutterschiffs anlegt. Und zu deiner zweiten Frage: Ein durchschnittliches U-Boot des Zweiten Weltkrieges hatte eine Wasserverdrängung von eintausendfünfhundert Tonnen. Es war knapp einhundert Meter lang, drei Meter hoch und neun Meter breit, war also gut zweimal so groß wie ein Einfamilienhaus. Hat man erst einmal die Torpedorohre, die Quartiere für die achtzigköpfige Mannschaft und alles überflüssige Zubehör ausgeräumt, wäre in einem solchen U-Boot durchaus Platz genug für das Heroin.«

Die ganze Zeit über hatte Zacynthus Pitt mit unverhohlener Skepsis betrachtet, doch allmählich schienen auch ihm Pitts Thesen einzuleuchten.

»Sagen Sie, Major«, fragte er nachdenklich, »welche durchschnittliche Geschwindigkeit könnte die *Queen Artemisia* mit einem U-Boot an ihrem Rumpf denn ungefähr erreichen?«

Pitt überlegte einen Augenblick. »Ich würde sagen: zwölf Knoten. Ohne U-Boot ist sie sicher fünfzehn bis sechzehn Knoten schnell.«

Zacynthus wandte sich an Zeno: »Gut möglich, daß der Major tatsächlich auf der richtigen Spur ist.«

»Ich weiß, woran Sie denken, Inspektor«, erwiderte Zeno. Und zu Pitt gewandt fügte er hinzu: »Uns sind nämlich schon häufig die überaus unterschiedlichen Reisegeschwindigkeiten der Schiffe der *Minerva Lines* aufgefallen.«

Zacynthus richtete seinen Blick wieder auf Pitt. »Und wann und wie wird das Heroin entladen?«

»Bei hohem Wasserstand und nachts. Tagsüber wäre es zu riskant. Das U-Boot könnte beispielsweise von einem Flugzeug aus gesichtet werden.«

»Das trifft es genau«, unterbrach ihn Zac aufgeregt. »Von Tills Frachter laufen ihre Zielhäfen regelmäßig erst nach Sonnenuntergang an.«

»Nun zum Entladen selbst.« Pitt nahm von Zacs Einwurf keinerlei Notiz. »Das U-Boot wird unmittelbar nach dem Einlaufen in den Hafen abgekoppelt. Da es weder Turm noch Periskop besitzt, kann es nur von der Wasseroberfläche aus durch das Hafenbecken geleitet werden. Das ist im übrigen auch die Achillesferse des gesamten Unternehmens: daß im Hafen das U-Boot entweder irgendwo aufläuft oder mit einem anderen Schiff kollidiert.«

»Zweifellos befindet sich an Bord des Bootes ein Lotse, der den Hafen wie seine eigene Westentasche kennt«, meinte Zacynthus nachdenklich.

»Ein erstklassiger Lotse ist für ein solches Unterfangen natürlich unabdinglich«, pflichtete ihm Pitt bei. »In der Dunkelheit auf diese

Weise ein U-Boot durch das seichte Gewässer zu dirigieren ist kein Kinderspiel.«

»Das nächste Problem wäre dann, einen Platz ausfindig zu machen, wo das Heroin gefahrlos entladen und fortgeschafft werden kann«, setzte Zac seine Überlegungen fort.

»Wie wäre es mit einer leerstehenden Lagerhalle«, warf Giordino ein. Er hatte die Augen geschlossen und sah aus, als ob er schliefe, doch Pitt kannte ihn gut genug, um zu wissen, daß ihm kein Wort entgangen war.

Pitt lachte. »Der Bösewicht, der um leerstehende Lagerhäuser herumschleicht, ist mit Sherlock Holmes ausgestorben. Grundbesitz im Hafen steht hoch im Kurs. Ein leerstehendes Gebäude würde sofort Verdacht erregen. Nebenbei wird, wie Zac dir sicher bestätigen kann, eine Lagerhalle von der Zollfahndung immer als allererstes durchsucht.«

Ein dünnes Lächeln umspielte die Lippen des Inspektors. »Major Pitt hat recht. Alle Docks und Lagerhäuser werden von unserem Dezernat und vom Zoll scharf überwacht, von der Hafenpolizei gar nicht zu reden. Nein, von Till hat sich auch hier einen raffinierten Trick einfallen lassen, so raffiniert jedenfalls, daß er all die Jahre hindurch gut und reibungslos funktioniert hat.«

Er machte eine längere Pause und fuhr dann leise fort: »Nun, wir haben jetzt wenigstens eine Spur. Zwar nur die Anfänge einer Spur, aber mit ein bißchen Glück werden sie uns am Ende zu von Till führen.«

»Offenbar haben Sie sich die Meinung des Majors zueigen gemacht. Wäre es da nicht das beste, wenn Darius unsere Kollegen in Marseille informierte?« Zenos Stimme klang, als wäre er noch sehr im Zweifel.

»Nein. Je weniger sie wissen, desto besser.« Zac schüttelte den Kopf. »Ich möchte von Till nicht mißtrauisch machen. Die *Queen Artemisia* muß das Heroin ungehindert nach Chicago bringen können.«

»Nicht schlecht«, grinste Pitt. »Sie möchten das Heroin als Köder verwenden?«

»Es liegt doch nahe«, nickte Zac, »daß jede größere Rauschgiftgang ihre Vertreter nach Chicago schickt, wenn das U-Boot dort einläuft.« Er sog an seiner Pfeife. »Das Rauschgiftdezernat wird ihnen einen herzlichen Empfang bereiten.«

»Vorausgesetzt, Sie wissen, wo das Rauschgift gelöscht wird«, fügte Pitt hinzu.

»Das werden wir schon herausbekommen«, versetzte Zacynthus zuversichtlich. »Die *Queen* wird frühestens in drei Wochen in das Gebiet der Großen Seen einlaufen. Damit bleibt uns Zeit genug, jedes Pier, jeden Hafen und jeden Yachtklub entlang der Küste zu filzen. Ganz unauffällig, versteht sich, und ohne das geringste Aufsehen zu erregen.«

»Das wird nicht einfach sein.«

»Sie unterschätzen die Polizei«, erwiderte Zacynthus gekränkt. »Wir sind zufällig Experten auf diesem Gebiet. Aber Sie können beruhigt sein. Mit letzter Sicherheit werden auch wir den Platz der Übergabe nicht ermitteln können. Wir werden uns damit begnügen müssen, ihn einigermaßen einzugrenzen. Aber das U-Boot läßt sich ja auch mittels Radar bis zu seinem endgültigen Ziel verfolgen. Und im geeigneten Moment schlagen wir dann zu.«

Pitt maß ihn mit einem skeptischen Blick. »Sie nehmen viel zuviele Dinge als selbstverständlich an.«

Zacynthus sah erstaunt auf. »Sie überraschen mich, Major. Sie selbst haben mich doch auf diese Fährte gesetzt. Auf die erste erfolgsversprechende Fährte nebenbei, auf die unser Dezernat und INTERPOL im Laufe einer zwanzig Jahre währenden Suche gestoßen sind. Sollten Sie an Ihrer eigenen Theorie schon wieder zweifeln?«

Pitt schüttelte den Kopf. »Nein, ich bin sicher, daß ich bezüglich des U-Bootes recht habe.«

»Woran stören Sie sich dann also?«

»Sie spielen ein Vabanquespiel, wenn Sie erst in Chicago aktiv werden wollen.«

»Wissen Sie einen besseren Ort, um die ganze Bande auf einmal in die Hand zu kriegen?«

»Zac, es können hundert Dinge passieren, bis die *Queen Artemisia* in Chicago ankommt«, redete Pitt leise und eindringlich auf den Inspektor ein. »Sie selbst haben vorhin gemeint, daß drei Wochen Zeit genug wären. Warum wollen Sie sie ausschließlich darauf verwenden, die Küste rings um Chicago abzusuchen? Ich fände es wesentlich ratsamer, erst noch ein Weilchen abzuwarten und weitere Erkundigungen einzuziehen, ehe Sie zum großen Schlag ausholen.«

Zac sah Pitt neugierig an. »Woran denken Sie?«

Pitt lehnte sich an den Wagen; die Sonne hatte das blaulackierte Metall bereits wieder gehörig aufgeheizt. Er warf einen langen Blick auf das Meer und sog die salzige Seeluft tief in seine Lungen. Für einige Augenblicke starrte er nur gedankenverloren vor sich hin. Dann plötzlich wußte er, was zu tun war. Er gab sich einen Ruck und wandte sich an Zacynthus:

»Zac, ich brauche zehn gute Leute und einen erfahrenen Fischer, der sich in den Gewässern um Thasos herum aufs genaueste auskennt.«

»Warum?« wollte der Inspektor wissen.

»Wenn von Till seine Schmuggelgeschäfte tatsächlich von seiner Villa aus lenkt und unter Wasser mit seinen Schiffen Kontakt aufnimmt, ist es höchst wahrscheinlich, daß er das von einem irgendwo auf der Insel versteckten Stützpunkt aus tut.«

»Und den wollen Sie finden?«

»Das habe ich vor«, bestätigte Pitt trocken. Er sah Zac antwortheischend an. »Also?«

Der Inspektor spielte nachdenklich mit seiner Pfeife. »Unmöglich«, antwortete er dann entschieden. »Ich kann das nicht zulassen. Sie sind ein fähiger Mann, Major, intelligent und entschlußkräftig. Und niemand weiß die große Hilfe, die Sie uns waren, höher zu schätzen als ich. Trotzdem: Wir dürfen es einfach nicht riskieren, daß von Till auf irgendeine Weise Wind von der Sache bekommt.

Ich bleibe dabei: Die *Queen Artemisia* muß das Heroin ungehindert nach Chicago bringen.«

»Aber von Till ist bereits gewarnt.« Pitt sprach sehr bestimmt. »Er weiß mit Sicherheit über Sie Bescheid. Der britische Zerstörer und das türkische Flugzeug, die die *Queen Artemisia* beschatten, haben ihn doch unmißverständlich darauf hingewiesen, daß INTERPOL hinter dem Heroin her ist. Legen Sie ihm deshalb jetzt das Handwerk, noch ehe er ein neues schmutziges Geschäft anfangen kann!«

»Von Till bleibt ungeschoren, solange die *Queen Artemisia* nicht von ihrem Kurs abweicht. Ich bestehe darauf!« Zacynthus verstummte, dann fuhr er ruhig fort: »Sie müssen das verstehen. Colonel Zeno, Captain Darius und ich sind Rauschgiftspezialisten. Wenn wir Erfolge haben wollen, müssen wir uns ganz auf diese eine Aufgabe konzentrieren und können uns nicht nebenbei auch noch mit Menschenhandel, Goldraub oder Fluchthilfe beschäftigen. Ich gebe zu, das klingt gefühllos; doch INTERPOL hat für die Verfolgung dieser Verbrechen eigene Dezernate eingerichtet, die ebenfalls über genug fähige Leute verfügen. Nein, tut mir leid. Vielleicht entwischt uns von Till am Ende. Aber dafür zerschlagen wir den größten Rauschgifthändlerring der USA, und der Heroinschmuggel ist für lange Zeit lahmgelegt.«

Eine Zeitlang herrschte Schweigen, dann legte Pitt zornig los: »Verdammt nochmal! Selbst wenn Sie das Heroin beschlagnahmen, selbst wenn es Ihnen gelingt, die Mannschaft des U-Bootes und jeden Dealer in den Vereinigten Staaten festzunehmen, so haben Sie noch immer nicht von Till das Handwerk gelegt. Im selben Augenblick, in dem er neue Abnehmer in den USA aufgetan hat, wird er doch gleich wieder mit einer Schiffsladung Rauschgift erscheinen.«

Pitt wartete gespannt auf die Reaktion, doch nichts geschah.

»Weder Giordino noch ich sind Ihnen unterstellt«, fuhr er fort. »Wir werden in Zukunft also nicht mehr mit Ihnen zusammen-, sondern auf eigene Faust arbeiten.«

Zacynthus' Lippen waren fest zusammengepreßt. Er starrte Pitt finster an, dann warf er einen Blick auf seine Uhr. »Wir vergeuden unsere Zeit. In einer Stunde muß ich auf dem Kavalla-Airport sein, wenn ich die Morgenmaschine nach Athen noch erreichen will.« Mit seiner Pfeife deutete er auf Pitt. »Ich kann mich leider nicht länger mit Ihnen auseinandersetzen. Ich stehe tief in Ihrer Schuld, Major, aber Sie lassen mir keine andere Wahl. So leid es mir tut, ich muß Sie und Captain Giordino wieder festnehmen.«

»Den Teufel werden Sie tun«, entgegnete Pitt kalt. »Wir werden uns einer Verhaftung widersetzen.«

»Dann muß ich Sie mit Gewalt arrestieren.« Zacynthus streichelte die 45er, die in einem Halfter an seiner Hüfte hing.

Giordino erhob sich träge und packte Pitt am Arm. Er grinste. »Soll ich denen einmal zeigen, wie schnell Giordino the Kid eine Pistole in der Hand hat?«

Giordino trug lediglich ein T-Shirt und eine Khaki-Hose. Wo konnte er da eine Waffe versteckt haben? fragte sich Pitt verwundert. Doch er wußte, daß man sich auf Giordino verlassen konnte. Er musterte seinen alten Freund mit einem halb hoffnungsvollen, halb zweifelnden Blick.

»Der Augenblick wäre nicht ungeeignet«, meinte er endlich.

Zacynthus schnallte umständlich die Lasche seines Halfters auf. »Was zum Teufel führen Sie jetzt schon wieder im Schild? Ich muß Sie warnen . . .«

»Warten Sie!« Das kam von Darius. »Wenn Sie gestatten, Herr Inspektor.« Der Grieche fletschte die Zähne, und auf seinem häßlichen Gesicht lag ein boshafter Ausdruck. »Ich habe mit den beiden ohnehin noch ein Hühnchen zu rupfen.«

Giordino ließ sich nicht aus der Ruhe bringen. Er ignorierte Darius und wandte sich mit einer solchen Gelassenheit an Pitt, als ob er ihn bäte, eine Schüssel Kartoffeln herüberzureichen. »Soll ich überkreuz oder aus der Hüfte ziehen?«

»Zieh aus dem Schritt«, erwiderte Pitt mehr neugierig als belustigt. »Das ist immer am eindrucksvollsten.«

»Halt! Schluß jetzt!« Zac fuchtelte irritiert mit seiner Pfeife herum. »Treiben Sie es nicht auf die Spitze!«

»Wie wollen Sie uns eigentlich drei Wochen lang auf Eis legen?« fragte Pitt.

Zacynthus zuckte die Achseln. »Politische Gefangene werden in griechischen Gefängnissen mit Vorzug behandelt. Colonel Zeno könnte vielleicht seinen Einfluß geltend machen und Ihnen eine Zelle mit Blick auf . . .« Zac brach mitten im Satz ab; sein Gesicht erstarrte, und er blieb wie angewurzelt stehen.

Eine winzige Pistole, nicht größer als eine gewöhnliche Schreckschußpistole, lag plötzlich in Giordinos Hand. Die bleistiftdicke Mündung zielte genau zwischen Zacynthus' Augenbrauen. Selbst Pitt riß verdutzt die Augen auf. Giordino hatte meisterlich geblufft; wohl keiner hatte erwartet, daß er tatsächlich eine echte Schußwaffe zum Vorschein bringen würde.

15. Kapitel

Eine Pistole, und ist sie auch noch so klein und unscheinbar, kann Wunder wirken. Aller Augen waren auf einmal wie gebannt auf Giordino gerichtet. Der jedoch stand lässig grinsend da und zielte mit ausgestrecktem Arm auf Zacynthus. Es war eine geradezu klassische Pose. Jeder Schauspieler hätte Giordino um diese gekonnte Show beneidet.

Keiner gab einen Laut von sich. Endlich schlug sich Zeno mit der Faust in die hohle Hand. Ein resigniertes Lächeln zog sich über sein Gesicht. »Ich selbst habe meine Leute vor Ihnen gewarnt; Sie seien gefährlich und gerissen. Und trotzdem war ich dumm genug, Ihnen auch noch Gelegenheit zu geben, mir das zu beweisen.«

»Uns machen diese unangenehmen Auftritte ebenso wenig Spaß wie Ihnen«, erwiderte Pitt kühl. »So, und jetzt müssen uns die Herren leider entschuldigen. Wir dürfen uns empfehlen.«

»Ich habe keine Lust, von einem Schuß in den Rücken niedergestreckt zu werden.« Giordino deutete mit seiner winzigen Pistole nachlässig auf die drei Polizisten. »Nehmen wir ihnen lieber vorher ihre Schießeisen ab.«

»Nicht nötig«, entgegnete Pitt. »Sie werden nicht schießen.« Er sah Zacynthus und dann Zeno tief in die Augen. Er begegnete beide Male einem ernsten und nachdenklichen Blick. »Schließlich sind sie Ehrenmänner. Auch wenn es ihnen schwerfällt, schießen werden sie nicht. Nebenbei wäre es auch nicht sonderlich intelligent. Der ganze Wirbel, den es um unseren Tod gäbe, käme doch nur von Till zugute. Er wäre der einzige, der davon profitierte, wenn wir uns nun gegenseitig zerfleischten. Alles, was ich brauche, sind zehn Stunden Zeit. Ich verspreche Ihnen, Zac, noch vor Sonnenuntergang sehen wir uns wieder. Und dann werden wir uns in einer freundlicheren Atmosphäre unterhalten.« Pitt war sich seiner Sache äußerst sicher. In Zacynthus' Zügen hingegen spiegelte sich vollkommene Verwirrung wider.

Einen Moment lang war Pitt versucht, das Katz-und-Maus-Spiel noch weiter fortzusetzen, doch dann überlegte er es sich anders. Zacynthus und Zeno schienen sich zwar mittlerweile in ihre Niederlage gefügt zu haben, Darius jedoch hatte noch nicht aufgegeben. Der Riese machte zwei Schritte auf Pitt und Giordino zu, sein Gesicht war hochrot vor Zorn, und langsam öffneten und schlossen sich seine gewaltigen Fäuste. Es wurde höchste Zeit, den geordneten Rückzug anzutreten.

Pitt schob sich langsam vorn um den Lieferwagen herum, immer darauf bedacht, daß Darius ihm nicht zu nahe kam. Dann kletterte er hinter das Steuer, zuckte leicht zusammen, als er sich auf dem glühend heißen Sitz niederließ, und startete den Wagen. Dann stieg, mit vorgehaltener Pistole und ohne die drei Männer neben dem Mercedes aus den Augen zu lassen, auch Giordino in das Führerhäuschen. Pitt legte den ersten Gang ein und fuhr, ohne sonderlich zu hetzen, in Richtung Brady Field davon. Mehrere Male sah er noch in den Rückspiegel, bis die Straße in einen Olivenhain einbog und die drei Männer nicht mehr zu sehen waren.

»Es geht doch nichts über ein gutes Schießeisen«, seufzte Giordino und machte es sich auf seinem Sitz bequem.

»Laß deine Minipistole einmal sehen.«

Giordino reichte sie ihm. »Du mußt zugeben, sie kam uns verdammt gelegen.«

Pitts Blick wanderte zwischen Straße und Pistole hin und her. Es handelte sich um eine Mauser des Kalibers 25, eine Waffe, die vor allem von Damen bevorzugt wurde. Sie ließ sich leicht in einer Handtasche oder unter einem Strumpfband unterbringen. Allerdings war sie nicht für größere Schußweiten geeignet. Bereits auf eine Entfernung von drei Metern war ihre Treffsicherheit nur noch gering, selbst in der Hand von Könnern.

»Da haben wir ja unerhörtes Glück gehabt«, murmelte er.

»Was heißt hier Glück?« fuhr Giordino auf. »Allein diese Pistole hat doch das Blatt gewendet.«

»Hättest du geschossen, wenn Zac und seine Jungen aufgemuckt hätten?« wollte Pitt wissen.

»Ohne mit der Wimper zu zucken«, erwiderte Giordino überzeugt. »Ich hätte natürlich nur auf Arme oder Beine geschossen. Schließlich wäre es zu unhöflich, jemanden zu erschießen, mit dem man bereits einen Brandy getrunken hat.«

»Du hast zweifellos noch eine Menge über deutsche Schußwaffen zu lernen.«

Giordinos Augen zogen sich zusammen. »Was willst du damit sagen?«

Pitt bremste, um an einem kleinen Jungen, der einen schwerbeladenen Esel hinter sich herführte, vorbeizufahren. »Zweierlei. Erstens kannst du mit einer 25er kaum einen ausgewachsenen Mann zu Boden schicken. Du hättest dein ganzes Magazin auf Darius abfeuern können – sofern du ihn nicht in den Kopf oder das Herz getroffen hättest, hättest du ihn nicht aufhalten können. Und zweitens hätte ich gern dein Gesicht gesehen, wenn du abgedrückt hättest.« Pitt warf die Pistole zurück in Giordinos Schoß. »Dein Schießeisen war nämlich gar nicht entsichert.«

Pitt sah rasch zu Giordino hinüber. Der starrte nur auf die Pistole in seinem Schoß. Sein Gesicht war völlig ausdruckslos, doch Pitt wußte, was in ihm vorging.

Dann zuckte Giordino die Achseln und lächelte Pitt kläglich an. »Es sieht so aus, als würde Giordino the Kid allmählich alt. Ich habe tatsächlich glatt vergessen, das Ding zu entsichern.«

»Du hast doch noch nie eine Mauser besessen. Wo hast du sie her?«

»Sie gehört deiner Freundin. Ich habe sie entdeckt, als ich das Mädchen durch den Gang geschleppt habe. Sie hatte sie an ihrem Bein festgebunden.«

»Du bist ein Lump«, erklärte Pitt ruhig. »Die ganze Zeit über, die wir uns mit Darius herumgeprügelt haben, hast du also eine Pistole gehabt?«

»Sicher«, nickte Giordino. »Ich hatte sie unter meinen Strumpf geschoben. Nur kam ich nicht dazu, sie zu benutzen. Du hast Frankenstein angegriffen, noch ehe ich darauf vorbereitet war. Und dann war es zu spät. Plötzlich lag ich auf dem Rücken, und dieser Koloß versuchte, mir den Schädel zu zerquetschen. Ich bin einfach nicht mehr an das Ding herangekommen.«

Pitt erwiderte nichts. Seine Gedanken kreisten bereits wieder um von Till. Er konzentrierte sich ganz und gar darauf, sein weiteres Vorgehen gegen den Deutschen zu planen. Hunderte von Fragen und Zweifeln schwirrten ihm dabei durch den Kopf. Er wußte einfach nicht, wo er ansetzen sollte. Geistesabwesend steuerte er den Wagen die Straße entlang, durch die langen Schatten, die die Bäume in der Morgensonne warfen. Schließlich entschied er sich dafür, es einfach mit einem Schuß ins Blaue zu versuchen. Was ihm vorhin im Anblick der Klippenküste eingefallen war, schien ihm nach wie vor die größte Aussicht auf Erfolg zu bieten. Inzwischen war er vor dem Haupttor von Brady Field angelangt. Abrupt brachte er den Wagen zum Stehen.

*

Vierzig Minuten später kletterten sie die Außenbordleiter der *First Attempt* hinauf. An Deck war niemand zu sehen. Aus der Messe jedoch schallte dröhnendes Männergelächter herauf, dem ein helles, weibliches Kichern antwortete. Pitt und Giordino traten ein. Teri hatte die gesamte Schiffsmannschaft und den wissenschaftlichen Stab um sich versammelt. Sie trug ein winziges, bikiniähnliches Etwas, das aussah, als würde es jeden Augenblick von der nächstbesten Brise davongeweht werden. Kokett hockte sie auf der Kante des Eßtisches; sie gab sich wie eine Königin, die Hof hielt. Sämtliche Blicke waren auf sie gerichtet, und sie genoß es sichtlich, so im Mittelpunkt der Aufmerksamkeit zu stehen. Amüsiert musterte Pitt einen Augenblick lang die Gesichter der Männer. Es war nicht schwierig, die Wissenschaftler von der Mannschaft zu unterscheiden. Die Matrosen hielten sich schweigend im Hintergrund und starrten nur unverwandt auf Teris großzügig dargebotene weibliche Reize. Man konnte sich leicht ausmalen, was dabei in ihren Köpfen vorging. Die Unterhaltung hingegen wurde hauptsächlich von den Wissenschaftlern bestritten. Sie führten sich dabei wie Schuljungen auf. Jeder versuchte, den anderen zu übertrumpfen, um so Teris Aufmerksamkeit auf sich zu lenken.

Commander Gunn erblickte Pitt als erster. Er kam zu ihm herüber. »Ich bin froh, daß du wieder da bist. Unser Funker wird bald wahnsinnig. Seit Tagesanbruch gehen pausenlos Funksprüche für dich ein. Der arme Kerl kommt mit dem Schreiben schon gar nicht mehr nach.«

Pitt nickte. »Gut, ich werde mal hinübergehen.« Er wandte sich an Giordino. »Versuche du inzwischen, unsere Prinzessin für ein paar Minuten ihren glühenden Verehrern zu entreißen, und bringe sie dann in Gunns Kabine. Ich möchte ihr gern ein, zwei ganz persönliche Fragen stellen.«

Giordino grinste. »So wie die Kerle sich benehmen, werden sie mich lynchen, wenn ich es versuche.«

»Wenn es haarig wird, kannst du ja einfach deine Pistole ziehen«, entgegnete Pitt spöttisch. »Aber vergiß bloß nicht wieder, sie zu entsichern.«

Giordino klappte der Mund auf. Bevor er noch etwas erwidern konnte, waren Pitt und Gunn schon auf und davon.

Der Funker, ein junger Schwarzer Anfang zwanzig, sah auf, als sie den Funkraum betraten. »Da ist eben etwas für Sie eingegangen«, wandte er sich an Gunn und reichte ihm einen Funkspruch.

Gunn überflog die Nachricht, dann zog sich langsam ein breites Lächeln über sein Gesicht. »Hör dir das an. ›An Commander Gunn, Kapitän des NUMA-Forschungsschiffes *First Attempt*. In was für einem gottverdammten Wespennest stochern Sie da herum? Sie sollen wissenschaftliche Untersuchungen machen und nicht Räuber und Gendarm spielen! Ich erteile Ihnen hiermit den Befehl, die örtliche Vertretung der INTERPOL nach allen Kräften – ich wiederhole: nach allen Kräften – zu unterstützen. Und kommen Sie mir nicht ohne diesen vermaledeiten Hexenfisch heim! Admiral James Sandecker, NUMA, Washington.‹«

»Der Admiral ist auch nicht mehr der alte«, murmelte Pitt. »Er hat nur einmal das Wort ›gottverdammt‹ benutzt.«

»Kannst du mir vielleicht verraten, inwiefern wir die INTERPOL überhaupt unterstützen können?« fragte Gunn sanft.

Pitt überlegte einen Moment. Es war noch zu früh, die Karten offen auf den Tisch zu legen. Er hätte Gunn damit nur vor eine schwierige Entscheidung gestellt.

»Von uns hängt es möglicherweise ab, ob von Till und seiner Organisation der Garaus gemacht werden kann«, antwortete er ausweichend. »Wir müssen dabei natürlich etliche Risiken eingehen, doch was auf dem Spiel steht, lohnt den Einsatz.«

Gunn nahm seine Brille ab und sah Pitt prüfend an. »Um was geht es?«

»Um Heroin. Um so viel Heroin, daß man damit die ganze Bevölkerung der USA und Kanadas in einen Rausch versetzen könnte«, erwiderte Pitt langsam. »Um hundertdreißig Tonnen, genau gesagt.«

Gunn zeigte sich nicht im geringsten überrascht. Ruhig hielt er seine Brille gegen das Licht und suchte nach Schmutzflecken auf den Gläsern. Als keine zu entdecken waren, setzte er sie wieder auf.

»Eine hübsche Menge. Warum hast du mir nicht schon gestern, als du das Mädchen an Bord brachtest, davon erzählt?«

»Ich hatte zu diesem Zeitpunkt noch kaum etwas in der Hand. Zwar weiß ich auch jetzt nur wenig mehr; aber ich habe die berechtigte Hoffnung, das ganze Verwirrspiel mit einem Schlag aufdecken zu können.«

»Und was soll ich dazu beitragen?«

»Ich habe ein kleines Tauchmanöver vor. Dazu brauche ich jeden gesunden Mann, der mit einem Tauchgerät und mit Harpunen, Tauchermessern und ähnlichem umzugehen weiß.«

»Welche Garantie kannst du mir geben, daß keiner von ihnen verletzt wird?«

»Überhaupt keine«, erwiderte Pitt leise.

Gunn sah Pitt unbewegt an. Sein Gesicht war völlig ausdruckslos. »Weißt du eigentlich, was du da verlangst? Die meisten Männer hier an Bord sind Wissenschaftler und keine Kampfschwimmer. Sie sind Experten im Umgang mit Salzwaagen und Mikroskopen, aber ihr Talent, einem anderen Menschen ein Messer in den Bauch zu rennen oder ihn mit einer Harpune aufzuspießen, läßt viel zu wünschen übrig.«

»Und wie steht es mit der Mannschaft?«

»Du könntest dir keine besseren Mitstreiter für eine Saalschlacht wünschen; aber wie die meisten Seeleute haben sie für Wassersport gar nichts übrig. Du wirst sie kaum dazu bringen können, sich eine Tauchermaske aufzusetzen und zu tauchen.« Gunn schüttelte den Kopf. »Tut mir leid, Dirk, ich kann dir deinen Wunsch nicht erfüllen.«

»Nun mach einmal halblang«, schnauzte Pitt ihn an. »Du tust ja gerade so, als bräuchte ich deine Leute für ein Himmelfahrtskommando. Überleg doch einmal: Keine achtzig Kilometer von hier tuckert ein Frachter der *Minerva Lines* durch die Ägäis, an Bord eine Ladung Heroin, die unter Umständen genauso verheerend wirken kann wie eine Atombombe. Stell dir vor, das Zeug kommt tatsächlich in den USA auf den Markt. Die Folgen wären nicht auszudenken.«

Pitt unterbrach sich, um seine Worte auf Gunn einwirken zu lassen. Er steckte sich eine Zigarette an und fuhr dann fort: »Das Rauschgiftdezernat und die Zollfahndung wollen abwarten, bis die *Queen Artemisia* in Chicago anlegt, und sie dort in eine Falle locken. Wenn alles klappt, schnappen sie leicht die Hälfte aller Dealer in den Vereinigten Staaten. Aber ob alles klappt, ist noch höchst fraglich.«

»Wo ist denn der Haken an der Geschichte?« fragte Gunn unwirsch. »Was willst du mit den Tauchern?«

»Ich habe starke Zweifel, daß das Unternehmen gelingt. Bisher ist es noch nie geglückt, von Till auch nur eine entfernte Verbindung zu all diesen Schmuggelaffären nachzuweisen. Und solange sich die *Queen Artemisia* nicht in amerikanischen Hoheitsgewässern befindet, haben unsere Beamten kein Recht, sie zu durchsuchen. Bis dahin hat von Till wahrscheinlich längst mitgekriegt, daß INTERPOL ihm dicht auf den Fersen ist. Und er wird schlau genug sein, entweder das Schiff zurückzurufen oder in letzter Minute das Heroin ins Meer zu schütten. Womit er unseren Rauschgiftspezialisten wieder einmal durch die Lappen gegangen wäre. Nein, das einzig Sichere ist, das Schiff jetzt, bevor es das Mittelmeer verläßt, aufzubringen.«

»Aber du selbst hast doch schon festgestellt, daß das rechtlich nicht möglich ist.«

»Einen Weg gibt es.« Pitt zog an seiner Zigarette. »Wir müssen bis morgen früh ausreichendes Belastungsmaterial gegen von Till und die *Minerva Lines* in der Hand haben.«

Gunn schüttelte den Kopf. »Selbst dann würde es ungeheure politische Scherereien nach sich ziehen, wenn wir ein fremdes Schiff, das noch dazu unter der Flagge einer befreundeten Nation fährt, in internationalen Gewässern aufbringen wollten. Ich bezweifle, daß irgendein Land der Welt sich unter diesen Umständen bereit fände, ein Prisenkommando an Bord der *Queen Artemisia* zu schicken.«

»Das ist ja auch gar nicht nötig«, hielt Pitt ihm entgegen. »Das

Schiff legt noch einmal in Marseille an, um dort Öl zu bunkern. INTERPOL müßte natürlich schnell arbeiten. Wenn sie bis dahin die notwendigen Beweise in der Hand hätten und der ganze bürokratische Papierkram reibungslos abgewickelt sein würde, könnte man das Schiff noch in Marseille festsetzen.«

Gunn lehnte sich gegen die Tür und maß Pitt mit einem durchdringenden Blick. »Und dafür willst du also das Leben meiner Leute riskieren?«

»Es muß sein«, erwiderte Pitt ruhig.

»Ich glaube, daß du mir etwas verheimlichst«, fuhr Gunn nachdenklich fort. »Du steckst bis über beide Ohren in einer völlig undurchsichtigen Geschichte. Bitte laß mich aus dem Spiel. Ich bin der NUMA für dieses Schiff und seine Besatzung verantwortlich. Alles, was mich interessiert, ist, diese Expedition zu einem guten Ende zu bringen. Warum wir? Ich sehe nicht ein, weshalb INTERPOL oder die hiesige Polizei diese Tauchaktion nicht selbst durchführen. Es dürfte kein Problem sein, auf dem Festland Taucher anzuheuern.«

Jetzt wird es schwierig, dachte Pitt noch. Er konnte unmöglich zugeben, daß Zacynthus von Till in Ruhe lassen wollte. Pitt kannte Gunn seit über einem Jahr, und in dieser Zeit waren sie gute Freunde geworden. Der Commander war nicht auf den Kopf gefallen. Wenn Pitt ihm etwas vormachen wollte, mußte er das also geschickt, äußerst geschickt anstellen. Mißtrauisch schielte er zu dem beschäftigten Funker hinüber, dann wandte er sich von neuem Gunn zu.

»Nenn es Schicksal, nenn es Zufall, wie immer du willst, die *First Attempt* jedenfalls ist genau im richtigen Augenblick hier vor Thasos aufgekreuzt, um ein gut organisiertes Verbrechen aufzudecken. Von Tills sämtliche Schmuggelgeschäfte werden mit Hilfe eines U-Bootes durchgeführt. Vielleicht sind es auch mehrere, das wissen wir noch nicht genau. Der Heroinschmuggel nun ist das größte Geschäft, das er je angepackt hat. Für diese Ladung winken ihm, so unwahrscheinlich das klingen mag, schätzungsweise 200 Millionen Dollar Gewinn. Das ganze Unternehmen ist hervorragend vorbereitet; eigentlich kann nichts schiefgehen. Und dann wirft von Till eines Tages einen Blick zum Fenster hinaus und entdeckt ein ozeanographisches Forschungsschiff, das keine drei Kilometer von seinem Haus vor Anker liegt. Als er herausbringt, daß ihr das Meer nach einem fossilen Fisch durchkämmt, jagt ihm das natürlich einen heillosen Schreck ein. Denn es wäre ja durchaus möglich, daß eure Taucher seinen heimlichen U-Boot-Hafen entdecken und, was noch schlimmer ist, hinter das System seiner Schmuggeleien kämen. Er steckt in der Klemme. Er kann die *First Attempt* nicht einfach in die Luft jagen. Das letzte, was er brauchen kann, sind ein paar Hundertschaften Polizei und Militär hier in der Gegend, die nach dem verschollenen Schiff fahnden. Die Einheimischen zu irgendwelchen anti-amerikanischen Protesten anzustiften, ist ebenso unmöglich. Die Bewohner von Thasos sind friedliebende Bauern und Fischer. Es käme ihnen kaum in den Sinn, gegen eine wissenschaftliche Expedition zu protestieren. Wenn sie überhaupt von euch Notiz nähmen, so würden sie euch willkommen heißen. Denn wer verdirbt es sich schon freiwillig mit gutzahlenden Besuchern? Von Till heckt deshalb etwas ganz Raffiniertes aus: Er bombardiert Brady Field in der Hoffnung, Colonel Lewis würde zur Sicherheit dann eure Evakuierung aus dieser Gegend anordnen. Als das fehlschlägt, läßt er alle Vorsicht außer acht und nimmt die *First Attempt* direkt unter Beschuß.«

»Ich weiß nicht«, meinte Gunn zögernd. »Eigentlich klingt das ganz logisch. Nur die Sache mit dem U-Boot will mir noch nicht so recht einleuchten. Als Zivilist kommt man an solche Schiffe doch gar nicht heran.«

»Es gibt nur eine Möglichkeit: Von Till hat ein im Krieg versenktes U-Boot geborgen.«

»Das ist interessant«, meinte Gunn nachdenklich. Er fand allmählich Gefallen an Pitts Theorie.

»Eigentlich ist das eine Aufgabe für professionelle Taucher«, fuhr Pitt fort. »Aber bis INTERPOL eine Mannschaft beisammen hat, ist es schon zu spät.« Das war zwar nicht ganz die Wahrheit, doch ließ sich damit trefflich weiterargumentieren. »Wir dürfen keine Zeit verlieren. Du hast ausgebildete Taucher und eine hervorragende Ausrüstung an Bord. Ich will dir hier nicht mit hohlen Phrasen kommen, daß du ›die letzte Hoffnung der Menschheit‹ seist oder daß man eben einige ›wenige opfern müsse, um Millionen zu retten‹. Alles, was ich will, sind fünf oder sechs Freiwillige, mit denen ich die Klippen unterhalb von von Tills Villa auskundschaften kann. Vielleicht haben wir Pech und finden gar nichts. Aber die Möglichkeit besteht, daß wir Beweise genug sammeln, um das Schiff festsetzen und von Till hinter Schloß und Riegel bringen zu können. Wir sollten den Versuch auf jeden Fall wagen.«

Gunn erwiderte nichts. In Gedanken versunken starrte er vor sich hin. Pitt musterte ihn still, dann spielte er seinen letzten Trumpf aus.

»Es wäre natürlich auch interessant, wenn wir herausbrächten, was aus der gelben *Albatros* geworden ist.«

Gunn sah Pitt an. Nachdenklich klimperte er mit ein paar Geldmünzen in seiner Tasche. Pitt würde nicht lockerlassen, das wußte er. Was der Major sich in den Kopf gesetzt hatte, das führte er aus. Gunn erinnerte sich der Delphi-Ea-Affäre im vergangenen Jahr. Damals hatte er vor einer ähnlichen Entscheidung gestanden und Pitt schließlich nachgegeben. Und er war nicht enttäuscht worden. Er ließ seinen Blick über die blutdurchtränkten, schmutzigen Verbände auf Pitts Nase und Brust gleiten, klimperte erneut mit den Münzen und fragte sich, wie er wohl morgen zur selben Zeit darüber denken würde.

»Okay, du hast gewonnen«, seufzte er. »Ich werde es sicher bereuen, wenn ich vor dem Kriegsgericht stehe. Und daß ich dann endlich einmal Schlagzeilen mache, ist auch nur ein geringer Trost.«

Pitt lachte. »Du bist ein alter Pessimist. Ganz gleich, was passiert, du hast lediglich ein paar Männer beauftragt, irgendwelche wissenschaftlich interessanten Muscheln unterhalb der Klippen zu sammeln. Wenn etwas Unvorhergesehenes eintreten sollte, ist das eben reiner Zufall.«

»Ich hoffe, daß Washington mir das abkauft.«

»Keine Bange. Ich glaube, wir beide kennen Admiral Sandecker gut genug, um zu wissen, daß er uns in einem solchen Falle selbstlos zu Seite steht.«

Gunn zog ein Taschentuch aus der Gesäßtasche und trocknete den Schweiß auf Gesicht und Nacken. »Also gut. Und was machen wir jetzt als erstes?«

»Trommle du die Freiwilligen zusammen«, wies Pitt ihn an. »Sie sollen sich mit ihren Tauchergeräten gegen Mittag am Heck einfinden. Ich werde ihnen noch kurz sagen, was sie zu tun haben, und dann kann es losgehen.«

Gunn sah auf die Uhr. »Es ist jetzt neun. Die Freiwilligen könnten in einer Viertelstunde tauchbereit sein. Warum willst du drei Stunden warten?«

»Ich habe noch ein bißchen Schlaf nachzuholen«, erwiderte Pitt grinsend. »Ich möchte nicht in zwanzig Metern Tiefe im Meer einnicken.«

»Keine schlechte Idee«, sagte Gunn ernst. »Du siehst in der Tat aus, als hättest du die Nacht durchgezecht.« Er wollte schon den Funkraum verlassen, als er sich noch einmal umwandte. »Übrigens, tu mir bitte einen Gefallen: Schaff dieses Mädchen so bald wie möglich wieder von Bord. Ich möchte nicht, daß man mir zu guter Letzt noch vorwirft, ich hätte hier ein schwimmendes Bordell betrieben.«

»Gut; aber nicht, ehe ich vom Tauchen zurück bin. Es ist äußerst wichtig, daß sie so lange hier an Bord bleibt, wo jemand sie im Auge behalten kann.«

»Okay, einverstanden.« Gunn zuckte resignierend die Achseln. »Du wirst deine Gründe dafür haben. Wer ist sie eigentlich?«

»Du wirst es nicht glauben: von Tills Nichte.«

»Du großer Gott«, sagte Gunn betroffen. »Das hat mir gerade noch gefehlt.«

»Reg dich nicht auf«, beruhigte ihn Pitt. »Es geht garantiert nichts schief. Du hast mein Wort darauf.«

»Hoffentlich«, seufzte Gunn. Theatralisch schlug er die Augen gen Himmel. »Mein Gott, warum ausgerechnet ich?«

Dann war er verschwunden.

Pitt starrte gedankenverloren durch die offene Tür auf die blaue See. Der Funker in seinem Rücken war eifrig am Senden, doch Pitt achtete nicht darauf. Eine merkwürdige Erregung hatte sich seiner bemächtigt. Seine Nerven waren zum Zerreißen gespannt, und heftig pochte ihm das Herz gegen die Rippen. Er war nervös wie ein Spieler, der sein letztes Geld auf ein Pferd gesetzt hat, gegen das die Quoten 1 : 10 stehen. Und gleichzeitig mit dieser inneren Erregung war er körperlich total erschöpft. Er fühlte sich matt und wie zerschlagen; der mangelnde Schlaf und der pausenlose Streß waren nicht spurlos an ihm vorübergegangen. Zusätzlich machte ihm die bereits wieder unerträglich werdende Hitze zu schaffen. Er brauchte dringend ein paar Stunden Ruhe.

»Entschuldigen Sie, Major.« Die tiefe, volle Stimme des Funkers schien von weit herzukommen. »Ich habe hier einige Nachrichten für Sie.«

Pitt nahm die Meldungen schweigend entgegen.

»Die aus München ist um sechs Uhr eingegangen.« Der junge Schwarze schien verwirrt zu sein. »Und um sieben Uhr folgten diese zwei Meldungen aus Berlin.«

»Danke«, murmelte Pitt. »Sonst noch etwas?«

»Ja. Diese letzte Nachricht hier, Sir. Es ist . . . es ist wirklich seltsam: kein Rufzeichen, keine Wiederholungen, nur diese Mitteilung.«

Pitt überflog die Zeilen. Ein bitteres Lächeln kräuselte seine Lippen.

›Major Dirk Pitt, *First Attempt*. Eine Stunde ist vergangen, bleiben noch neun. H.Z.‹

»Wollen . . . wollen Sie darauf antworten, Major?« fragte der Funker stockend.

Plötzlich fiel Pitt auf, wie kränklich der Schwarze aussah. »Geht es Ihnen nicht gut?«

»Um ehrlich zu sein, Major, nein. Seit dem Frühstück ist mir hundeelend. Ich mußte mich schon zweimal übergeben.«

Pitt mußte grinsen. »Ein Hoch dem Koch.«

Der Funker schüttelte den Kopf. »Daran kann es nicht liegen. Unser Smutje ist ein Meisterkoch. Nein, wahrscheinlich habe ich Grippe. Oder ich habe eine Flasche schlechtes Bier getrunken.«

»Versuchen Sie durchzuhalten«, sagte Pitt. »Wir brauchen während der nächsten vierundzwanzig Stunden einen guten Mann am Funkgerät.«

»Sie können sich auf mich verlassen.« Der Funker zwang sich zu einem gequälten Lächeln. »Nebenbei gluckt das Mädchen, das Sie mit an Bord gebracht haben, schon den ganzen Tag wie eine besorgte Henne um mich herum. Bei soviel Besorgnis kann einem ja nicht viel passieren.«

Pitt zog erstaunt die Augenbrauen hoch. »Von dieser Seite habe ich sie allerdings noch nicht kennengelernt.«

»Sie ist kein schlechtes Mädchen. Nicht unbedingt mein Fall, aber nicht schlecht. Jedenfalls versorgt sie mich den ganzen Morgen über schon mit Tee – eine echte Florence Nightingale.«

Der junge Neger verstummte plötzlich. Seine Augen weiteten sich, und er preßte eine Hand vor den Mund. Dann sprang er auf, warf den Stuhl um und stürzte aus dem Funkraum. Draußen beugte er sich über die Reling und fing jämmerlich zu würgen und zu stöhnen an.

Pitt folgte ihm und klopfte dem armen Kerl tröstend auf die Schulter.

»So leid es mir tut, alter Freund, aber Sie müssen am Funkgerät bleiben. Ich schicke Ihnen den Schiffsarzt.«

Der Funker nickte mit Mühe, erwiderte aber nichts. Pitt ließ ihn allein.

Nachdem er den Schiffsarzt gefunden und in den Funkraum geschickt hatte, ging er hinüber zu Gunns Kabine. Man hatte die Vorhänge vorgezogen und die kleine Kammer abgedunkelt. Dem Klimagerät entströmte kühle Luft, so daß eine angenehme, freundliche Atmosphäre herrschte. Im Halbdunkel erkannte Pitt Teri, die auf dem Tisch saß, das Kinn auf die hochgezogenen Knie gestützt. Sie sah zu ihm auf und lächelte.

»Wo warst du so lange?«

»Geschäfte«, antwortete er.

»Ihr Männer mit euren ewigen Geschäften«, erwiderte sie und zog eine Schnute. »Was ist mit dem großen Abenteuer, das du mir versprochen hast? Die ganze Zeit über bist du nicht da!«

»Wenn die Pflicht ruft, Schatz, muß ich gehorchen.« Pitt setzte sich rücklings auf einen Stuhl und verschränkte die Arme über der Lehne. »Du bist ja höchst verführerisch gekleidet. Wo hast du denn diesen Bikini her?«

»Es ist kein richtiger Bikini.«

»Das sehe ich.«

Sie lächelte über seine Bemerkung und fuhr fort: »Ich habe ihn aus einem Kissenbezug geschneidert. Der BH wird von einer Schleife hinter dem Rücken gehalten, und das Höschen ist einfach links und rechts zusammengeknotet. Schau!« Sie stieg vom Tisch und löste den Knoten über ihrer linken Hüfte. Das kleine Kleidungsstück glitt zu Boden.

»Sehr hübsch. Und was gibt es als Zugabe?«

»Was wäre dir denn das wert?« gurrte sie.

»Eine alte Straßenbahnfahrkarte.«

»Du bist unmöglich«, schmollte sie. »Nie weiß man, woran man mit dir ist.«

Er zwang sich, seinen Blick von ihrem Körper abzuwenden. »Im Augenblick möchte ich nichts weiter, als daß du mir ein paar Fragen beantwortest.«

Sie sah ihn verdutzt an. Schon wollte sie etwas erwidern, doch dann überlegte sie es sich anders; Pitt schien nicht zum Scherzen aufgelegt. Sie zuckte die Achseln, knotete ihr Höschen wieder fest und nahm auf einem Stuhl Platz.

»Du tust ja sehr geheimnisvoll.«

»Bald bin ich wieder ganz der alte. Aber jetzt, bitte, beantworte meine Fragen.«

Nervös kratzte sie sich über der linken Brust. »Also, schieß los.«

»Erste Frage: Was weißt du über die Schmuggelgeschichten deines Onkels?«

Sie riß die Augen auf. »Ich weiß nicht, wovon du redest.«

»Ich glaube schon.«

»Du bist verrückt«, meinte sie kopfschüttelnd. »Onkel Bruno ist Reeder. Warum sollte er sich bei seinem Verdienst und seiner gesellschaftlichen Stellung mit solchen Kinkerlitzchen abgeben?«

»Seinen Handel mit Schmuggelwaren kann man nicht unbedingt als Kinkerlitzchen abtun«, entgegnete Pitt scharf. Er unterbrach sich einen Augenblick und beobachtete ihr Mienenspiel, um dann fortzufahren: »Zweite Frage: Wann hast du von Till zum letzten Mal gesehen, ehe du nach Thasos kamst?«

»Als ich noch ein kleines Mädchen war«, gab sie unbestimmt Auskunft. »Meine Eltern ertranken, als sie mit ihrem Segelboot vor der Isle of Man in einen Sturm gerieten. Onkel Bruno und ich waren ebenfalls dabei. Er hat mir das Leben gerettet. Seit diesem entsetzlichen Unglück hat er für mich gesorgt. Er war sehr gut zu mir: Ich habe die besten Internate besucht und stets so viel Geld gehabt, wie ich brauchte. Und nie hat er meinen Geburtstag vergessen.«

»Ja, er ist ein herzensguter Mensch«, meinte Pitt sarkastisch. »Ist er nicht ein bißchen zu alt, um dein Onkel zu sein?«

»Er ist der Bruder meiner Großmutter.«

»Dritte Frage: Wie kommt es, daß du ihn bis jetzt noch nie besucht hast?«

»Jedesmal, wenn ich ihm schrieb, ich würde gern nach Thasos kommen, hat er mich mit der Begründung abgewiesen, er sei zu beschäftigt. Stets steckte er mitten in irgendwelchen bedeutenden Unternehmungen.« Sie kicherte leise. »Dieses Mal habe ich seine Ablehnung einfach nicht zur Kenntnis genommen und bin ganz überraschend bei ihm hereingeschneit.«

»Weißt du über seine Vergangenheit Bescheid?«

»Eigentlich nicht. Er spricht nur sehr wenig über sich selbst. Aber ich weiß bestimmt, daß er kein Schmuggler ist.«

»Dein vielgeliebter Onkel ist einer der bösartigsten Verbrecher überhaupt«, sagte Pitt müde. Er wollte Teri nicht verletzen, doch er war überzeugt, daß sie ihn belog. »Gott allein weiß, wie viele Menschen er schon auf dem Gewissen hat; Hunderte, wahrscheinlich sogar Tausende. Und du bist mit ihm ein Herz und eine Seele! An jedem Dollar, den du in den letzten zwanzig Jahren ausgegeben hast, klebte Blut. In manchen Fällen sogar das Blut und die Tränen unschuldiger Kinder; junger Mädchen, die entführt wurden und deren unbeschwerte Kindheit schlagartig auf einem schmutzigen, verlausten Strohsack in einem Freudenhaus in Nordafrika endete.«

Empört sprang sie auf. »Solche Dinge passieren heutzutage nicht mehr. Du lügst! Du lügst! Das stimmt alles nicht!«

Ich habe sie getroffen, dachte Pitt, aber noch fällt sie nicht aus der Rolle.

»Ich habe dir die Wahrheit gesagt. Ich weiß nichts. Nichts!« fuhr sie fort.

»Nichts? Du hast doch gewußt, daß von Till vorhatte, mich zu ermorden. Ich bin zuerst auf dein weinerliches Getue auf der Terrasse hereingefallen, zugegeben. Aber nicht lange. Du hast deinen Beruf verfehlt – du hättest Schauspielerin werden sollen.«

»Ich hatte keine Ahnung.« Verzweiflung lag in ihrer Stimme. »Ich schwöre dir, ich wußte nicht . . .«

Pitt schüttelte den Kopf. »Ich nehme dir das nicht ab. Du hast dich verraten, als wir dich entführt hatten und dann von dem Fremdenführer festgenommen wurden. Du warst nicht nur überrascht, du warst zutiefst erschrocken, mich gesund und munter zu sehen.«

Sie kam auf ihn zu, kniete vor ihm nieder und ergriff seine Hand. »Bitte . . . Mein Gott! Was soll ich tun, damit du mir glaubst?«

»Du könntest vielleicht damit beginnen, aufrichtig zu sein.« Er erhob sich von seinem Stuhl und baute sich vor ihr auf. Dann riß er sich den blutigen Verband von der Brust und warf ihn ihr in den Schoß. »Sieh mich an! Das habe ich davon, daß ich deiner Einladung zum Abendessen gefolgt bin. Ich war als Hauptspeise für den Hund deines Onkels ausersehen. Sie mich an!«

Sie wurde totenblaß. »Mir wird schlecht.«

Pitt hätte sie liebend gern in die Arme genommen, ihr die Tränen fortgeküßt und ihr leise und zärtlich gesagt, wie sehr ihn das alles schmerzte. Doch er zwang sich, hart zu bleiben.

Sie wandte ihren Blick von ihm ab und starrte ausdruckslos auf das Waschbecken in der Ecke, als überlegte sie, ob ihr nun tatsächlich schlecht würde oder nicht. Dann sah sie weinend wieder zu Pitt auf und flüsterte: »Du bist ein Schwein. Und du willst über Onkel Bruno zu Gericht sitzen! Dabei bist du viel schlimmer als er. Ich wünschte, du wärest umgekommen.«

Ihre Worte stimmten Pitt tieftraurig. »Solange ich es nicht anders anordne, bleibst du hier auf dem Schiff.«

»Du kannst mich doch nicht festhalten! Du hast kein Recht dazu!«

»Ich habe kein Recht dazu, das stimmt. Trotzdem bleibst du hier auf dem Schiff. Und da wir gerade dabei sind: Bilde dir in deinem hübschen Köpfchen ja nicht ein, du könntest fliehen. Die Männer an Bord sind alle hervorragende Schwimmer. Du kämst keine fünfzig Meter weit.«

»Du kannst mich nicht ewig gefangenhalten.« Sie starrte ihn haßerfüllt an. Nie hatte eine Frau Pitt so angesehen. Ihm war nicht ganz wohl in seiner Haut.

»Wenn heute nachmittag alles wie geplant verläuft, bist du schon zum Abendessen in Händen der Gendarmerie.«

Plötzlich war sie hellwach. »Bist du deshalb heute nacht unterwegs gewesen?«

Mit Erstaunen stellte Pitt fest, wie schnell ihre großen, braunen Augen den Ausdruck wechseln konnten. »Ja. Ich habe mich vor Tagesanbruch an Bord eines der Schiffe deines Onkels geschlichen. Es war ein äußerst lehrreicher Ausflug. Du wirst nie erraten, was ich dabei entdeckt habe.«

Er beobachtete sie aufmerksam.

»Ich kann es mir nicht vorstellen«, erwiderte sie trocken. »Die einzigen Schiffe, die ich je betreten habe, waren Fähren.«

Er ging hinüber zur Koje und machte es sich auf ihr bequem. Die

Matratze war angenehm weich. Er legte sich zurück und verschränkte die Hände unter dem Kopf. Dann gähnte er laut und lange.

»Verzeih. Ich benehme mich wie ein Flegel.«

»*Also*?«

»Was also?«

»Du wolltest mir erzählen, was du auf Onkel Brunos Schiff entdeckt hast.«

Pitt schüttelte lächelnd den Kopf. »Warum müßt ihr Frauen eigentlich immer so neugierig sein? Aber wenn du es unbedingt wissen willst: Ich habe die Karte einer unterseeischen Höhle gefunden.«

»Einer Höhle?«

»Natürlich. Oder von wo aus, meinst du, betreibt dein Onkel seine widerlichen Geschäfte?«

»Wieso erzählst du mir diese Geschichten?« Ihre rehbraunen Augen blickten wieder gekränkt. »Sie können nicht wahr sein!«

»Ach du lieber Gott! Stell dich doch nicht so dumm! Du weißt genau, wie wahr das alles ist. Von Till hat vielleicht INTERPOL, die Gendarmerie und die Rauschgiftfahndung hinters Licht führen können, aber dich doch bestimmt nicht.«

»Du redest Unsinn«, beharrte sie steif.

»Wirklich?« fragte er nachdenklich. »Genau um 4 Uhr 30 heute morgen ist ein Schiff deines Onkels vor der Küste unterhalb seiner Villa vor Anker gegangen. Das Schiff war randvoll mit Heroin beladen. Du weißt sicher davon. Jeder weiß davon. Es dürfte wohl das schlechtestgehütete Geheimnis des Jahres sein. Das muß man deinem Onkel zugestehen: Er führt seine Verbrechen mit der Geschicklichkeit eines Magiers aus. Das Publikum starrt wie gebannt auf dessen rechte Hand, während der eigentliche Trick mit der Linken vollführt wird. Doch das wird bald ein Ende haben. Ich werde mich selbst um die Angelegenheit kümmern.«

Sie schwieg einen Augenblick lang. »Was willst du tun?«

»Was wohl jeder Mann mit ein bißchen Mumm in den Knochen

tun würde. Ich werde zusammen mit Giordino und einigen anderen Leuten an der Küste entlangtauchen und die Höhle aufspüren. Wahrscheinlich liegt sie zu Füßen der Klippen unmittelbar unterhalb des Landhauses. Wenn wir den Zugang zu ihr gefunden haben, beschlagnahmen wir die Gerätschaften als Beweismaterial, nehmen deinen Onkel fest und holen die Gendarmerie.«

»Du bist verrückt«, wiederholte sie. Ein merkwürdig gefühlvoller Unterton schwang in ihrer Stimme mit. »Dein ganzer Plan ist idiotisch. Er ist undurchführbar. Bitte, glaub mir. Du läufst in dein Verderben.«

»Hör auf, mir die Ohren vollzujammern. Deinen Onkel und dessen schmutziges Geld kannst du vergessen. Wir brechen um ein Uhr auf.« Pitt gähnte abermals. »Wenn du mich jetzt freundlicherweise entschuldigen würdest. Ich möchte noch ein kleines Nickerchen halten.«

Ihre Augen füllten sich erneut mit Tränen. Sie hörte nicht auf, den Kopf zu schütteln. »Es ist idiotisch«, flüsterte sie wieder und wieder. Dann wandte sie sich um, verließ die Kabine und schlug die Tür hinter sich zu.

Pitt lag da und starrte an die Decke. Sie hat recht, natürlich, dachte er. Es war ein vollkommen idiotisches Unternehmen. Aber auf der anderen Seite: Konnte sie sich überhaupt ein Urteil erlauben? Sie wußte ja nur zur Hälfte Bescheid.

16. Kapitel

Tosend und gischtend brachen sich die Wogen an den grauen Klippen. Die Luft war klar und warm; aus Südwest wehte eine leichte Brise. Langsam und stetig schob sich die *First Attempt* der kochenden See entgegen, bis es aussah, als wäre die Katastrophe nicht mehr aufzuhalten. Erst im allerletzten Augenblick nahm Gunn das Ruder hart an Steuerbord, und das Schiff drehte bei. Parallel zur zerklüfteten Küste setzte es seine Fahrt fort. Gespannt beobachtete Gunn abwechselnd die über das Papier huschende Nadel des Echographen und die knapp fünfzig Meter weit entfernte Küste.

»Wie fandest du das Manöver?« fragte er ohne aufzusehen. In seiner Stimme lag keine Spur von Aufregung; er gab sich so gelassen, als ob er in einem Ruderboot über einen stillen Teich paddelte.

»Die Kapitänsschule in Annapolis kann stolz auf dich sein«, erwiderte Pitt. Aufmerksam beobachtete er die See vor der *First Attempt*.

»Es ist nur halb so wild, wie es aussieht«, wehrte Gunn bescheiden ab und wies auf den Echographen. »Das Wasser ist hier gute zehn Faden tief.«

»Der Meeresboden hat ein Gefälle von zwanzig auf hundert Meter? Nicht schlecht.«

»In Gewässern, in denen es keine Riffe gibt, ist das keine Seltenheit.«

»Ein gutes Zeichen«, überlegte Pitt.

»Inwiefern?«

»Das Wasser ist tief genug, damit hier ein U-Boot entlangtauchen kann, ohne von oben gesehen zu werden.«

»Bei Nacht vielleicht. Aber nicht bei Tag«, wandte Gunn ein. »Die Sichtweite im Wasser beträgt fast dreißig Meter. Von den Klippen aus könnte man ein hundert Meter langes U-Boot noch auf eine Entfernung von anderthalb Kilometern ausmachen.«

»Dann dürften die Taucher auch nicht schwer zu entdecken sein.« Pitt drehte sich um und sah hinauf zu der Villa, die sich, einer mittelalterlichen Festung gleich, an den Felshang der Berge schmiegte.

»Du bist verrückt, es zu versuchen«, bestätigte Gunn mit Nachdruck. »Von Till kann doch deine kleinste Bewegung von dort oben beobachten. Ich gehe jede Wette ein, daß er uns schon seit dem Augenblick verfolgt, in dem wir den Anker gelichtet haben.«

»Davon bin ich gleichfalls überzeugt«, murmelte Pitt. Nachdenklich ließ er seinen Blick über die Küste wandern. Es war ein schöner

Anblick: Die Insel wurde von einem azurblauen, hell in der Sonne gleißenden Meer eingerahmt. Oberhalb der felsigen Klippen sah man auf einer grünen, sanft ansteigenden Weide eine Schafherde grasen, ein Bild, das einem Gemälde von Rembrandt hätte entnommen sein können. Zu Füßen der Felsenküste, in den geschützten Buchten, lag von der Sonne gebleichtes Treibholz auf dem mit Muscheln übersäten Sand. In das monotone Dröhnen der Schiffsmotoren mischten sich nur das Toben der Brandung und ab und zu der Schrei einer einzelnen Möwe.

Pitt wandte sich ab. Seine Gedanken richteten sich wieder ganz auf die Aufgabe, die ihm bevorstand. Die geheimnisvoll stille Wasserstelle kam allmählich in Sicht. Sie war kaum noch einen Kilometer entfernt. Pitt legte Gunn die Hand auf die Schulter und deutete voraus.

»Dort, wo die See so merkwürdig glatt ist.«

Gunn nickte. »In Ordnung. Wenn wir unsere Geschwindigkeit beibehalten, müßten wir in zehn Minuten dort sein. Sind deine Leute fertig?«

»Gestiefelt und gespornt«, erwiderte Pitt knapp. »Sie wissen, worauf sie sich einstellen müssen. Sie warten an Steuerbord auf dem Bootsdeck. Von der Villa aus sind sie nicht zu sehen.«

Gunn setzte seine Mütze auf. »Paß auf, daß sie mit genügend großem Abstand vom Rumpf ins Wasser springen. Sie können sonst leicht in den Sog der Schraube geraten.«

»Ich glaube kaum, daß ich sie extra darauf hinweisen muß«, entgegnete Pitt ruhig. »Sie sind samt und sonders fähige Leute. Du hast es selbst gesagt.«

»Stimmt genau«, schnaubte Gunn. Er wandte sich zu Pitt um. »Ich werde noch etwa fünf Kilometer weiter entlang der Küste fahren. Vielleicht können wir von Till damit vortäuschen, daß unsere Kartographen lediglich die seichten Gewässer ausloten wollen. Es ist zwar unwahrscheinlich, daß er darauf hereinfällt, aber einen Versuch ist es immerhin wert.«

»Bald werden wir es genau wissen.« Pitt verglich seine Uhr mit dem Bordchronometer. »Wann treffen wir uns wieder?«

»Ich werde noch ein bißchen auf und ab kreuzen und um 14 Uhr 10 wieder hier sein. Du hast also genau fünfzig Minuten, um das U-Boot zu finden und wieder zurückzutauchen.« Gunn zog eine Zigarre aus seiner Brusttasche und brannte sie an. »Ihr wartet auf mich, falls ihr schon früher zurück seid, hörst du?«

Pitt gab nicht sofort Antwort. Ein breites Lächeln zog über sein Gesicht, und seine grünen Augen blitzten vergnügt auf.

Gunn sah ihn verwirrt an. »Was findest du daran so lustig?«

»Du hast mich für einen Augenblick an meine Mutter erinnert. So oft ich mit meinem Schiff zu Hause einlief, gab sie mir den Auftrag, am Busbahnhof auf sie zu warten.«

Gunn schüttelte sorgenvoll den Kopf. »Na ja, wenn du nicht zurückkommst, weiß ich wenigstens, wo ich nach dir forschen muß. Und jetzt genug geredet. Du solltest dich allmählich fertig machen.«

Pitt nickte, verließ das Ruderhaus und kletterte die Leiter zum Bootsdeck hinunter. Seine fünf Begleiter waren bereits dabei, ihre Taucherausrüstungen anzulegen. Jeder der Männer überprüfte noch einmal das Gerät des anderen, ob die Druckventile richtig eingestellt und die Sauerstoff-Flaschen sachgemäß aufgeschnallt waren. Die freiwilligen Taucher waren einer wie der andere kluge und verläßliche Leute; Pitt hätte sich kein besseres Team für seine Unternehmung wünschen können.

Der Mann, der Pitt am nächsten stand, Ken Knight, sah auf. »Ich habe Ihr Gerät schon für Sie vorbereitet, Major. Ich hoffe, es stört Sie nicht, mit nur einem Atemschlauch zu tauchen. Die NUMA hat uns leider keine Geräte mit doppeltem Atemschlauch bewilligt.«

»Das macht nichts«, erwiderte Pitt. Er legte die Flossen an und schnallte sein Messer an die rechte Wade. Dann setzte er die Taucherbrille auf. Es war ein Modell mit konkav gewölbtem Sichtfenster, das dem Träger ein Blickfeld von 180 Grad verschafft. Pitt rückte den Schnorchel zurecht und schulterte dann die Sauerstoff-Flasche. Während er sich noch mit dem Festzurren der zwanzig

Kilogramm schweren Flasche abmühte, spürte er plötzlich, wie sie hilfreich von hinten angehoben wurde.

»Wie du jemals ohne mich auskommen willst«, erklang Giordinos Stimme, »ist mir ein Rätsel.«

»Und mir ist es ein Rätsel, warum ich dir nicht ein für allemal dein großes Maul stopfe«, entgegnete Pitt lachend.

»Andauernd mäkelst du an mir herum.« Giordino versuchte, beleidigt zu wirken, was ihm jedoch nur schlecht gelang. Er drehte sich um und sah hinab auf das vorbeiströmende Wasser. Nach einer langen Pause sagte er schließlich: »Mein Gott, schau einmal, wie klar das Wasser ist. Durchsichtig wie Glas.«

»Ich habe es auch schon bemerkt.« Pitt zog den Pfeil aus seiner Harpune und strich mit dem Daumen prüfend über die mit Widerhaken versehene Spitze. »Du weißt Bescheid?«

»Klar. Es ist alles bis ins kleinste hier eingespeichert«, erwiderte Giordino und tippte sich an den Kopf.

»Es ist äußerst beruhigend, daß du deiner selbst immer so sicher bist.«

»Sherlock Giordino weiß und sieht alles. Sein Scharfsinn läßt keine Rätsel ungelöst.«

»Hoffentlich hat Sherlock Giordino auch ein gutes Gedächtnis«, entgegnete Pitt ernst. »Du mußt den Zeitplan aufs genaueste einhalten.«

»Überlaß das nur mir«, meinte Giordino mit unbewegtem Gesicht. »Tja, ich glaube, wir müssen uns jetzt verabschieden. Ich wünschte, ich könnte dich begleiten. Viel Spaß beim Schwimmen.«

»Hoffentlich«, murmelte Pitt. »Hoffentlich.«

Die Schiffsglocke ertönte zweimal. Das war das Signal für die Taucher. Unbeholfen stelzte Pitt in seinen Flossen auf die kleine Plattform, die seitlich über den Schiffsrumpf hinausragte.

»Auf das nächste Signal hin springen wir.« Mehr sagte er nicht. Die Männer wußten ohnehin, was sie zu tun hatten.

Die Taucher faßten ihre Harpunen fester und blickten einander wortlos an. Nur ein Gedanke beherrschte sie in diesem Augenblick: Sie mußten weit genug springen, sonst konnte es leicht ein Bein, wenn nicht das Leben kosten. Auf einen Wink von Pitt hin stellten sie sich in einer Reihe hinter der Plattform auf.

Bevor Pitt die Taucherbrille über die Augen zog, musterte er noch ein letztes Mal die Männer um sich herum und prägte sich die besonderen körperlichen Merkmale eines jeden ein, um auch aus größerer Entfernung unter Wasser seine Begleiter identifizieren zu können. Ken Knight, der Geophysiker, war der einzige Blonde aus der Gruppe; Stan Thomas, der untersetzte, kräftige Maschinist der *First Attempt*, trug blaue Flossen und war vermutlich als einziger auch für ein Handgemenge gut. Dann waren da noch Lee Spencer, der rotbärtige Meeresbiologe, und Gustaf Hersong, ein schlaksiger, einen Meter neunzig großer Meeresbotaniker. Die beiden grinsten einander gerade an; sie schienen eng befreundet zu sein. Der Fotograf der Gruppe schließlich war der Bootsmann Omar Woodson, ein verschlossener, unzugänglicher Charakter, den das ganze Theater um ihn herum anscheinend völlig kalt ließ. Anstelle einer Harpune trug er eine 35-mm-Nykonos-Unterwasserkamera. Nachlässig ließ er den teuren Apparat über die Reling baumeln, als handelte es sich lediglich um eine wertlose Taschenkamera.

Leise vor sich hinpfeifend zog Pitt die Brille vor die Augen und blickte noch einmal hinunter auf das Wasser. Es strömte jetzt sehr viel gemächlicher unterhalb der Plattform vorbei als zuvor. Gunn hatte die Geschwindigkeit der *First Attempt* auf drei Knoten gedrosselt – das war langsam genug, um die Männer mit den Füßen voran springen lassen zu können. Pitt sah nach vorn zum Bug und versuchte ungefähr die Stelle auszumachen, an der er in das Wasser eintauchen würde.

Auf der Brücke warf Gunn im selben Moment einen letzten prüfenden Blick auf den Echographen und auf die Felsenküste. Langsam hob er die Hand und langte nach der Glockenschnur. Er zögerte einen winzigen Augenblick, dann zog er sie hart nach unten. Der helle, metallische Glockenschlag durchbrach die nachmittägliche

Stille und hallte als leises Echo von den Klippen zurück.

Pitt vernahm das Echo bereits nicht mehr. Die Taucherbrille gegen das Gesicht gepreßt und die Harpune fest umklammert, sprang er los.

Sowie das Wasser über seinem Kopf zusammengeschlagen war, rollte er sich nach vorn ab, stieß mit aller Kraft die Flossen nach hinten und tauchte eilig davon. Erst als er fünf Meter weit gekommen war, wagte er, den Kopf zu wenden. Schräg über sich sah er den Rumpf des Schiffes davongleiten. Die beiden Schrauben erschienen gefährlich nahe – und viel größer, als sie es in Wirklichkeit waren; ein Phänomen, das mit der Lichtbrechung des Wassers zusammenhing.

Pitt hielt nach den anderen Ausschau. Erleichtert atmete er auf: Gott sei Dank, allen war der Absprung geglückt. Dicht hintereinander kamen Knight, Thomas, Spencer und Hersong auf ihn zugetaucht. Nur Woodson hatte den Anschluß verloren und hing vielleicht sechs Meter weit zurück.

Die Sicht war wirklich erstaunlich klar. In einer Entfernung von ungefähr fünfundzwanzig Metern schwamm ein Krake vorbei, dessen violettfarbene Fangarme selbst auf diese Distanz noch deutlich zu erkennen waren. Unter Pitt huschten geschäftig ein paar häßlich aussehende, gelb-blau leuchtende Spinnenfische über dem Meeresgrund hin und her. Bizarr hoben sich die langen, dünnen Kiemenstacheln von den schuppenlosen Körpern ab. Eine geheimnisvolle, eigenartige Welt eröffnete sich den Tauchern, eine Welt, in deren stillen Tiefen die sonderbarsten Geschöpfe zu Hause waren und die eine solche Fülle phantastischer Formen und Farben in sich barg, daß sie zu beschreiben unmöglich war. Doch hatte diese Welt stets auch etwas Unheimliches und Beängstigendes an sich. Die vielfältigsten Gefahren lauerten hier – von den rasiermesserscharfen Zähnen des Hais angefangen bis zum tödlichen Gift des so harmlos aussehenden Zebrafisches. Die See war in all ihrer Schönheit faszinierend und furchtbar zugleich.

Um den Druck auszugleichen, blies Pitt kräftig durch die Nase in seine Taucherbrille. Als seine Ohren aufklappten, begann er tiefer zu tauchen und sich langsam an den Meeresgrund heranzuarbeiten.

In etwa zehn Metern Tiefe ging der zarte rötliche Schimmer des Wassers in ein weiches Türkis über. Pitt tauchte noch fünf Meter tiefer, dann legte er eine kurze Verschnaufpause ein. Er betrachtete aufmerksam den Meeresgrund, der hier einer unterseeischen Wüste glich: öder, unbewachsener Sandboden, über den sich in langen Wellen winzige Dünen hinwegzogen. Abgesehen von gelegentlich im Sand vergrabenen Seezungen, von denen nur die beiden Augen und ein Teil des Mauls hervorschauten, war keine Spur von Leben zu entdecken.

Sich immer dicht über dem Grund haltend, tauchten Pitt und seine Leute auf die Küste zu. Nach kurzer Zeit schon begann sich der Boden zu heben, und das Wasser wurde trüber – eine Folge der Brandung. Im Zwielicht tauchte eine seegrasbewachsene Felswand vor ihnen auf. Und plötzlich befanden sich die Taucher am Fuße einer jähen Klippe, die fast senkrecht emporstieg und dann die spiegelnde Wasseroberfläche durchbrach. Pitt bedeutete seinen Leuten, nach der Höhle auszuschwärmen.

Die Suche dauerte keine fünf Minuten. Woodson entdeckte sie als erster. Er pochte mit seinem Messer gegen die Sauerstoff-Flasche, um sich bemerkbar zu machen, und winkte die anderen herbei. Dann tauchte er weiter die Klippe entlang, über einen mit Seegras verhangenen Felsspalt hinweg, hielt an und deutete mit ausgestrecktem Arm voraus. Jetzt sah auch Pitt die Höhle: ein schwarzes, gähnendes Loch, nur knapp vier Meter unterhalb der Wasseroberfläche. Sie besaß etwa die Ausmaße eines Lokomotivschuppens – ein U-Boot konnte also ohne Schwierigkeiten in sie einfahren. Langsam und zögernd schwammen die Männer auf sie zu. Gespannt und fragend blickten sie sich an.

Pitt faßte sich als erster ein Herz und schwamm in die Höhle hinein. Die Finsternis verschluckte ihn im wahrsten Sinne des Wortes. Seine weiß schimmernden Fersen waren alles, was die anderen draußen noch von ihm wahrnahmen.

Vorsichtig tauchte er den Tunnel entlang. Ein leichter Sog zog ihn sanft vorwärts. Rasch ging das helle Türkis der sonnenbeschienenen See in ein dämmriges, dunkles Blau über. Es dauerte eine Weile, bis Pitts Augen sich an das Halbdunkel gewöhnt hatten und er seine Umgebung genauer erkennen konnte.

Normalerweise hätte die Höhle ein Tummelplatz aller möglichen Meerestiere sein müssen. Man hätte hier unzählige Taschenkrebse, Muscheln, Schnecken und hin und wieder auch einen vereinzelten Hummer erwarten dürfen. Doch nichts von alldem war zu sehen. Die Felswände waren ohne Bewuchs und mit einer seltsam weichen, rötlichen Masse überzogen, die, wenn Pitt sie berührte, in einer Wolke aufwirbelte. Er wandte das Gesicht nach oben und sah zu der gewölbten Decke der Höhle hinauf. Auch sie war mit diesem merkwürdigen Schlamm bedeckt.

Pitt schwamm weiter. Nach kurzer Zeit hob sich die Decke unvermittelt; der Tunnel war zu Ende, und Pitt befand sich in einer riesigen Höhle. Er tauchte auf und sah sich gespannt um. Es war nichts zu erkennen; dichter Nebel lag über dem Wasser. Verwirrt zog er den Kopf wieder zurück und tauchte tiefer. Kobaltblaues Licht drang durch den Tunnel herein und leuchtete die Grotte aus. In dem kristallklaren Wasser war jeder Winkel zu erkennen. Dicht vor Pitt huschte ein seltsam aussehender Fisch in einen Felsspalt.

Pitt schaute sich nun genauer um. Die Höhle glich einem Aquarium – anders ließ sich das nicht beschreiben. Sämtliche Meerestiere, die man zuvor so vermißt hatte, Hummer, Taschenkrebse, Muscheln und Schnecken, hier fanden sie sich in Scharen versammelt. Schwärme kleiner, bunter Fische zogen vorbei, und selbst der Riementang gedieh üppig.

Pitt war noch ganz in diesen bezaubernden Anblick versunken, als ihn plötzlich jemand am Fuß packte. Er wirbelte herum, doch es war nur Ken Knight, der nach oben deutete. Pitt nickte und schwamm an die Oberfläche. Wieder umfing ihn dichter Nebel.

Er spuckte das Mundstück aus. »Können Sie das erklären?« fragte er. Seine Stimme hallte dumpf von den Felswänden zurück.

»Keine seltene Erscheinung«, erwiderte Knight sachlich. »So oft das Wasser von draußen in die Höhle strömt, steigt hier der Wasserspiegel, und die eingeschlossene Luft wird komprimiert. Wenn das Wasser dann zurückfließt, sinkt der Luftdruck wieder, die hoch mit Feuchtigkeit gesättigte Luft kühlt ab, und der Wasserdampf kondensiert zu einem feinen Nebel.« Er schneuzte sich. »Die Dünung treibt das Wasser alle zwölf Sekunden hier herein. Es müßte also jeden Moment aufklaren.«

Tatsächlich lichtete sich wenige Augenblicke später der Nebel, und die Höhle ließ sich von einem bis zum anderen Ende überblicken. Sie war eine sich zwanzig Meter hochwölbende Grotte, nichts weiter. Von technischen Anlagen, die auf einen U-Boot-Stützpunkt hingedeutet hätten, keine Spur. Die kahlen Wände waren von riesigen Rissen zerklüftet, und die herabgestürzten Felsbrocken am Grund warnten vor der ständigen Gefahr eines Steinschlages. In wachsender Enttäuschung sah Pitt sich um. Dann bildete sich neuer Nebel über dem Wasser.

Pitt wollte zunächst nicht glauben, was er gesehen hatte. Hatte er sich so täuschen können? Plötzlich packte ihn Wut.

»Das gibt es nicht«, murmelte er, »das gibt es einfach nicht.« Er ballte die Hand und schlug mit der Faust voll Verzweiflung ins Wasser. »Mein Gott, wenn diese Höhle nicht von Tills Stützpunkt ist, dann habe ich alles verpatzt.«

»Ich halte Ihre Theorie noch immer für richtig, Major.« Ken Knight legte Pitt beschwichtigend die Hand auf die Schulter. »Der Ort ist für ein Versteck wie geschaffen.«

»Aber es ist eine Sackgasse. Der Tunnel ist der einzige Zugang zur Höhle.«

»Ich habe am hinteren Ende einen Sims gesehen. Vielleicht sollten wir . . .«

»Wir haben keine Zeit«, unterbrach ihn Pitt barsch. »Wir müssen so schnell wie möglich hier verschwinden und weitersuchen.«

»Entschuldigen Sie, Major!« Aus dem Nebel griff eine Hand nach Pitts Arm. Es war Hersong. »Ich habe etwas entdeckt, was vielleicht von Interesse sein könnte.«

Der Nebel lichtete sich wieder, und Hersongs Gesicht tauchte aus ihm auf. Pitt fiel sofort die seltsam aufgeregte Miene des schlaksigen Botanikers auf. Er lächelte ihn freundlich an.

»Okay, Hersong. Aber machen Sie schnell. Wir haben kaum Zeit für einen Vortrag über die Flora des Mittelmeeres.«

»Ob Sie es glauben oder nicht, gerade das hatte ich vor.« Hersong grinste zurück. Das Wasser tropfte aus seinem strähnigen Bart. »Sagen Sie, haben Sie die prächtige Macrocystis pyrifera am jenseitigen Ende der Höhle gesehen?«

»Kann schon sein«, erwiderte Pitt seufzend. »Leider weiß ich nicht, worüber Sie sprechen.«

»Macrocystis pyrifera ist eine Braunalge aus der Familie der Phaeophyten. Sie ist vielleicht eher unter dem Namen Riementang bekannt.«

Pitt sah ihn nachdenklich an. »Und?«

»Ich will es kurz machen. Diese besondere Art des Riementangs wächst nur an der Westküste der Vereinigten Staaten. Die Wassertemperatur in diesem Teil des Mittelmeers ist viel zu hoch, als daß die Pflanze hier gedeihen könnte. Hinzu kommt, daß der Riementang, ähnlich wie die meisten der auf dem Festland wachsenden Pflanzen, für die Photosynthese auf das Sonnenlicht angewiesen ist. Er kann unmöglich in einer Höhle existieren.«

»Wenn es kein Riementang ist, was ist es dann?«

Hersongs Gesicht verschwand im wieder aufsteigenden Nebel. Mit polternder Stimme erwiderte er: »Ein künstliches Gebilde. Zweifellos das vollkommenste Plastikmodell des Riementangs, das ich je gesehen habe.«

»Plastik?« rief Knight ungläubig. »Die Höhle hallte von seiner Stimme wider. »Bist du sicher?«

»Lieber Freund«, erklärte Hersong ungehalten. »Ich zweifle ja auch nicht an deinen Bohrprobenanalysen, oder?«

»Wie erklären Sie sich den roten Schlamm an den Tunnelwänden?« unterbrach ihn Pitt.

»Darüber kann ich keine sichere Auskunft geben«, erwiderte Hersong. »Es sah aus wie irgendein Anstrich.«

»Das kann ich bestätigen, Major.« Das Gesicht von Sten Thomas tauchte plötzlich aus dem verschwindenden Nebel auf. »Es ist ein arsenhaltiger Schutzanstrich für Schiffsrümpfe, der Algenbewuchs verhindern soll. Deshalb wächst auch nichts im Tunnel.«

Pitt sah auf seine Uhr. »Unsere Zeit geht zu Ende. Das hier *muß* der richtige Ort sein.«

»Meinen Sie, daß sich hinter dem Riementang ein zweiter Tunnel verbirgt?« fragte Knight nachdenklich.

»Es deutet alles darauf hin«, erwiderte Pitt ruhig. »Ein getarnter Tunnel, der zu einer zweiten Höhle führt. Jetzt begreife ich auch, weshalb von Tills Stützpunkt nie von irgendeinem Bewohner Thasos' entdeckt wurde.«

Hersong leerte das Wasser aus seinem Mundstück. »Suchen wir also weiter.«

»Es bleibt uns keine andere Wahl«, bestätigte Pitt. »Sind alle bereit?«

»Alles klar«, antwortete Spencer. »Nur Woodson fehlt.«

Just in diesem Moment flammte ein Blitzlicht auf, und die Höhle wurde für Sekundenbruchteile in ein gleißend helles Licht getaucht.

»Keiner hat gelächelt«, bemerkte Woodson säuerlich. Er war zur hinteren Höhlenwand geschwommen, um für sein Foto alle Männer auf das Bild zu bekommen.

»Das nächste Mal ruf uns vorher einen Witz zu!« schlug Spencer vor.

»Das würde wohl kaum etwas nützen«, grunzte Woodson. »So langsam, wie ihr reagiert.«

Pitt grinste nur. Dann schob er das Mundstück wieder zwischen die Zähne, rollte sich ab und tauchte steil nach unten. Die anderen folgten in jeweils drei Metern Abstand.

Der künstliche Riementang schien undurchdringlich zu sein. Die dünnen Stengel verästelten sich zu einem ungeheuer dichten, mächtigen Dickicht, das vom Boden bis zur Wasseroberfläche reichte.

Doch Hersong hatte recht: Die Pflanze bestand aus Plastik; man mußte allerdings bis auf Armeslänge an sie heranschwimmen, um das zu erkennen. Pitt zückte sein Messer und begann, sich einen Weg durch das hin und her wogende braune Gestrüpp zu bahnen. Nur langsam arbeitete er sich voran. Dann gelangte er endlich in einen zweiten Tunnel. Er war von einem größeren Durchmesser, aber sehr viel kürzer als der erste. Pitt hatte ihn rasch passiert. Eine zweite Höhle schloß sich an. Pitt tauchte auf. Wieder lag dichter weißer Nebel über dem Wasser. Ein leises, regelmäßiges Plätschern zeigte an, daß auch die anderen Männer nach und nach auftauchten.

»Können Sie etwas sehen?« Das war Spencer.

»Noch nicht«, erwiderte Pitt. Angestrengt starrte er durch das schummrige Grau. Er glaubte, nun doch etwas zu erkennen. Noch war er sich nicht im klaren, ob es sich nicht nur um eine Einbildung handelte. Doch im sich lichtenden Nebel nahm dieses Etwas allmählich Gestalt an. Und dann gab es keinen Zweifel mehr: Nur wenige Meter vor Pitt lag mattschwarz schimmernd ein U-Boot. Er spuckte das Mundstück aus und schwamm eilig zu ihm hinüber, ergriff das vordere Tiefenruder und zog sich an Deck.

Er hatte also doch recht gehabt! Oft hatte er sich ausgemalt, wie er wohl reagieren würde, wenn er endlich an Bord dieses Schiffes stand. Doch das erwartete Triumphgefühl wollte sich nicht einstellen – angesichts der eisernen Planken erfüllten ihn nur Ekel und Zorn. Wieviel Leid, wieviel Unglück hatten sie wohl schon gesehen?

»Werfen Sie Ihre Harpune auf das Deck und verhalten Sie sich ganz, ganz ruhig.« Die Stimme hinter Pitt klang eisig. Eine Gewehrmündung bohrte sich ihm in den Rücken. Langsam ließ er die Harpune zu Boden sinken. »Gut. Jetzt sagen Sie Ihren Leuten, sie möchten ihre Waffen ebenfalls zu Boden sinken lassen. Und keine Tricks! Sonst muß ich sie mit einer Handgranate eines Besseren belehren.«

Pitt nickte den fünf Männern zu. »Sie haben gehört, was er gesagt hat. Lassen Sie die Harpunen fallen . . . die Messer auch. Es ist wohl sinnlos, diesen Herrschaften Widerstand zu leisten. Tut mir leid, Leute. Es sieht so aus, als hätte ich euch in die Höhle des Löwen gelockt.«

Mehr gab es nicht zu sagen. Pitt hatte die fünf in eine Falle geführt, aus der es höchstwahrscheinlich kein Entrinnen gab. Von Till hatte ihn zum zweitenmal überlistet. Auf Befehl verschränkte Pitt die Hände hinter dem Kopf und drehte sich langsam um.

»Major Pitt, Sie sind wirklich ein ungewöhnlich lästiger junger Mann.«

Breitbeinig stand Bruno von Till an Deck des U-Boots und grinste boshaft. Die Augen unter seinem kahlen Schädel waren nichts als zwei schmale Schlitze. Einmal mehr fiel Pitt auf, wie unglaublich widerwärtig ihm dieser Mann war. Dann erst bemerkte er, daß der Deutsche gar kein Gewehr in der Hand hielt; er hatte beide Hände in den Taschen seiner Jacke vergraben. Das Gewehr trug der Mann neben ihm – ein baumlanger Koloß mit einem erstaunlich häßlichen, rohen Gesicht. Von Tills Grinsen ging in ein spöttisches Lächeln über. Sarkastisch sagte er: »Verzeihen Sie, daß ich Sie einander nicht vorstelle, Major.« Er wies auf seinen Nebenmann. »Aber soweit ich unterrichtet bin, kennen Sie und Darius sich ja bereits.«

17. Kapitel

»Sie scheinen überrascht, mich hier zu treffen, Major«, meinte Darius mit leiser, höhnischer Stimme. »Ich kann Ihnen gar nicht sagen, wie sehr es mich freut, Ihnen unter so glücklichen Umständen wieder zu begegnen.« Er stieß seine Waffe gegen Pitts Kehle. »Keine falsche Bewegung, bitte. Ich müßte Sie sonst, ohne lange zu fackeln, umlegen – und das brächte mich um das große Vergnügen, persönlich an Ihnen spezielle Rache zu nehmen. Ich sagte Ihnen ja bereits, daß ich mit Ihnen und Ihrem häßlichen kleinen Freund noch ein

Hühnchen zu rupfen hätte. Nun ist es so weit. Ihr werdet mir beide für meine Schmerzen büßen.«

Pitt tat sein Bestes, möglichst gelassen zu wirken. »Tut mir leid, Sie enttäuschen zu müssen; aber Giordino ist heute zu Hause geblieben.«

»Dann müssen Sie doppelt bezahlen.«

Darius lächelte gehässig, dann senkte er die Waffe und schoß, ohne mit der Wimper zu zucken, Pitt ins Bein. Der trockene Knall wurde von den Felswänden in einem donnernden Echo zurückgeworfen. Pitt geriet ins Taumeln und wurde zwei Schritte zurückgeschleudert. Ein brennender Schmerz jagte durch sein Bein. Irgendwie – er begriff es selbst nicht – schaffte er es jedoch, stehen zu bleiben. Das Geschoß hatte sich dicht am Knochen vorbei durch die Muskeln gebohrt und war auf der anderen Seite wieder ausgetreten. Aus dem winzigen roten Einschußloch sickerten ein paar Tropfen Blut. Das Brennen der Wunde flaute rasch ab, und der Schock ließ das Bein taub werden. Die wahren Schmerzen, das wußte Pitt, standen ihm erst noch bevor.

»Laß gut sein, Darius«, sagte von Till vorwurfsvoll. »Wir wollen uns nicht in lauter Gemeinheiten verzetteln. Schließlich haben wir wichtigere Dinge zu erledigen. Nachher kannst du deine Wut weiter an ihm auslassen. Sie müssen Darius' Grobheiten entschuldigen, Major Pitt. Aber im Grunde sind Sie selbst schuld. Ihr hinterhältiger Tritt in seine empfindlichste Körperpartie wird ihn wohl noch gut zwei Wochen humpeln lassen.«

»Mir tut bloß leid, daß ich nicht zweimal so fest zugetreten habe«, entgegnete Pitt mit zusammengebissenen Zähnen.

Von Till beachtete ihn nicht weiter. Er wandte sich an die Männer im Wasser: »Lassen Sie Ihre Taucherausrüstungen auf den Grund sinken, meine Herren. Dann kommen Sie herauf an Deck. Aber ein bißchen flott, wenn ich bitten darf. Die Zeit ist knapp.«

Thomas setzte seine Tauchermaske ab und warf von Till einen haßerfüllten Blick zu. »Wir fühlen uns ganz wohl hier unten.«

Von Till zuckte die Achseln. »Na schön, dann muß ich meiner

Bitte eben etwas mehr Nachdruck verleihen.« Er drehte sich um und rief: »Hans, das Licht!«

Eine ganze Batterie von Flutlichtscheinwerfern leuchtete auf. Gleißend weißes Licht erfüllte die Höhle. Pitt bemerkte nun, daß das U-Boot an einem hölzernen Schwimmdock vertäut lag, das sich von einer kleinen Tunnelöffnung in der hinteren Felswand aus etwa sechzig Meter weit über das Wasser erstreckte. Die Höhle selbst war sehr viel niedriger als die erste, dafür aber ein paarmal so groß: Ihre Ausmaße glichen etwa denen eines Fußballfeldes. An der rechten Wand standen auf einem überhängenden Felssims fünf Männer, reglos wie Statuen, und jeder mit einer Maschinenpistole im Anschlag. Alle trugen sie jene Uniform, die Pitt schon zuvor bei von Tills Chauffeur aufgefallen war. Die ruhige Gelassenheit, mit der sie ihre Waffen auf die Männer im Wasser gerichtet hielten, ließ keinen Zweifel an ihrer Entschlossenheit aufkommen.

»Ich glaube, Sie tun lieber, was der Mann sagt«, empfahl Pitt.

Der Nebel kam wieder auf, dank der Scheinwerfer wurde die Sicht jedoch kaum schlechter. An Flucht war nicht zu denken. Spencer und Hersong kletterten als erste an Bord des U-Boots, dann folgten Knight und Thomas. Woodson bildete wie gewöhnlich den Schluß. Ungeachtet von Tills Anordnung hielt er seine Kamera immer noch in der Hand.

Knight half Pitt, die Sauerstoff-Flasche abzuschnallen.

»Lassen Sie einmal Ihr Bein sehen, Major.« Mit Knights behutsamer Unterstützung setzte Pitt sich hin. Knight band seinen Bleigürtel ab, nahm die Bleigewichte heraus und wickelte, um die Blutung zu stillen, den Nylongurt um das verletzte Bein. Er sah auf und grinste Pitt an. »Sie brauchen wohl jeden Tag eine neue Verletzung?«

»Das ist ein Steckenpferd von mir ...«

Pitt brach unvermittelt ab. Der Nebel schwand und im Licht der Scheinwerfer zeigte sich ein zweites U-Boot, das auf der anderen Seite des Docks angelegt hatte. Verdutzt glitt Pitts Blick zwischen den beiden Schiffen hin und her. Das eine U-Boot – das, auf dem er und seine Männer standen – besaß ein vollkommen glattes Deck, ohne alle Aufbauten. Über dem Rumpf des anderen Schiffes dagegen erhob sich immer noch der Turm; nichts schien demontiert. An Deck lagen die Trümmer eines Flugzeugs; die drei Männer, die mit dem Rücken zu Pitt standen, waren gerade dabei, die beiden Maschinengewehre zu bergen.

»Von hier ist die *Albatros* also immer aufgetaucht!« Pitt fiel es wie Schuppen von den Augen. »Ein altes japanisches Tauchboot, auf dem ein kleiner Aufklärer landen und starten kann. Die gibt es doch schon seit dem Zweiten Weltkrieg nicht mehr.«

»Sie kennen sich aus«, meinte von Till lobend. »Ein hübsches kleines Schiff, nicht wahr? 1945 wurde es vor Iwo Jima von einem amerikanischen Zerstörer versenkt und 1951 von den *Minerva Lines* gehoben. Wenn es darum geht, meine Waren möglichst ungesehen anzulanden, ist diese Verbindung von U-Boot und Flugzeug besonders glücklich.«

»Sie eignet sich natürlich auch hervorragend, um amerikanische Luftwaffenstützpunkte und Forschungsschiffe anzugreifen«, ergänzte Pitt.

»Getroffen, Major«, lächelte von Till. »Bei unserem Abendessen neulich hatten Sie ja bereits die Vermutung geäußert, daß das Flugzeug aus dem Meer aufgetaucht sei. Sie kamen damit der Wahrheit näher, als Sie ahnen konnten.«

»Ich sehe es.« Pitt warf einen raschen Seitenblick zu dem kleinen Tunnel hinüber. Die Maschinenpistolen geschultert, lehnten beiderseits des Eingangs zwei weitere Wachposten an der Wand. Pitt fuhr fort: »Die alte *Albatros* ...«

»Wenn ich Sie korrigieren darf«, fiel ihm von Till ins Wort: »Es handelt sich hier um einen Nachbau der originalen *Albatros*. Ein gemütlicher Doppeldecker erschien mir das geeignetste Flugzeug, um auf kurzen Strecken, an dunklen Stränden oder auch auf See neben einem Schiff zu landen und abzuheben; die unteren Tragflächen lassen, oder besser: ließen sich nämlich herunterklappen und zu Wassergleitern umfunktionieren. Die *Albatros D-3* entsprach – natürlich erst nach Einbau einer modernen Maschine – genau meinenAnsprüchen. Hinzu kam, daß ein altes, klappriges Flugzeug wohl kaum den Verdacht erweckte, es könnte zu, sagen wir einmal: nicht ganz legalen Zwecken benutzt werden. Zu schade, daß es nie wieder fliegen wird.«

Von Till zog eine Schachtel Zigaretten aus der Brusttasche und zündete sich eine an.

»Eigentlich hatte ich nie vor, mit meinem Transportflugzeug einen Kampfangriff zu fliegen«, fuhr er fort. »Leider blieb mir aber gar nichts anderes übrig, als Brady Field und Ihr schönes Forschungsschiff unter Beschuß zu nehmen. Dieser Commander Gunn ließ sich trotz all meiner kleinen Sabotageakte nicht davon abbringen, seine Expedition fortzusetzen. Ich sah mich einfach zu dieser drastischen Maßnahme gezwungen. Mein U-Boot-Hafen hier liegt gut versteckt, und die Gefahr, daß er von irgendeinem harmlosen Sporttaucher entdeckt wird, ist außerordentlich gering. Wenn aber ein ganzes Team ozeanographisch und meeresbiologisch ausgebildeter Wissenschaftler hier herumtaucht, ist das etwas anderes. Dieses Risiko durfte ich nicht eingehen. Also entwickelte ich eine, wie ich glaubte, todsichere Sache: Colonel Lewis sollte durch den Fliegerangriff gezwungen werden, die ... äh ... *First Attempt* die Küstengewässer räumen zu lassen. Ursprünglich wollte ich gleich nach dem Bombardement des Flugfelds noch eine Attacke gegen das Schiff fliegen. Doch dummerweise sind dann Sie, Major, auf den Plan getreten und haben alles durcheinander gebracht.«

»Zu traurig«, warf Pitt sarkastisch ein.

»Wenn Willy Sie so hörte ...«

»Wo ist denn unser liebenswerter Spanner?« wollte Pitt wissen.

»Willy war der Pilot. Er hat es nicht mehr rechtzeitig geschafft, aus der *Albatros* abzuspringen. Er ertrank, bevor wir noch das Wrack erreicht hatten.« Von Tills Miene verdüsterte sich plötzlich. »Es scheint, als hätten Sie sowohl meinen Chauffeur wie auch meinen Hund auf dem Gewissen.«

»Willys Tod ist nur seiner eigenen Dummheit zuzuschreiben«, entgegnete Pitt ruhig. »Er ist auf den alten, plumpen Ballontrick hereingefallen, der auch schon Kurt Heibert das Leben gekostet hat. Und was den Hund betrifft, so rate ich Ihnen, das nächste Mal erst Ihr Besteck zu zählen, ehe Sie eine Ihrer tollwütigen Bestien auf Ihre Gäste hetzen.«

Von Till sah Pitt einen Moment lang forschend an. Dann begriff er. »Bemerkenswert, wirklich bemerkenswert. Sie haben also meinem Hund mit einem meiner eigenen Messer den Garaus gemacht? Wie geschmacklos, Major. Darf ich fragen, was Sie so mißtrauisch gemacht hat?«

»Eine düstere Vorahnung, nicht mehr und nicht weniger. Sie hätten nie versuchen dürfen, mich umzubringen – das war Ihr erster entscheidender Fehler.«

»Wie man's nimmt. Ihre Flucht aus dem Labyrinth hat Ihr Leben höchstens um ein paar Stunden verlängert.«

Pitt ging darauf nicht ein. Verstohlen sah er wieder zu dem Tunnel hinüber. Die beiden Wachtposten waren verschwunden. Die übrigen fünf standen jedoch nach wie vor unheildrohend an der Höhlenwand.

»Ihrem Empfangskomitee nach zu schließen, waren Sie auf unsere Ankunft offensichtlich vorbereitet?« Pitt sah von Till fragend an.

»Selbstverständlich waren wir darauf vorbereitet«, erklärte von Till kühl. »Unser beider Freund Darius hat mich rechtzeitig davon unterrichtet. Endgültig wußten wir Bescheid, als die *First Attempt* so auffällig dicht an die Klippen heransteuerte. Kein Kapitän der Welt führt grundlos so ein riskantes Manöver durch.«

»Und wie hoch ist Darius' Judaslohn?«

»Der genaue Betrag dürfte für Sie kaum von Interesse sein«, erwiderte von Till. »Immerhin möchte ich Ihnen doch so viel andeuten, daß Darius schon zehn Jahre in meinen Diensten steht. Unsere Organisation hat ihn stets angemessen entlohnt.«

Pitt starrte in die dunklen Augen des Griechen. »Eine hübsche Umschreibung für einen miesen Verrat. Das übrigens ist Ihr zweiter Fehler, von Till: daß Sie auf so eine schmierige Ratte wie Darius vertrauen. Sie werden es noch bitter bereuen.«

Darius zitterte vor Wut. Die Waffe in seiner Riesenpratze richtete sich auf Pitts Nabel.

Von Till schüttelte tadelnd den Kopf. »Sie werden ganz schnell mausetot sein, wenn Sie Darius noch länger so reizen.«

»Was macht das aus? Sie werden uns doch sowieso ins Jenseits befördern.«

»Schon wieder eine Ihrer düsteren Vorahnungen, Major? Sie sind ja der reinste Prophet.« Von Tills heiterer Tonfall gefiel Pitt ganz und gar nicht.

»Ich hasse Überraschungen«, knurrte er giftig. »Wie und wann?«

Mit einem eleganten Schwung zog von Till den Ärmel seiner Jacke zurück und blickte auf seine Uhr. »In exakt elf Minuten. Mehr Zeit kann ich Ihnen leider nicht einräumen.«

»Warum nicht gleich?« fuhr Darius dazwischen. »Wozu warten? Wir haben noch viel zu erledigen.«

»Immer mit der Ruhe, Darius«, wies ihn von Till zurecht. »Du denkst zuwenig. Wir könnten gut ein paar zusätzliche Hilfskräfte für das Verladen gebrauchen.« Er sah auf Pitt und lächelte. »Wegen Ihrer Verwundung sind Sie entschuldigt, Major. Die anderen jedoch«, wandte er sich an Pitts Leute, »verladen umgehend die Kisten, die Sie hier auf dem Dock sehen, in das U-Boot.«

»Wir arbeiten nicht für Verbrecher«, erwiderte Pitt ruhig.

»Sie wollen einfach nicht mit sich reden lassen. Na gut.« Von Till wandte sich an Darius. »Schieß ihm ein Ohr weg. Dann die Nase, dann . . .«

»Halt's Maul, du elender Scheißkerl!« stieß Woodson in äußerster Wut hervor. »Wir beladen deinen Mistkahn ja schon.«

Sie hatten keine Wahl, Pitt hatte keine Wahl. Ohnmächtig mußte er zusehen, wie Spencer und Hersong die Holzkisten vom Stapel nahmen und sie weiter an Knight und Thomas auf das U-Boot reichten. Woodson verschwand im Laderaum; nur seine Arme, die immer wieder aus der Luke heraus nach einer Kiste griffen, waren noch von ihm zu sehen.

Pitts Bein begann ernstlich weh zu tun. Er hatte das Gefühl, als hetzte ein winzig kleines Männchen mit einem Flammenwerfer in seiner Wunde hin und her. Ein- oder zweimal stand er dicht vor einer Ohnmacht; doch durch eine verzweifelte Willensanstrengung gelang es ihm jedesmal, die dunklen Nebel vor seinen Augen wieder zu vertreiben. Er zwang sich, das Gespräch mit von Till in unverbindlichem Plauderton fortzusetzen.

»Sie haben mit dem ›Wann‹ nur die Hälfte meiner Frage beantwortet, von Till.«

»Interessieren Sie die Umstände Ihres Ablebens wirklich so sehr?«

»Wie gesagt, ich hasse Überraschungen.«

Von Till warf Pitt einen langen, nachdenklichen Blick zu. Dann zuckte er die Schultern. »Wenn Sie es unbedingt wissen wollen« – Er hielt inne und sah abermals auf seine Uhr –: »Sie und Ihre Männer werden erschossen. Ein grausames Ende, zugegeben; doch, wie ich glaube, immer noch humaner, als bei lebendigem Leibe begraben zu werden.«

Pitt überlegte. »Sie ziehen es vor zu verschwinden, von Till? Aber natürlich: Das Verladen der Ware und der technischen Ausrüstung, die Tatsache, daß Sie sogar die Maschinengewehre aus der *Albatros* ausbauen lassen – das alles kann nur bedeuten, daß Sie Ihre Zelte abbrechen und das Weite suchen. Und sobald Sie hier heraus sind, jagen Sie die ganze Höhle in die Luft. Damit sind alle Spuren verwischt. Unsere Leichen werden unter dem meterhohen Schutt nie gefunden werden.«

Verblüffung und Mißtrauen spiegelten sich auf von Tills Zügen. »Bitte, fahren Sie fort, Major. Ich finde Ihre Überlegungen hochinteressant.«

»Sie stehen unter großem Zeitdruck. Der Boden brennt Ihnen unter den Füßen. Unter uns, in diesem U-Boot, lagern einhundertdreißig Tonnen Heroin – sie wurden in Shanghai an Bord genommen und dann mit einem Frachter der *Minerva Lines* durch den Indischen Ozean und den Suez-Kanal hierhertransportiert. Ich muß Ihnen für Ihren Einfallsreichtum wirklich ein Kompliment machen, von Till.

Jeder andere Gangster hätte versucht, das Heroin klammheimlich durch ein Hintertürchen in die Vereinigten Staaten zu schmuggeln. Nicht Sie! Sie posaunen erst einmal in der ganzen Welt herum, welche Ladung die *Queen Artemisia* an Bord hat und was ihr Bestimmungshafen ist. Verdammt gerissen! Selbst wenn INTERPOL dahinterkäme, daß Sie Ihren Schmuggel mit einem Unterseeboot betreiben – nützen würde das ihnen nichts. Denn INTERPOL hat im Augenblick ausschließlich die *Queen Artemisia* im Auge. Sie verstehen, was ich meine?«

Von Till schwieg.

»Wie Ihnen Darius zweifellos mitgeteilt hat«, fuhr Pitt fort, »vertrödeln Inspektor Zacynthus und das Drogendezernat ihre Zeit gegenwärtig damit, in Chicago eine Falle für die *Queen Artemisia* aufzubauen. Ich möchte nicht deren lange Gesichter sehen, wenn sie feststellen, daß das Schiff nichts als Kakao geladen hat, bis zum Rand.«

Pitt hielt inne, um sein Bein bequemer zu lagern. Er bemerkte, daß Knight und Thomas sich zu Woodson in den Laderaum gesellt hatten.

»Sie können sich beglückwünschen, von Till«, fuhr er fort. »Die Leute von INTERPOL sind Ihnen voll und ganz auf den Leim gekrochen. Sie haben nicht die geringste Ahnung, daß das Heroin in Wirklichkeit letzte Nacht hier an Land gebracht wurde und erst mit dem nächsten Schiff der *Minerva Lines* weitertransportiert werden soll. Wenn ich mich nicht irre, ist das die *Queen Jocasta*. Sie hat türkischen Tabak geladen und ist unterwegs nach New Orleans. In circa zehn Minuten wird sie hier vor der Küste vor Anker gehen. Deshalb sind Sie auch so nervös. Denn weil Sie es so verdammt eilig haben, sich von Thasos abzusetzen, müssen Sie Ihr U-Boot bei hellichtem Tage an die *Queen Jocasta* ankoppeln.«

»Sie haben eine lebhafte Phantasie«, meinte von Till abfällig. Die Miene des alten Mannes verriet jedoch aufs deutlichste, wie betroffen er war. »Es wird Ihnen freilich kaum möglich sein, Ihre wilden Theorien zu beweisen.«

»Wozu auch? In ein paar Minuten bin ich ohnehin tot.«

»Da haben Sie voll und ganz recht«, bestätigte von Till nachdrücklich. »Na gut, warum soll ich es nicht zugeben? Alles, was Sie gesagt haben, stimmt, Major. Sie sind wirklich von einem bestechenden Scharfsinn. Nur in einem Punkt muß ich Sie berichtigen: Die *Queen Jocasta* wird nicht in New Orleans anlegen, sondern in letzter Minute ihren Kurs ändern und Galveston in Texas anlaufen.«

Die drei Männer, die mit den Maschinengewehren der *Albatros* beschäftigt gewesen waren, hatten ihre Arbeit inzwischen beendet und waren verschwunden. Auf dem Dock war im Augenblick nur noch Hersong zu sehen; Spencer war ebenfalls zu den anderen in den Laderaum geklettert. Pitt sprach hastig weiter. Er mußte Zeit schinden.

»Ehe Sie Darius jetzt über mich herfallen lassen, gestatten Sie mir, bitte, noch eine letzte Frage. Als Gentleman können Sie mir das nicht abschlagen.«

In der Tat stand Darius die Mordlust ins Gesicht geschrieben. Mit der erwartungsfrohen, bösen Miene eines Schuljungen, der darauf brennt, einen Frosch zu sezieren, starrte er auf Pitt hernieder.

»Aber bitte, Major«, entgegnete von Till liebenswürdig, »fragen Sie.«

»Wie wird das Heroin vertrieben, wenn Sie es in Galveston gelöscht haben?«

Von Till lächelte. »Es ist nur wenigen Leuten bekannt, daß ich unter anderem auch Besitzer einer Fischereiflotte bin. Finanziell lohnt sie sich natürlich kaum, doch für gelegentliche kleine Einsätze ist sie ganz gut zu gebrauchen. Zur Zeit sind die Boote im Golf von Mexiko auf Fang. Sobald ich den Befehl gebe, ziehen meine Leute die Netze ein und laufen Galveston an. Dort treffen sie gleichzeitig mit der *Queen Jocasta* ein. Der Rest ist einfach: Das U-Boot legt von dem Schiff ab und wird von den Fischkuttern zu einer Konservenfabrik dirigiert. Zusammen mit den Fischen wird das Heroin in die Fabrik geschleust und in Konservendosen gefüllt; als Katzenfutter deklariert wird es dann in die gesamten Vereinigten Staaten verschickt. Das Drogendezernat hat keine Chance: Ehe es überhaupt einen Verdacht schöpfen kann, ist das Rauschgift schon auf dem Markt. Geben Sie zu, Major: Das kalte Entsetzen packt Sie, wenn Sie an all das Heroin denken, das Ihre Landsleute schnupfen, essen und sich spritzen werden.«

Pitt lächelte plötzlich. »Ja, wenn sich tatsächlich alles so abspielte – ich wäre entsetzt.«

Von Till kniff überrascht die Augen zusammen. Das waren ganz und gar nicht die Worte eines Menschen, der mit seinem Leben abgeschlossen hat. »Es *wird* sich so abspielen, das garantiere ich Ihnen.«

»Sie sind auch noch stolz darauf!« Fassungslos schüttelte Pitt den Kopf. »Tausende von Menschen wollen Sie für ein paar lumpige Dollar ins Elend stürzen, und Sie sind auch noch stolz darauf!«

»Ein paar lumpige Dollar sind es gewiß nicht. Ich gehe eher von einer halben Milliarde aus.«

»Sie werden nicht einmal mehr dazu kommen, das Geld zu zählen, geschweige denn, es auszugeben.«

»Und was sollte mich davon abhalten? Sie, Major? Inspektor Zacynthus? Oder werde ich vielleicht von einem Blitz erschlagen?«

»Die Vorsehung wird dafür sorgen, daß Ihre Pläne mißlingen.«

»Jetzt ist aber Schluß!« schaltete sich Darius aufgebracht ein. »Er soll endlich für seine Überheblichkeit bezahlen.« Sein häßliches Gesicht war vor Wut verzerrt. Pitt fühlte sich äußerst unbehaglich in seiner Haut. Er konnte sich nur zu gut vorstellen, wie sich Darius' Finger in diesem Augenblick um den Abzug krümmte.

»Nicht doch«, sagte er langsam. »Mich jetzt schon umzulegen wäre schäbig. Meine elf Minuten sind noch nicht vorbei.« In Wirklichkeit kam es ihm vor, als hätte er schon eine halbe Ewigkeit geredet.

Von Till verharrte einen Moment lang schweigend und spielte mit seiner Zigarette. »Eines würde mich noch interessieren, Major«, meinte er endlich. »Warum haben Sie meine Nichte gekidnappt?«

Ein verschlagenes Grinsen überflog Pitts Gesicht. »Zunächst einmal ist sie gar nicht Ihre Nichte.«

Darius erbleichte. »Das – das können Sie doch gar nicht wissen!«

»Ich weiß es aber trotzdem«, entgegnete Pitt gelassen. »Im Gegensatz zu Ihnen, von Till, besitze ich zwar keine Informationen aus erster Hand, doch ich weiß Bescheid. Zacynthus' Plan war im Grunde gar nicht so schlecht, doch leider schon von Anfang an zum Scheitern verurteilt. Ihre echte Nichte hat er irgendwo in England versteckt. Dann hat er ein anderes Mädchen aufgespürt, das ihr sehr ähnlich sah. Sie brauchte ihr nicht aufs Haar zu gleichen, da Sie die echte Teri ja schon seit über zwanzig Jahren nicht mehr gesehen hatten. Dieses Double schickte er hierher nach Thasos, wo sie dann ›ganz zufällig‹ bei Ihnen hereingeschneit kam.«

Darius sah von Till an und ballte die Fäuste. Der jedoch verzog keine Miene. Er nickte nur nachdenklich.

»Bedauerlicherweise«, fuhr Pitt fort, »war der ganze Aufwand für die Katz. Sie waren von ihrer Ankunft kein bißchen überrascht; Darius hatte Sie schließlich rechtzeitig informiert. Sie hatten jetzt die Wahl: Entweder konnten Sie das Mädchen als Schwindlerin entlarven und hinauswerfen, oder Sie gingen auf das Spiel ein und ließen sie lauter Falschmeldungen übermitteln. Klar, daß Sie sich für das letztere entschieden. Da waren Sie ganz in Ihrem Metier: Sie hielten alle Fäden in der Hand und konnten die Puppen nach Belieben tanzen lassen. Mit Darius auf der einen und dem Mädchen auf der anderen Seite konnten Sie Zacynthus und Zeno leicht in die Irre führen.«

»Ideale Bedingungen. Meinen Sie nicht auch, Major?«

»Sie konnten gar nicht besser sein«, erwiderte Pitt ruhig. »Vom Tage ihrer Ankunft bis zur Entführung aus der Villa wurde Teri ständig überwacht. Unter dem Vorwand, sie brauche einen Leibwächter, wurde ihr Willy beigesellt, und der ließ sie keine Sekunde aus den Augen. Seine Aufgabe hat ihm sicher viel Spaß gemacht – besonders, wenn Teri morgens zum Schwimmen ging. Dieser Frühsport diente übrigens nur dazu, Kontakt mit Zacynthus aufzunehmen. Er bot die einzige Möglichkeit, ihm ihre – natürlich völlig wertlosen – Informationen zu überbringen. Es muß Sie diebisch gefreut haben, daß Teri all den Unsinn, den Sie ihr erzählten, als brandheiße Neuigkeit weitergab. Aber irgendwie hat Zacynthus Lunte gerochen. Wahrscheinlich hatte er sich bei einem morgendlichen Rendezvous einmal verspätet und dabei Willy im Gebüsch entdeckt, der das Mädchen im Bikini beobachtete. Zacynthus drängte sich der Verdacht auf, daß alle ihre Zusammenkünfte bespitzelt worden waren, und plötzlich löste sich sein wunderschöner Plan in Rauch auf. Es schien, als hätten Sie ihn wieder einmal ausgetrickst.«

»Wir hätten ihn auch wieder eingewickelt«, polterte Darius los, »wenn *Sie* nicht gewesen wären...«

Pitt zuckte die Achseln. »Tja, ohne daß ich wußte, wie mir geschah, wurde schließlich auch ich in den Strudel der Ereignisse hineingezogen. Mein Leben wäre gewiß sehr viel einfacher verlaufen, wenn ich an dem bewußten Morgen im Bett geblieben wäre. Als Teri mich entdeckte, machte ich gerade, halb im Wasser liegend, ein Nikkerchen. Es war noch dunkel, und so dachte sie zuerst, ich wäre Zacynthus. Sie hat fast einen Herzschlag erlitten, als ich mich plötzlich aufsetzte und ganz unbefangen mit ihr zu plaudern anfing.«

Wieder jagte ein jäher Schmerz durch sein Bein. Gequält umklammerte er es. Er zwang sich, weiterzusprechen und preßte durch die zusammengebissenen Zähne: »Irgend etwas mußte katastrophal schiefgelaufen sein. Von Zacynthus war weit und breit nichts zu sehen. Statt dessen saß da ein wildfremder Mann, der offensichtlich keine Ahnung hatte, was gespielt wurde. Teri war vollkommen durcheinander. Doch sie schaltete schnell: Es war höchst unwahrscheinlich, daß ein Außenstehender morgens um vier Uhr ausgerechnet an diesem gottverlassenen Strand zum Baden ging. Es gab für sie nur eine Erklärung: Ich mußte einer Ihrer Leute sein, von Till. So ratterte sie ihre fabelhaft auswendig gelernte Biographie herunter und lud mich zum Abendessen in Ihr Haus ein. Sie glaubte, sie könnte Sie aus dem Konzept bringen, wenn Sie Ihnen plötzlich einen Ihrer eigenen Sklaven als ihren Freund vorstellte.«

Von Till lächelte. »Ich fürchte, Sie haben sich damals mit Ihrer lächerlichen Lüge, Sie wären Müllmann auf Brady Field, selbst ein

Bein gestellt. Teri hat Ihnen das nicht abgekauft, aber seltsamerweise habe ich Ihnen geglaubt.«

»So seltsam ist das gar nicht«, entgegnete Pitt. »Kein Agent der Welt würde sich wohl eine so unglaubhafte Doppelexistenz zulegen. Das wußten Sie. Nebenbei hatten Sie auch keinen Grund zu der Annahme, ich wäre ein Spitzel; Darius hätte Sie sonst längst vor mir gewarnt gehabt. Ich habe mir damals wirklich nur einen Spaß erlaubt – einen, der für mich recht schmerzhafte Folgen gehabt hat.«

Pitt hielt inne und rückte den Verband um seine Wunde gerade.

»Als ich dann jedoch in Uniform in Ihrer Tür stand und plötzlich zum Major avanciert war, da konnten Sie gar nicht anders, als mich für einen von Zacynthus' Agenten zu halten, der bei Ihnen eingeschleust werden sollte, ohne daß Darius davon wußte. Unwissentlich habe ich Sie sogar noch in Ihrem Verdacht bestärkt, als ich Sie beschuldigte, den Angriff auf Brady Field geflogen zu haben. Damit kam ich der Sache verdammt nahe, viel zu nahe für Ihren Geschmack, von Till. Sie entschlossen sich, mich verschwinden zu lassen. Das Risiko, daß dieser Mord jemals aufgedeckt würde, war gering. Meine Leiche wäre in dem Labyrinth nie gefunden worden. Jetzt ging Teri auf, daß sie einen furchtbaren Fehler begangen hatte. Ich war *wirklich* nur ein harmloser Außenseiter, und ich war *wirklich* nur rein zufällig an diesem Morgen schwimmen gegangen. Doch jetzt war es zu spät, ich war nicht mehr zu retten. Sie mußte den Mund halten und hilflos zusehen, wie Sie sich meiner ungestört entledigten.«

Von Till sah Pitt gedankenvoll an. »Ich glaube, jetzt verstehe ich. Sie nahmen noch immer an, das Mädchen wäre meine Nichte, und um sich an ihr zu rächen, entführten Sie sie.«

»Das stimmt, aber nur zur Hälfte«, erwiderte Pitt. »Ich wollte ihr auch ein paar wichtige Fragen stellen. Wenn jemand versucht, mich umzubringen, möchte ich gern wissen weshalb. Von Ihnen abgesehen, konnte mir nur das Mädchen Auskunft darüber geben. Aber da stand Colonel Zeno vor dem Labyrinth und verhaftete uns. Mit dem Fragenstellen war es da natürlich vorbei. Aber wie sich später zeigte, hatte ich Inspektor Zacynthus einen großen Dienst erwiesen.«

»Das verstehe ich nicht«, warf Darius mit eisiger Stimme ein.

»Zacynthus wollte das Mädchen ursprünglich selbst entführen lassen. Es war ja klar, daß ihr Einsatz fehlgeschlagen war. Und solange sie die Rolle Ihrer Nichte weiterspielte, war ihr Leben aufs höchste gefährdet. Sie mußte also heimlich aus Ihrer Villa geschleust und von der Insel geschafft werden. Diese Arbeit hatte ich ihm abgenommen. Allerdings war Zacynthus damit noch längst nicht aus dem Schneider. Zwei neue, unerwartete Probleme stellten sich ihm mit einem Male: Giordino und ich. Er wußte, daß auch wir Sie hinter Gitter bringen wollten. Die Idee gefiel ihm gut, doch mußte er verhindern, daß wir ihm dabei ins Handwerk pfuschten. Eine rechtliche Handhabe dazu besaß er nicht; auf der anderen Seite konnte er uns auch nicht mit Gewalt festhalten. So tat er das Nächstliegende und bat uns, mit INTERPOL zusammenzuarbeiten. Auf diese Weise konnte er uns gut im Auge behalten.«

»Sie haben recht, Major.« Von Till strich sich über seinen kahlen Schädel. Ein Schweißtropfen perlte ihm von der Stirn. »Ich hatte tatsächlich vor, das Mädchen zu beseitigen.«

Pitt nickte. »Deshalb drang Zacynthus auch so in mich, ich solle Teri an Bord der *First Attempt* unterbringen. Dort war sie vor Ihnen sicher und konnte gleichzeitig Giordino und mich überwachen. Mir dämmerte es erst heute morgen, welches Spiel das Mädchen eigentlich spielte und auf wessen Seite sie stand.«

Darius sah Pitt fassungslos an. »Das gibt es doch nicht, Major. Woher wissen Sie das alles?«

»Ein nettes, naives Mädchen wie Teri schnallt sich einfach keine 25er Mauser ans Bein«, erklärte Pitt bereitwillig. »Das macht nur ein Profi. Als ich sie am Strand traf, hatte Teri keine Pistole bei sich – Giordino entdeckte sie, als er das Mädchen durch das Labyrinth schleppte. Offensichtlich fürchtete sie also, daß ihr in der Villa etwas zustoßen könnte.«

»Sie verblüffen mich, Major«, sagte von Till und runzelte die

Stirn. »Offensichtlich habe ich Ihre Intelligenz unterschätzt. Aber das wird Ihnen im Endeffekt auch nichts mehr bringen.«

»Tatsächlich ist es mit meinem Scharfblick auch nicht allzuweit her.« Pitt lächelte müde. »Oder weshalb, glauben Sie, hätte ich sonst tatenlos zugesehen, wie Teri den Funker der *First Attempt* unter Drogen setzte, um heimlich Inspektor Zacynthus davon zu unterrichten, ich wollte mich auf die Suche nach der Höhle machen.«

»Das ist nicht schwer zu erraten«, lächelte von Till überlegen. »Sie waren im Grunde damit einverstanden. Nur wußten Sie nicht, daß Darius für mich arbeitete. Er hat die Nachricht empfangen und dann geflissentlich vergessen, sie an Inspektor Zacynthus weiterzuleiten. Tja, Major, die Dinge sind Ihnen einfach über den Kopf gewachsen.«

Pitt antwortete nicht gleich. Still kämpfte er mit den Schmerzen in seinem Bein. Sollte er seinen letzten Trumpf ausspielen? Lange würde er nicht mehr durchhalten – schon begann alles, ihm vor den Augen zu verschwimmen. Andererseits durfte er auch nicht zu weit gehen; sonst war das Spiel endgültig verloren. Er wandte den Kopf und sah matt zu Darius auf. Dessen Waffe war unverändert auf seine Nabelgegend gerichtet. Ja, er mußte es riskieren. Er sandte ein Stoßgebet zum Himmel, daß er das Richtige tat.

»Kann schon sein«, meinte er gleichmütig. »Aber auch Sie werden einmal scheitern, *Admiral Heibert*.«

Von Till schien es die Sprache verschlagen zu haben. Starr stand er da; sein Gesicht war wie versteinert. Dann kam ihm langsam die Ungeheuerlichkeit von Pitts Worten zu Bewußtsein. Er machte einen Schritt nach vorn. Um seinen Mund zuckte es.

»Wie – wie haben Sie mich genannt?« zischte er.

»Admiral Heibert«, wiederholte Pitt. »Admiral Erich Heibert, Chef der deutschen Handelsmarine im Dritten Reich; fanatischer Parteigänger Adolf Hitlers; und Bruder von Kurt Heibert, dem Flieger-As des Ersten Weltkriegs.«

Das letzte bißchen Farbe wich aus von Tills Gesicht. »Sie – Sie haben den Verstand verloren.« – »Die U-19 war Ihr letzter Fehler.«

»Blödsinn, völliger Blödsinn.« Ungläubig preßte er die Worte hervor.

»Das Modellschiff in Ihrem Arbeitszimmer hat mich darauf gebracht. Warum stellen Sie sich als ehemaliger Kampfflieger ausgerechnet ein U-Boot ins Zimmer? Warum nicht eine Nachbildung jenes Flugzeugs, das Sie im Krieg geflogen haben? Flieger sind in dieser Hinsicht genauso sentimental wie Seeleute. Meine Neugier war also geweckt. Ich bat deshalb Darius, sich mit dem deutschen Marinearchiv in Kiel in Verbindung zu setzen. Da er um Ihre wahre Identität nicht wußte, tat er das auch, ohne lange zu fragen. Ironie des Schicksals.«

»Darauf zielten Sie also ab«, schäumte Darius. Sein Blick war unverändert lauernd.

»Ich forderte aus Kiel eine Mannschaftsliste der U-19 an. Dann wandte ich mich an einen alten Freund in München – einen Kenner des Luftkrieges 1914/18 – und fragte ihn, ob er je etwas von einem Piloten namens Bruno von Till gehört hätte. Die Antwort war höchst aufschlußreich: Es hatte in den deutschen Fliegerstaffeln tatsächlich einen von Till gegeben. Nur hatten Sie behauptet, Sie wären zusammen mit Kurt Heibert in der Jagdstaffel 73 auf dem Flugfeld Xanthi in Mazedonien stationiert gewesen. Der echte von Till hingegen flog vom Sommer 1917 bis zum Waffenstillstand 1918 in der Jagdstaffel 9 in Frankreich; er kämpfte ausschließlich an der Westfront. Das nächste Indiz war die Mannschaftsliste der U-19. Gleich an erster Stelle stand der Name des Kommandanten – Erich Heibert. Skeptisch, wie ich bin, war mir das jedoch noch nicht Beweis genug. Ich setzte mich erneut mit Kiel in Verbindung und bat, mir alle verfügbaren Unterlagen über Erich Heibert zur Verfügung zu stellen. Die deutschen Behörden sandten mir das Material auch umgehend zu – ich verursachte dort einen Wirbel, als hätte ich Hitler, Göring und Himmler zusammen aufgespürt.«

»Gewäsch, nichts als wirres Gewäsch.« Von Till hatte sich wieder gefangen. Er musterte Pitt kalt von oben herab. »Kein vernünftiger Mensch nimmt Ihnen diese lächerlichen Märchen ab. Aus einem

U-Boot-Modell wollen Sie eine Verbindung zwischen mir und Heibert herleiten? Unfug!«

»Ich brauche gar keine großen Beweise ins Feld zu führen. Die Tatsachen sprechen für sich. Nach Hitlers Machtergreifung wurden Sie zum strammen Nationalsozialisten. Der Führer zeigte sich für Ihre Gefolgschaftstreue erkenntlich und ernannte Sie – nicht zuletzt Ihrer langjährigen Kriegserfahrung wegen – zum Obersten Befehlshaber der deutschen Handelsmarine. Diese Position hatten Sie während des ganzen Krieges inne, bis Sie kurz vor der Kapitulation plötzlich verschwanden.«

»Das alles hat nichts mit mir zu tun«, fiel ihm von Till ärgerlich ins Wort.

»Sie lügen«, entgegnete Pitt kühl »Doch lassen Sie mich fortfahren: Der richtige Bruno von Till heiratete in den zwanziger Jahren die Tochter eines reichen, bayerischen Geschäftsmannes, der – unter anderem – Reeder einer kleinen Handelsflotte war. Diese Handelsflotte fuhr unter griechischer Flagge. Von Till erkannte seine Chance. Flugs beantragte er die griechische Staatsbürgerschaft und wurde Generaldirektor der *Minerva Lines*. Die Gesellschaft stand damals kurz vor dem Bankrott. Von Till krempelte das ganze Unternehmen um und verwandelte es unbemerkt in eine Gangsterorganisation, die unter Umgehung des Versailler Vertrages Waffen und wichtiges Kriegsmaterial nach Deutschland schmuggelte. Von daher kannten Sie von Till auch; Sie halfen mit, dessen Organisation aufzubauen. Zunächst klappte alles wie am Schnürchen. Doch von Till war ein weitblickender Mann. Er erkannte, daß die Achsenmächte den Krieg zuletzt verlieren würden, und deshalb verbündete er sich schon frühzeitig mit den Alliierten.«

»Ich sehe den Zusammenhang nicht«, schaltete Darius sich ein. Er begann Interesse zu zeigen. Das mußte Pitt ausnutzen.

»Das ist der Clou der Sache. Ihr Boß, Darius, überläßt nur ungern etwas dem Zufall. Ein weniger intelligenter Mann hätte an seiner Stelle gegen Kriegsende einfach versucht unterzutauchen. Doch das war nicht Admiral Erich Heiberts Sache. Er hatte einen besseren

Plan in der Tasche. Irgendwie durchbrach er die feindlichen Linien und rettete sich nach England, wo der echte von Till lebte. Heibert brachte ihn kurzerhand um und nahm seine Identität an.«

»Wie war das möglich?« fragte Darius skeptisch.

»Heibert hatte alles aufs exakteste vorbereitet. Er war von etwa der gleichen Größe und Statur wie von Till. So brauchte er sich nur ein paar kleinen Gesichtsoperationen zu unterziehen und sich von Tills Gesten und Sprechweise anzugewöhnen, und schon konnte er in dessen Haut schlüpfen. Warum nicht? Enge Freunde existierten nicht; von Till war immer ein Einzelgänger gewesen. Kinder hatte er auch keine gehabt, und seine Frau war schon lange tot. Der einzige nähere Verwandte von Tills war ein Neffe, der in Griechenland geboren und aufgewachsen war. Selbst dieser Neffe bemerkte jahrelang nichts von dem Rollentausch. Als er dann schließlich doch dahinterkam, kostete ihn das das Leben. Ein Kinderspiel für einen professionellen Killer wie Heibert. Er brachte den Neffen und dessen Frau bei einem vorgetäuschten Bootsunfall ums Leben. Teri dagegen, ihre kleine Tochter, ließ er ungeschoren. Nicht, weil er sie gemocht oder weil er Mitleid mit ihr gehabt hätte. Er brauchte sie für seine Imagepflege: Es kam ihm gerade gelegen, als gütiger, fürsorglicher Großonkel aufzutreten.«

Abermals ließ Pitt einen verstohlenen Blick über Wachtposten und Tauchboot gleiten. Dann fuhr er fort: »In der ersten Zeit war der Schmuggel für Sie, Heibert, nur von untergeordneter Bedeutung. Ihr raffiniertes System dachten Sie sich jedoch schon damals aus. Die Idee, ein U-Boot an ein Mutterschiff zu koppeln, lag für Sie als ehemaligen Admiral ja recht nahe. Nun, eine Zeitlang lief alles hervorragend. Die *Minerva Lines* florierten, und die Umsätze stiegen. Alle Welt hielt Sie für den erfolgreichen Geschäftsmann von Till. Doch allmählich machte Ihnen Ihre eigene Tüchtigkeit Sorgen. Je bekannter Sie wurden, desto größere Gefahr liefen Sie, daß jemand Ihre wahre Identität entdeckte. Sie zogen sich deshalb auf Thasos zurück, richteten hier Ihr neues Zuhause ein und spielten den exzentrischen, eigenbrötlerischen Millionär. Ihr Unternehmen führten Sie aber unverändert weiter. Sie ließen sich in Ihrer Villa einen leistungsstarken Kurzwellensender installieren und leiteten von nun an die *Minerva Lines* von der Insel aus. Das europäische Festland haben Sie nie wieder betreten. Mit der Zeit aber nahmen Ihre verbrecherischen Neigungen immer stärker überhand. Sie ließen die *Minerva Lines* zu einem viertklassigen Frachtunternehmen verkommen und widmeten sich ganz dem Schmuggel.«

»Worauf wollen Sie eigentlich hinaus?« fiel ihm Darius brutal ins Wort.

»Ich ziehe Bilanz, nichts weiter«, erwiderte Pitt. »Bei den Nürnberger Prozessen war auch unser Freund Admiral Heibert angeklagt. Verständlicherweise zog er es aber vor, dort lieber nicht zu erscheinen, und so ist er noch heute einer der nach Martin Bormann meistgesuchten Kriegsverbrecher. Ihr Boß ist wirklich zu bewundern, Darius. Während Eichmann sich mit der Endlösung der Judenfrage beschäftigte, forderte Heibert beim Oberkommando der Wehrmacht für seine Handelsschiffe alliierte Kriegsgefangene an, von denen er jedem seiner Pötte ein paar beigeben wollte, um auf diese Weise die amerikanischen und britischen Bomberpiloten von Angriffen abzuhalten. Daß die Idee nicht verwirklicht wurde, ist nicht ihm zu verdanken. Es gab genug anderes, für das er verantwortlich war. Klar, daß er sich deshalb gegen Kriegsende lieber verdrückte. Er wußte, was ihn sonst erwartet hätte. Bei den Nürnberger Prozessen wurde er deshalb auch *in absentia* zum Tode verurteilt. Bis heute konnte das Urteil leider nicht vollstreckt werden. Aber nun ist es soweit.«

Pitt hatte die Karten auf den Tisch gelegt. Jetzt konnte er nur noch hoffen, daß er von Till lange genug hingehalten hatte.

»Das wär's. Ein paar Fakten, ein paar logische Kombinationen. Ich habe die ganze Geschichte natürlich nur in groben Zügen skizziert. Die deutschen Behörden konnten mir über Funk auch nur in Kurzfassung mitteilen, was sie alles in ihren Akten stehen haben. Einige Details werden nie geklärt werden. Wie dem auch sei, Sie sind ein toter Mann, Heibert.«

Von Till sah Pitt abwägend an. »Kümmere dich nicht um sein dummes Geschwätz, Darius«, sagte er dann. »Das ist nichts als die Hinhaltetaktik eines Verzweifelten . . .«

Er brach ab und lauschte. Das Geräusch, ein fernes, dumpfes Stampfen, war zunächst nur leise zu vernehmen. Dann erkannte Pitt den Tritt schwerer, genagelter Stiefel; über das hölzerne Dock kam jemand auf sie zumarschiert. Der Nebel, der soeben wieder undurchdringlich über dem Wasser lag, verbarg den Betreffenden jedoch. Die Schritte kamen rasch näher; laut hallten sie von den Höhlenwänden wider. Es klang, als rückte ein ganzer Trupp Soldaten vor. Da wurde im Licht der Scheinwerfer allmählich eine schemenhafte Gestalt deutlich. Der Mann trug die Uniform von von Tills Leibwache – mehr war durch das milchige Grau nicht zu erkennen. Vier, fünf Meter vor dem U-Boot blieb er stehen, schlug die Hacken zusammen und schnarrte: »Die *Queen Jocasta* ist vor Anker gegangen, Sir!«

»Idiot«, fuhr von Till ihn wütend an. »Kehren Sie sofort auf Ihren Posten zurück!«

»Wir dürfen keine Zeit mehr verlieren«, drängte Darius. »Ein Schuß in die Weichteile, und der Major wird still und leise verbluten.«

»Wie Sie meinen«, erklärte Pitt ruhig. Sein Blick war vollkommen ausdruckslos, er schien nicht die geringste Furcht zu haben.

Von Till machte eine knappe Verbeugung. »Tut mir leid, Major«, sagte er gemessen, »daß ich unserer interessanten Unterhaltung ein so abruptes Ende setzen muß. Ich hoffe, Sie haben Verständnis dafür, daß ich Ihnen die traditionelle letzte Zigarette nicht mehr zugestehen kann.« Weiter sagte er nichts. Ein giftiges Lächeln lag auf seinem Gesicht. Pitt erwartete den Todesschuß.

18. Kapitel

Es bellte auch ein Schuß auf. Doch hörte man nicht den peitschenden Knall eines Gewehrs, sondern das schwere Donnern eines großkalibrigen 45er Colts. Darius schrie laut auf, die Waffe fiel ihm aus der Hand und glitt ins Wasser. In seiner viel zu weiten Uniform sprang Giordino vom Dock auf das U-Boot und hielt von Till den Colt ans Ohr. Dann drehte er sich um.

»Na, was sagst du nun? Ich habe sogar daran gedacht, den Colt zu entsichern.«

»Du hast wirklich Sinn für Dramatik«, entgegnete Pitt. Die Erleichterung ließ ihn krampfhaft auflachen. »Errol Flynn hätte sich keinen besseren Auftritt verschaffen können.«

Von Till und Darius standen wie versteinert da. Ungläubiges Staunen malte sich auf ihren Gesichtern. Auch die Wachtposten auf dem Felssims bemerkten jetzt, daß sich etwas gänzlich Unerwartetes ereignet hatte. Wie auf Kommando richteten alle fünf ihre MPs auf Pitt.

»Finger weg vom Abzug!« donnerte Giordino. »Ein Schuß, und ihr werdet alle niedergemäht. Das ist kein Bluff! Ihr seid eingekesselt! Da, seht!«

Giordino wies zum Tunneleingang hinüber. Wie aus dem Nichts waren dort zehn MP-Schützen aufgetaucht. Pitt mußte zweimal hinsehen, ehe er die Soldaten in ihren schwarz-braun gefleckten Kampfanzügen gegen den rissigen, felsgrauen Hintergrund richtig erkennen konnte. Es schienen hartgesottene, kampferprobte Männer zu sein, die dort standen und knieten, die Waffen schußbereit. Der martialische Eindruck wurde noch durch die kastanienbraunen Baretts bestärkt: Es waren Angehörige einer Eliteeinheit.

»Und nun wenden Sie bitte Ihre Aufmerksamkeit dem U-Boot hinter mir zu«, forderte Giordino von Tills Leute auf.

Mit einem satanischen Grinsen im Gesicht saß da Colonel Zeno im Turm des Tauchbootes. Das gewaltige Maschinengewehr in seiner Hand brach endgültig den Kampfeswillen der Wachtposten. Langsam ließen sie ihre Maschinenpistolen sinken und hoben die Hände.

Nur einer zögerte noch. Und er bezahlte dafür. Zeno drückte ab. Das MG ratterte kurz auf, der Wachtposten sank lautlos in die Knie und plumpste ins Wasser. Eine große, rote Wolke mischte sich in das leuchtende Kobaltblau.

»Jetzt geht ihr schön langsam zum nächsten Ausgang!« befahl Giordino. »Die Hände hinter dem Kopf verschränkt!«

Seine Schmerzen waren Pitt deutlich anzusehen, als er sich erschöpft an Giordino wandte: Du hast dir ja ganz schön Zeit gelassen.«

»Rom wurde auch nicht an einem Tag erbaut«, versetzte Giordino würdevoll. »An die Küste zu schwimmen, Zacynthus und Zeno aufzuspüren, ihre Sondereinheit zu mobilisieren und dann im Laufschritt durch dieses vermaledeite Labyrinth zu hetzen, das dauerte eben seine Zeit.«

»Hast du dich verlaufen?«

»Nein. Deine Angaben stimmten genau. Wir haben den Aufzugsschacht sofort gefunden.«

Von Till machte einen Schritt auf Pitt zu. Sein Blick war eisig. »Wer hat Ihnen von dem Aufzug erzählt?« zischte er.

»Niemand«, entgegnete Pitt kurz. »Als ich durch das Labyrinth irrte, geriet ich zufällig in einen Seitengang, der an einem Belüftungsschacht endete. Aus diesem Schacht drang das Summen eines Generators. Was das zu bedeuten hatte, wurde mir allerdings erst klar, als ich eine Ahnung von der Existenz der Unterwasserhöhle bekommen hatte. Ihr Haus steht oben auf den Klippen; ein Aufzug bietet sich als geheime Verbindung zwischen Villa und Höhle also geradezu an. Das muß man sagen: Die Phönizier haben Ihnen da ein für Ihre Zwecke einmalig geeignetes Arrangement hinterlasssen, von Till.«

»Entschuldige«, unterbrach ihn Giordino. »Willst du etwa sagen, daß hier bereits vor Christi Geburt geschmuggelt wurde?«

»Du bist wieder einmal nicht informiert«, lachte Pitt. »Wenn du die Broschüre gelesen hättest, die Zeno vor der Führung durch die Ruinen verteilt hat, wüßtest du, daß die ersten Einwanderer auf Thasos die Phönizier waren. Sie haben hier Gold und Silber geschürft. Das Labyrinth ist vermutlich eine ehemalige Goldmine. Die Griechen, die ein paar hundert Jahre später kamen, sahen in ihm dann ein Bauwerk der Götter.«

Aus dem Augenwinkel erhaschte Pitt eine flüchtige Bewegung auf dem Dock. Er wandte sich um und erblickte Zacynthus, der eilig herangelaufen kam. Neben Pitt blieb er stehen und sah lange auf ihn herab.

»Wie geht's Ihrem Bein?« fragte er schließlich.

Pitt zuckte die Achseln. »Es wird wahrscheinlich immer ein bißchen weh tun, wenn das Barometer fällt; aber ich glaube nicht, daß mein Lebenswandel sonderlich davon beeinträchtigt wird.«

»Colonel Zeno hat bereits zwei Leute nach einer Bahre geschickt. Sie müßten in ein paar Minuten da sein.«

»Hat es mit dem Abhören geklappt?«

Zacynthus nickte. »Wir haben jedes Wort mitgekriegt. Die Höhle hat eine Akustik wie ein Konzertsaal.«

»Sie werden all das ja doch nie beweisen können«, sagte von Till verächtlich und seine Lippen verzogen sich zu einem höhnischen Lächeln. In seinen Augen jedoch lag Verzweiflung.

»Wie schon gesagt«, erwiderte Pitt müde, »wir brauchen Ihnen gar nichts zu beweisen. Es sind bereits vier Sachverständige für Kriegsverbrechen des Zweiten Weltkriegs aus Deutschland nach Thasos unterwegs. Die US-Air Force, der natürlich auch sehr daran liegt, daß dem Veranstalter des Schützenfestes auf Brady Field der Prozeß gemacht wird, hat ihnen eine Maschine zur Verfügung gestellt. Die Leute verstehen ihr Handwerk. Sie werden Sie trotz Ihres Alters, trotz Gesichtsoperation und veränderter Stimme identifizieren. Sie haben keine Chance, Admiral.«

»Ich bin griechischer Staatsbürger«, entgegnete von Till herablassend. »Keiner hat das Recht, mich nach Deutschland auszuliefern.«

»Hören Sie doch mit Ihrem dummen Versteckspiel auf!« fuhr Pitt ihn an. »*Von Till* war griechischer Staatsbürger, nicht Sie! Colonel Zeno, könnten Sie den Admiral vielleicht über seine Lage aufklären?«

»Mit Vergnügen, Major.« Zeno war aus dem Turm des U-Boots geklettert und stand jetzt neben Zacynthus. Er lächelte von einem Ohr bis zum anderen und musterte von Till zufrieden. »Wir Griechen sehen es gar nicht gern, wenn jemand illegal in unser Land einwandert, und einem Kriegsverbrecher, der gesucht wird, können wir natürlich unter keinen Umständen Asyl gewähren. Wenn Sie, wie Major Pitt behauptet, tatsächlich Admiral Erich Heibert sein sollten, dann werde ich mich persönlich dafür einsetzen, daß Sie mit dem nächsten Flugzeug ausgeflogen und den deutschen Behörden übergeben werden.«

»Damit wäre die leidige Affäre auf elegante Weise aus der Welt geschafft«, stellte Zacynthus voll Genugtuung fest. »Und uns bleibt ein langwieriger Prozeß wegen Rauschgiftschmuggels erspart. Von Tills Abnehmer sind uns allerdings durch die Lappen gegangen. Schade.«

»Vergessen Sie nicht: Gelegenheit macht Diebe«, grinste Pitt.

»Wie meinen Sie das?«

»Ganz einfach, Zac. Sie wissen jetzt, wo und wie die Übergabe des Heroins stattfinden soll. Es dürfte nicht weiter schwierig sein, die *Queen Jocasta* zu kapern und das Rauschgift persönlich anzuliefern. Ich bin sicher, daß Heiberts Verhaftung noch so lange geheimgehalten werden kann, bis Ihre Falle zuschnappt.«

»Ja, das könnte klappen«, meinte Zacynthus nachdenklich. »Vorausgesetzt, ich treibe ganz rasch eine Mannschaft auf, die Schiff und U-Boot bedienen kann.«

»Im Mittelmeer ist doch die Zehnte Flotte stationiert«, schlug Pitt vor. »Machen Sie Ihren Einfluß geltend und bitten Sie die Marine, Ihnen eine Ersatzmannschaft zur Verfügung zu stellen. Die Männer könnten innerhalb weniger Stunden hier sein. Selbst der Zeitplan der *Queen Jocasta* ließe sich noch einhalten, wenn der alte Kasten Volldampf gefahren wird.«

Zacynthus musterte Pitt beeindruckt. »Ihnen geht wohl selten etwas schief?«

Pitt zuckte die Achseln. »Ich gebe mir eben Mühe, Fehlschläge zu vermeiden.«

»Eines würde ich noch gern von Ihnen erfahren.«

»Und das wäre?«

»Woher wußten Sie, daß Darius ein Spitzel ist?«

»Das erste Mal witterte ich Unrat, als ich die *Queen Artemisia* durchstöberte. Das Funkgerät an Bord war auf genau dieselbe Frequenz eingestellt wie das Gerät in Ihrem Büro. Zunächst hatte ich Sie alle drei im Verdacht. Klar sah ich, als ich zurück am Strand war und Giordino mir erzählte, daß Darius die ganze Nacht über am Funkgerät gesessen habe. Während Sie und Zeno also vor der Villa auf der Lauer lagen und sich mit den Moskitos herumschlugen, schlürfte Darius gemütlich seinen Metaxa und informierte Heibert über jeden Ihrer Schritte. Aus diesem Grund konnte ich mich auf dem Schiff auch völlig ungestört umschauen. Die gesamte Mannschaft war unten im Kielraum damit beschäftigt, das U-Boot abzukoppeln. Weil Darius versichert hatte, daß die Luft rein sei, hatte der Kapitän keine Wachen aufgestellt. Weder Sie, Zac, noch Darius wußten ja von meinem Vorhaben. Ursprünglich hatte ich nur vorgehabt, die *Queen Artemisia* vom Wasser aus zu inspizieren. Als dann jedoch keine Menschenseele an Bord des Schiffes zu sehen war, entschied ich mich anders und kletterte an Deck. Sie müssen entschuldigen, daß ich mich nicht vorher mit Ihnen abgesprochen habe; aber ich war sicher, daß Sie Himmel und Hölle in Bewegung gesetzt hätten, um mich von meinem Plan abzubringen.«

»Ich bin derjenige, der sich entschuldigen sollte«, entgegnete Zacynthus. »Ich komme mir wie ein Vollidiot vor. Wie hatte ich nur so blind sein können? Schon daß es Darius nie gelang, den Funkverkehr zwischen der Villa und den vorbeifahrenden Schiffen der *Minerva Lines* abzuhören, hätte mich stutzig machen müssen.«

»An und für sich hätte ich Sie bereits heute morgen von meinem

Verdacht in Kenntnis setzen können«, fuhr Pitt fort. »Aber in Darius' Gegenwart wäre das wohl wenig klug gewesen. Und solange ich nicht irgendwelche handfesten Beweise hätte vorbringen können, hätten Sie und Zeno mir ja doch nicht geglaubt.«

»Damit mögen Sie recht haben«, gab Zacynthus zu. »Doch gestatten Sie mir noch eine Frage: Woher wußten Sie von der *Queen Jocasta*?«

»Als Giordino und ich heute morgen den Jeep zur Fahrbereitschaft nach Brady Field zurückbrachten, erwartete uns dort Colonel Lewis. Er teilte uns mit, daß eine *Queen Jocasta* von der Frühpatrouille gesichtet worden sei und das Schiff direkten Kurs auf Thasos nehme. Daraufhin setzte ich mich mit der Vertretung der *Minerva Lines* in Athen in Verbindung und erkundigte mich nach Fracht und Zielhafen der *Queen Jocasta*. Die Auskunft, die man mir erteilte, war äußerst interessant. Nicht nur, daß innerhalb von zwölf Stunden zwei Schiffe der *Minerva Lines* vor der Villa haltmachten – beide Schiffe nannten als Ziel auch Häfen in den USA! Der Gedanke drängte sich förmlich auf, daß von Till, oder vielmehr Heibert, plante, das U-Boot von der *Queen Artemisia* auf die *Queen Jocasta* zu überführen.«

»Sie hätten mich in Ihr Geheimnis ruhig einweihen können«, bemerkte Zacynthus säuerlich. »Fast hätte ich nämlich Giordino festgenommen, als er in mein Büro platzte und verlangte, ich solle ihm, zusammen mit Colonel Zenos Männern, in das Labyrinth folgen.«

Pitt sah ihn aufmerksam an. Der Inspektor schien ehrlich verärgert. »Ich hatte schon in Erwägung gezogen, Sie zu informieren«, erklärte er schließlich. »Doch dann dachte ich, es sei besser, Stillschweigen zu bewahren, damit Darius keinen Wind von der Sache bekäme. Deshalb habe ich auch das Mädchen im Dunkeln gelassen. Es war wichtig, daß sie nicht zuviel plapperte, als sie Ihr Büro über Funk von meiner Absicht unterrichtete, nach der Höhle zu tauchen. Schließlich saß Darius am Empfangsgerät. Es blieb mir also gar nichts anderes übrig, als hinter Ihrem Rücken zu handeln.«

»Wenn man sich vorstellt, daß ein gewiefter Kriminalinspektor so von einem Amateur ausgetrickst wird . . .« Zacynthus schüttelte bedauernd den Kopf. Dann plötzlich lächelte er. »Aber es hat sich bezahlt gemacht, Major, voll und ganz.«

Pitt atmete erleichtert auf. Er hatte schon befürchtet, es mit Zacynthus verdorben zu haben. Er drehte sich wieder zu von Till um und begegnete dem haßerfüllten Blick des Deutschen. Pitts Abscheu erwachte stärker als je zuvor. Es war in der ganzen Höhle zu hören, als er sich mit leiser, eiskalter Stimme an den Alten wandte: »Nie werden Ihre Verbrechen wieder gutzumachen sein, Heibert. Keiner der Menschen, die einen qualvollen Tod in den eisigen Fluten der Nordsee starben, kann wieder zum Leben erweckt werden. Keines der Mädchen, das jetzt in irgendeinem orientalischen Freudenhaus dahinvegetiert, wird je seine Heimat wiedersehen. Aber Sie werden dafür bezahlen, Heibert, teuer bezahlen.«

In blindem Zorn stürzte sich von Till auf Pitt. Er stieß unzusammenhängende Wortfetzen hervor, sein Gesicht war zu einer Grimasse verzerrt, und die Gewehre um sich herum schien er gar nicht mehr wahrzunehmen. Doch bevor er zwei Schritte weit gekommen war, versetzte ihm Giordino mit dem Pistolenknauf einen gewaltigen Hieb in den Nacken. Von Till klappte zusammen und blieb wie tot liegen. Giordino sah nicht einmal auf ihn herab, als er den Colt in den Halfter zurückschob.

»Sie haben ein bißchen fest zugeschlagen«, meinte Zacynthus vorwurfsvoll.

»Unkraut verdirbt nicht«, erwiderte Giordino ungerührt. »Der alte Hurensohn wird's überleben.«

Die ganze Zeit über hatte Darius kein einziges Wort gesprochen. Der Koloß stand einfach da und starrte mit leerem Blick vor sich hin. Seine verwundete Hand hing schlaff herab, und schon hatte das herabtropfende Blut zu seinen Füßen eine kleine Lache gebildet. Er schien es nicht zu bemerken. Irgendwie fühlte sich Pitt, als er ihn so dumpf vor sich hinbrüten sah, an einen Gorilla erinnert. Er hätte Darius jetzt nicht allein gegenüberstehen mögen.

»Was geschieht mit ihm?« fragte er dann und deutete auf den

Griechen.

»Ihm wird ein kurzer Prozeß gemacht«, antwortete Zacynthus. »Und dann wird sich ein Exekutionskommando mit ihm befassen . . .«

»Es wird keinen Prozeß geben«, fiel ihm Zeno ins Wort. »Die Öffentlichkeit darf nie von diesem abscheulichen Verrat erfahren.« Tiefe Trauer klang aus Zenos Stimme heraus. »Captain Darius starb in Erfüllung seiner Pflichten.«

Man hätte eine Stecknadel fallen hören können, so ruhig war es plötzlich in der Höhle. Verwirrt sahen die Männer einander an. Warum sprach Zeno in der Vergangenheit?

Darius sagte noch immer nichts. Seiner unbewegten Miene war nichts zu entnehmen, höchstens völlige Ergebung in sein Schicksal. Gleich einem Schlafwandler kletterte er jetzt langsam vom U-Boot herunter auf das Dock und blieb mit gesenktem Kopf vor Zeno stehen.

»Ich kenne dich nun seit vielen Jahren, Darius«, erklärte Zeno mit müder Stimme. »Doch offensichtlich habe ich dich nie richtig gekannt. Gott allein weiß, wie du zu dem geworden bist, der du bist. Es ist schade um dich. Die Gendarmerie verliert einen guten Mann . . .« Zeno stockte, suchte nach Worten, doch er wußte nichts mehr zu sagen. Bedächtig zog er das Magazin aus seiner Pistole und nahm behutsam alle Patronen heraus, bis auf eine. Dann schob er das Magazin zurück und reichte Darius die Pistole, den Knauf voran.

Darius nickte gehorsam. Suchend blickte er Zeno in die Augen, als erwartete er noch ein letztes Wort, doch dieser schwieg beharrlich. Daraufhin nahm Darius die Pistole, wandte sich um und ging schwerfällig das Dock entlang auf den Tunneleingang zu.

»Kein Wort des Abschieds, kein Wort des Bedauerns. Nicht einmal zum Teufel hat er uns gewünscht«, stieß Giordino verständnislos hervor. »Er geht einfach weg und schießt sich eine Kugel in den Kopf. Haben Sie keine Angst, daß er vielleicht türmt?«

»Darius hat sein Leben verwirkt, als er zum Verräter wurde«, erwiderte Zeno ruhig. »Das wußte er damals schon – und heute erfüllt sich sein Schicksal. Noch ein letztes Vaterunser, dann drückt er ab.«

Giordino sah Darius hinterher, bis er im Dunkel des Tunnels verschwunden war. Die Bestimmtheit, mit der Zeno gesprochen hatte, erschütterte ihn. Er konnte es einfach nicht begreifen, daß Darius so selbstverständlich seinem Leben ein Ende setzte.

Er wandte sich wieder Pitt zu. »Wir haben viel Zeit verloren. Gunn bekommt wahrscheinlich schon Zustände, weil seine kostbaren Wissenschaftler nicht zurückkehren.«

»Man kann es ihm nicht verdenken.« Das hatte Knight gesagt. Er kam aus der Ladeluke geklettert und lächelte Giordino spöttisch an. »Große Geister gibt es schließlich nicht oft auf der Welt.«

»Sieh da, der Eierkopf macht Witze«, knurrte Giordino. »So weltbewegend ist Ihre Wissenschaft nun auch wieder nicht.«

Trotz seiner Schmerzen mußte Pitt lachen. »Aber vielleicht färbt Knights Intellekt ein bißchen auf dich ab, wenn du ihn jetzt zusammen mit den anderen zurück zur *First Attempt* geleitest. Bis sie sicher an Bord sind, bist du für sie verantwortlich.«

»Du könntest ruhig auch ein paar Worte der Anerkennung sagen«, brummte Giordino. »Nach allem, was ich für dich getan habe.«

»Du hast ja recht«, meinte Pitt besänftigend. »Und jetzt mach dich auf die Socken. Wenn ihr durch die Höhle zurücktauchen wollt, müßt ihr allerdings erst die Tauchgeräte aus dem Wasser holen.«

Nun kletterte auch Woodson aus der Ladeluke. Er kam zu Pitt. »Vielleicht sollte ich noch bei Ihnen bleiben, Major, bis die Leute mit der Bahre kommen?«

»Danke, nicht nötig«, erwiderte Pitt. Der aufrichtig besorgte Blick Woodsons überraschte ihn. »Mir geht es ganz gut. Der Inspektor wird mich ja bald der Obhut einiger hübscher Krankenschwestern anvertrauen. Habe ich recht, Zac?«

»Tut mir leid«, lächelte Zacynthus. »Da müßte die Air Force erst einmal die Wehrgesetze ändern. Denn ich glaube, daß man auf dieser Insel einzig im Hospital von Brady Field in der Lage ist, eine Schußwunde zu verarzten.«

Die Sanitäter trafen ein und hoben Pitt vorsichtig auf die Bahre. »Na ja«, meinte er. »Wenigstens werde ich erstklassig bedient.« Dann setzte er sich auf. »Verdammt, fast hätte ich es vergessen. Wo ist Spencer?«

»Hier, Major, hier bin ich.« Der rotbärtige Meeresbiologe hatte hinter Woodson gestanden. »Was gibt's?«

»Richten Sie Commander Gunn aus, ich hätte ein kleines Geschenk für ihn.«

Spencer wurde sichtlich blaß, als sein Blick auf Pitts verletztes Bein fiel. »Geht in Ordnung.«

Pitt stützte sich auf den Ellenbogen. »In der äußeren Höhle klaffen in der rückwärtigen Wand mehrere kleine Felsspalte. Vor einer dieser Spalte liegt ein länglicher, flacher Stein. Wenn er sich noch nicht wieder daraus befreit hat, können Sie dort einen Hexenfisch aufstöbern.«

Spencer blieb der Mund offen stehen. »Einen Hexenfisch? Sind Sie sicher, Major?«

»Ich werde doch wohl noch einen Hexenfisch erkennen«, gab Pitt lachend zurück. »Beeilen Sie sich, sonst entwischt er Ihnen noch.«

Spencer pfiff durch die Zähne. »Mir verschlägt's die Sprache. Ich habe fast schon geglaubt, diesen Fisch gäbe es überhaupt nicht.« Er stockte und dachte nach. »Harpunieren geht nicht – wir brauchen ihn lebend. Ein Netz, hätte ich bloß ein Netz dabei!«

»Wozu ein Netz«, grinste Pitt. »Packen Sie den Hexenfisch einfach an den Flossen.«

Er legte sich erschöpft zurück. Der Schmerz hatte etwas nachgelassen; sein Bein war fast gefühllos geworden. Ein Schleier sank vor seinen Augen nieder; die Menschen um ihn herum schienen auf einmal unendlich fern, und ihre Stimmen drangen wie aus einer anderen Welt zu ihm. Die Sanitäter hoben die Bahre und wollten Pitt schon davontragen, als er ein letztes Mal den Kopf hob.

»Zac, eine Frage noch«, flüsterte er. »Wie heißt das Mädchen wirklich?«

Zac sah auf Pitt herunter. In seinem Blick lag ein verhaltenes Lächeln. »Amy.«

»Amy«, wiederholte Pitt leise. »Ein schöner Name.« Dann legte er sich zurück und schloß die Augen. Das letzte, was er wahrnahm, war ein einzelner Schuß, der durch das Labyrinth hallte.

Epilog

Kein Wölkchen stand am sommerlich blauen Himmel, und es herrschte drückende Hitze. Gleich Riesenquadern erhoben sich die Hochhäuser in die flimmernde Luft, und ihre Fensterfronten gleißten im hellen Sonnenlicht. Der Verkehr wälzte sich in dichtem Strom durch die Straßenschluchten, und die Bürgersteige quollen vor Büroangestellten über, die soeben Mittagspause hatten. Pitt stieß die große Glastür auf und hinkte steifbeinig in die klimatisierte Eingangshalle des Bureau of Narcotics, des Drogendezernats.

Das Schöne an Washington D.C., überlegte er, sind die hübschen Mädchen, die hier die Büros bevölkern. Mädchen jeden Alters, mit den reizendsten Figuren und den entzückendsten Launen. Als eingefleischter Junggeselle kam er sich hier wie ein kleiner Junge vor, der, die Taschen voller Geld, in einem Süßwarenladen steht. Er schenkte drei Sekretärinnen, die gerade dem Aufzug entstiegen, ein verwegenes Lächeln. Es wurde nur flüchtig erwidert, mit jener Sprödigkeit, mit der eine Frau gewöhnlich auf die Anbiederungsversuche eines fremden Mannes reagiert. Dann stolzierten die drei an ihm vorbei in die Eingangshalle; allerdings nicht, ohne noch ein oder zwei verstohlene Blicke über die Schulter zurückzuwerfen. Pitt betrat den Lift.

Einige Augenblicke später hinkte er, schwer auf seine Krücke gestützt, in den Vorraum im achten Stock. Ein gutes Dutzend Mädchen saß dort und traktierte seine Schreibmaschinen. Niemand sah auf, als Pitt langsam über den flauschigen Teppich auf eine stattliche Blondine zuhumpelte, deren Schreibtisch das kleine Schildchen »Information« zierte. Interessiert studierte Pitt ihre üppigen Formen, dann räusperte er sich und sagte: »Entschuldigen Sie.«

Der Lärm der klappernden Schreibmaschinen verschluckte seine Worte.

»Entschuldigen Sie«, wiederholte er lauter.

Sie wandte sich um und sah ihn an. »Kann ich Ihnen behilflich sein?« fragte sie kühl. Ihre großen, haselnußbraunen Augen musterten ihn gelangweilt. Pitt mußte sich eingestehen, daß ihre Reserve nicht unberechtigt war. In seinem weißen Rollkragenpullover und seiner grünen Windjacke sah er wirklich nicht aus, als hätte er in der Chefetage des Bureau of Narcotics etwas zu suchen.

»Ich würde gern den Direktor sprechen.«

»Ich bedaure«, antwortete sie und wandte sich wieder ihrer Schreibmaschine zu. »Der Herr Direktor ist sehr beschäftigt.«

Pitt nahm, leicht verärgert, einen zweiten Anlauf. »Inspektor Zacynthus hat mir einen Termin verschafft...«

»Inspektor Zacynthus' Büro befindet sich im vierten Stock«, erwiderte das Mädchen, ohne den Blick von den Tasten ihrer Schreibmaschine zu heben.

Es wirkte wie ein Donnerschlag, als Pitt wütend seine Krücke auf den Tisch der Empfangsdame niedersausen ließ. Die Mädchen rissen erschreckt die Köpfe hoch, und ihre Finger erstarrten mitten im Anschlag. Plötzlich herrschte Totenstille im ganzen Raum. Die Blondine starrte Pitt entgeistert an.

»Also, mein Engel«, sagte Pitt drohend, »jetzt setzen Sie einmal Ihren hübschen kleinen Popo in Bewegung und teilen dem Herrn Direktor mit, daß hier ein gewisser Major Dirk Pitt auf eine Unterredung mit ihm wartet.«

»Pitt... Major Pitt von der NUMA«, flüsterte das Mädchen. »Oh, das tut mir leid, Sir. Ich dachte...«

»Ja, ja, ich weiß«, fiel ihr Pitt ins Wort; seine Wut war bereits wieder verraucht. »Ich bin heute in Zivil.«

Die Blondine schnellte hoch. In ihrer Nervosität rempelte sie gegen den Schreibtisch. »Bitte, folgen Sie mir, Major. Man erwartet Sie bereits.«

Pitt grinste zufrieden. Dann ließ er seinen Blick durch die Runde der ihn halb befremdet, halb bewundernd angaffenden Schreibdamen wandern. Es schmeichelte ihm, so im Mittelpunkt weiblichen Interesses zu stehen.

»Aber bitte, tippen Sie doch weiter, meine Damen«, forderte er die Mädchen aufgeräumt auf. »Ich will Sie nicht von der Arbeit abhalten.«

Die Blondine führte ihn einen langen Flur entlang, hielt dann vor einer nußbaum-fournierten Tür und klopfte. »Major Pitt«, meldete sie und trat beiseite, um ihn einzulassen.

Drei Männer erhoben sich zu seiner Begrüßung. Der vierte, Giordino, blieb gemütlich auf der langen Ledercouch sitzen.

»Ein herzerfrischender Anblick«, meinte er heiter. »Major Pitt auf Krücken.«

»Ich übe nur für meine alten Tage«, gab Pitt zurück.

Admiral Sandecker, der Direktor der NUMA, kam auf Pitt zu. Er nahm seine gewaltige Havanna aus dem Mund und schüttelte ihm die Hand. »Willkommen zu Hause, Dirk. Ich gratuliere Ihnen zu Ihrem Meisterstück.« Die scharf gemeißelten Züge des kleinen, rothaarigen Mannes zeigten einen wohlwollenden Ausdruck.

»Danke, Admiral. Wie geht's dem Hexenfisch?«

»Ich weiß nur, daß er gesund und munter ist«, erwiderte Sandecker. »Ich habe das Tier bis jetzt noch kein einziges Mal zu Gesicht bekommen. Seit Gunn es letzte Woche eingeflogen hat, ist es pausenlos von einer ganzen Horde Wissenschaftler umlagert. Sie wollen mir morgen früh einen vorläufigen Bericht zukommen lassen.«

Auch Zacynthus trat auf Pitt zu. Er sah jünger und sehr viel entspannter aus, seit Pitt ihn vor drei Wochen das letzte Mal gesehen hatte.

»Schön, Sie wiederzusehen«, begrüßte ihn Zacynthus herzlich. Er nahm Pitt beim Arm, führte ihn hinüber zum Fenster und stellte ihn dem Direktor des Drogendezernats vor. Pitt mußte unwillkürlich lächeln, als er in das pockennarbige, hagere Gesicht des hochgewachsenen Mannes sah. Der Direktor glich weit mehr einem Mafioso als einem Polizeichef. Seine harten, grauen Augen musterten Pitt ernst, dann sagte er: »Es freut mich, Sie kennenzulernen, Major Pitt. Das Rauschgiftdezernat ist Ihnen für Ihre wertvolle Hilfe zu tiefem Dank verpflichtet.« Er sprach mit ruhiger und klarer Stimme.

»Ich habe nicht viel getan. Den größten Teil der Arbeit haben Inspektor Zacynthus und Colonel Zeno erledigt.«

Der Direktor nickte zustimmend. »Mag sein. Aber Sie haben die Narben davongetragen.« Er bedeutete Pitt, Platz zu nehmen, und bot ihm eine Zigarette an. »Hatten Sie einen guten Flug?«

Pitt zündete die Zigarette an und nahm einen tiefen Zug. »Die Frachtmaschinen der Air Force sind ja nicht gerade berühmt für ihren Service und ihren Komfort. Aber verglichen mit dem Hinflug nach Thasos war es eine wirklich erholsame Reise.«

Admiral Sandecker schaute Pitt verdutzt an. »Warum sind Sie denn mit der Air Force geflogen? Sie hätten doch von Athen aus auch mit einer Linienmaschine fliegen können.«

Pitt lachte. »Souvenirs. Mein Mitbringsel aus Thasos war zu sperrig, als daß es in den Laderaum einer gewöhnlichen Verkehrsmaschine gepaßt hätte. Colonel Lewis hat sich daraufhin für mich eingesetzt und mir einen Platz in einer halbleeren Frachtmaschine der Air Force verschafft, die die Staaten anflog.«

»Und was macht Ihre Verletzung?« fragte Sandecker und warf einen Blick auf Pitts Bein. »Heilt sie gut ab?«

»Das Bein ist immer noch ein wenig steif. Aber das wird ein dreißigtägiger Krankenurlaub schon wieder ins Lot bringen.«

Der Admiral sah Pitt durch eine Wolke blauen Zigarrenrauchs mißtrauisch an. »Zwei Wochen«, sagte er dann streng. »Ich vertraue felsenfest auf die Regenerationskräfte Ihres Körpers.«

Der Direktor räusperte sich. »Ich habe Inspektor Zacynthus' Bericht mit großem Interesse gelesen. Allerdings gibt es da einen

Punkt, über den ich mir gern noch größere Klarheit verschaffen möchte. Im Grunde ist die Frage nebensächlich, aber sagen Sie, Major: Wie sind Sie darauf gekommen, daß die Schiffe der *Minerva Lines* ein U-Boot mit sich führen können?«

Pitt schmunzelte. »Ich will es so ausdrücken, Sir: Des Rätsels Lösung stand in den Sand geschrieben.«

Die Lippen des Direktors verzogen sich zu einem verständnislosen Lächeln. Mit dieser nebulösen Antwort konnte er wenig anfangen. »Eine schöne, poetische Umschreibung, Major. Aber vielleicht könnten Sie das doch noch ein bißchen näher erläutern.«

»So seltsam es klingen mag: Die Erleuchtung kam mir an jenem Morgen, als ich die *Queen Artemisia* erfolglos nach dem Heroin durchsucht hatte. Als ich wieder am Strand zurück war, skizzierte ich den Aufriß des Schiffes mit einem Stock in den Sand. Die Idee, daß ein U-Boot am Schiffsboden festgemacht haben könnte, kam mir zunächst nur sehr vage; doch je länger ich zeichnete, desto klarere Formen nahm dieser Gedanke an.«

Der Direktor lehnte sich in seinen Sessel zurück und schüttelte mißmutig den Kopf. »Vierzig Jahre lang haben rund hundert Agenten versucht, von Till das Genick zu brechen. Sie gingen dabei die größten Risiken ein. Drei von ihnen haben ihren Einsatz mit dem Leben bezahlt.« Er blickte Pitt vielsagend an. »Es kommt mir wie ein schlechter Witz vor, daß wir bei all unserem Eifer die nächstliegende Lösung des Geheimnisses übersehen haben.«

Pitt schwieg.

»Ach, übrigens...« Der Direktor wurde wieder lebhafter. »Haben Sie schon gehört, wie unsere Razzia in Galveston verlaufen ist?«

»Nein, Sir.« Pitt schnippte die Asche von seiner Zigarette in den Aschenbecher. »Seit wir uns vor drei Wochen auf Thasos verabschiedet haben, habe ich Inspektor Zacynthus nicht mehr gesprochen. Ich habe also keine Ahnung, ob der Einsatz erfolgreich verlaufen ist oder nicht.«

Zacynthus blickte den Direktor an. »Soll ich kurz berichten?«

Der Direktor nickte.

»Alles lief genau nach Plan«, wandte Zacynthus sich an Pitt. »Fünf Seemeilen vor der Hafeneinfahrt trafen wir auf eine kleine Flotte von Heiberts Fischerbooten. Es war eine ziemlich heikle Situation, da wir das Erkennungszeichen der Bande nicht kannten. Doch mit der Drohung, ihn notfalls mit einem Küchenmesser zu kastrieren, brachte ich den Kapitän der *Queen Jocasta* dazu, seine Kumpane zu verraten und mit dem Codewort herauszurücken.«

»Kam jemand an Bord?« wollte Pitt wissen.

»Die Gefahr bestand nicht«, erklärte Zacynthus. »Es wäre für die Heroinhändler viel zu riskant gewesen, längsseits zur *Queen Jocasta* zu gehen. Schließlich mußten sie ständig damit rechnen, daß unvermutet ein Patrouillenboot aufkreuzte. Nein, die Fischkutter hielten Distanz und signalisierten lediglich, das U-Boot sollte ablegen. Es scheint übrigens ein technisches Wunderwerk zu sein, dieses U-Boot. Die Techniker der Navy, die es inspiziert haben, waren tief beeindruckt.«

»Was war denn so sensationell daran?«

»Es ließ sich fernlenken.«

»Es war unbemannt?« fragte Pitt ungläubig.

»Ja. Auch so ein pfiffiger Einfall von Admiral Heibert. Verstehen Sie: Wenn das U-Boot irgendwo aufgelaufen oder von der Hafenpolizei entdeckt worden wäre, hätte sich nicht eine einzige Spur bis zu den *Minerva Lines* zurückverfolgen lassen. Denn wo keine Besatzung ist, kann niemand verhört werden.«

Pitt war beeindruckt. »Es wurde also von einem der Fischerboote aus dirigiert?«

Zacynthus nickte. »Man lotste es durch die Hauptschiffahrtsrinne bis direkt vor die Fabrikgebäude. An Bord befanden sich allerdings mehrere blinde Passagiere: Zehn Matrosen der Zehnten Flotte und meine Wenigkeit. Der Gebäudekomplex selbst war von den dreißig tüchtigsten Agenten des Drogendezernats umstellt.«

»Wenn es in Galveston mehr als eine Konservenfabrik gegeben hätte, wären Sie ja ganz schön in Schwierigkeiten geraten«, meinte

Giordino nachdenklich.

Zacynthus grinste. »In Galveston gibt es insgesamt vier Konservenfabriken. Und alle liegen sie direkt am Hafen.«

Die anderen sahen den Inspektor fragend an.

»Ich will Ihnen auf die Sprünge helfen«, fuhr Zacynthus fort. »Das Bureau of Narcotics ließ die vier Firmen während der zweiwöchigen Fahrt der *Queen Jocasta* rund um die Uhr überwachen. Als dann in einer der Fabriken eine Schiffsladung Zucker angeliefert wurde, wußten wir Bescheid.«

Pitt zog die Augenbrauen hoch. »Zucker?«

»Zucker«, erklärte der Direktor, »ist ein beliebtes Streckmittel für Heroin. Das ursprünglich reine Heroin wird von den verschiedenen Zwischenhändlern und Dealern in der Regel drei- bis viermal verschnitten, so daß sich der Umsatz im Laufe der Zeit verdoppelt, ja verdreifacht.«

Pitt sah den Direktor nachdenklich an. »Die hundertdreißig Tonnen stellten also erst einen Anfang dar?«

»Ganz recht«, bestätigte Zacynthus. »Wenn Sie nicht rechtzeitig Heiberts Plan durchschaut hätten. Wären Sie und Giordino nicht in Thasos aufgetaucht, säßen wir jetzt allesamt in Chicago und schauten dumm aus der Wäsche.«

Pitt schmunzelte. »Danken Sie dem Zufall.«

»Wenn Sie meinen«, erwiderte Zacynthus. »Doch wie auch immer, auf jeden Fall warten derzeit dreißig der größten Rauschgifthändler der Staaten auf ihren Prozeß. Die Leute der Speditionsfirma, die den Transport des Heroins hätte übernehmen sollen, sind ebenfalls festgenommen worden. Doch damit nicht genug. Als wir die Büroräume der Konservenfabrik durchsuchten, fiel uns ein Adreßbuch in die Hände, in dem die Namen von beinahe zweitausend Dealern zwischen Los Angeles und New York verzeichnet standen. Ein einmaliger Glücksfall für das Bureau.«

Giordino pfiff anerkennend durch die Zähne. »Das wird ein mieses Jahr für die Fixer.«

»Richtig«, pflichtete ihm Zacynthus bei. »Nicht nur, daß für den

Augenblick die wichtigste Bezugsquelle für Heroin versiegt ist – wenn die zweitausend Leute erst einmal festgenommen sind, bricht auch das ganze Verteilernetz zusammen. Dem Rauschgifthandel stehen in der Tat schlechte Zeiten bevor.«

Gedankenverloren sah Pitt aus dem Fenster. »Eines würde mich noch interessieren«, meinte er.

Zacynthus blickte ihn fragend an. »Ja?«

Pitt reagierte nicht gleich. Einen Moment lang spielte er mit seiner Krücke, dann gab er sich einen Ruck. »Was ist mit Heibert? Ich habe in keiner Zeitung etwas über ihn gelesen.«

»Bevor ich darauf antworte, sehen Sie sich bitte erst einmal diese Bilder an.« Zacynthus zog zwei Fotografien aus der Brieftasche und legte sie vor Pitt auf den Tisch.

Pitt beugte sich vor und studierte die Bilder aufmerksam. Das erste Foto zeigte einen blonden, deutschen Marineoffizier, der, in den Händen einen Feldstecher, auf der Brücke eines Schiffes stand und nachdenklich hinaus auf die See blickte. Auf dem zweiten Bild starrte Pitt ein Mann mit kurzgeschorenem Haar und einem boshaften Gesichtsausdruck entgegen, der entfernt an Erich von Stroheim erinnerte. Links von ihm stand, leicht geduckt und als ob er gerade zum Sprung ansetzen wollte, ein großer Schäferhund. Unwillkürlich überlief Pitt ein Schauer.

»Sehr viel Ähnlichkeit besteht ja nicht.«

Zacynthus nickte. »Heibert hat sich auf keine halben Sachen eingelassen. Seine Narben, seine Muttermale, selbst seine Zahnfüllungen entsprachen genau denen von Tills.«

»Und wie stand es mit den Fingerabdrücken?«

»Weder von Heibert noch von von Till waren welche registriert.«

Pitt setzte sich erstaunt zurück. »Woher will man dann wissen, daß . . .«

»Selbst der abgefeimteste und gewiefteste Verbrecher macht einmal einen Fehler. Irgendeine Nebensächlichkeit wird ihm zum Verhängnis. In Heiberts Fall war das von Tills Kopfhaut.«

»Das müssen Sie schon näher erklären«, meinte Pitt verständnislos.

»Von Till hatte sich in jungen Jahren eine seltene Krankheit zugezogen, *Alpecia areata*. Diese Krankheit bewirkt einen weitgehenden Haarausfall. Heibert wußte das nicht. Er dachte, von Till hätte sich lediglich gemäß der preußischen Tradition den Schädel kahlgeschoren, und so griff natürlich auch er zum Rasiermesser. In der Gefangenschaft nun begann sein Haar wieder zu sprießen. Lange konnte das nicht unbemerkt bleiben; der erste Schritt zu Heiberts Entlarvung war getan. Später kamen noch andere Indizien hinzu, die schließlich eine einwandfreie Identifizierung ermöglichten.«

Pitt fühlte sich auf einmal sonderbar erleichtert. »Ist er schon verurteilt worden?«

»Vor vier Tagen«, erwiderte Zacynthus trocken. »Sie haben nichts davon gelesen, weil die Deutschen die Sache aus politischen Gründen mit großer Diskretion behandelt haben. Zudem besaß Admiral Heibert auch nicht einen solchen Bekanntheitsgrad wie etwa Bormann oder andere Figuren aus dem Kreis um Hitler.«

»Ich möchte bloß wissen, wie viele von ihnen sich noch in der Welt herumtreiben«, murmelte Pitt.

Die Hitze hatte nachgelassen, und die abendliche Sonne warf bereits lange Schatten, als Pitt wieder auf die Straße trat. Er blieb vor der Tür stehen, in den Anblick des vorbeiströmenden Feierabendverkehrs versunken. Bald würde die City still und menschenleer sein. In der Ferne erhob sich, gold-rot vom Licht der untergehenden Sonne überglänzt, das Weiße Haus. Pitt fiel unwillkürlich ein anderer Abend ein: ein einsamer Inselstrand, eine leise rauschende See und ein weißes Schiff draußen vor der Küste. Es kam ihm vor, als wäre seitdem eine Ewigkeit verflossen.

Giordino und Zacynthus kamen die Treppe herunter und gesellten sich zu ihm.

»Meine Herren«, meinte Zacynthus gutgelaunt, »ich finde, daß wir uns nach all den Aufregungen ein bißchen Amüsement redlich verdient haben. Was halten Sie also von einer kleinen gemeinsamen Zechtour?«

»Keine schlechte Idee«, stimmte ihm Giordino zu.

Pitt zuckte in gespieltem Bedauern die Achseln. »So leid es mir tut, ich muß Ihre liebenswürdige Einladung ausschlagen. Ich bin bereits verabredet.«

»Es konnte ja nicht anders sein«, murrte Giordino.

Zacynthus lachte. »Ich glaube, Sie machen einen großen Fehler. Ich besitze nämlich ein kleines, schwarzes Buch, in dem die Telephonnummern einiger der hübschesten Washingtoner ...«

Zacynthus brach mitten im Satz ab und starrte entgeistert auf die Straße.

Ein Traum von einem Wagen rollte lautlos heran und hielt direkt vor ihnen. Die Eleganz der schwarz-silbernen Karosserie und die luxuriöse und geschmackvolle Ausstattung hoben ihn hoch über die Einheitsmasse der übrigen Autos hinaus. Doch was noch mehr ins Auge stach, das war das reizende, dunkelhaarige Mädchen, das hinter dem Steuer saß.

»Donnerwetter«, staunte Zacynthus. »Von Tills Maybach.« Er wandte sich an Pitt. »Wie sind Sie denn an den gekommen?«

»Dem Sieger gehört die Beute.« Pitt lächelte verstohlen.

Giordino zog die Brauen hoch. »Jetzt verstehe ich, was du mit deinem sperrigen Souvenir gemeint hast. Das zweite Souvenir gefällt mir allerdings noch wesentlich besser.«

Pitt öffnete den vorderen Wagenschlag. »Ich glaube, ihr kennt meinen bezaubernden Chauffeur bereits.«

»Sie erinnert mich an ein Mädchen, dem ich irgendwann einmal in Griechenland begegnet bin«, erwiderte Giordino ironisch. »Sie sehen nur noch bedeutend hübscher aus, mein Fräulein«, wandte er sich an sie.

Das Mädchen lachte. »Nur um Ihnen zu beweisen, daß auch Höflichkeit ihren Lohn findet, verzeihe ich Ihnen meine rüpelhafte Entführung aus der Villa. Das nächstemal sollten Sie mir freilich wenigstens so viel Zeit lassen, daß ich mich einigermaßen passend anziehen kann.«

Giordino machte ein betretenes Gesicht. »Ich verspreche es.«

Pitt wandte sich an Zacynthus, ein kaum merkliches Lächeln um die Augen. »Würden Sie mir einen Gefallen erweisen, Zac?«

»Wenn es in meiner Macht steht?«

»Ich würde mir gern einen Ihrer Agenten für einige Wochen ausleihen. Meinen Sie, daß Sie das arrangieren können?«

Zacynthus sah das Mädchen an und nickte. »Ich glaube schon. Nach allem, was Sie für das Bureau getan haben!«

Pitt stieg ein und warf die Tür zu. Er reichte Giordino seine Krücke durchs Fenster. »Hier. Ich glaube nicht, daß ich das Ding noch einmal brauche.«

Bevor Giordino noch etwas erwidern konnte, hatte das Mädchen bereits den ersten Gang eingelegt, und die phantastische Limousine fädelte sich in den Verkehr ein.

Giordino sah dem Wagen nach, bis er um eine Ecke bog und verschwand. Dann drehte er sich um und blickte Zacynthus an.

»Können Sie Muscheln mit Champignons in Weißwein zubereiten?«

Zacynthus schüttelte den Kopf. »Meine Kochkünste beschränken sich leider auf des Anwärmen tiefgekühlter Fertigkost.«

»Dann laden Sie mich lieber zu einem Drink ein.«

»Sie vergessen, daß ich nur ein armer Beamter bin.«

»Dann setzen Sie den Betrag einfach auf Ihre Spesenrechnung.«

Zacynthus konnte sich ein Lächeln nicht verkneifen. »Na gut, gehen wir«, sagte er achselzuckend.

Giordino nahm ihn beim Arm, und zu zweit marschierten sie die Straße hinunter auf die nächste Bar zu.

GOLDMANN VERLAG

Internationale Bestseller

Sidney Sheldon — Das nackte Gesicht. Roman
6680

Collins/Lapierre — Der fünfte Reiter
»Der Bestseller der achtziger Jahre« stern
6524

DESMOND BAGLEY — Erdrutsch. Roman
6701

Susan Howatch — Die Sünden der Väter. Roman
6606

Irwin Shaw — Im Augenblick das Leben »Lucy Crown« Roman
6733

Harold Robbins — Die Aufsteiger. Roman
6407

Willi Heinrich — In stolzer Trauer. Roman
6660

Konsalik — Wie ein Hauch von Zauberblüten. Roman
6696

Hans Hellmut Kirst — Gott schläft in Masuren. Roman
6444

GOLDMANN VERLAG

Willi Heinrich

Eine Handvoll Himmel
Roman. (8355)

Traumvogel
Roman. (6840)

In stolzer Trauer
Roman. (6660)

Jahre wie Tau
Roman. (6558)

Maiglöckchen oder ähnlich
Roman. (6552)

So long, Archie
Roman. (6544)

Alte Häuser sterben nicht
Roman. (6537)

Ferien im Jenseits
Roman. (6529)

Mittlere Reife
Roman. (6523)

Ein Mann ist immer unterwegs
Roman. (6403)

Steiner I. Das geduldige Fleisch
Roman. (3755)

Steiner II. Das Eiserne Kreuz
Roman von Robert Warden, nach Motiven von Willi Heinrich. (3884)

Schmetterlinge weinen nicht
Roman. (3647)

HEINZ G. KONSALIK

Die strahlenden Hände
Roman. (8614)

Schwarzer Nerz auf zarter Haut
Roman. (6847)

Wer sich nicht wehrt...
Roman. (8386)

Im Zeichen des großen Bären
Roman. (6892)

Ein Kreuz in Sibirien
Roman. (6863)

Die Liebenden von Sotschi
Roman. (6766)

Wie ein Hauch von Zauberblüten
Roman. (6696)

**Das Herz aus Eis /
Die grünen Augen von Finchley**
Zwei Kriminalromane in einem Band. (6664)

Unternehmen Delphin
Roman. (6616)

Eine angesehene Familie
Roman. (6538)

Der Heiratsspezialist
Roman. (6458)

Sie waren zehn
Roman. (6423)

Wilder Wein / Sommerliebe
Zwei Romane in einem Band. (6370)

Das Haus der verlorenen Herzen
Roman. (6315)

Das Geheimnis der sieben Palmen
Roman. (3981)

Eine glückliche Ehe
Roman. (3935)

Verliebte Abenteuer
Heiterer Liebesroman. (3925)

**Auch das Paradies wirft Schatten /
Die Masken der Liebe**
Zwei Romane in einem Band. (3873)

Der Fluch der grünen Steine
Roman. (3721)

Schicksal aus zweiter Hand
Roman. (3714)

Die tödliche Heirat
Roman. (3665)

Manöver im Herbst
Roman. (3653)

Ich gestehe
Roman. (3536)

Morgen ist ein neuer Tag
Roman. (3517)

Das Schloß der blauen Vögel
Roman. (3511)

Die schöne Ärztin
Roman. (3503)

Das Lied der schwarzen Berge
Roman. (2889)

Ein Mensch wie du
Roman. (2688)

Die schweigenden Kanäle
Roman. (2579)

Stalingrad
Bilder vom Untergang der 6. Armee (3698)

GOLDMANN

HANS HELLMUT KIRST

Wir nannten ihn Galgenstrick
Roman. (8507)
Aufruhr in einer kleinen Stadt
Roman. (8487)
Mit diesen meinen Händen
Roman. (8367)
Aufstand der Soldaten
Roman. (6895)
Kultura 5 und der Rote Morgen
Roman. (6844)
Kein Vaterland
Roman. (6823)
Kameraden
Roman. (6789)
Verdammt zum Erfolg
Tatsachenroman. (6779)
Die Wölfe
Roman. (6624)
Held im Turm
Roman. (6615)
Letzte Station Camp 7
Roman. (6605)
Faustrecht
Roman. (6597)
Fabrik der Offiziere
Roman. (6588)
Der Nachkriegssieger
Roman. (6545)
Gott schläft in Masuren
Roman. (6444)
Hund mit Mann
Bericht über einen Freund.
(6434)
Generalsaffären
Roman. (3906)
Keiner kommt davon
Roman. (3763)
Glück läßt sich nicht kaufen
Roman. (3711)
Die Nacht der Generale
Roman. (3538)
08/15 in der Kaserne
Roman. Teil 1 der »08/15«-Trilogie.
(3497)
08/15 im Krieg
Roman. Teil 2 der »08/15«-Trilogie.
(3498)
08/15 bis zum Ende
Roman. Teil 3 der »08/15«-Trilogie.
(3499)
08/15 heute
Der Roman der Bundeswehr.
(1345)

GOLDMANN

C. C. BERGIUS

Sand in Gottes Mühlen
Roman. (8618)

Endstation Tibet
Roman. (8518)

La Baronessa
Roman. (8499)

Oleander, Oleander
Roman. (6831)

Roter Lampion
Roman. (6637)

Der Feuergott
Roman. (6477)

Nebel im Fjord der Lachse
Roman. (6445)

Das Medaillon
Roman. (6424)

Söhne des Ikarus
Die abenteuerlichsten Fliegergeschichten der Welt. (3989)

Heißer Sand
Roman. (3963)

Schakale Gottes
Roman. (3863)

Der Fälscher
Roman. (3751)

Entscheidung auf Mallorca
Roman. (3672) Als Band 7209 auch in der Goldmann-Großschrift-Reihe erschienen.

Dschingis Chan
Roman. (3664)

Der Tag des Zorns
Roman. (3519)

Das weiße Krokodil
Roman. (3502)

GOLDMANN

GOLDMANN VERLAG

Goldmann Taschenbücher
Informativ · Aktuell
Vielseitig · Unterhaltend

Allgemeine Reihe · Cartoon
Werkausgaben · Großschriftreihe
Reisebegleiter
Klassiker mit Erläuterungen
Ratgeber
Sachbuch · Stern-Bücher
Indianische Astrologie
Grenzwissenschaften/Esoterik · New Age
Computer compact
Science Fiction · Fantasy
Farbige Ratgeber
Rote Krimi
Meisterwerke der Kriminalliteratur
Regionalia · Goldmann Schott
Goldmann Magnum
Goldmann Original

Goldmann Verlag · Neumarkter Str. 18 · 8000 München 80

Bitte
senden Sie
mir das neue
Gesamtverzeichnis

Name _____

Straße _____

PLZ/Ort _____